51 श्रेष्ठ व्यंग्य रचनाएं

लालित्य ललित

लालित्य ललित

डायमंड बुक्स

www.diamondbook.in

प्रकाशक : डायमंड पॉकेट बुक्स (प्रा.) लि.
X-30 ओखला इंडस्ट्रियल एरिया, फेज-II
नई दिल्ली- 110020
फोन : 011-40712200
ई-मेल : sales@dpb.in
संस्करण : 2022
वेबसाइट : www.diamondbook.in
मुद्रक : आदर्श प्रिंटर्स, शाहदरा, दिल्ली

---

51 Shreshth Vyangya Rachnaayein Lalitya Lalit
by Lality Lalit

जीवन के हर पक्ष को समाहित करते हैं लालित्य ललित के व्यंग्य

लालित्य ललित हिंदी व्यंग्य जगत का चर्चित और लोकप्रिय नाम है। ऐसा नाम जिसे व्यंग्य से जुड़े लोग प्रतिदिन पढ़ते हैं। जिस तेज गति के साथ वह व्यंग्य रचनाएं करते हैं, उससे उनका एक अलग पाठक वर्ग तैयार हो गया है। व्यंग्य के लिए वह इस शिद्दत तक समर्पित हैं कि कोई दिन नहीं जाता जिस दिन वह व्यंग्य लिखे बिना चैन से सोते हों। व्यंग्य तो बहुत लोग लिख और छाप रहे हैं लेकिन लालित्य ललित प्रतिदिन व्यंग्य के जरिए अपने परिवेश और सामाजिक अनुभवों को अनवरत साझा कर रहे हैं जो अपने आप में महत्वपूर्ण है। यह संग्रह व्यंग्य के प्रति उनके समर्पण को प्रतिबिंबित करता है।

इस व्यंग्य संग्रह में लालित्य ललित के 51 व्यंग्य हैं। इनमें से अधिकांश व्यंग्य आलेख वे हैं जिनसे उनके पाठक से पहले रूबरू हो चुके हैं। यह व्यंग्य संग्रह उन लोगों के लिए एक बढ़िया संकलन है जो यह चाहते हैं कि लालित्य ललित के बेहतरीन व्यंग्य एक ही स्थान पर उपलब्ध हो जाएं। इनमें से बहुत से ऐसे व्यंग्य भी हैं जिनके शीर्षकों से पूर्व में उनके व्यंग्य संग्रह प्रकाशित हो चुके हैं या उन संग्रहों की महत्वपूर्ण रचनाएं इसमें शामिल की गई हैं। व्यंग्य पाठकों के बीच ललित की खासी प्रतिष्ठा है। मसलन पांडेय जी और नए जमाने वाली चिंताएं, पांडेय जी और दुनिया के बदलते रंग, पांडेय जी और नया शिगूफा, पांडेय जी और उसकी राबचिक दुनिया आदि।

लेखन को लेकर लालित्य ललित की जो असीम उर्जा दिखाई देती है उससे किसी भी लेखक को ईर्ष्या हो सकती है क्योंकि वह अपने पारिवारिक और कार्यस्थ संगठन के प्रति पूरी निष्ठा से अपनी भूमिका का निर्वहन जिस बखूबी से करते हैं बिल्कुल वैसे ही व्यंग्य और कविता जैसे रचनात्मक कर्म के लिए भी समय चुरा लेने में सफल हैं। कविता उनका पहला प्यार रहा है लेकिन अब व्यंग्य उसका स्थान ले चुका है। उनके भीतर रचनात्मक ऊर्जा का जो विपुल भंडार है उसे वे अपने आसपास के परिवेश से ग्रहण करते हैं।

इस संग्रह के व्यंग्यों के शीर्षक देखकर कोई भी अनुमान लगा सकता है कि लालित्य ललित समाज, देश और दुनिया पर अपनी कितनी गहरी पैनी दृष्टि रखते हैं। वे नए जमाने के इंसान हैं, इस नाते नए जमाने की चिंताओं को 'पांडेय जी और नए जमाने वाली चिंताएं' जैसे व्यंग्य आलेख में अभिव्यक्त कर देते हैं। वे दुनिया के बदलते रंग पर भी अपनी कलम चलाते हैं। घुमक्कड़ी स्वभाव के धनी ललित विदेश यात्राओं के खट्टे-मीठे अनुभव से भी पाठकों को समय-समय पर साक्षात्कार कराते हैं। वे सोशल मीडिया के विभिन्न पक्षों पर भी गहन दृष्टि रखते हैं। वे अपनी अनूठी, निराली और मधुर स्मृतियों के गवाक्ष से भी पाठकों को गुजारते हैं। वे पुलिस महकमे से लेकर स्वास्थ्य विभाग तक की दुनिया से रूबरू कराते हैं। वे धार्मिक स्थलों के भ्रमण के बहाने धर्म क्षेत्र और धर्म के ध्वज धारकों के चरित्र तक से हमें परिचित कराते हैं।

लालित्य ललित की व्यंग्य रचनाओं को पढ़ते हुए उनकी रचनात्मकता में मारक क्षमता का आंकलन किया जा सकता है। इस संग्रह की रचनाओं के कुछ उदाहरण यहां प्रस्तुत किए जा रहे हैं-

पांडेय जी ने देखा कि मेले में बंगाल भी है, पंजाब भी और नन्हे बच्चों की करतल ध्वनियां भी हैं। ये मिलाजुला रूप किसी न किसी माध्यम से सुदूर इलाके की मिट्टी में भी भारतीयता का एहसास दिलाता है कि हमारे सम्बन्धों में अभी भी नमी है और दिलों को जीतने का जुनून भी है।

पांडेय जी ने आगे बढ़ कर पंजाब के नर्तकों से कहा कि वीर जी आपके साथ एक चित्र हो जाये तो पंजाब के युवा साथी खिलखिला गए तभी राजस्थान के कालबेलिया डांसरों ने जब डांस किया तो बाड़मेर, जोधपुर और जैसलमेर की मिट्टी की सौंधी महक आबू धाबी में पहुंच गई। ये पल जीवन को जैसे जीवंत कर देते हैं। (पांडेय जी और वाइ फाई का लोचा)

लोकतंत्र की मजबूती में चुनाव का महत्व सर्वविदित है लेकिन इसने हमारे घर-परिवारों को विचारधारा के नाम पर किस प्रकार बांट दिया है। इसका दृश्य यहां उनकी रचना में देखा जा सकता है।

बात भी सही है। इलेक्शन जब भी आता है तो भाई-भाई पार्टियों के प्रतिदवंदवियों में बंट जाते हैं। खाने की टेबल पर साथ बैठते हैं, लेकिन घर से बाहर निकलते ही दोनों के समर्थक अलग-अलग पताकाओं के साथ निकल पड़ते हैं।

यहां उनकी रचना में एक प्रसंग पुलिस व्यवस्था से जुड़ा हुआ है। इसमें रोचकता और कटाक्ष का मिश्रण देखिए-

अंदर की बात। उसे भी टिप मिली थी कि इस नम्बर की गाड़ी टोल नाके से गुजरेगी और एक मरियल किसिम का बन्दा अवैध किसिम के गीत सुनता हुआ निकेलगा। उसे धर दबोचना। उसके पास से बहुत सा सामान मिल जाएगा। वैसे भी पुलिस के आला अधिकारी रामखेलावन थे। उनका कहना है कि मधुबाला जब से तुम पुलिस फोर्स में आई हो, जरा भी एक्टिव नहीं। ऐसा कुछ कर दिखाओ कि तुम्हारी पदोन्नति भी हो और विभाग भी तुम्हें सम्मानित करे। (पांडेय जी और इलेक्शन के किस्से)

शर्मा जी को लगा कि मेरे सामने जो विलायती राम पांडेय खड़े हैं, लगता है मैंने आत्मसमर्पण नहीं किया तो इनके भीतर का कर्तव्य परायण पुलिस अधिकारी सोते में से जागने वाला है, जो अंगड़ाई लेने को व्याकुल ही नहीं उत्सुक भी है। (पांडेय जी बन बैठे दारोगा जी)

थाने के मुलाजिम भी वहां आग तापने लगे। कहने लगे कि क्या भाई साहब! ये बड़े साहब हैं। कल की बात ले लो, एक को लप्पड़ रसीद दिया था कि उसको स्टन्ट डालना पड़ गया। मारते बहुत हैं साहब। एक बार तो इतना मारा कि कम्प्लेंट लिखवाने वाला अपना नाम ही भूल गया। (पांडेय जी और देविका की जुगलबंदी)

पुरस्कारों को लेकर व्यंग्यकार ने स्त्री-पुरूष लेखकों भेद से ऊपर उठकर उनके द्वंद्व का खूबसूरत चित्रण किया है।

बहरहाल यह लेखकीय द्वंद्व पुरुषों तक ही नहीं अपितु महिलाओं में भी एक कीटाणु की तरह दृष्टिगोचर होने लगा है। सब को ऊंचा पद पाना है। पुरस्कार की दौड़ में मरे जा रहे हैं। ये मिल जाये या वोह मिल जाये। इस अखबार में छप जाऊं या उस पेड़ पर लटक जाऊं। चुनांचे आपकी अखरोट तोड़ने की उम्र नहीं तो भइये किशमिश खा लीजिये, पर नहीं खाने आपको अखरोट ही हैं, किसी भी कीमत में। (पांडेय जी और उनका लेखकीय कीड़ा)

हिन्दी सेवा भी हमेशा व्यंग्यकारों के लिए एक चर्चित विषय रहा है। इसे इंगित करते हुए व्यंग्यकार ने अपनी रचना में कुछ यूं कहा है-

चिलमन ने बताया कि बिहार वाले एक साहित्यकार लपकुराम के साथ विदेश गए थे, उनसे बहुत पैसा ले लिया था, वे ठीक से इसी कारण हिंदी सेवा भी नहीं कर पाए। यही मलाल रह गया था, उन्हें।

बहरहाल पांडेय जी भी ऐसे किसी दल के साथ हांगकांग निकलने वाले हैं, कि आखिर हिंदी सेवा के बहाने किस तरह का हिंदी विकास हो रहा है। इस तथ्य को समझने के लिए विदेश का दौरा बेहद जरूरी है। जय राम जी की। राम-राम भाई, कल्लू ने दूसरी तरफ से कहा, चिलमन ने होल्ड पर रखा हुआ था, पांडेय ने जम कर डांटा, चिलमन को, कि कल्लू हमारे बुजर्ग हैं। इन्हें पूरा सम्मान दो, इनका सम्मान करोगे तो इनके सामान का हकदार बनोगे, समझे न! (पांडेय जी और लपकुराम की कहानी)

इस व्यंग्य की भाषा बहुत गहराई तक असर करती है और जीवन दर्शन का आभास कराती है-

चिलमन की जिज्ञासा का समाधान करते हुए भाषा बहस विद श्री विलायती राम पांडेय ने कहा-जो लोग भरे पेट होते हैं और जिनकी भूख कभी शांत नहीं होती, वे विमर्श करते हैं। उनमें नेताओं टाइप के अवगुण समाए रहते हैं। इनकी डायरी में फीलिंग नाम की कोई चीज नहीं होती। बल्कि ये लोग प्रायः गुट बना कर एक ही बात का चीरहरण करते हैं और उन तथ्यों का बलात्कार कर आगे किसी नए टॉपिक को निशाना बनाते हैं। ये प्रजाति ऐसी है कि इनकी पत्नियां कहीं और विमर्श करती हैं और इनके पति कहीं और जुगाली करते दिखाई देते हैं। बहरहाल इनको इनके हाल पर विमर्श करने दीजिए, वैसे भी कूड़े के ढेर पर डिस्कस कौन करता है, अपन कुछ नहीं कहेंगे। (पांडेय जी और चेलाराम के किस्से)

इस व्यंग्य में व्यंग्यकार ने अद्‌भुत भाषा और शैली का प्रयोग किया है। साथ ही इसमें पुलिस के चरित्र को बहुत आकर्षक शब्दों में बयान किया गया है-

उसके पास तीन पुलिसकर्मियों का दल है। उनके पास सेनिटाइजर किए हुए लठ्ठ हैं। वे मुस्तैद हैं कि साहब बस एक बार जुबान खरच दें तो बस भाई साहब सामने वाले की यात्री की टिकट ऐसे कन्फर्म कर देंगे कि वह भाई साहब अपनी तश्तरी को महीनों तक कोरोना को याद करते हुए सेकेगा और आराम उससे कोसों दूर चहलकदमी करता हुआ टस से न मस होगा।

यही हुआ आज वे नगर अधीक्षक हैं। अपनी सेवा में लगे हैं। कोई भी बाहर दिख जाता है तो सुजाने से न तो परहेज करते हैं बल्कि ग्लोकोज का बिस्किट खिलाते हैं और पानी भी पिलाते हैं। उनका मोटो है कि पहले धुलाई फिर आम शहरी के प्रति निर्मल भाव से प्रस्तुत हो कर पुलिसिए छवि को भी दागदार होने से बचाना है। (पांडेय जी और फेसबुक की दुनिया)

मरीज को उपभोक्ता समझने वाले चिकित्सकों की खबर लेते हुए व्यंग्यकार ने बहुत कुछ कह दिया है-

ये इतना पसीना आता है, आप तो चेकअप करवाओ। पांडेय को डर लगता था, आम शहरियों की तरह। आज के डॉक्टर इतनी सी देर में अपना धंधा चमकाने के लिए कई सीन क्रिएट कर देते हैं। आप को जे हुआ है या आपको वोह होने वाला है। शुगर तो जी बॉडर लाइन पर है। कुछ कीजिये वरना आप जानते ही हैं, डॉक्टर मुंह ऐसे बिचकायेगा कि आपको खुद ही एडमिट होने की उत्सुकता बलात जाग्रत हो जाएगी।

पांडेय जी ने एक अच्छी आदत बना रखी है कि सोने से पहले मोबाइल आफ कर देते हैं, वरना सोते समय भी आभासित दुनिया के फुरसतिए आपको लोरी दे कर सुलाने वाले भी ढेरों हैं। क्या आपको नींद नहीं आती। आपको हलवा बनाना नहीं आता। आपको दस्त हैं। किस तरह के आते है! (पांडेय जी और उनका स्मार्टफोन)

विकास के नाम पर होने वाले पाखण्ड को एक व्यंग्यकार किस तरह देखता है, इसका एक उत्तम नमूना यहां दृष्टव्य है-

आखिरी बात जो पैसा हमें विकास के लिए मिलता है, उसका कितना प्रतिशत विकास में या स्वयं पोषित योजनाओं में खर्च होता है, अरे जीवन के साथ अपनी कार्य प्रणाली में भी पारदर्शिता लाइये, फिर देखिए विकास का असली चेहरा, कैसा चमकता है। (पांडेय जी और बेईमान लड्डू)

इसमें आप देखेंगे कि डिजिटल इंडिया के प्रभावों को व्यंग्यकार किस रूप में देखता है, इसका उत्कृष्ट उदाहरण और उसकी भाषा शैली काबिले गौर है-

सुबह कल्लू दफ्तर पहुंच गया। पांडेय जी को उसके आने से कभी कोई टेंशन नहीं हुई। पर जो नामुराद टाइप के जीव हैं, जो वाट्सप या मैसेंजर के जरिये अपनी मौजूदगी दर्ज कराने के लिए अपने गुड मॉर्निंग, उबाऊ जोक्स भेजते रहते हैं कि मानो आप प्रसन्न रह सको। अरे,भाई कुछ पेंडिंग काम निबटाओ, अपना पानी, बिजली का बिल जमा करवाओ, नहीं तो मीटर कट जाएगा, पर नहीं जी, वे तो समर्पित हैं, जैसे डिजिटल इंडिया ने उन्हें हायर कर रखा है। कितनी गर्मी है लोगों में जो फारवर्ड करने में लगे है। (गर्मी से बेहाल अपने पांडेय जी)

पांडेय ने चिलमन को कहा कि राधेलाल को फ्लैट दिखाना है, कोई सौदा देखो और तुम्हारा कमीशन पक्का चिलमन मेहनती था, उतने पैसे

क्लर्की से नहीं मिलते, जितने कमीशन से कमा लेता है। आखिर पांडेय जी सबका सोचते हैं कि सबका काम चल जाए। साई के भक्त हैं, कहते भी हैं कि सबका मालिक एक है। किसी का बुरा मत सोचो,यदि कुछ सार्थक कर जाओ,वह भलाई की बात है। इस बात से पांडेय को सब मानते थे कि भाई बात तो ठीक कहते हैं अपने विलायती राम पांडेय। (पांडेय जी और हिल स्टेशन के मजे)

पांडेय जी को आजकल रामखेलावन कभी कभार बात कर लिया करते हैं। पांडेय जी को भी अच्छा लगता है कि दुनिया अभी भी रचनात्मक है, आज जब बहुत दिनों बाद राधेलाल जी का वन लाइनर पढ़ा तो उन्हें बेहद अच्छा लगा कि दुनिया के रंग बदल गए, कब लेखक किसी के मन में अपना अक्स छोड़ जाता है, उसका आभास भी नहीं लगता है। (पांडेय जी और दुनिया के बदलते रंग)

यहां एक रचना में व्यंग्यकार ने लेखकों पर कटाक्ष का एक रंग दिखाया है-

दरबारी लेखक, कवि और साहित्य के लम्बरदार सब कतार में। उन्हें सुर और सुंदरी उपलब्ध करवाओ तो उनके सुर बदल जाते हैं। आज तो कई सौ कोल्ड लेखक ऐसे हैं कि पार्टी कोई भी क्यों न हों, वे हर दल में मिजाज पुर्सी करते हुए घुस जाते हैं। धन्य है वे लोग और उनका जुगाड़तंत्र। कमाल के ऐसे बाशिंदे हैं जिन्हें चाटना पसन्द है, अब वह चाहे थूक हो या बलगम। ऐसे चाहत से चाट जाएंगे कि उसका नामो-निशान ही मिटा देंगे। हद्द और लानत मलानत करने की जरूरत नहीं। वे अपने स्तर को कब का गिरा चुके हैं। यूं समझ लीजिए कि वे चूके हुए लोग हैं। (पांडेय जी और नेताओं का मामला)

विदेशों में बुजुर्ग बुजुर्ग नहीं किसी नई पीढ़ी को टक्कर देते दिखाई देते है। केपरी, टी शर्ट और सेंडो बनियान पहने दिखाई देंगे और मस्त फील कराएंगे। अपने यहां पचास की उम्र में ढल जाएंगे। जैसे वो गीत सुना होगा-ढल गया दिन, हो गई शाम, जाने दो, जाना है। आज भी यह गाना आपको अपने दिनों की याद दिलाता है। न तो अब वह फीलिंग रही और न ही इस तरह का एहसास दिखाई देता। भारतीय स्वभाव से कामचोर है और उसपर महाआलसी!

नए लेखकों को अपने स्वार्थवश बड़े लेखक किस स्तर पर चले जाते हैं और गुमराही के मार्ग पर ले जाते हैं। इसका एक नमूना व्यंग्यकार ने अपनी रचना में प्रस्तुत किया है-

पांडेय जी सोचने लगे कि हमारी लेखक बिरादरी कितनी सचेत है और सजग भी। जब उनके भीतर दो पैग और तीन से ज्यादा चले जाते हैं तो उनमें लेखक का असल गुण सुप्तावस्था से जाग्रत अवस्था के मॉड में आ जाता है। ये वो क्षण होते हैं जब कोई लेखक किसी नए लेखक को प्रेमचंद, निराला और किसी नवोदित लेखिका को महादेवी घोषित करने से भी बाज नहीं आता। पांडेय जी को एक बात और याद आ गई, इस मौके पर इंडिया इंटरनेशनल सेंटर की एनेक्सी में, एक बड़े जुगाड़ लेखक ने नए लेखक के कविता संग्रह के लोकार्पण पर कहा कि इनके लेखन में ओज है, ताजगी है और विस्मित करने वाली भाषा है। यानी जिस अलंकरण से वे आपको चढ़ा सकते थे, चढ़ाने लगे। किसी ने तो यहां तक कह दिया कि हर लेखक की इच्छा यही है कि अपने प्राण यही त्याग दें। पांडेय जी ने बड़े आदर भाव से कहा था कि आप कब प्राण त्याग रहे हैं। ऐसे में उन साहब की शक्ल देखते ही बनती थीं। (पांडेय जी और इश्क का चक्कर)

इस व्यंग्य में महानगरीय जीवन की त्रासदी का रोचक वर्णन है। जीने को तो सभी जीते हैं लेकिन भले और बुरे आदमी वहां कैसे जीते हैं, उनका व्यंग्यकार ने एक जोरदार चित्र खींचा है-

कहते हैं घर बदलना दुनिया का सबसे बड़ा काम है। मकान मालिक को झेलना उससे भी बड़ा काम। कई मकान मालिक ऐसे होते हैं जैसे उनको हर वक्त लगता है कि किरायेदार ने उसकी भैंसियां तो नहीं खोल लीं। हद्द है यार शराफत का जमाना ही नहीं। पांडेय जी के दोस्त हैं कन्नड़ मूल के बरसों से दिल्ली में रह रहे हैं। अपनी जमीन जायदाद लेने की कभी सोची नहीं। अगर सोचा होता तो अब तक दिल्ली में अपना घर होता और सपना साकार हो गया होता। उनके साथ के दूसरे लोगों ने दिल्ली जैसे विकसित महानगर में खुद के बंगले और फ्लैट खड़े कर लिए थे, यह बेचारा कन्नड़ रह गया मारा का मारा। शरीफ आदमी दुनिया में विचार दे सकता है, विचार रिसीव करने के सिवाय कुछ नहीं कर पाता। उसकी नजर में दुनिया का मंत्र चलायमान हैं, कहीं कुछ हो गया तो, ये नहीं खाना, इसके सेवन से पेट चल गया तो!

उनके टेम में एक नेता जी हुए थे, नाम था कल्याणमल तन्हा। किसी पार्टी के नेताजी थे। बड़ा मान-सम्मान था। कोई उनका कहना मानता तो ठीक,वरना उससे सम्मान करवाना वे बखूबी समझते थे। उनकी कोठी

इलाके में मशहूर थीं। दरवाजे पर दरबान थे, बंदूक से लैस। कोठी के भीतर तकरीबन 100-50 जंगली टाइप के कुत्ते पहरेदारी पे थे, डाकिया क्या कुरियर क्या सब वहां जाने के नाम से थर्राते थे। उनका दबदबा ऐसा था कि इलाके में सरकार की योजना के तहत स्कूल, कालेज के निर्माण का श्रीगणेश हुआ। बिल्डिंग बन गई, स्वीमिंग पूल भी बन गया। बड़ा डंका पीटा गया, अखबारों में और स्थानीय चैनल्स पर। (पांडेय जी और शिफ्टिंग का लोचा)

चिलमन ने मंथन किया कि भारतीय पुरूषों के मामले को वाच किया जाए तो अस्सी प्रतिशत किसी न किसी प्रसंग में अटके हैं। कहते हैं न कि प्रेम वह चुम्बकीय पहलू है जो अपने आपको कहीं न कहीं अटकाए रखने में विश्वास करता है। (पांडेय जी और मधुबाला का प्रसंग)

एक सामान्य नागरिक की वर्तमान व्यवस्थाओं में क्या हैसियत रह गई है, व्यंग्यकार ने इसे अभिव्यक्ति दी है-

एक यात्रा में अस्सी वर्ष के जवान से पांडेय जी टकरा गए। क्या रोमांस उनके भीतर भरा हुआ था। क्या गीत, क्या गजल सुनाने में प्रवीण!, पांडेय जी को लगा भी कि हिंदुस्तान में प्रतिभाओं की कमी नहीं, कमी है तो उनको उपयुक्त मंच प्रदान करने की। लेकिन आज सत्ता तक पहुंचने की दौड़ में अनेक लपुकरामों का साम्राज्य है, असल आदमी तो वहां दरबार में अपनी अभिव्यक्ति पेश नहीं कर पाता। (पांडेय की स्वदेश वापसी)

अपनी कविता में व्यंग्यकार जिन्दगी का फलसफा पेश करते हुए लिखता है-

एक दिन
आत्मबोध हुआ और मैं ताकने लगा उस वृक्ष पर बैठी
असंख्य चिड़ियों को
जो चहक रही हैं लगातार
बच्चों की तरह
नदी के जल सी
चहचहाहट लिए
ये जिंदगी नहीं तो और क्या है! (पांडेय जी और यादों के झरोखें)

जीवन को लेकर अमीर-गरीब का अंतर हमेशा रहा है लेकिन व्यंग्यकार यहां अपने दार्शनिक अंदाज में इसका विश्लेषण करते दिखाई देते हैं-

मानिए आप जीवन में सबसे संतुष्ट व्यक्ति हैं महसूस कीजिए कि आप ग्लेशियर के उस पिंड में है ना बहुत बर्फ है बहुत ठंडक है बहुत सर्द

पांडेय जी सोचने लगे कि हमारी लेखक बिरादरी कितनी सचेत है और सजग भी। जब उनके भीतर दो पैग और तीन से ज्यादा चले जाते हैं तो उनमें लेखक का असल गुण सुप्तावस्था से जाग्रत अवस्था के मॉड में आ जाता है। ये वो क्षण होते हैं जब कोई लेखक किसी नए लेखक को प्रेमचंद, निराला और किसी नवोदित लेखिका को महादेवी घोषित करने से भी बाज नहीं आता। पांडेय जी को एक बात और याद आ गई, इस मौके पर इंडिया इंटरनेशनल सेंटर की एनेक्सी में, एक बड़े जुगाड़ लेखक ने नए लेखक के कविता संग्रह के लोकार्पण पर कहा कि इनके लेखन में ओज है, ताजगी है और विस्मित करने वाली भाषा है। यानी जिस अलंकरण से वे आपको चढ़ा सकते थे, चढ़ाने लगे। किसी ने तो यहां तक कह दिया कि हर लेखक की इच्छा यही है कि अपने प्राण यही त्याग दें। पांडेय जी ने बड़े आदर भाव से कहा था कि आप कब प्राण त्याग रहे हैं। ऐसे में उन साहब की शक्ल देखते ही बनती थीं। (पांडेय जी और इश्क का चक्कर)

इस व्यंग्य में महानगरीय जीवन की त्रासदी का रोचक वर्णन है। जीने को तो सभी जीते हैं लेकिन भले और बुरे आदमी वहां कैसे जीते हैं, उनका व्यंग्यकार ने एक जोरदार चित्र खींचा है-

कहते हैं घर बदलना दुनिया का सबसे बड़ा काम है। मकान मालिक को झेलना उससे भी बड़ा काम। कई मकान मालिक ऐसे होते हैं जैसे उनको हर वक्त लगता है कि किरायेदार ने उसकी भैंसियां तो नहीं खोल लीं। हद्द है यार शराफत का जमाना ही नहीं। पांडेय जी के दोस्त हैं कन्नड़ मूल के बरसों से दिल्ली में रह रहे हैं। अपनी जमीन जायदाद लेने की कभी सोची नहीं। अगर सोचा होता तो अब तक दिल्ली में अपना घर होता और सपना साकार हो गया होता। उनके साथ के दूसरे लोगों ने दिल्ली जैसे विकसित महानगर में खुद के बंगले और फ्लैट खड़े कर लिए थे, यह बेचारा कन्नड़ रह गया मारा का मारा। शरीफ आदमी दुनिया में विचार दे सकता है, विचार रिसीव करने के सिवाय कुछ नहीं कर पाता। उसकी नजर में दुनिया का मंत्र चलायमान हैं, कहीं कुछ हो गया तो, ये नहीं खाना, इसके सेवन से पेट चल गया तो!

उनके टेम में एक नेता जी हुए थे, नाम था कल्याणमल तन्हा। किसी पार्टी के नेताजी थे। बड़ा मान-सम्मान था। कोई उनका कहना मानता तो ठीक,वरना उससे सम्मान करवाना वे बखूबी समझते थे। उनकी कोठी

इलाके में मशहूर थीं। दरवाजे पर दरबान थे, बंदूक से लैस। कोठी के भीतर तकरीबन 100–50 जंगली टाइप के कुत्ते पहरेदारी पे थे, डाकिया क्या कुरियर क्या सब वहां जाने के नाम से थर्राते थे। उनका दबदबा ऐसा था कि इलाके में सरकार की योजना के तहत स्कूल, कालेज के निर्माण का श्रीगणेश हुआ। बिल्डिंग बन गई, स्वीमिंग पूल भी बन गया। बड़ा डंका पीटा गया, अखबारों में और स्थानीय चैनल्स पर। (पांडेय जी और शिफ्टिंग का लोचा)

चिलमन ने मंथन किया कि भारतीय पुरूषों के मामले को वाच किया जाए तो अस्सी प्रतिशत किसी न किसी प्रसंग में अटके हैं। कहते हैं न कि प्रेम वह चुम्बकीय पहलू है जो अपने आपको कहीं न कहीं अटकाए रखने में विश्वास करता है। (पांडेय जी और मधुबाला का प्रसंग)

एक सामान्य नागरिक की वर्तमान व्यवस्थाओं में क्या हैसियत रह गई है, व्यंग्यकार ने इसे अभिव्यक्ति दी है–

एक यात्रा में अस्सी वर्ष के जवान से पांडेय जी टकरा गए। क्या रोमांस उनके भीतर भरा हुआ था। क्या गीत, क्या गजल सुनाने में प्रवीण!, पांडेय जी को लगा भी कि हिंदुस्तान में प्रतिभाओं की कमी नहीं, कमी है तो उनको उपयुक्त मंच प्रदान करने की। लेकिन आज सत्ता तक पहुंचने की दौड़ में अनेक लपुकरामों का साम्राज्य है, असल आदमी तो वहां दरबार में अपनी अभिव्यक्ति पेश नहीं कर पाता। (पांडेय की स्वदेश वापसी)

अपनी कविता में व्यंग्यकार जिन्दगी का फलसफा पेश करते हुए लिखता है–

एक दिन
आत्मबोध हुआ और मैं ताकने लगा उस वृक्ष पर बैठी
असंख्य चिड़ियों को
जो चहक रही हैं लगातार
बच्चों की तरह
नदी के जल सी
चहचहाहट लिए
ये जिंदगी नहीं तो और क्या है! (पांडेय जी और यादों के झरोखें)

जीवन को लेकर अमीर–गरीब का अंतर हमेशा रहा है लेकिन व्यंग्यकार यहां अपने दार्शनिक अंदाज में इसका विश्लेषण करते दिखाई देते हैं–

मानिए आप जीवन में सबसे संतुष्ट व्यक्ति हैं महसूस कीजिए कि आप ग्लेशियर के उस पिंड में है ना बहुत बर्फ है बहुत ठंडक है बहुत सर्द

हवाएं चल रही है। असंतुष्ट भैया बोले मैं बिल्कुल नहीं मानूंगा मुझे गर्मी लग रही है। मैं क्यों मान लूंगा कि मैं सर्दी महसूस करूं। अब पांडे जी ने बोला कि भैया आप का कुछ नहीं हो सकता आप असंतुष्ट हो। असंतुष्ट हैं और असंतुष्ट रहेंगे तभी दयाल बाबू ने कहा कि भैया काहे गुस्सा करते हो ठंड रखिए कूल रहिए। सोचिये और महसूस कीजिए। लस्सी पीजिए। गाजर खाइए और स्वस्थ रहिए। ऐसा करो मैं अभी आ रहा हूं और यह कहते ही दयाल बाबू निकल गए। पतली गली से, तभी पांडे जी को ख्याल आया उन्होंने चिलमन को कहा कि चमन जरा देखना लल्लू भैया आए हैं क्या? लल्लू भैया ने सुबह से चेहरा नहीं दिखाया। ऐसे मुस्कुराते हैं जबरदस्त कि किसी गरीब से कह रहे हों कि तुम बेहद प्यारी हो कि प्यारे गरीब तेरा अंत सुनिश्चित है। तुझे जीने का कोई अधिकार नहीं है। क्या करेगा जी कर। जीना है तो गरीब कहां जिएंगे अमीर जिएंगे पूंजीवादी जिएंगे सत्ता के लोभी जिएंगे तभी सामने से नछत्तर सिंह आ गए। नछत्तर सिंह मोहल्ले के सबसे बुजुर्ग व्यक्ति हैं। 80 पार कर गए। (पांडे जी और पांडे जी की दुनिया)

उधर कल्लू कालिया अस्पताल में एडमिट। उसके जान पहचान के लोगों ने कहा कि भैया आपकी उम्र अब सन्यास लेने की है। कहो तो किसी ओल्ड एज होम में छुड़वा आएं। यह क्या मजाक है कि जब देखो पिटने की खबर में आते रहते हो। हमारा मजाक बना रखा है। कल्लू का मुंह सूजा हुआ था, देविका ने चप्पल मार कर उसके दो दांत तोड़ दिए थे। कल्लू ने भी सोचा कि सामने वाला बात तो सही कह रहा है।

पांडेय को लगने लगा कि ये जरूर रामखेलावन के साथ सारा पिरोगराम डिसकस कर आई है। पांडेय जी ने सहमति दे दी कि तैयारी करो और दलबल को एक्टिव करो। फिर तो देविका ऐसे खुश हुई जैसे उसे कोई भारी सम्मान मिल गया हो और वह किसी राष्ट्र की नेता प्रतिपक्ष हो गई हो। (अब पांडे जी क्या करेंगे)

जीवन में संबंधों का ही निवेश नहीं करना होता आपातकाल के लिए धन का भी संचयन करना होता है। जैसे एक घर की मालकिन सर्दियों में मटर छील लेती है उसका भंडारण बेमौसम में भी जायका बनाए रखता है। इसलिए जीवन में जो भी बातें आपके कल्याणकारी हित की हों उसे स्वीकार कर लेना चाहिए। (पांडे जी और सर्दी का लोचा)

गरीबी और अमीरी का द्वंद्व सनातन काल से चला आ रहा है। इसे व्यंग्यकार अपनी कविता और गद्य दोनों रूपों में सामने रखता है-

गजब है साहब
दुनिया में जिएगा तो पैसे वाला ही
मरेगा तो गरीब आदमी
धरने में
जुलूस में
प्रदर्शन में
दिखता कौन है
गरीब आदमी

अमीर आदमी तो साहब अपने टीवी के सामने व्हिस्की के पैग पीता हुआ तंदूरी मुर्गा खाता है यह प्रजातंत्र है भाई साहब

यहां ना आपकी सुनी जाएगी और
न हमारी सुनी जाएगी
सुनी
जाएगी तो पैसे वाले की
मैं भी सोचने लगा हूं
कि प्रभु जी
मुझे भी पैसे वाला बना दे (पांडेय जी और रुटीन लाइफ की पेचीदगियां)

'जीवन सत्य' के एक पहलू पर व्यंग्यकार के इस कथन पर मुलाहिज फरमाएं-

पांडेय जी सोचने लगे जब तक जीवन है, तब तक आदमी उसके झमेले में पड़ा रहता है। मरने के बाद बंदे को तो मुक्ति मिल जाती है पर जे मुक्ति उसके परिजन को तब जाकर मिलती है, जब उसकी पॉलिसी का धन स्वीकृत हो कर परिजन जोकि ऑथोराइज्ड है, उसके खाते में ट्रांसफर हो जाता है। सारा खेल पैसे का है और माया जिसके पास रहती है वह व्यक्ति उछलता रहता है, आखिर पैसा बोलता है। लेकिन पांडेय जी ने यह भी महसूस किया है कि बिलो पॉवर्टी वाले अमीरों से ज्यादा सुखी और खुश रहते हैं, बेचारे अमीर लोग यही सोचते रहते हैं कि कहां गाड़ी खड़ी होंगी! कहाँ नहीं खड़ी होगी! इसी चक्कर में आदमी दुनिया से प्रस्थान कर जाता है। पांडेय जी कुछ सोच ही रहे थे कि अचानक से क्रिएटिव मॉड में कन्वर्ट हो गए। (पांडेय जी और उनका छज्जा)

मिलावटखोरी जैसे जघन्य अपराध करने वाले लोगों पर व्यंग्यकार कटाक्ष करते हुए जो कहता है वह काबिले गौर है-

जिस देश में पूंजीपति ऐसे हों जो सब्जियों में इंजेक्शन देने को उत्सुक हों कि मुनाफा ज्यादा मिल जाएगा, उन्हें कोई परवाह नहीं कि आप की सेहत का बैंड बजे या बजे बाजा!

खोया-पनीर नकली। यहां तो साहब लोगों की विचारधारा भी थोथी है, जिसे देखो वह अपने फायदे के लिए आपके जूते तक चाटने को तैयार मिलेगा कि साहब के जूतों में बढ़िया क्वालिटी का बटर लगा हो, जबकि साहब भैंसों के तबेले से निकल कर आये हो। हद है साहब। यात्राओं में लोग ऐसे मिलते हैं जैसे ये जिंदगी मिलेगी न दुबारा। (पांडेय जी और महाकाल की यात्रा)

जीवन को आप किस नजरिए से देखते हैं? इसके कितने कोण हो सकते हैं? इसके कितने कोण हो सकते हैं? इसे व्यंग्यव्यामित करते हुए व्यंग्यकार कहता है-

एक गृहिणी के साथ 10 मिनट बैठे - आप महसूस करेंगे कि जीवन बहुत कठिन है। एक शराबी के साथ 10 मिनट के लिए बैठें - आप महसूस करेंगे कि जीवन बहुत आसान है। साधु-संन्यासियों के साथ 10 मिनट बैठे - आप ऐसा महसूस करेंगे कि दान में सब कुछ मिल जाएगा। एक नेता के सामने 10 मिनट बैठे - आपको लगेगा कि आपकी सारी पढ़ाई बेकार है। जीवन बीमा एजेंट के साथ 10 मिनट बैठे - आप महसूस करेंगे कि मर जाना बेहतर है। व्यापारियों के साथ 10 मिनट बैठें - आपको लगेगा कि आपकी कमाई बहुत कम है। वैज्ञानिकों के साथ 10 मिनट के लिए बैठे - आप अपने अज्ञान को महसूस करेंगे। अच्छे शिक्षकों के साथ 10 मिनट बैठें - आप फिर से एक छात्र बनने की इच्छा करेंगे। एक किसान या कार्यकर्ता के सामने 10 मिनट बैठें - आपको लगेगा कि आप बहुत मेहनत नहीं कर रहे हैं। एक सैनिक के साथ 10 मिनट के लिए बैठे - आप महसूस करेंगे कि आपकी अपनी सेवाएं और बलिदान महत्वहीन हैं। एक अच्छे दोस्त के साथ 10 मिनट बैठे - आपको लगेगा कि आपका जीवन स्वर्ग है! (पांडे जी और पुरस्कार की माया)

एक बात समझ नहीं आ रहीं, मुझे कि हिंदी क्या इतनी पिछड़ी और थकी हुई है कि जिसे उठाने के लिए अपने लोग विदेश जाने के लिए मैराथन

किये हुए हैं। जिससे पूछो तो वह यही राग अलाप रहा है कि हाय मॉरीशस, हाय मॉरीशस। हद है, यार। पगलाए हैं सब। पगलेट कहीं के।

पांडेय जी किसी सधे हुए भाषाविद की तरह बोलने लगे थे। जैसे टी वी चैनल्स में आजकल लोग चिल्लाते हैं, लगता है घर से कसम खा कर आये हैं कि मैं दूसरे से ज्यादा चिल्लाऊंगा, तभी न ज्ञानी कहलाऊंगा। अक्सर ऐसा लोग मान लेते हैं, लेकिन वे यह नहीं समझने को तैयार होते कि ज्यादा बोलने से गले की नस दब जाती है और आप हमेशा के लिए बोल नहीं पाते। पर इस सब साधक टाइप लोगों को कैसे समझाएं। सब पगलाए घूम रहे हैं। जैसे एक जमाने में घूमते थे, बर्तन भांडे कलई करवा लो, अब घूमते दिख रहे हैं-हिंदी सेवा करवा लो, हम हिंदी साधक है, कई विषयों पर बोल लेते है, कुछ भी बुलवा लो, प्रस्तावना लिखवा लो, समीक्षा लिखवा लो, पर भेज दो मॉरीशस। हाय मॉरीशस। (लपकुराम और हिंदी सम्मेलन)

अभी मैंने उनकी कुछ चुनिंदा व्यंग्य रचनाओं के उदाहरण प्रस्तुत किए। इन रचनाओं से व्यंग्यकार का सामाजिक सरोकारों के प्रति क्या दृष्टिकोण है, उसका सहज ही अनुमान लगाया जा सकता है।

ललित जिस वय के हैं, उनके समकक्ष आयु के भी अनेक लेखक हिन्दी व्यंग्य लिख रहे हैं लेकिन उनके 30 व्यंग्य संग्रहों का प्रकाशन उनकी एक अनुपम उपलब्धि है। इन व्यंग्य संग्रहों की भी एक विशेषता है कि इनकी भूमिकाएं देश के जाने माने और व्यंग्य लेखन में अनवरत लीन और प्रतिबद्ध व्यंग्यकारों डॉ. प्रेम जनमेजय, डॉ. सुभाष चन्दर, दिलीप तेतरबे, फारूक आफरीदी, अनुराग वाजपेयी, चन्द्रकांता, डॉ. नीरज दइया, डॉ. हरीश कुमार सिंह, जयप्रकाश पाण्डेय, रमेश सैनी, अरविन्द तिवारी, विनोद साव, बुलाकी शर्मा, डॉ. सुरेश कुमार मिश्र 'उरतृप्त', रणविजय राव की कलम से लिखी गई हैं। ललित ने देश के प्रतिष्ठित लेखकों की व्यंग्य रचनाओं के संकलनों का संपादन करने का भी एक शानदार रिकॉर्ड बनाया है। ललित के प्रयासों से देश में पहली बार इक्कीसवीं सदी की 131 श्रेष्ठ रचनाएं-संचयन, अब तक 75 श्रेष्ठ व्यंग्यकारों की रचनाओं का संचयन सामने आए जो बेमिसाल हैं। इतने बड़े आकार में इससे पहले कभी व्यंग्य संचयन प्रकाशित नहीं हो पाए। इन संचयनों में लगभग तीन पीढ़ियों के व्यंग्यकार शामिल हैं।

जहां तक लालित्य ललित के स्वयं के लेखन की बात करें तो हम पाएंगे कि वे छोटी-छोटी कथाओं और संवादों के माध्यम से अपनी व्यंग्य रचनाओं में जीवन का मर्म प्रस्तुत कर देते हैं। इनमें जीवन के सुख-दुःख, त्रासदियां आदि के साथ मनुष्य के दोगलेपन, भ्रष्टाचार, असमानता, भेदभाव,

अहंकार, तानाशाही, आपाधापी, भाई–भतीजावाद से लेकर लेखकों की दुनिया के असली–नकली जीवन रंगों की फुहारें आल्हादित, उद्वेलित और चिंतामग्न भी करती हैं। चूंकि इस व्यंग्य संग्रह में उनकी प्रतिनिधि रचनाएं हैं तो पाठकों को व्यंग्य के जरिए हमारे मानवीय जीवन की तमाम भाव–भंगिमाओं, व्यवहार और प्रकृति से रूबरू कराती हैं। इनकी व्यंग्य रचनाओं की एक विशेषता यह भी है कि वे मनुष्य को निराशा के भंवर में डुबोती नहीं हैं। वे साहस के साथ जीवन में उदात्त मूल्यों के साथ जीने का हौसला देती हैं।

अपनी व्यंग्य रचनाओं में ललित विश्वश्रुत और प्रचलित लोकोक्तियों और मुहावरों का भी सटीक प्रयोग करते हैं जिनसे उनकी रचनाओं में दमखम आ जाता है। ललित के व्यंग्य कहीं–कहीं इतने मारक हैं कि पाठक के भीतर गहरा प्रभाव डालते हैं। कई बार तो वे अन्दर तक इंसान को छील देते हैं। संवेदना का गहरा समन्दर देखकर लगता है कि ललित इंसान के भीतर बहुत सघनता से तांक–झांक करते हैं।

ललित की रचनाओं और अब तक ख्याति अर्जित व्यंग्य संग्रहों एवं पाठकों में गहरी बनी पैठ का कारण ही है कि अब देश के कई विश्वविद्यालयों में उनके लेखन पर शोध कार्य हो रहा है। शोध कार्यों से लेखक की प्रतिष्ठा तो द्विगुणित होती ही है साथ ही उसका रचना संसार भी व्यापकता प्राप्त करता है। हिन्दी व्यंग्य के लिए यह एक प्रकार से प्रतिष्ठा का विषय है।

इनके व्यंग्य निबंधों में इनकी स्वरचित कविताएं सोने में सुहागे का काम करती हैं। गद्य व्यंग्य रचनाओं में कविताओं का उपयोग करने वाले व्यंग्यकारों में वे प्रथम पंक्ति में हैं। यशस्वी व्यंग्यकार और व्यंग्य यात्रा के प्रबुद्ध संपादक डॉ. प्रेम जनमेजय का यह कथन मुझे समीचीन लगता है कि जो व्यक्ति कवि हृदय होगा और व्यंग्य लेखन करेगा तो उसकी रचनाओं में संवेदना की सघनता के दर्शन होंगे। इस दृष्टि से ललित के व्यंग्यों की परख की जा सकती है। मूलतः वे कवि हृदय ही हैं। कविता से उनका पहला प्यार है तो मानकर चलना चाहिए कि उसके पीछे संवेदना उनका एक धरातल रहा है।

ललित का व्यंग्य जहां विराम पाता है वहां आगे का काम उनकी कविता करने लगती है। कोई भी लेखक जब किसी विधा में अपनी बात कहता है तो उसकी सार्थकता या उपादेयता विधा ही तय करती है। इनकी कविताओं में रोजमर्रा की जीवन गाथाओं के रंग और उनकी महक दिखाई पड़ती है।

वे जटिल या क्लिष्ट कविताएं नहीं लिखते बल्कि क्लिष्ट जीवन को सहजता और सरलता में बदलते हैं।

'पांडेय जी फेम' इस व्यंग्यकार की रचनाओं से जब पाठक रूबरू होता है तो उसे लगता है कि यह उसकी अपने जीवन की कष्ट कथाएं हैं, जिन्हें लेखक ने वाणी देकर एक प्रकार से उन्हें सकारात्मक संतुष्टि दी है। मैं समझता हूं कि इन व्यंग्य रचनाओं का पाठक हृदय से स्वागत करेंगे और अनुभव करेंगे कि लेखक उनके दुःख-सुख में सक्रिय भागीदार बनकर उपस्थित है। लालित्य ललित के इस व्यंग्य संग्रह के लिए अनंत शुभकामनाएं। इसी तरह सदा यश अर्जित करते रहें और अपनी लेखनी से समाज को नया दिशा बोध कराते रहें।

मंगल कामनाओं के साथ।

-फारूक आफरीदी,
वरिष्ठ व्यंग्यकार, कवि, आलोचक,
बी-70/102 प्रगति पथ, बजाज नगर,
जयपुर 302015
मोबाइल 94143 35772
email&farooqgandhi@gmail-com

विषय सूची

1.

पांडेय जी और वाइ फाई का लोचा

पांडेय जी को एक अंतरराष्ट्रीय सम्मेलन में उनके बिजली विभाग ने बाहर के एक विशेष अधिवेशन में विदेश भेजा।

बाहर आकर उन्हें पता चला कि उनके जैसे बहुत से लेखकों को अलग-अलग होटल में ठहराया गया था। पांडेय जी को वेन्यू के पास न ठहरा कर दो ढाई किलोमीटर के दायरे में ठहरा दिया गया।

होटल बेहतरीन। वाईफाई भी मोबाइल में दर्शा रहा है लेकिन काम नहीं कर रहा!

पांडेय जी को लगा कि क्या बात है कि अपने देश की मिट्टी छोड़ते ही फोन ने भी साथ छोड़ने का मन बना लिया।

बहरहाल होटल के रिसेप्शन ने काफी मशक्कत की और कुछ देर में मोबाइल ने काम करना शुरू कर दिया। नहीं तो पांडेय जी को लगा कि कल्लू उर्फ कबूतर नाम का वायरस तो नहीं घुस गया, इसके भीतर। बहरहाल जीवन को जीने का अपना ही अंदाज था, पांडेय जी का।

जब पांडेय जी का वाई फाई शुरू हुआ तो पांडेय जी को जैसे आक्सीजन मिल गई हो।

पांडेय जी कमरे में आये और वहाँ की भव्यता देख कर चकित रह गए। कुछ दिमाग ने सोचा और कुछ मन ने।

महोब्बत के सिवाय
जिंदगी में
महोब्बत के सिवाय कुछ भी नहीं
उसने ऐसे ही पूछ लिया
कि कैसे हैं आप!
मैंने कहा कि आपकी सोच के माफिक
उसने कहा कि
आप भी खूब हैं

मैंने कहा कि आपसे कम
वह चाय पीने लगीं और मैं उसकी विचारधारा को शिद्दत से जीने लगा
एक बार फिर
घूमने को सोचने को पूरी जिंदगी है साहब
उसने मुझे कहा और ले चली अपने साथ
एक नई डगर पर
नए लक्ष्य की ओर
सायोनारा
मैंने अपने आपसे कहा और
कुछ गलियारे में अपने को तलाशना लगा।

पांडेय जी जब अगले दिन वेन्यू में आये तो वहाँ भी वही समस्या थीं। वाइ फाई की। पांडेय जी ने कोशिश तो की, पर जनाब तकनीक के दौर में किस ओर भरोसा करें और किस पर नहीं करें। यही हुआ। वाइ फाई के संकेत के बावजूद भी वाइ फाई का रिसीवर लोड नहीं ले रहा था। पांडेय जी ने भी सोचा कि कोई बात नहीं बेटे!

मत ले लोड। काम तो चल जाएगा। आखिर भारतीय है, कहीँ भी भेज दो, अपन काम कर आयेंगे।

पांडेय जी ने एक और साथ के व्यक्ति से समय पास करने के उद्देश्य के लिए कहा कि नेटवर्क न हो बढ़िया तो बड़ा कष्ट होता है!

वह सज्जन जरा अकड़ू किस्म के थे, उन्होंने सड़ा सा मुंह बनाया और कहा कि ये सेहत का मामला है अगर सेहत दुरूस्त न हों तो कोई क्या कीजियेगा। इसलिए जान है तो जहान है।

बहरहाल वेन्यू में पांडेय जी को और कई मित्र दिखाई दे गए उन मित्रों को आयोजकों ने अलग-अलग होटलों में टिका रखा था, यदि एक ही जगह होते तो अनेक प्रकार के अवरोधों व कष्ट से बचा जा सकता था। और भाई साहब जो लिखा जा चुका है, उसको न तो कोई बदल सकता है। ये बात सोलह आने सच है।

ऐसा भी होता है जब मुम्बई से विलायती राम पांडेय जी ने राधेलालजी को फोन किया और कहा कि हम आपकी नगरी में हैं तो राधेलालजी ने छूटते ही कहा कि हम फस्ट क्लास, राजधानी में के कूपे में हैं और दिल्ली की और पहुंच रहे हैं। ऐसे में पांडेय जी भला कहाँ चूकते। झट से कह दिया कि हम भी ड्रीम लाइनर में बैठने वाले हैं।

लेकिन महाराज कहाँ ड्रीमलाइनर!

लग रहा था कि ग्रीन लाइन में बिठा दिया हो और आंटी टाइप की विमान परिचारिकायें आप का वेलकम के लिए हम तैयार हैं।

पांडेय जी कल्पना लोक में जीने वाले सजीव जीव हैं, चित्रण तो ऐसा कर लेते हैं कि लगता है खटारा में बैठे हुए भी ड्रीमलाइनर का मजा के रहे हों!

पांडेय जी ने आयोजक में से किसी को कहा कि आप लोग दोपहर का भोजन नहीं करते क्या!

मन के सच्चे मगर दिल से बच्चे ने कहा कि जी नहीं। हम दोपहर को भोजन नहीं करते। किसी ने कहा है कि ऐसा करने से मन को सकूं और अंतड़ियों को भी आराम मिलता है।

पांडेय जी ने सोचा कि अद्‌भुत है मेरे देश के लोग जो बाहर गांव पहुंच कर अपनी सोच में इजाफा कर लेते हैं कि न खायेंगे और न खाने देंगे।

बेशक न खाने से चेहरे और नूर आता है और काफी हद तक ये विचार मंडराता है कि विचार की उत्पत्ति कब हुई! और क्यों हुई!

क्यों मनुष्य योनि को प्राप्त हुआ!

क्या उसे मोक्ष मिलेगा!

तभी एक व्यक्ति से पांडेय जी ने पूछा कि वे देखो वह आदमी समोसे बाँट रहा है तो सुनने वाले ने कहा कि भाई साहब वह कोई समोसे नहीं बांट रहा है। वह आयोजकों की ओर से वहां स्टाल लगाया गया है ताकि मेला देखने आए लोगों का मुंह चलता रहे। अब पांडेय जी को लगा कि एक जमाना था जब लोगों की जुबान चलती थीं, लेकिन अब मुंह चलता है। वक्त-वक्त की बात है।

जमाना बहुत तेजी से बदल रहा है। बदलना भी चाहिए।

राधेलालजी दिल्ली पहुंच चुके हैं। जबकि विलायती राम पांडेय जी देश से सुदूर आबू धाबी में हैं। वे देख रहे हैं कि मेला क्या होता है और मेले में मेला बने लोगों की सोच में कितना प्रतिशत फर्क आया है।

रामखेलावन ग्रुप में बने हुए हैं। कई मित्रों को लग रहा है कि पांडेय जी बाहर गांव में हैं, ऐसे में क्या कर रहे होंगे!

जबकि वह कभी भी आराम नहीं करते। उनका कहना है कि काम करना उनका मौलिक अधिकार है। प्रगतिशील मनुष्य का पहला मूलभूत अधिकार यह होना चाहिए। कि उसे काम करना चाहिये। इससे वह सृजनात्मक बना रहता है।

पांडेय जी ने देखा कि मेले में बंगाल भी है, पंजाब भी है और नन्हें बच्चों की करतल ध्वनियां भी हैं। ये मिलाजुला रूप किसी न किसी माध्यम से सुदूर इलाके की मिट्टी में भी भारतीयता का एहसास दिलाता है कि हमारे सम्बन्धों में अभी भी नमी है और दिलों को जीतने का जुनून भी।

पांडेय जी ने आगे बढ़ कर पंजाब के नर्तकों से कहा कि वीर जी आपके साथ एक चित्र हो जाये तो पंजाब के युवा साथी खिलखिला गए तभी राजस्थान के कालबेलिया डांसरों ने जब डांस किया तो बाड़मेर, जोधपुर और जैसलमेर की मिट्टी की सौंधी महक आबू धाबी में पहुंच गई। ये पल जीवन को जैसे जीवंत कर देते हैं।

उधेड़बुन में देविका गजोधर कि पांडेय सर का नम्बर नहीं लग रहा। वह परेशान थीं, लेकिन क्या किया जा सकता है!

पांडेय जी ने न कभी हारना सीखा है और न कभी किसी के पीछे भागे हैं।

उन्होंने देविका को संदेश भेजा कि यहाँ वाईफाई की समस्या है। मुझे पता है कि तुम याद कर रही होगी। यदि कोई जरूरत है तो फोन करना। मोबाइल काम कर रहा है लेकिन वाट्सएप में कोई लोचा है। वह होटल में ही काम कर रहा है, दिखाता हूँ किसी को।

सो वेट फार मी। पांडेय जी ने संन्देश छोड़ दिया।

देविका को सन्देश मिला तो वह झट से झंकृत हो गई। मन में सोचने लगीं कि पांडेय सरजी वाकई में कितने अच्छे हैं, मैंने याद किया और पांडेय सर ने याद कर लिया।

पांडेय जी सोचने लगे कि अगले किसी ऐसे ही दूरस्थ साहित्यिक कार्यक्रम में देविका गजोधर के नाम का अनुमोदन करना पड़ेगा। उसमें नये किस्म का स्पार्क है। नई सोच है। आजकल इस किस्म के सोच का नया सौंदर्य कहाँ देखने को मिलता है!

उसमें समर्पण भी है और आस्था के प्रति एकात्म योग का समन्वय भी। यदि आपके पास यह दिव्य दृष्टि है तो आपका योग आपको दुनिया से अलग और प्रखर बनाता है।

अंतर्मन कुमार ने सोचा कि जब भी पांडेय जी के मन में देविका गजोधर के बारे में कुछ बातें आती हैं तो वह उसके प्रति निर्मल भाव ले आते हैं। भाव ही आपको स्थिर बनाते हैं। ये ज्ञान का ज्ञान योग है। इस बात को समझना होगा। हम्म!

पांडेय जी बहुत कुछ सोचते रहे और मथते रहे कि जीवन क्या है!

मोक्ष के सिवाय कुछ भी नहीं।

पड़ोस में बैठा हुआ एक साहित्यकार सोचता रहा कि आज यदि दोपहर में कुछ न खाया तो उनका ब्लड प्रेशर बढ़ना तय है और ब्लड प्रेशर बढ़ जाएगा तो शुगर का लोचा भी तो।

अंतर्मन कुमार ने सोचा कि पांडेय जी कई बार कितनी दूर तक चले जाते हैं!

अच्छा ही है, उनसे फायदा यह होता हैं कि विचार पक्ष बेहतरीन सोच को जहां अभिव्यक्त करता है वहीं दूसरी तरफ जीवन के प्रति भी वह आपको आस्थावान भी बनाता है।

कल्लू उर्फ कबूतर परेशान है। पांडेय जी ने वीडियो कॉल पर बताया कि रामखेलावन जी, ज्यादा मत सोचो। यह सब उसके कुकर्मों पर केंद्रित पक्ष है।

कोई भी व्यक्ति यदि जरूरत से ज्यादा मन्थन करता है तो उसका निकष समक्ष आ जाता है वही सत्य है। वही अर्थ है और वही सुंदर आकलन भी।

बाहर आकर पता लगता है कि घर क्या है और घर को पता लगता है कि घरवाला कहाँ है!

फिलहाल रामप्यारी मोबाइल से सम्पर्क में बनी हुई है और अपने विलायती राम पांडेय जी ठहरे एक समर्पित और घूमन्तु सेवी साहित्य वाले।

जैसे आवाज आती थीं, एक जमाने में बर्तन कलई करवा लो।

अब सुनने में आ जायेगा कुछ दिनों बाद-

साहित्य सेवा करवा लें।

समर्पित मजदूर उपलब्ध है। देश में विदेश में, गांव में शहर में। जहां चाहे वहाँ, अपना ये मजदूर सेवा देने को उपलब्ध आहे।

हेल्लो जी!

पांडेय जी हैं!

कब आ रहे हैं स्वदेश!

क्यों भाई!

क्या हुआ जब होते है तब घास नहीं डालते, पर अब। तुम भी खूब हो मित्र।

बने रहिये हमारे साथ। जल्द मुलाकात होगी। बाय-बाय।

देविका गजोधर ने वाट्सप किया-

वी मिस यू सर!

इंतजार प्रतीक्षा का एक खूबसूरत शब्द है जिसकी अभिव्यक्ति बड़ी सुंदर होती है, लिखो, दिखो और दिखो।

देविका गजोधर ने पांडेय जी को स्माइली सेंड किये और भीतर ही भीतर प्रफुल्लित हो गई, जैसे मन के सभी दरवाजे और खिड़कियों से ताजी और ठंडी हवा आने लगीं।

अंतर्मन कुमार भी देख रहा है कि पांडेय जी को किसी की परवाह नहीं। वे खुद अपने में समर्थ हैं तभी तो वे अपनी दुनिया में मस्त रहते हैं।

तभी वाट्सएप पर रामप्यारी का संदेश आया कि सुनिए जी आपको शॉपिंग नहीं आती तो कुछ फालतू सामान मत ले लेना।

जी, देवी। अन्नपूर्णा जी। आप निश्चिंत रहिये। ऐसा कोई काम मेरे द्वारा न होगा जिससे कोई आर्थिक नुकसान हो।

देवी जी, खुश।

पांडेय जी भी खुश।

अंतर्मन कुमार ने कहा कि काश! पांडेय जी के घोर विरोधी भी खुश दिखते तो दिक्कत में न आते!

बेचारे कल्लू उर्फ कबूतर और सुनयना।

सही बताया तिवारी ब्रदर्स ने।

2.

पांडेय जी और इलेक्शन के किस्से

कैसे लगे!

आपको।

जैसा कल था, परसों था, वैसा ही भाई सखाराम जी। रोज-रोज कोई बदलता है क्या?

विलायती राम पांडेय ने एक सांस में जवाब दिया।

बात भी सही है। इलेक्शन जब भी आता है तो भाई-भाई पार्टियों के प्रतिद्वंद्वियों में बंट जाते हैं। जबकि खाने की टेबल पर साथ बैठते हैं, लेकिन घर से बाहर निकलते ही दोनों के समर्थक अलग-अलग पताकाओं के साथ निकल पड़ते हैं।

आजकल तो मतदाता भी इतना जागरूक किस्म का प्रहरी है कि कोई भी पार्टी का नेता उसे लॉलीपॉप नहीं पकड़ा सकता।

खुद पांडेय जी भी इसी मूड में हैं कि अब की बार जो आएगा, उसे कहेंगे कि भाई ये बता कि कैसे वोट दें! और क्यों दें।

ऐसा ही वाकया पिछले दिनों देखने में आया। एक पार्टी के उभरते हुए गली महल्ले के जुझारू नेता को कहा कि भाई वह पार्क का मामला भी देख लेते!

अब मामला क्या है?

आइये पीछे ले चलते हैं। आपके दिमाग की सैर भी हो जाएगी। इससे पता चलता है कि आपका दिमाग सक्रिय मॉड पर भी है क्या!

बहुत पहले की बात है। जब अपने विलायती राम पांडेय जी चीकू की उम्र के थे।

मोहल्ले से दूर एक पार्क था।

जमाने के साथ रहने वालों की आवश्यकता ने उस पार्क को हड़पना शुरू कर दिया। अब हालत ये है कि आज आस-पास के सभी जागरूक

लोगों को पता है कि एक जमाने में यहाँ पार्क हुआ करता था। कभी बच्चे खेला करते थे। लेकिन आज आठ सात घरों ने कब्जा कर लिया। कब्जा भी ऐसा कि रहने वालों को बरसों से लूज मोशन भी नहीं हुए।

बाप क्या सेटिंग की है!

वैसे सेटिंग के बिना कोई भी चुनाव कोई भी उम्मीदवार जीत सकता है क्या!

सोचिये तो जरा!

इलाके का नेता अपनी टीम तैयार करता है कि घर-घर जाओ और सबको तैयार करवाओ कि इस पार्टी का घोषणा पत्र अच्छा है, वह आम जनता के हित का काम करेंगी।

आप जो भी है सुन रहे हैं, जाहिर है पढ़ भी रहे हैं। आज के दौर में कोई किसी की सेवा करता है क्या!

उसने फीिल्डिंग लगाई, बाद में पता चला कि जो पार्टी जीत गई, उसकी बिल्डिंग बन गई। दरवाजे पर सुरक्षा का चाक-चौबन्ध पहरा है। आप ने गुहार लगाई। अंदर के दरवाजे साउंड प्रूफ हैं। लगा लो, गला थका लो, कोई सुधार नहीं होगा।

बरसों से यही चला आ रहा है।

हम्म! अंतर्मन कुमार ने कहा।

पिछले दिनों राधेलालजी को किसी ने कह दिया कि आप जैसे कर्मठ लोगों की बेहद आवश्यकता है। बाई गॉड की कसम मुश्किल से छः वोट मिले, ऊपर से जमानत जब्त हो गई।

कल चिलमन बता रहा था कि कल्लू भी गुरुग्राम से खड़ा हुआ था, पास की दगड़ू बस्ती की औरतों से उलझ बैठा। औरतों ने जो हाल किया न उसका!

उसको देख कर लगता है कि सहानुभूति टाइप के भी वोट नहीं मिलेंगे।

अगले दिन कबूतर टाइम्स में खबर आई-

इलाके के उम्मीदवार कल्लू की स्थानीय महिलाओं द्वारा की गई जम कर कुटाई। नेता जी अस्पताल में। सूजा हुआ चेहरे वाला चित्र पाठकों को मुंह चिढ़ाने लगा।

रामकिशन पुनिया अपने छज्जे पर बैठे हुए अपनी घरवाली से कह रहे हैं कि एक जमाना हमारा था, क्या बात होती थीं। लोगों को लोग समझते थे, पर आज तो महिलाओं द्वारा दिन दहाड़े पिटे जाते हैं।

मिसेज रामकिशन पुनिया ने कहा कि देखो जी!

मुझे न कोई अर्क पड़ता और न कोई फर्क पड़ता। आई बात समझ में। अब ये बताओ कि खिचड़ी ही बनाऊं आपके लिए!

अब दस्य रुके या उस पर भी जीएसटी लग गई!

पुनिया हंसते हुए कहने लगा कि तुम्हारा दिमाग चल गया है।

मिसेज पुनिया ने कहा कि आज कल्लू का फोटो आया है, अगर सही बर्ताव नहीं करोगे तो तुम्हारा भी आ सकता है। हंसती हुई किचेन में चली गई।

उधर रामकिशन पुनिया सोचने लगा कि भाई कितना बदलाव आया है कि घर की महिलाएं अब सवाल करने लगी हैं।

इलेक्शन के मारे गनपत हमारे।

गनपत कल्लू का दोस्त है। स्कूटर मेकेनिक है। किसी की पुरानी मारुति ले आया। उसमें अवैध शराब थी, जो कल्लू के कहने पर दया बस्ती में वितरित करनी थीं।

लेकिन कहीं से तेज तर्रार लेडी इंस्पेक्टर मधुबाला को पता चल गया।

अंदर की बात। उसे भी टिप मिली थी। कि इस नम्बर की गाड़ी टोल नाके से गुजरेगी और एक मरियल किस्म का बन्दा अवैध किस्म के गीत सुनता हुआ निकेलगा। उसे धर दबोचना। उसके पास से बहुत-सा सामान मिल जाएगा। वैसे भी पुलिस के आला अधिकारी रामखेलावन थे। उनका कहना है कि मध ुबाला जब से तुम पुलिस फोर्स में आई हो, जरा भी एक्टिव नहीं। ऐसा कुछ कर दिखाओ कि तुम्हारी प्रमोशन भी हो और डिपार्टमेंट भी तुम्हें सम्मानित करे।

मधुबाला ने कहा कि ओके सर। कुछ करती हूँ।

मधुबाला ने अपनी खबरी टिप्सी मुटरेजा से जानकारी हासिल की। सही समय पर फील्डिंग लगाई और कल्लू का माल पकड़ा गया।

मधुबाला ने प्रेस कांफ्रेंस कर सबको बताया कि कैसे चुनावी दंगल में शराब का और असले का गैर कानूनी इस्तेमाल होता है। खबर ऊपर भी पहुंची। रामखेलावन ने खुद फोन कर मधुबाला को शाबासी दी और ये कहा कि इतनी जल्दी मुझे और डिपार्टमेंट को गुड़ न्यूज दोगी, इसका पता नहीं था। वेल डन, माय बॉय।

मधुबाला ने टिप्सी मुटरेजा का थेंक्स किया। टिप्सी हर बार की तरह मुस्कराई और कहा कि मैडम कभी कोई भी काम हो, याद कर लेना। सबकी खबर रहती है अपुन को।

उधर पांडेय जी अपने छज्जे पर बैठे थे कि फ्लेश बैक में चले गए। उनके लिए छज्जे का मतलब है कि मौसम बढ़िया हो तो मौसिकी आ ही जाती है। कसम से...

कुछ बोलती सी वह
मुझे पता है
कि वह नहीं बोलेगी

हमेशा की तरह
मैं बोलता रहा
अपनी आदत के मुताबिक
उसका स्पर्श हर बार की तरह मुझ में
नया रोमांस भरता रहा
रोमांस हमेशा से मुझे भाता रहा है
आज भी पहले की तरह
तेज चलती ठंड हवाएं
मुझे मेरे ही पते पर लिए चलने को
बाध्य करती हैं
मेरा मुसाफिर हो जाना
आदतन उसे भी पसंद है
रह-रह कर
मेरा प्यार
हमारे प्यार में तब्दील हुआ जाता है।
टेढ़े-मेढ़े रास्ते से चलते हुए हम
कहाँ जायेंगे
किस और से आगे बढ़ेंगे
नहीं पता
नहीं मालूम
पर किसी अंतहीन लक्ष्य पर इस बार नजर है
दूसरी और आखिरी बात
बेशक मैं मुंह से न कहूं
पर मेरी बात पर यकीन करना
कि मुझे आज भी
पहले की तरह इश्क है तुमसे
बेपनाह
कसम से
नए जमाने वाला प्यार
खजूर की कसम
नहीं भूला वह कसैली अरेबिक कॉफी की कसम!
दोनों ने जिया था।

वह पल

वह शाम और सर्द रातें।

पांडेय जी की तंद्रा तब टूटी जब रामखेलावन जॉइंट सीपी ने फोन किया।

भाई साहब, प्रणाम।

प्रणाम, रामखेलावन जी। कैसे याद किया!

भाई साहब बड़ा मन था। आप ही आजकल याद नहीं करते तो मुझे लगा कि पूछ लूं कि कहीं किसी बात से नाराज तो नहीं आप!

पांडेय जी ने कहा कि ये बताओ कि कोई कभी अपने से नाराज होता है क्या!

अच्छा, उस मधुबाला का ध्यान रखा करो। अच्छी लड़की है। समझे न!

जी, भाई साहब। कल डिपार्टमेंट ने उसे सम्मानित भी किया है। बड़े अवैध लोगों का एक जखीरा उसने पकड़ा है। नकली शराब और असला भी।

अच्छा! बड़ा अच्छा समाचार सुनाया।

जी, भाई साहब। शाम को समय निकालिए, खाना साथ खाते हैं। आपकी पसन्द का भुना हुआ महीन गोश्त और गुलाटी कबाब।

पांडेय जी ने कहा कि अब इतने अच्छे समाचार पढ़ोगे तो कौन पाठक या श्रोता अपने समाचार वाचिका से या वाचक से जुड़ना नहीं चाहेगा!

ठीक है भाई साहब। 8 बजे गाड़ी भेज दूंगा। आप आराम से आ जाइयेगा।

ठीक है, पर गाड़ी पुलिस वाली नहीं, सिविल वाली भेजना। आस-पड़ोस के लोग समझेंगे कि पांडेय जी ने ऐसा क्या किया कि गए काम से।

अच्छा, अच्छा। आप चिंता न करें।

गाड़ी आई। पांडेय जी चले गए।

रामखेलावन और पांडेय जी का सम्वाद:

आज कल बड़ा मुश्किल है भाई साहब। राजनीति कोलेप्स होती नजर आ रही है। इतना प्रेशर बढ़ गया है। सभी लोगों का कि लगता है कि मानो तलवार लटकी हुई है।

हम्म!

रामखेलावन, मन से काम करो। सबको समझते हुए आगे बढ़ते रहो। चिंता न करो। रामजी भला करेंगे।

भाई साहब, हमारे रामजी तो आप हैं।

अंदर की बात रामखेलावन को पता है कि उनके भाई साहब हर फील्ड में फील्डिंग लगाए रहते हैं।

क्या राजनीति और क्या राजनेता!

सब उनसे मिलने को उत्सुक ही नहीं लालायित भी रहते हैं। दरअसल पांडेय जी एक अखबार दैनिक रणभूमि के मालिक के साथ उसके प्रधान संपादक भी हैं। जिसके बारे में यदि कुछ लिख दिया तो वह कुछ पा गया, यदि बिगाड़ दिया तो वह गया काम से।

अंतर्मन कुमार ने कहा कि बड़ी कुत्ती चीज है राजनीति। बिल्कुल वकीलों जैसा काम। हमेशा झूठ बोलो, काम न करो। उसके सहारे अपनी दुकान चलाते रहो, नोट बनाते रहो। हद है नालायकी।

अभी कुछ वर्षों की बात है। वह गांव देहात से आया था। यहाँ के लोगों को समझा। राजनीति करने लगा किसी पार्टी ने टिकट दिया। नेता बन गया। जिस झुग्गी में रहता था अब उसके सामने वाली इमारत में उसका पेंटा हाउस है। गाड़ी बंगला, सब है। जो उसके पास है वह वैध है। नेताजी हैं न!

इस बात को समझिए आप।

यहाँ अंतर्मन कुमार किसे समझा रहे हैं!

उसको मन्थन करने की बात है।

जिंदगी का एक पक्ष ये भी।

राधेलालजी की जमानत जब्त हुई। वे घर में चाय पी रहे हैं। कल्लू एक बार फिर पिट गया, मधुबाला के सिपाहियों से।

रामकिशन पुनिया के दस्त अभी थमे नहीं। इलाज जारी है।

पांडेय जी और रामखेलावन की दोस्ती एज इट इज है।

देविका गजोधर विदेश से यात्रा कर लौट आई है। पांडेय जी के ओवरसीज काम वही संभालती हैं। मसलन कपड़ों का और ड्राई फ्रूट्स का।

पांडेय जी आपके लिए बेहतरीन स्कॉच।

देखो देविका तुम्हें पता है न!

आज मंगलवार है, सो नो ड्रिंक्स।

ओके सर।

कल बैठते हैं मेरे यहाँ। देविका ने मुस्कराते हुए कहा।

पांडेय जी ने ओके किया और कहा कि मुझे मुस्कराते हुए लोग बेहद भले और आत्मीय लगते हैं।

अच्छी और समझदार है देविका। अंतर्मन कुमार ने मन ही मन कहा।

3.
पांडेय जी और उनका लेखकीय कीड़ा

आज कल जिसे देखो, वह चौड़ा हुआ फिरता है। हुआ करे, अपन को क्या!

ऐसा ही वाकया हुआ, पिछले दिनों। एक अज्ञात किस्म के लेखक ने ज्ञात किस्म के लेखक की धुलाई अपने किसी लेख में कर दीं, वोह इसलिए उन लेखको का शेयर मार्किट में ठीक तरह से फलक्चुएट नहीं कर रहा था, सोचा कि कुछ गड़बड़ टाइप का लिख दूं तो कुछ लोग कंधा देने आ जाएंगे। वे यह लिख कर भूल गए कि लोगों का कुछ पता नहीं कि किस करवट वे अपनी साधना को समर्पित हो जाएं। ऐसे ही अज्ञात किस्म के परजीवी का नाम है चटनी लाल। चटनी लाल राधेलाल से खफा है, किसी बात को लेकर, उसको उसी बात से दस्त शुरू हो चुके हैं, पीले-पीले वाले पानी वरगे। हालात सम्भाले नहीं सम्भल रही। एक तो उनका अपने ग्रुप का एडमिन होना और दूसरा नई-नई पत्रिका के सम्पादक का तमगा उनके मथे था। पर जी कहा गया है कि जब भीतर दिमाग में कूड़ा और गंदगी विधमान हो तो कोई क्या कीजियेगा। वही हुआ। जो होना था, अपने लेखन के जरिये खुद को हाशिये पर ले जाना।

चिलमन जानता समझता सब है कि जो आज लेखन की दुनिया में हो रहा है, वह किसी से छिपा नहीं है, हद तो तब हुई जब कथाकार राजेन्द्र यादव के जाने के बाद एक प्रकाशक ने यहां तक कह दिया कि कोई चिंता की बात नहीं, यादव जी नहीं रहे, तो घबराएं मत, मैं हूँ न!

यह वाक्य उन्होंने किस खास अंदाज में कहा था, ये खुद जाने। वैसे भी पांडेय जी को कोई मोह नहीं है। वे तो खुद कहते हैं कि मनुष्य कितनी सांसे लेकर इस जीवन में आया है, उस बात की गहराई को समझना चाहिए, पर वे मूर्खता की समस्त हदों को पार कर चुके हैं और असलियत को समझना नहीं चाहते।

बहरहाल यह लेखकीय द्वंद पुरुषों तक ही नहीं अपितु महिलाओं में भी एक कीटाणु की तरह दृष्टिगोचर होने लगा है। सबको ऊंचा पद पाना है।

पुरस्कार की दौड़ में मरे जा रहे हैं। ये मिल जाये तो वो मिल जाये। इस अखबार में छप जाऊं या उस पेड़ पर लटक जाऊं। चुनांचे आपकी अखरोट तोड़ने की उम्र नहीं तो भइये किशमिश खा लीजिये, पर नहीं खाने आपको अखरोट ही हैं, किसी भी कीमत में।

राधेलाल, कल्लू, रामलुभाया, विलायती, चिलमन का फंडा सबका यही हैं। कि मिल जाये किसी भी कीमत पर। इसके लिए किसी भी तरह की हद तक सीमा को पार करने से कोई गुरेज नहीं करेंगे।

कल चिलमन फेसबुक पर बैठा हुआ कुछ मजे लेने के क्रम में था कि उसे कुछ नजर आया। दिल्ली के एक कार्यक्रम में एक कवि बच्चों को पुरस्कार बांटता नजर आया। ऐसे महान कवियों से फेसबुकिये महल्ला पटा पड़ा है। उस पोस्ट में भाषा की असंख्य गलतियां हैं, जो उस विद्वान को नजर क्यों आएंगी, कार्यक्रम में मुख्य अतिथि जो ठहरे।

बहरहाल ऐसे विद्वानों से समाज पटा हुआ है। हिंदी के पीछे ऐसे लगे हुए हैं लोग कि क्या बताए जैसे महल्ले में कल्लू की शादी हुई हो और उसकी नवागत बहुरानी को देखने लोगों की बाढ़ उमड़ पड़ी। हद्द है भाई, शादी उसने की है। जरा सांस तो लेने दो। मगर नहीं, बधाई देने वाले तो शुभकामनाएं तो देंगे ही साथ ही एडवाइज भी दे जाएंगे कि हनीमून के लिए शिमला–मनाली मत जाना, वहां तो सब लोग जाते हैं, आप तो केलांग या लाहौल स्पीति जाना। बेहद मस्त जगह है, काश!, हम भी जा पाते, पर जी हमारे टेम में तो जो होना था वह घर में हो गया, हमारा बाप बड़ा खूसट किस्म का डरपोक इंसान था।

कल्लू ने कहा–शादी पर तो बहुत लेक्चर पेल दिया, सालों यह बताओ कि इत्ता लिख मारा कोई पुरस्कार मिलेगा क्या!

चटनी लाल को कहीं से खबर मिल गई। बर्फिलाल उसके ग्रुप में सहायक एडमिन था। उसका काम था कि यहां की वहां और वहां की यहां करना। जैसा प्रायः निम्न माध्यम वर्ग की औरतें किया करती हैं। आते ही बर्फी लाल ने कहा कि कल्लू को उम्मीद है कि इस बार गुड़ न्यूज मिलेगी, पर चटनी लाल ने कहा–कुछ भी कर लो, किसी के भी घोड़े खोल लो, बिछ जाओ, प्यारे, हम खानदानी पंडित हैं, जो कह देते हैं, वो हो कर रहता है। तुम्हारा तो योग कतई नहीं दिख रहा, मंगल पर शनि चढ़ा बैठा है। काल सर्प का योग अलग से है। इधर कल्लू भी भरा हुआ था, फट पड़ा पायजामे से। कहने लगा, चटनी लाल जी योग तो आपका भी नहीं। हमने कोई पंडिताई ऐसी वैसी नहीं सीखी। आपका योग तो अगले दस बीस साल तक भी नहीं

दिख रहा। यह कहना था कि चटनी लाल के पतले दस्त बारिश के हल्के छींटों के साथ मुसलाधार हो गए। चटनीलाल को तुरंत बर्फी लाल नजदीक के अस्पताल ले गए। डॉक्टर रामलुभाया ने मौके की नजाकत को समझते हुए गुलुकोज की पाइप लगा दी। कमरा और नर्स। पत्नी का हाल-बेहाल। कहने लगी-भाई साहब, मेरी तो मानते ही नहीं, एक अपनी जान को मैगजीन और लगा ली, जो फंड मिला उसमें झोख दिया और अपने सर बैठे बिठाए मुसीबत ले ली। जब देखो, मोबाइल पर लगे रहते है, औरतों से भिड़े रहते है। घर की कोई जिम्मेवारी नहीं, चले हैं दूसरों को महादेवी बनाने। पत्नी उनकी गुस्से में भरी बैठी थी। बर्फी लाल भी अपनी धुन का पक्का था, झट तुर्रा छोड़ दिया-भाभी जी, मैंने पहले ही कहा था, आप अपने काम से काम रखें, लेकिन मानते नहीं। मैंने मना भी किया था कि यह सब काम पूंजीपतियों के होते हैं। बड़े घराने अपने दो नम्बर के पैसे एक नम्बर में करने के लिए इस तरह के स्वांग रचाया करते हैं। लेकिन इनका कहना है कि हार नहीं मानूंगा, पत्रिका निकालूँगा, चाहे मेरी जान क्यों न चली जाए।

अस्पताल के बिस्तर पर पड़े-पड़े चटनी राम कोई न कोई महान टाइप की जुगत भिड़ाते रहे। मौका देख बर्फी लाल ने उनकी तीमारदारी में आया केला और सेब अपने झोले में रखा और चुपचाप निकल आया।

उधर सीन कल्लू के यहाँ-

बर्फी लाल यहाँ भी। कल्लू के कान भरे। उसकी चाय पी। उसका ब्लड प्रेशर बढ़ाया। निकल लिया। बस स्टॉप पर बैठे हुए सोचने लगा कि हिंदी साहित्य का हाल कितना विकट है, कितने लेखक वेंटिलेटर पर हैं, जो आया, वह जाएगा भी। उसका फोन बज उठा दूसरी तरफ विलायती राम पांडेय थे। आ रहा हूँ जी, आपकी सेवा में निकला था कि खबर लगी कि चटनी लाल बीमार हो गए। अस्पताल में एडमिट कराना पड़ा। यह नहीं कहा कि अगले के केले और सेब भी झोले में ले आएं।

चुनांचे पांडेय जी का लेखन बेरोकटोक जारी है। चिलमन ने बताया था अपने किसी दोस्त को कि पांडेय जी की कलम कविता में बेबाक है, वैसा ही रंग उनके व्यंग्य में दिखाई देता है।

शाम को लखनऊ दूरदर्शन की टीम उनके लेखन कर्म पर एक बातचीत के लिए आई थीं। मोहल्ले में तत्काल प्रभाव से पांडेय जी छा गए। उनका नाम हो गया। उधर राधेलाल घर बैठे सोचने लगा कि जो भी हो पांडेय है जी, कमाल का बन्दा। जो लिखता है दिल से लिखता है, दिमाग से लिखता है।

चटनी लाल को पंद्रह दिन बाद अस्पताल से छुट्टी मिल गई। उनकी शक्ल देख कल्लू ने कहा–लगता है जालिम ज्यादा दिनों का मेहमान नहीं, कमसे कम एक अंक और निकाल पायेगा, उससे अधिक नहीं। कल्लू ने कहा भी, कि अपना ध्यान रखिये, इस उम्र में ज्यादा टेंशन नहीं पालनी चाहिए। दुआ सलाम के बाद कल्लू निकल गया। बाहर आते ही आसमान की और देखा और कहा–अच्छे लोगों की बुलाहट है ऊपर। कल्लू की नजर में वह अच्छा इंसान है।

लेखन में गन्द–फन्द जारी है। जारी है कुत्तों सरीखी दौड़, हड्डी के लिए।

आ–आ, कुत्ते आ–आ, रोटी खा। कुत्ता नहीं आया। उसको नॉन चाहिए, वह भी मखनी वाला। बर्फी लाल ने कुत्ते को नॉन दिया, तीन दिन पहले वाला। कूटनीति से कुत्ते ने बर्फी लाल को काट खाया। कई जगह काट लिया। खबर आई कि बर्फी लाल भी उसी अस्पताल में दाखिल हो गया, जिसमें चटनी लाल थे, छड़ी लिए मरीजों के टेम पर बेहद खस्ता हाल में बर्फी को देखने आए और कहा–अपना ध्यान रखो, आजकल कुत्ते हमारे पीछे क्यों पड़े हैं!

उसका खुराफाती दिमाग सोचने लगा कि कहीं यह कुत्ता पांडेय का तो नहीं, कहीं कल्लू का तो नहीं, कहीं राधेलाल का तो नहीं।

सोचते–सोचते चटनीलाल बाहर आ गए। अस्पताल से बाहर निकले ही थे कि एक काले और तगड़े कुत्ते ने काट लिया। है राम, है राम। कोई है बचाओ। बचाओ। कौन आता, पास। कुछ देर में चटनीलाल भी बगल के बिस्तर पर थे, जहां बर्फी लाल था। कहने लगा, आप ही को याद कर रहा था, कि आप आ गए। चटनी ने कहा–सच्चे मन से किया होगा। चटनी की पत्रिका बन्द हो गई। कल्लू ने पीना शुरू कर दिया और परिवार के साथ मनाली निकल गया। होटल पांडेय ने बुक करवा दिया था। उधर राधेलाल सोचने लगा कि सब मिले हुए हैं।

आजकल सोचना व्यर्थ है, जो ज्यादा सोचेगा, वह नरक में जायेगा। यह चिलमन का मानना है। उधर राधेलाल ने सुबह को सैर का समय बदल दिया। चुनांचे मोहल्ले के कुत्तों की नजर आजकल लेखक समाज पर टिकी है। रामलुभाया अपने घर पर बैठा हुआ चाय पी रहा है और सोच रहा है कि इसी के चलते मैं सैर पर नहीं जाता। क्यों मैं कुत्तों का ब्रेक फास्ट बनूं।

उधर पांडेय का लेखकीय कीड़ा चालू है। उसको लिखना पसंद है, चाहे मौसम कैसा ही क्यों न हो।

4.
पांडेय जी और लपकुराम की कहानी

कहते हैं चाटना भी एक कला है। जो जितना चाटता है, चट्टान उसी के नाम। लपकुराम इस खेल में पारंगत है। कई देशों का प्रवासी अनुभव रहा है। इतना चाटते हैं कि सामने वाला भी शर्मिंदा होने के प्राथमिक चरण पर होता है। कि इतना तो मैं भी नहीं पकाता, जितना लपकुराम जी सिद्धस्त हैं।

लपकुराम एक कॉलेज में पढ़ाते थे। मुद्दत हुई। कॉलेज से एक मोटी राशि लेकर विदा हुए। पर हार नहीं मानी, जब देखो, वहां से निकलते हुए देखे गए।

कहते हैं न, कि मन चंचल है और वे किसी ऐसे सरोवर को अधिकृत किये बैठे हैं। उनका मोटो है कि आओ हिंदी-हिंदी खेलें, इस विधा में वे एक निपुण खिलाड़ी हैं।

किसी एक मित्र को इतना प्रेरित किया कि वह इन आयोजनों का प्रशिक्षु बन बैठा। काम चालू। सदस्यों का चयन। राशि का आगमन। सुदूर संस्थाओं से विचार-विमर्श। मंथन तो एक्स्ट्रा एक्टिविटीज में शामिल है।

जुगाड़ नाम का शब्द बेशक लोअर क्लास के लोगों के बीच तैरता था, लेकिन शातिर तैराक किस्म के इस जीव लपकुराम की कोशिश रहती है कि विदेशों की यात्राओं में कैसे लोगों को झांसे दे कर पटाया जाए और बाहर की यात्रा निःशुल्क की जाए।

कई बार इस तरह का प्रलोभन अपने विलायती राम पांडेय को भी मिला। पांडेय ने अपने लँगोटिया कल्लू से बात की। कल्लू ने कहा-फ्री में कोई ले चले तो चलूँ। पांडेय ने कहा-सुन बे! एक तो आप इतनी बड़ी तोप नहीं कि कोई अपना खर्चा कर तुम्हें ले चले। तुम तो मनाली के लिए बने हो। एक बार जाओ और सोचो कि एक विदेश यात्रा हो गई।

चिलमन ने कहा-जो आदमी नेपाल जैसे देश को विदेश समझ लेता है, है न!, हैरानी की बात। नेपाल में तो पांडेय जी अपना हनीमून मना आये थे, बात करता है।

चिलमन हौले से पटाखा छोड़ता था और वह फटाक से फटता था।

बहरहाल पांडेय जी अलग टाइप के जीव है, वे कहते हैं कि जिसने जाले साफ करने हैं, वह स्वदेश में रहकर कर लेगा। ये बाहर के लिए प्रोपेगेंडा किस लिए। मान लीजिए, आपने कई देशों की यात्रा कर भी ली, जब आपको अपने इलाके में कोई नहीं जानता तो क्या कीजियेगा। अरे, भाई उम्र के चौथे पड़ाव में बाहर नहीं निकलते, सुना है एक दुग्गल साहब थे, उनकी स्लिप डिस्क हो गई, करवट लेना मना है, हगना-मूतना सब बिस्तर पर। घर वाले बाई गॉड की कसम पगला गए हैं। कहते हैं, मानते नहीं, जब देखो जाने की रट रहती थी, कि लन्दन देख लिया, पेरिस देख लिया अब दुबई और देख लूँ। दुबई गए थे, वजन सम्भला नहीं, एस्कलेटर से फिसल गई। फ्रेक्चर हुआ अलग से और स्लिप डिस्क का झोल मिला, सो अलग। मानते नहीं थे, तो भुगतो। घरवाले परेशान हुए, सो अलग। उनके बेटे ने एक कारिंदा कर दिया है, उनके पर्सनल काम निपटाने के लिए।

पांडेय जी कहते हैं कि जो कमाई है वह उड़ाने के लिए नहीं होती। वह आखिरी समय के लिए होती है। जैसे हारी-बीमारी के वक्त। आपको जरूरत पड़ गई, तो कौन देगा। वही न, बड़े अनुभव की बात पांडेय ने कही थीं।

चिलमन ने बताया कि बिहार वाले एक साहित्यकार लपकुराम के साथ विदेश गए थे, उनसे बहुत पैसा ले लिया था, वे ठीक से इसी कारण हिंदी सेवा भी नहीं कर पाए। यही मलाल रह गया था, उन्हें।

पांडेय ने चिलमन के माध्यम से पूछ लिया कि भाई ये विदेश जा कर किस तरह की सेवा करते हैं। तो चिलमन का जवाब था बड़ा सिंपल सा। ये हिंदी के नाम पर पर्यटन करते है। चालीस पचास लोग मिलते है। कई टिकट्स फ्री मिल जाती हैं। आयोजकों का काम चल जाता है। संस्था का बेनर बनाया जाता है। मंच सज गया। उन्हीं में से इच्छुक किस्म के तथाकथित साहित्यकारों को बारी-बारी से मंच सांझा करने का मौका मिलता है। उन्हीं में से कुछ को सम्मानित कर दिया जाता है। एकाध नग्न नृत्य जिसे आजकी भाषा में बैले कहा जाता है, वह होता है, सामने मदहोश करती सुंदरी हो और हाथ में जाम तो नम्बर वन की हिंदी सेवा होती है। लेखक भी खुश। आयोजक भी। सम्मानित सभी प्रतिनिधियों को एक प्रमाणपत्र दिया जाता है और मोमेंटो टाइप चीज भी। जिसे लेखक अपने बैठक में ऐसे सेट करते हैं जैसे वे बाहर जाकर कोई बहुत बड़ा तीर मार आये हो। उसके बाद महीने भर फेसबुक पर चिल्लाते रहेंगे कि देश के चर्चित लेखक के साथ मंच

सांझा करते हुए उनका चित्र। उधर आयोजक और लपकुराम सोचते हैं कि अपना प्लान सक्सेसफुल। सुनने में आया है कि लपकुराम ने एक पत्रिका का तदर्थ काम भी सम्भाल लिया, यानी वहां भी दूसरों को पगलाने का काम पकड़ लिया। जय हो लपकुराम की और उनकी जुगाड़ू टीम की। धन्य है हिंदी। असल के सेवकों के पासपोर्ट बन नहीं पाते। नकली साहित्यकारों के पासपोर्ट पर कई देशों के ठप्पे चिढ़ाने के लिए पर्याप्त हैं।

बहरहाल पांडेय जी भी ऐसे किसी दल के साथ हांगकांग निकलने वाले हैं, कि आखिर हिंदी सेवा के बहाने किस तरह का हिंदी विकास हो रहा है। इस तथ्य को समझने के लिए विदेश का दौरा बेहद जरूरी है। जय राम जी की। राम-राम भाई, कल्लू ने दूसरी तरफ से कहा, चिलमन ने होल्ड पर रखा हुआ था, पांडेय ने जम कर डांटा, चिलमन को, कि कल्लू हमारे बुजुर्ग है। इन्हें पूरा सम्मान दो, इनका सम्मान करोगे तो इनके सामान का हकदार बनोगे, समझे न!

समझ रहा हूँ बॉस, आप गुरु हैं हमारे। पांडेय जी मुस्कराते हुए एयरपोर्ट निकल गए, जेट की फ्लाइट से विदेश। आखिर हिंदी सेवा की रसमलाई कौन नहीं चखना चाहता।

5.
पांडेय जी और चेलाराम के किस्से

आजकल प्रतिस्पर्धा का जमाना है, जो जितना दौड़ेगा, उतना पावेगा। आज सुबह पार्क में सैर करते हुए यह दिव्य ज्ञान पांडेय जी को चौबे जी ने दिया। वे तकरीबन 25 साल पहले इंडियन ऑयल में काम करते थे, कहने लगे तब काम किया 8 साल और उसके बाद जमा नहीं, अपना काम शुरू कर लिया। ऐसे माई के लाल होते हैं, पर उनका प्रतिशत शून्य सरीखा है।

पांडेय ने चौबे से पूछा-एक बात बताइएगा, क्या आदमी पागल है, जो बेतहाशा दौड़े जा रहा है, उसको समझ नहीं है, कि किसके लिए कमा रहा है, अरे!, मनुष्य, जरा अपनी सेहत को देख, आराम कर, वरना कब दुनिया से कूच कर जाएगा, पता भी नहीं चलेगा। फिर किसी दिन खबर आएगी, कि फलाना बन्दा सैर करता था, रात सांस में तकलीफ हुई, अस्पताल ले जाते समय बन्दे ने प्राण त्याग दिए। इससे बचें। लेकिन जी, आजकल की आम जिंदगी में कैसा आचरण हो गया है, कि कब आप की टें बोल जाए, इसका आभास ही नहीं लगता। यदि आप को थकावट सी फील हो, तो तनिक समझ जावे कि यह खतरे की घण्टी है, सावधानी हटी नहीं कि दुर्घटना घटी नहीं। बात सही थी। पार्क में सुनयना वर्जिश कर रही थीं, अचानक से बातचीत के प्रसंग में कूद पड़ी-सर, मैं कुछ कहूँ तो प्लीज बुरा मत मानियेगा, आजकल की जनरेशन में फास्ट फूड का कल्चर आ गया है, इतना पौष्टिक आहार लिया जाता है, कि वह हजम नहीं हो पाता, नतीजा वह नलियों में फंस जाता है, नलियां अवरुद्ध हो जाती हैं, जब ब्लड का सर्कुलेशन शरीर में नहीं होगा तो विस्फोट होगा, यह ठीक नहीं है। इसलिए पानी जब भी पीजिए, कोसा पीजिए। बाय अंकल, अब मैं चली, मेरे जिम के स्टूडेंट्स का समय हुआ। बाय, बेटा जी, खुश रहिये। सुनयना सुना कर चली गई।

चौबे ने आज से ही चटपटी चीजें खाने का बहिष्कार किया। चौबे मथुरा का पंडा है, ऐसा सबको गाता फिरता है। पर पिछले बीस बरस से एक बार भी मथुरा न कभी गया, न ही वहां से मथुरा वाले फेमस पेड़े लाया। शातिर किस्म का बदमाश।

चिलमन ने आते ही कहा–गुरुदेव, कितने चक्कर लगे!

अभी तो आया हूँ, रात नींद देर में आई, मच्छरों के प्रेमालाप के चलते मैं जरा चकित था, कि मेरे खून का स्वाद ही इनकी जिव्हा को क्यों पसंद आया। इस बार इस तथ्य पर विमर्श करने का मन है।

उस्ताद जी, ये बताओ कि विमर्श क्या होता है और वे कौन लोग करते है और क्यों करते हैं?

चिलमन की जिज्ञासा का समाधान करते हुए भाषा बहस विद श्री विलायती राम पांडेय ने कहा–जो लोग भरे पेट होते है और जिनकी भूख कभी शांत नहीं होती, वे विमर्श करते हैं। उनमें नेताओं टाइप के अवगुण समाए रहते हैं। इनकी डायरी में फीलिंग नाम की कोई चीज नहीं होती। बल्कि ये लोग प्रायः गुट बना कर एक ही बात का चीरहरण करते हैं और उन तथ्यों का बलात्कार कर आगे किसी नए टॉपिक को निशाना बनाते हैं। ये प्रजाति ऐसी है कि इनकी पत्नियां कहीं और विमर्श करती हैं और इनके पति कहीं और जुगाली करते दिखाई देते हैं। बहरहाल इनको इनके हाल पर विमर्श करने दीजिए, वैसे भी कूड़े के ढेर पर डिस्कस कौन करता है, अपन कुछ नहीं कहेंगे।

चिलमन ने कहा–उस्ताद जी, कुछ पता है कि लपकुराम और चेलाराम की विशेष संधि हुई है। वोह क्या है, सुनोगे तो कहूँ, वरना अपन भी इतने फालतू नहीं कि आपको सुनाऊं, वोह तो आप भाषाबहस विद हो, इसलिए बता रहा हूँ। अभी एक सूचना देखी कि वहां लिखा था लपकुराम के बारे में विख्यात और चर्चित!

मुझे समझ नहीं आया, आपसे करबद्ध प्रार्थना है कि मुझ अबोध बालक को ज्ञान दे कर मार्ग प्रशस्थ करें। विलायती राम पांडेय का ज्ञान जाग्रत अवस्था में आ गया। कहने लगे बालक:यह क्षण वैसे होते हैं जब किसी की ग्रह दशा उनके अनुकूल नहीं होती तो वे लोग अपने जैसे कुछ लोगों को एकत्र कर संस्था बना लेते है और मिल बैठ कर गाल बजाते हैं। इससे दो फायदे होते हैं, एक तो उनका सदियों से उबल रहा संताप शांत होता है और इसी बहाने मंच पर बैठने का मौका मिलता है। समझे कुछ, नासमझ कहीं के!

समझ तो चिलमन पांडेय जी को भी रहा है और मौजूद समय को भी। सोच रहा है जब पटखनी देने का समय आएगा, तो वह चूकेगा नहीं।

उधर चेलाराम की दुकान चालू है। चेलाराम पेशे से व्यापारी है, साहित्य के प्रति अनुराग लपकुराम ने ही विकसित किया। उन्हें उसके रूप में अपना उत्तराधिकारी दिख रहा था, अंग्रेजी में कहते हैं न!

कॉपीराइट होल्डर!

नहले पे दहला। इन दिनों चेलाराम, लपकुराम का गठजोड़ किसी ट्रेंड पॉलिटिशियन की भांति काम कर रहा है और नित नए दिवस जुगाड़ की संभावनाओं पे अनुसंधान के विषय खोज रहा है। बर्फी लाल से लेकर, चटनीलाल और कल्लू तक में द्वंद छिड़ा हुआ है, कि अपने को कोई पूछ नहीं रहा, तीन बार अपने पासपोर्ट रिन्यू करवाएं, कहीं यह न हो, पासपोर्ट वाले ही नॉट वैलिड का स्टिकर लगा दें, कि कहीं जाते वाते हो नहीं, क्या करोगे बे पासपोर्ट बनवा कर। वैसे भी उम्र के आखिरी पड़ाव पर बाहर जाने का सपना लेते ही क्यों हो बे!

अपनी घरवाली से प्यार करो, उसे घुमा कर लाओ, उसके पाँव दबाओ, अन्यथा उसका खोपरा फिर गया तो वह आपका गला ही दबाएगी, क्या समझे!

सलाह लेकर चिलमन निहाल हुआ। उसने राधेलाल से कहा-मिशन सलाह संपन्न, चाय का पानी रखिये, आ रहा हूँ। राधेलाल भी बड़ा चुस्त। फौरन कहा-मैं घर पर नहीं हूँ, बाहर हूँ, दो दिन बाद मिलूंगा। अच्छा-अच्छा आप भाभी जी की सेवा में व्यस्त हैं। कल्लू ने कहा मोबाइल पर, चिलमन मैंने होटल के रिसेप्शन पर कह दिया कि बाहर बोर्ड लगा दें-डोन्ट डिस्टर्ब, अधेड़ उम्र का जवान हनीमून जारी है।

कल्लू यह नहीं कहते, कहते है कार्य प्रगति पर है। दिखता नहीं बे, सड़को पर बोर्ड नहीं लगा होता। कल्लू ने सोचा, ज्यादा बहस करूंगा तो यह निकम्मा मेरे पत्ते भी बिखेर देगा। बाय चिलमन, आफिस का टेम हुआ, अब रखता हूँ। चिलमन ने कहा-भाई एक दिन सबका टेम आना है। सब समझ रहा हूँ।

चिलमन ने महसूस किया कि लपकुराम और चेलाराम का धंधा चालू आहे। अरे जब सड़क पर है तो ऐसे प्रयास करने ही पड़ेंगे ताकि लोगों का जुड़ाव हो। आखिर हिंदी हमसब की भाषा है। जय हिंदी, जय जुगाड़, जय-जय। जय हिंद।

6.
पांडेय जी और घरेलू जिम्मेदारियां

पांडेय जी घर। पत्नी का डर। न खाने की सुध। न पीने की, माफ कीजियेगा। पीना आजकल बन्द। न घर पर। न किसी के घर कोई आयोजन। सब आजकल वाट्सप के जरिये दिन काट रहे हैं।

जैसे आजकल विलायती राम पांडेय की एकमात्र श्रीमती रामप्यारी जी ने पांडेय जी को पुदीना पकड़ा दिया, बड़े टाइप का बंडल।

ये कहते हुए कि रामायण देखते रहो और ये काम भी करते जाओ, नहीं तो पता है न कि महाभारत करते हुए मुझे कभी देर लगीं है! जो आज लगेगी!

पांडेय जी को पता है कि बेटे काम में लग जाओ। अगर गुस्सा हुई तो कहीं जा भी नहीं सकते। पहले तो यह हुआ कि स्कूटर उठाया और निकल लिए।

अब तो लॉकडाउन है महाराज।

बाहर गए नहीं कि सूजे नहीं। बाहर हमारी कर्तव्यपरायण पुलिसकर्मियों का दल लठ लिए आपके स्वागत को उत्सुक है।

पांडेय जी काम में लग गए। घण्टे में पुदीने का पत्ता पत्ता जुट्टी से अलग कर दिया।

थक हार कर सुस्ताये नहीं कि रामप्यारी आई और उसका जूस पकड़ा गई। गिलास में पुदीने का जूस है, कह रही है पी जाओ, वजन कम होगा। कपड़ें भी फिट हो जाएंगे। क्या झोले से पहने रहते हो!

ये बार-बार अदनान सामी बनने की कोशिश न किया करो, आई बात समझ में।

पांडेय जी ने कहा कि देवी जी आ गई।

जूस पीते ही झपकी आ गई। झपकी जैसे ही आयेगी तो वे क्रिएटिव मॉड पर आ जाते हैं।

इस बार भी यही हुआ।

कहते थे हम भी पहले कि
क्या होती है
कैद!

आज उसे जी रहे हैं
ऐसा ही अनुभव लिया
गली बताशे वाली के बुजुर्ग नछतर सिंह ने
कहते है
पार्क है
तो
जाना मना है
अस्पताल है तो वहां
केवल और केवल कोविड-19 के रोगियों का ही उपचार होगा
परिवार में चाचा जी थे
उनका देहांत हो गया
मिट्टी को हाथ भी न लगा पाए
लड़के ने फोन पर दिखा दिया
उनका फोटो
कितना अच्छा बचपन काटा था
हम ने
गांव में
वह शहर नहीं आया
अपने गांव रह गया
मैं शहर आ गया
अब जब कोरोना जाएगा
बॉर्डर खुलेंगे
रेल चलेगी
तभी जा पाऊंगा
याद करते गाँव की गलियां
चबूतरा और भोर का मजा
सूरत की हवेली और छज्जू की चक्की
जहां जमतीं थी
मुलाकातें यारों की
सब हवा हुआ
वे लम्हे
वे दिन

कैद में हम
रिश्तेनाते और तमाम वे लोग
जो मिलते थे
पार्क में
गलियों में
दूध लेते वक्त के संगी-साथी
सब अटके हैं अपनी-अपनी बालकनी में
अपने घरों में
अपनी खिड़कियों पर
कि आज पार्क में दाना चुगते कितने कबूतर और वे अज्ञात पक्षियों की फौज भी है
जो आज से पहले न कभी दिखी और न देखी गई।
सच कहते हैं
नरक और स्वर्ग दोनों यहीं हैं।
नछत्तर कुछ और कहता
पोते ने कहा कि दादा जी
प्लीज कीपक्वाइट
मैं पढ़ रहा हूँ, मेरी क्लास चल रही है
ऑन लाइन
आप कुछ नहीं समझते!
दादा जी बरामदे में चले गए
अलग-अलग बरामदों में सभी के बुजुर्गों की यही हालत है।
महसूस करते हैं सब
लेकिन कह नहीं पाते!
कहते जरूर होंगे कि ये संकट का समय है
ये भी चला जाएगा
कोई रहने वाला थोड़े ही है
न वक्त, न हम और न ये कोरोना!!

रामप्यारी जब तक खाने के लिये बुलावा देती तब तक मेहनती मियां जी सोने में कुम्भकर्ण को भी मात देने के मूड में थे।

तभी चीकू आया और कहने लगा कि पापा उठ जाओ, मम्मी ने भोजन बना दिया है। आ जाओ खा लो, डायनिंग टेबल पर।

पांडेय जी को दो बार कहा और गुदगुदी करता हुआ चीकू चला गया। तब जा पांडेय जी नींद से जागे।

कहने लगे कि आ रहा हूँ भैया।

यहाँ पांडेय जी के बारे में बात दूं। पांडेय जी का होजिरी का काम हैं उनके आफिस सदर बाजार में हैं। जुराबें एयर अंडरवियर उनके यहाँ बनते है। करीब बीस लोग फेक्ट्री में काम करते हैं। वे सबके सब आजकल अपने घरों में हैं। लॉकडाउन ने बाजार बन्द करा दिए। रोजगार चौपट हो रहे हैं। आम मजदूर सरकारी मुआवजे की सोच में है। पर साहब कुछ भी नहीं मिलेगा।

केवल दो समय का भोजन और तीन महीने का राशन सरकार ने उपलब्ध करवा दिया केवल दवाई, सब्जी, अस्पताल, डाक विभाग और बैंक खुले हैं। वहां भी लोग कम हैं।

आज तो ये देखने में आया कि जहां कोरोना पीड़ित मरीज या संक्रमित देखने में आ रहे हैं। उन इलाकों को तुरन्त सील करा दिया गया है।

पांडेय जी को रामप्यारी ने कहा कि घबराओ मत। संकट है, टल जाएगा। ये तो अच्छा है न!

कि हम सब साथ हैं और घर पर हैं। अब ये सोचो कि आप तो अक्सर टूर पर रहते हो। अगर लॉकडाउन वहां हो जाता तो क्या होता!

सोच-सोच कर मन घबराता है।

पांडेय जी ने कहा कि कोई न कोई पार्टी मेरा बंदोबस्त कर देती।

रामप्यारी ने कहा कि क्या मैं भी मिल जाती

पांडेय जी ने कहा कि रामप्यारी तो नहीं मिलती पर वीडियो कॉल तो कर ही लेता।

अच्छा, अच्छा। अब बातें न बनाओ। सो जाओ। अभी पिताजी को दूध भी देना है।

आज तो पांडेय जी जरा देर से जगे। हुआ क्या आजकल सबका लॉकडाउन महाराज ने समय ही बिगाड़ दिया।

जिसे देखो वह सेलिब्रेटी बना हुआ है।

कोई खाना खजाना बनाने के नित नए तरीके बता रहा है तो कोई बिना नहाए फेसबुक पर लाइव होने की उत्सुकता बनाये हुए है।

अरे! भइया न तो आप प्रेमचंद की परम्परा से बिलोंग करते हैं। न ही आप मेरे दूर के सगे हैं।

दूर के मतलब न कोई चेहरा ऐसा कि फुफेरे भाई के साले की ननद के लौंडे हो जो हम तुम्हें देखने में अपना मोबाइल डेटा खर्च करें बे!

आई न बात समझ में!

तो बेटे ज्यादा बोल बच्चन तो दियो मत।

रामप्यारी ने कहा कि कल जो डिब्बी लिए थे, मसाले की!

कहाँ रख दिए।

इधर पांडेय जी बड़बड़ाये कि हम अपनी दुनिया में भिड़े हुए हैं और महारानी को मसाले की डिब्बी दें।

आये रहे हैं, वही रखी है, देखती काहे नहीं।

रामप्यारी मन ही मन में दुआ कर रही है है प्रधान सेवक जी, आपसे करबद्ध विनती है कि खुलवा दो लॉकडाउन महाराज को, ई ससुर ने सच्ची पका दिया।

सुबह से शाम तक डिमांड ही पूरी करते करते हमहि बीमार पड़ गए।

कल तो मुई हद हो गई। वाशिंग मशीन के सामने पानी में वाइपर चलाते समय जो फिसली है न कि अपने घर का बच्चा भी उठाने न आया।

बल्कि चीकू ऑन लाइन पढ़ाई में धूल झोख रहा था, इटिया बिटिया किसी काम की नहीं।

जब से थूथड़ा लगाया है न सुनाई नहीं देता।

किस्मत ही फूट गई।

क्या होगा!

जब अपने घर जाएगी तो वह रोयेगा, बुक्का फाड़ कर।

जिम्मेवारियाँ कभी कम हुई हैं जो होंगी।

आज तो लल्लू भइया का फोन आया। कहने लगे कि प्रिंसिपल ऑफिस से फोन था कि आ जाइये। कुछ काम है।

हमने भी कह दिया कि एडमिन से कि गाड़ी घोड़ा भिजवा दीजिये, आ जाएंगे।

पर पांडेय जी दूसरी समस्या यह भी है जिस कालोनी में रहते हैं, आज बालकनी से चौकीदार से पूछ लिया कि हमको जाना है बाहर।

क्या चले जाएं!

ताला खोल देना।

पता है क्या कहा!

चौकीदार ने कहा कि अंदर से न कोई बाहर जाएगा और न बाहर आए कोई अंदर आएगा।

आप जी सोसायटी के प्रेजिडेंट चड्ढा साहब से बात कर लीजिये, परमिशन तो वही देंगे, हम तो आपके गुलाम हैं साहब।

बात तो उसकी सही है लल्लू भइया, पांडेय जी ने फुलप्रूफ सहानुभूति प्रकट करते हुए कहा।

यदि आप किसी तरह चकमा दे कर निकल गए तो क्या होगा!

लल्लु भइया ने कहा कि होगा क्या कोहनी छिला लेंगे। चोटिल हो जाएंगे।

लल्लू भइया को समझाते हुए कहा पांडेय जी ने कि जो एडवाइजरी आई है। उसमें लिखा है कि डिस्टेनसिंग बनाये रखना बेहद जरूरी है।

यदि आपका तापमान जरूरत से ज्यादा पाया गया और आशा के विपरीत संकेत मिले तो चौदह दिन का वनवास मिल जाएगा।

ओ तेरी!

क्या सोच रहे हैं और क्या होने की सम्भावना है!

पता नहीं!

कहाँ जा पाएंगे हम!

पांडेय जी ने कहा कि कोई बात नहीं। ऑल इज वेल।

तभी दरवाजे पर बैल बजी। कामवाली आई।

उसे देखते ही पांडेय जी ने रामप्यारी से कहा कि जल्दी आ जाओ। देखो तो कौन आया!

कामवाली बाई इतना खुश अपने जीवन में आज से पहले कभी न हुई।

एक जब जब उसकी शादी कल्लू प्रोफेसर से हुई। यहाँ प्रोफेसर का मतलब कल्लू पंचर वाला है। प्रोपराइटर लगाने की वजह को देखते हुए नगर सेवक राधेश्याम गुंदेचा ने कहा कि प्रोफेसर है तेरा आदमी।

कामवाली गुंदेचा के यहाँ भी काम करती है। बस तभी से कामवाली धन्नो प्रोफेसर कल्लू की वाइफ हमेशा वाई-फाई मॉड पर रहती।

जिंदगी में कौन कब दुःखी हो जाता है, यह कहा नहीं जा सकता।

चीकू ने कहा कि पापा मेरा तौलिया सुखाना जरा।

जरा से बर्तन मांज लेना, आज सर फटा जा रहा है।

उधर पांडेय जी सोच रहे हैं कि वे संस्कृत के शिक्षक हैं या घरेलू मजदूर!

जिसे देखो, वही पेले जा रहा है।

फिर अंतर्मन कुमार ने कहा कि बाहर जाते और कमर सिकवा कर आ जाते। इससे तो अच्छा ही है बेटे घर का काम करो। वजन भी कम होगा। चर्बी

भी निकलेगी और फिर देखना कि कइसे अलग-अलग विषयों की शिक्षिकाओं से नजदीकियां बनेंगी!

पांडेय जी ने अंतर्मन कुमार को कहा कि वैसे कभी-कभार तुम काम की बातें भी कर जाते हो।

अंतर्मन कुमार ने कहा कि दूसरों की महिलाओं को रिझाने में भारतीय पुरुष कितना उद्यम करता है!

कितना प्रयत्नशील किस्म का प्राणी है बाई गॉड!

अभी यह न तो समझने का विषय है और न ही मेरा समझाने का इरादा।

जिंदगी भर मनुष्य सारा समय पेचिदगियों में लगा रहता है। एक जिज्ञासा खत्म होती नहीं कि दूसरी आ खड़ी होती है।

कहती है पांडेय जी, माय डॉलिंग। प्लीज सॉल्व माय प्रॉब्लम।

मरते क्या न करते, अपने विलायती राधेलालशर्मा बन जाते है।

वैसे अंदर की बात तो यह हैकि लपकुराम हो, राधेलाल हो, रामखेलावन हो सभी अतिरिक्त सम्बन्ध में यकीन रखते हैं।

सबकी पत्नियाँ उतनी ही चिंतित रहती हैं जितनी चिंतित रहती है सरकारी स्कूल की योगा टीचर टिप्सी मुटरेजा। ये तो भला हो कि स्कूल की वाइस प्रिंसिपल देविका गजोधर है जो पांडेय जी के वाक्य कौशल से इतना इम्प्रेस है कि बिना प्रेस के कपड़े भी खुद कहते हैं कि आइये मैं आपके कदमों में बिछ जाऊं।

इधर आप ने सपना लिया और उधर आपके कपड़ें शिद्दत से कोई प्रेस कर गया।

वैसे सोचने में क्या जाता है!

आप अपने को निराला समझ लो, या समझ लो मुंशी प्रेमचन्द!

लेकिन भइया आपके पाठकों को ही पता है कि आप किस केटेगिरी के लेखक हो!

सारी फन्नेखाई उतर गई कि जब इलाके के छज्जू परसाद चौरसिया के लाइव होते ही मोहल्ले का सर्वर डाउन हो गया। उसकी मिसेज कुंठित कुमारी चौरसिया ने कहा कि आप तो बेकार हो, न घर में काम आते हो और न ही बाहर।

आपका न कुछ हो न सकेगा।

आज ही अपने पिताजी से कहे देती हूँ कि इनको अपने कोयले की टाल पर बिठा लो।

कुछ तो काम करेंगे। यहाँ राशन उड़ाए जा रहे हैं कि शर्म करते है कि लॉकडाउन चल रहा है!

इससे पहले चौरसिया की किसी ने रख कर बेइज्जती नहीं की थी।

तभी रामप्यारी ने कहा कि सुनो जी डिस्पेंसरी बीस को जाना। अभी तीन दिन है। जाओगे कहीं डॉक्टरी थोबड़ा न सूजा लें।

हम्म!

ठीक कहत बा।

नहीं जाए रहे। तुम चाय बना दो। पांडेय जी पिघल गए।

अभी चाय तुम्हारे पिताजी को दिए थे, घण्टा भर पहले!

भूल जाओ। बड़बड़ाती रामप्यारी चली गई। उधर पांडेय जी भुनभुनाते रहे भड़भूजे के खोखे की माफिक।

और लो!

बड़े रामप्यारी करते थे। निकाल दी न हवा।

फुस्स से बैठे है पांडेय जी।

जैसे बैठे हैं अपने अपने घरों में, लपकुराम, राधेलाल शर्मा, गुंदेचा और रामखेलावन।

सुना है रामखेलावन की फुलमतिया के साथ बड़ी पट रही है। जल्द लेते है खबर।

पांडेय जी बड़बड़ाते रहे कि भइया इश्क है तो डिस्टेनसिंग भी तो रखो न। काहे फेसबुक पर जलाते हो। कल तो हद कर दिए, साला जलेबी बनाये और फोटो पांडेय जी को पेल दिए।

नारायण, नारायण। ऊपर वाला छोड़ेगा नहीं। कहे देता हूं। मसूड़ो में दर्द होगा। कमर में लोच आएगी। कुछ नहीं कर पाओगे, समझ रहे हो न। जो कह रहा हूँ।

जब से घरेलू जिम्मेदारी बढ़ी हैं, उतनी ही समस्याएं भी तो

सोना और खाना खाना भी तो किसी काम से कम नहीं।

वो क्या कहते हैं!

कुछ भी कहते हो। आप समझो।

अपन चले सोने।

समझे न।

बात करते हैं।

जय राम जी की भइया

अंतर्मन कुमार ने कहा राम-राम भइया जी। आजकल रामजी भी लॉकडाउन में है। मंदिर बन्द है न!

आप भी न भूल जाते हो।

पांडेय जी अपने आपसे ही झुंझला उठे।

7.
पांडेय जी और गर्मी का सितम

गर्मी जब-जब आती है तो पहाड़ी बड़ी याद आती है, बेशक मनाली हो, पिथौरागढ़ हो या कैसे भी पहाड़ क्यों न हों।

हुआ क्या पांडेय जी का घर बन रहा है। अपने मकान से बेतरतीब वे आजकल किराए के घर में हैं। यह भी कोई घर हुआ, ऐसे लगता है जैसे समय काटने के लिए आ बैठे हों। आजकल के जमाने में बिल्डर अगर तत्ते तवे पर भी बैठ कर सच बोल रहा हो तो भी उस पर यकीन न करो।

कहता था कि सरजी, आपका घर तो 18 महीने में बना दूंगा, भाई ने जब कागज बनवाएं तो 18 की जगह 20 कर दिए। पांडेय जी ने ध्यान से कागज पढ़ लिए थे, इस भूल के लिए ध्यान भी दिलवाया। पिताजी कहने लगे-लड़का शरीफ है कोई एरर रह गया होगा, उसने कहा है कि अंकल जी, मैं आपको 15 महीने में दे दूंगा, आप यकीन मानो तो। उस बात को आज 25 महीने होने को आये, अभी भी कहता है कि भाई साहब बस दस दिन की मोहलत और दो, चकाचक दूंगा, आप भी क्या याद करोगे!

याद तो बहुत करेंगे। पांडेय ने भीतर बैठे हुए दूसरे पांडेय से मन की बात कही।

पांडेय सोचने लगा कि अपने घर में शिफ्ट हो जाते तो कितना भला लगता। पर यह बदमाश न!

कुछ समझता ही नहीं। जब मिलेगा तब पैरों में सर झुका देगा। जबकि मिसेज रामप्यारी अच्छे से समझती है, क्योंकि उसका भाई भी बिल्डर है। कैसे लोगों को नचाया जाता है, वह कायदे से जानती है।

सर्दी के फौरन बाद गर्मी का प्रकोप शुरू हुआ। कुछ दिन तो सह लिए, पर जब ज्यादा गर्मी बढ़ गई, तो मुश्किल होने लगा। अब कब तक बिटिया के कमरे में जमीन पर बिस्तर लगाया जाएं। एक दिन दो दिन तो ठीक, पर वह शाम होते ही मुंह बनाती थीं। कि चुपचाप सो जाओ, मुझे पढ़ना है। अपनी सिट्टी पिट्टी गुम। भाई आजकल जिसको जो कमरा आवंटित कर दो, वह उसका हुआ।

पांडेय जी सब तकलीफ समझ रहे थे, उन्होंने आसिम को फोन किया। आसिम एसी मेकेनिक था। काम सब घर से करता था। कोई दुकान नहीं थीं। पूछते तो कहता था–सरजी, दुकान का लफड़ा कौन पाले, अपना तो सब काम मोबाइल है, फोन लगाओ, और अपन हाजिर।

पांडेय ने कहा–कितनी बार फोन लगाते हैं, पर तुम इतने बिजी हो कि फोन उठाते नहीं। यह अच्छी बात नहीं।

कहने लगा–सर जी, दो महीने भयंकर तकलीफ में रहा। पूछा तो कहने लगा कि बवासीर हो गई थीं। डॉक्टर से इलाज भी करवाया तो कुछ खास सफलता नहीं मिली, एक बार डॉ. बंसल ने मस्से भीतर भी कर दिए, पर वे फिर बाहर आ गए। डॉक्टर चड्ढा का कहना था कि बीमारी से खिलवाड़ न करो, सरजी, उनकी सलाह मानी। ऑपरेशन करवा लिया। अब आराम है।

पांडेय ने बिन मांगी सलाह दे दी, बेशक आसिम माने या नहीं माने। तुम रस्सेदार सब्जी खाया करो, दही लिया करो। नॉनवेज कभी कभार लिया करो। जान है तो जहान है। समझने की बात है, समझ लेना। आसिम सुन रहा था और उसके हाथ एसी फिट करने में लग रहे थे।

पांडेय को मालूम है कि नए घर में शिफ्ट होने में महीना लग सकता है। बेशक उन्होंने नए घर में शिफ्टिंग से पहले एसी लगवा दिए हैं, पर जब उसकी टेम पर हवा न ले सके, तो लानत है ऐसे बिल्डर पर।

आसिम के बाद पांडेय जी सोचने लगे कि नॉनवेज से तौबा कर लेना उचित है। अच्छा हुआ जो राधेलाल ने कर ली। पहले राधेलाल को खूब शौक था। पर किसी कारण से वे शुद्ध शाकाहारी हो गए। यही हाल कल्लू का भी है। वैसे भी आजकल बताया जा रहा है कि शाकाहारी होने से कितना फायदा है, मन प्रसन्न और चित्त स्वस्थ रहता है। लेकिन जिस दिन नॉनवेज खा लो, खट्टी डकारों से जीवन बेहाल हो जाता है। उसकी खुश्बू से या दुर्गंध से आधे किलोमीटर से पता चल जाता है कि करीम भाई के घर गुर्दे कपूरे बन रहे हैं। वाह क्या मसाले हैं!

पांडेय जी के घर में नॉनवेज कोई नहीं था। पर पांडेय को चस्का लग गया था। जब भी कभी टूर पर जाते, पहले ही पूछ लेते कि खाना दोनों टाइप का है न!

बहरहाल कहते भी हैं कि हर मौसम का अपना मजा है। अभी बरामदे में बैठे थे कि एक खबर ने उनका ध्यान आकृष्ट किया कि गत वर्ष पांच करोड़ की बीयर पी गए नगरवासी। सोचने लगे कि स्कॉच की बिक्री सर्दियों में ज्यादा होती है और बीयर की गर्मी में!

बड़ा ताज्जुब है। आखिर ऐसा क्या है!

बीयर में!

शाम को चिलमन से पूछ बैठे!

चिलमन की आंखों में शरारत चमक उठीं, कहने लगे कि प्रभु जब तक उसका आचमन नहीं कर लोगे तो पता कैसे चलेगा कि वह शुद्ध पेय है या गलत पेय!

आज शाम को ही इस स्वाद से परिचय करवाया जाएगा।

शाम की प्रतीक्षा पांडे जी ने ऐसे कि जैसे किसी प्रेमिका से मिलने का इंतजार हो।

एक बार में चिलमन ने ऑडर किया कि चिल्ड बीयर विद पिनेस्ट्स। कुछ देर बाद दो बड़े गिलास लेकर दो बॉटल्स लेकर बैरा हाजिर हुआ। चिलमन ने गिलास में बीयर उंडेली और चीयर्स कहा। दोनों जन ने आचमन किया। पांडेय जी ने कहा–ये क्या है भाई, बड़ी अच्छी सी फीलिंग आ रही है। सरजी, यह गर्मियों में पीया जाने वाला एक स्पेशल द्रव्य है, इसे कभी कभार लेने में कोई बुराई नहीं है। पर इसको आदत नहीं बनानी चाहिए। पांडेय ने सहमति दर्ज की और सरकार के कार्यों की सराहना करते हुए कहा–हमारा देश एक विकासशील देश है। अब हमारे यहां भी शीतल और द्रव्य आचमन के लिए कितने शानदार पेय मौजूद हैं। चिलमन समझ गया था कि बीयर ने रंग दिखाना शुरू कर दिया। दूसरी ऑडर की नोबत ही नहीं आने दीं, अपने स्कूटर पर बिठा कर पांडेय जी को घर छोड़ आया। भला हुआ कि आज घर पर भाभी जी नहीं थी, वरना दोनों के भूत उतार देती। भाभी जी अपने मायके में थीं। अक्सर पत्नियों के मायके जाते ही दब्बू किस्म के पति अचानक से शेर बन जाते हैं, पर पत्नियों के सामने उनकी औकात किसी गीदड़ सरीखे या चूहे सी होती है।

पांडेय को बिस्तर पर गिरते ही ऐसी नींद आई जैसे बरसों से न सोये हों। सुबह आंख खुली तो देखा कि साहब पहली बार जूते पहने–पहने ही सो गए। ठान लिया कि दुबारा ऐसा कभी पेय नहीं पीयेंगे, अच्छा हुआ जो मैडम घर पर नहीं है, वरना जूतमपैज़ार हो जाता।

उधर चिलमन का फोन–गुरुजी! शाम को चलना है क्या!

चिलमन पुराना टैंकर था, पांडेय समझ गया। कहने लगे–ओ, भाई, मैं टैंकर नहीं हूँ, समझना चाहता था कि इसका सेवन करने से क्या फील होता है, फील कर लिया, शाम को आने की आवश्यकता नहीं। बिजी हूँ, वैसे भी तेरी भाभी ने आना है। यूं कहो तो, डरते हो बीबी के गुलाम। अब कुछ भी समझ लो। आजकल अच्छे–अच्छे डर जाते है। अब कल्लू को ही लो, इत्ता डर गया भाई कि परिवार

को नैनीताल ले गया घुमाने इनोवा पर। वैसे शताब्दी में भी जा सकते थे, पर नहीं जी। जाएंगे तो घर से, वोह भी दरवज्जे से ही। बेचारा कल्लू और बेचारा विलायती राम पांडेय। सब दुखिया एक संसार। आदमी कहीं भी रहे, ये पत्नी नाम का भय अज्ञात रूप में चिपका ही रहता है, लगता है बेशक मायके गई है पर सी सी टीवी तो नहीं लगा गई।

राधेलाल बहुत प्रसन्न था कि जो दिन बीत जाए, अच्छा ही है। उधर समय का चक्र बलवान है। पांडेय जी ने घर बुहार दिया है, पता है मेमसाहब आज पध ार रही है, पूरे दस दिन बाद। वैसे भी जी, कामवाली बाई के हाथ की रोटी में वोह स्वाद और महोब्बत कहाँ जो आपकी गृहलक्ष्मी के हाथों में होता है। घर चकाचक था। कामवाली प्रेम भी खुश है कि चलो बीबी जी आएंगी तो मुझे भी रोजाना की तरह गर्म चाय का प्याला मिल जाया करेगा, वरना तो साहब भी पिला देते, यदि कहती तो!

पर साहब से क्या कहें, वोह तो जब देखो तब किताब ही पंडित की तरह बांचते रहते हैं। ये बाबू भी न!

उधर मेमसाहब को पता है कि पीछे से कामवाली बाई ने घर सम्भाल लिया होगा। रोजाना पति के जाते ही फोन पर डांट पिला देती, कि यह कर लेना, वोह कर लेना। समझने की बात है, प्रेम। तेरे साहब तो मिट्टी के माधो है, उन्हें पढ़ने के अलावा कुछ दिखता नहीं। प्रेम भी मानती थीं, कि बीबी जी कहती बिल्कुल ठीक है, ये साहब तो जब देखो किताब में घुसे रहते हैं और पचपन वाले बाऊजी तो ऐसे हैं कि निगाहें क्या खोजती रहती हैं, पता नहीं क्या खो गया है। अलग-अलग तरह के होते है आदमी, कुछ ठरकी कहीं के और कुछ किताबी कीड़े।

कइयों के कीड़े कुछ एक्टीव मॉड पर रहते हैं। प्रेम को पता है सब। दोपहर को सब कामवालियां अपने अनुभव बांटती है खाने खाते वक्त पार्क में। खिलखिलाती भी है कि और सुना ठरकी के हाल!

कुछ मिला क्या!

या क्या खोजा!

प्रेम कहती!

कुछ होगा तो मिलेगा न!

मैं खोजने ही नहीं देती। जल्दी से झाड़ू फटका करके चली आती हूँ। जमाना कैसा है, कभी पकड़ लिया तो!

ओये सती सावित्री!

हमें लगवा दें, हम काम कर आएंगी और झाड़ा भी लगा आएंगी। चल बे, काम कर।

गरमा गरम बातों के बीच जिंदगी की जंग जारी है और महोब्बत की उमंग भी।

प्रेम भी सोचने लगी कि पांडेय जी के जीवन में प्रेम बना रहे, भरे पूरे परिवार में कितना प्यार है, तभी तो मेमसाहब मायके से ही रोजाना हाल चाल पूछ लेती है कि तेरे साहब बेशक न बनाये, चाय। उनको भी दे देना और खुद भी पी लेना।

जीने का नाम है विलायती राम पांडेय। जिन्हें समाज से और उसके सरोकारों से प्रेम है और परिवार से।

वैसे भी अपने पांडेय जी शरीफ नम्बर वन है, कहीं भी चुगाली नहीं करते। उनका कहना है जो दिव्य संतोषी टाइप का जीव होता है वह सांसारिक बंधनों को जीता है, जिसने समाज को जीत लिया, वह श्रेष्ठ हो गया। इसी उधेड़बुन में लगे हुए हैं अपने विलायती राम पांडेय जी।

8.
पांडेय के दफ्तर में सेवानिवृति समारोह

एक दिन जाना सबको है। किसी ने कल तो किसी ने परसों। कौन सौ साल के करारनामा लिखवा कर आया है। जो यह जमन्ना प्रसाद ढोकला लिखवा कर आये हो। अगले महीने उनकी सेवानिवृति है। उनको लग रहा है कि महीना आगे और आगे खिसक जाएं, पर महाराज कहाँ होता है, यह सब!, जरा सोचिए।

चिलमन भी दूसरे आफिस में डेपुटेशन पर गया था। तीन साल के बाद वापिस अपने दफ्तर आ गया। अपने दफ्तर में आ कर उसे ऐसी फीलिंग आ रही है जैसे बेटी व्याह के बाद पहली बार मायके आ रही हो। बेटी का हक भी होता है।

जमन्ना प्रसाद ने बातचीत में एक बात कही कि नौकरी करना बिल्कुल ऐसा है जैसा हॉर्स से डंकी बन जाना। पहले तो चिलमन कुछ समझा नहीं, जब समझ आया तो कहने लगा कि चिलमन को पांडेय ने समझाया-कि यह बतला रहे हैं कि यहां काम करना बिल्कुल वैसे रहा जैसे आप घोड़े हो और गधे बन कर जा रहे हो। हद्द है शराफत की, इस दफ्तर ने कहीं का नहीं रखा जी। 92 में ज्वाइन किया था, एक प्रमोशन हुई, तब से वहीं के वहीं। कहीं बाहर जाने का कोई मौका भी नहीं मिला। पांडेय ने विषय को समझते हुए माहौल को थोड़ा अनुकूल बनाते हुए कहा-आप अच्छे हो जी। घर से बेहतर और अपने देश से बढ़िया कहीं कुछ है! सोचो और मुस्कराओ। देखो पिछले साल प्रहलाद सिंह गए थे, श्रीलंका। उन्हें वहां मनपसन्द खाना नहीं मिला। विक्रम बाबू गए थे, चाइना, उन्हें भी खाने को कुछ नहीं मिल पाया। हाँ जो मांसाहारी थे, उनके लिए सुअर, सांप, चमगादड़, बिल्ली, कॉकरोच, केंचुए सब थे, लेकिन मजाल क्या कि आप सोचें कि आपको पराठा खाना है, वो मिल जाएं, ऐसा मुश्किल है।

सो अपने देश जैसी बात कहां। बात में दम था। अभी चाय के सिप चल ही रहे थे कि पांडेय ने चपरासी रोहित से कहा कि बसंती मैडम से पूछ लेना कि रिअमर्समेंट का क्या हुआ!, पूछ कर बताना, पैसे कहाँ चले गए। कहीं और तो ट्रांसफर नहीं कर दिए।

अक्सर ऐसा हो जाता है कि जब से नई तकनीक आई है कि सोमदत्त शर्मा को पैसा भेजना है, आपके कम्प्यूटर में पहले से कोई और नाम उसी नाम राशि का दर्ज है, पलक झपकी और बटन दबा, आपकी राशि फलाने के खाते में जमा हो गई, अब जब तक वह भेजेगा नहीं, रकम वापिस आएगी नहीं, आएगी भी तो सरकारी माध्यम से चलने में समय लगता है। आखिर फाइल को भी दौड़ना पड़ता है।

अच्छा जमना प्रसाद जी, क्या सोचा है, आपने!

सोचना क्या!

अपने घर जाएंगे। खेती बाड़ी करेंगे। मित्रों के पास बैठेंगे। गप्पसप्प होगी। हम्म!

यानी बहुत कुछ करने का इरादा है। पांडेय ने कहा–चिलमन, इनकी एमएसीपी हो जाती तो पेंशन में फर्क पड़ जाता। लेकिन पिछले वाला बॉस निकम्मे किस्म का था, जाते-जाते पता नहीं कौन-सी खुन्नस निकाल गया। आपकी कार्य प्रगति के चार्ट की ऐसी तैसी फेर गया, न तो आप अगले पायदान पर चढ़ सकते हैं, न ही उतर सकते है। यानी वही के वहीं रहेंगे। नालायकी की पराकाष्ठा। अगर सेनापति डीठ हो तो क्या फायदा काम करने का।

चिलमन ने कहा–मैं जब डेपुटेशन पर रहा, पूरे तीन साल। बेशक आमदनी यहां से बढ़िया थीं। पर अपने ऑफिस को कसक हमेशा रहती थीं। कोई सहकर्मी सगा मानने को तैयार नहीं होता था। उनके साथ काम करते हुए लगता था कि आप अजनबियों में आ गए हो। बड़ी मुश्किल से काटा है समय। प्रसाद साहब, विलायती राम पांडेय ने यह काम बढ़िया किया कि जहां है, वही जमे हुए हैं। इनका मानना है कि क्यों जाएं यहां से!

जहां के लिए आये हैं, वहीं से सेवानिवृति पाएंगे। ऐसे लोग कम है, पर हैं।

दिन तेजी से निकल रहे हैं। चिलमन ने कहा-प्रसाद जी, बिल्कुल सीधे साधे बन्दे हैं, न तीन में और न ही तेरह में। किसी से कोई पंगा नहीं, न ही किसी से फालतू मिलना। हम्म, कहते तुम ठीक हो। पर भाई, मिलना भी तो जरूरी है, जब तक मिलोगे नहीं, तो परस्पर प्यार कैसे बढ़ेगा!

बहरहाल वह दिन भी आ पहुंचा। रिटायरमेंट का दिन। जगन्नाथ प्रसाद अपने परिवार के साथ दफ्तर में मौजूद। उनका छोटा परिवार। विलायती राम पांडेय को जून के आखिरी में उत्तराखंड का दौरा था, उससे एक दिन पहले ही वे लौट आये थे। अगले दिन उनको उस बिदाई समारोह में शामिल होना था। विदाई के दिन दफ्तर के सभी लोग सभागार में मौजूद थे। ऐसा वाकया कम होता है, जब सभी लोग हों। पर जो सबके सम्मानीय होते हैं, उनको सम्मान देने के लिए सब मौजूद रहते हैं।

पांडेय जी कुशल वक्ता हैं, बोलना उनका प्रिय शगल है, जैसे चिलमन को घोड़ी के आगे नाचना। जहां बेंड बजा नहीं, वहां उसका पाँव थिरका नहीं। चिलमन किसी अनजान की भी शादी हो, उसमें भी नाचने को तैयार रहता है। कई बार तो उसको रोकना पड़ता है, कि भाई जब आप इस बारात में किसी को जानते पहचानते नहीं हो, तो काहे नाच रहे हो। लेकिन उसका कहना था कि अगले की शादी है, अपना थोड़ा सा योगदान तो कर ही सकते हैं। वैसे भी बाबा रामदेव का कहना है कि नाचने–कूदने से सेहत दुरुस्त रहती है। मन प्रसन्न और चंचल रहता है। चंचल से एक बात याद आई कि आजकल चिलमन का चक्कर दफ्तर की चंचल से चल रहा है। किसी को भनक भी नहीं है। वैसे भी कुंवारे लड़कों पर सबकी निगाहें गिध्द दृष्टि की माफिक लगी रहती हैं।

दफ्तर की चंचल से कब नैना चार हुए, पांडेय को तो खबर जब लगी जब चिलमन ने कहा–भाई साहब, कल कोर्ट चलना है, गवाही देनी है, क्यों भाई मामला क्या है!

कुछ नहीं भाई साहब, कल मेरी शादी है, लड़की चंचल है, अपने दफ्तर की। अंग्रेजी स्टेनो। क्या बात है!

बहुत खूब, बेटा अब तू भी नोटिंग ड्राफ्टिंग सीख जाएगा।

आऊंगा, और पार्टी भी लूँगा।

बात आई गई हो गई।

चुनांचे फेयरवेल में एस्टेब्लिसमेन्ट के अधिकारी ने विलायती राम पांडेय से रिकवेस्ट की, पांडेय जी जरा बोलने में अपना हाथ तंग है, आप सम्भाल लीजिये। पांडेय जी को कभी कोई दिक्कत नहीं हुई, उनका तो बोलते रहने का पुराना शगल है, एक बार बचपन में रामलीला के रोल में सीता स्वयंवर का मामला था, राजा दशरथ ने पूछ लिया कि आप कहाँ से युवराज हैं, पीछे से डायलोग बोलने वाला किसी काम से कहीं आउट हो गया। मंच पर सीन था, पांडेय ने झट कह दिया कि महाराज मैं बी 3, ब्लाक, पश्चिम विहार का युवराज हूँ। खूब तालियाँ बटोरी, पर बाद में डायलॉग बोलने वाले कि क्लास भी जम कर ली। लेकिन यहां हकीकत का मंच है। मंच पर जगन्नाथ प्रसाद जी विराजमान हैं। दफ्तर के बड़े साहब के साथ कई और भी गण्यमान्य जन। पांडेय जी ने बोलना शुरू किया कि आज का दिन बड़ा ही महत्वपूर्ण है, आज प्रशाद साहब का सेवानिवृति का दिन है। लगभग 30 वर्ष की इन्होंने सेवाएं दीं। मृदु भाषी रहे प्रशाद जी ने अपने काम से काम रखा। पहले कई बरस इन्होंने आकाशवाणी में भी काम किया। इन्होंने निजी प्रसंग में बताया

है कि सेवानिवृति के बाद ये अपने प्रदेश चले जायेंगे, वहां ये लेखन करेंगे और अपना शेष जीवन परिवार व मित्रों के संग बिताना पसन्द करेंगे।

आज खुशी की बात और भी है कि चिलमन ने चंचल से विवाह भी करने का मन बना लिया है और कल हम सब इनके विवाह में शरीक होंगे। आइये पुनः मुद्दे पर, किसी और मित्र ने अपनी शुभकामनाओं के सत्र में बात रखना चाहे तो उनका स्वागत है। दस मिनट मौन धारण। कोई कुछ बोलने को तैयार नहीं, न ही उत्सुक। बात पांडेय जी ने सम्भाल ली, उन्होंने दफ्तर के पाठक जी को बुला लिया। पाठक जी लेखा विभाग में हैं। आते ही कहना शुरू किया। हमारा समय जो है, वह वृक्ष की तरह है, अभी पतझर है, पत्ते टपक रहे हैं, नए आ नहीं रहे। काम ज्यादा है, संक्षिप्त-सी बात कर हट गए। तुरंत पांडेय जी ने कहा-बड़ी बात यह है कि पाठक जी को प्रकृति से गहरा स्नेह है, इसी कारण उन्होंने अपनी बात में प्रकृति पर जोर दिया। ऐसे ही कुछ और मित्रों ने भी राय दीं। प्रसाद साहब को बुक्के दिया गया। दफ्तर से अटैची दी गई और घर तक छोड़ने के लिए कार भी। सबने बधाई और शुभकामनाएं दीं। बड़े अधिकारी ने शेष जीवन सुखमय बिताने की कामना करते हुए सभी को जलपान पर आग्रह करते हुए निमंत्रित किया।

बड़े अधिकारी ने पांडेय की पीठ ठोंकते हुए कहा कि विलायती जी आप बोलते अच्छा हो। आपकी कविताओं की पुस्तक बढ़िया लगी। कुछ नया लिखा हो, तो बताना। जी, अवश्य।

पांडेय जी सोचने लगे कि बड़े पद पर बैठा अधिकारी भी पढ़ने के लिए समय निकाल लेता है तो यह पुस्तक संस्कृति के लिए बड़ी बात है।

सबकी शुभकामनाएं ले कर प्रसाद साहब गाड़ी में बैठ गए। पांडेय भी निकलने को तैयार कि चिलमन ने कहा कि कल कचहरी पहुंचना है सुबह 11 बजे। शादी है भाई जी, याद है चंचल बालक और

तुम्हारी चंचला को आशीर्वाद देने तो आना ही है।

9.
पांडेय जी और गर्मी वाली चाय

आज कहीं से सुन लिया कि प्रेशर हो तब जाना चाहिए शौचालय!, चिलमन ने यह दिव्य ज्ञान दिया था। चिलमन मुहल्ले के डॉक्टर का कम्पाउंडर था, यानी आधा डॉक्टर। जैसे कहते हैं साली आधी घरवाली। वैसा ही हाल चिलमन का भी था।

डॉक्टर खाली टेम में बकते कि जब आए तब जाओ, अन्यथा अपने से जोर न लगाओ। वरना नसे फूल जाएगी। मस्से हो जाएंगे। ये बवासीर के संकेत और लक्षण भी हो सकते हैं।

बातें बेहद संजीदा थीं। चिलमन उस अंदाज से बताता था कि न चाहते हुए भी आस पास के लोग पाइल्स के खतरे से धुआं उठता देख भाग लेते कि क्या पता चिलमन अब क्या कह दें।

आज का चिलमन ज्ञान कि धूम्रपान न करें, यह स्वास्थ्य के लिए हानिकारक है। इसके सेवन से बचना चाहिए, अन्यथा कैंसर जैसे भयानक रोग हो सकते हैं।

दूसरा मदिरा का सेवन हानिकारक है, इसके अत्यधिक सेवन से लीवर को नुकसान पहुंच सकता है।

यानी चोरी छिपे ऐसे कृत्य कतई न करें। यदि ऐसा समान हो भी किसी के पास, तो वह तत्काल चिलमन को सुपुर्द कर दें, ताकि वह मालखाने में जमा कर दें।

वैसे भी किसी चीज की अति नहीं होनी चाहिए।

पांडेय, कल्लू, राधेलाल, लपकुराम, झुम्मन के साथ सट कर चटनी लाल भी मौजूद था। वैसे अंदर की बात, किसी की किसी से बनती नहीं। सब एक दूसरे के जानी दुश्मन है। कोई किसी को मौका नहीं देता। लपकुराम तो ऐसा है कि जिस पार्टी की हवा चली, वहां का रुख किया। फायदा अर्जित किया, फिर जाय कोई उनकी बला से सीलमपुर। उन्हें क्या!

फिलहाल लपकुराम की बात नहीं करते, वरना उनके चेले सक्रिय हो जाते हैं। वाट्सप पर। नई तकनीक का फायदा भी है और नुकसान भी।

कोई यह बताएगा कि चाय और पकोड़ों का क्या मेल है। एक साथ खाने से आपकी जिव्हा का स्वाद बढ़ता है या मामला कुछ और है, इसकी तफ्तीश करो,

कुछ जानकारी लगे, तो बताना। चिलमन ने कहा नहीं कि कल्लू निकल लिया, कई दिन से वेट भी और पेट भी खराब चल रहा है। पूछा चिलमन ने तो पता चला कि नैनीताल जाते समय किसी लेखक मित्र के यहां दुआ सलाम को रुके थे, पता नहीं भाई ने कौन सा मन्त्र मार दिया कि दस्त लग गए, बेहाल वाले। चिलमन ने मुंह बनाया और कहा कि जब तक आपका मौसम थम न जाये तब तक इस बैठक में शक्ल भी मत दिखा देना। उठते-उठते सोफे पर उनके चिन्ह रह गए। अबे कोई है क्या पोछा लगवाओ, मूर्खों को तमीज भी नहीं कि जब हालत दु:खदाई हो तो अवकाश ले लो, काहे अपना थोबड़ा दिखाते हो भैया!.

चाय की तलब पर भी चिलमन का दिव्य प्रवचन जारी है।

चाय पीने से प्रेशर बढ़ता है। कभी कॉफी की तलब होती है, नहीं न!

ये अंग्रेजों के चोंचले थे, हिंदुस्तानियों को सीखा गए एक गंदी सीख। आज किसी के पास कोई काम न भी हो तो भी कहेगा, शशि चाय ले आना, तब शुरू करें, काम का श्रीगणेश।

पांडेय जी बिजली डिपार्टमेंट में काम करते है। सेक्शन आफिसर है। बहुत बड़ा इलाका है, उनका। किसी का बिल ज्यादा आ रहा है, किसी का मीटर तेज चल रहा है। हैरान करने वाली बात है कि उनकी 25 साल की सेवा में कोई भी ऐसा ग्राहक नहीं आया कि साहब मेरा मीटर धीरे चल रहा है। यह हिंदुस्तान है भाई।

पांडेय को आज अपने बचपन का किस्सा याद आ गया। जब वह पांचवीं में पढ़ते थे, वजन भी ठीक ठाक था। पर अभी बात उनके निशाने की है। ऐसा ढेला मारा कि खम्बे का बल्ब ऐसे अलग हुए जैसे सत्तापक्ष से किसी पार्टी ने अपना समर्थन वापिस लिया हो। बल्ब ने वीरगति को प्राप्त कर शहीद मुद्रा में मुंह बनाया। पांडेय को क्या पता था कि बिजली वाले का, जिसने कुछ देर पहले बल्ब लगाया था और पांडेय ने स्टाक से निशाना लगाया और बल्ब नीचे। वैसे निशाना पांडेय जी का अभी भी कुछ वैसा ही है। मिसेज रामप्यारी साथ होती है तो कहती है जब मैं साथ बैठी हूँ तो मुझे देखिए, यह क्या कि कभी दाएं देखते हो कभी बाएं देखते हो। आपकी यह आदत अच्छी नहीं। आप दो बच्चों के बाप हैं। कुछ शर्म आनी चाहिए। यह दिव्य ज्ञान जिस किसी को सुबह-सुबह प्राप्त हो जाए तो उसका मुंह ऐसे उतर जाएगा जैसे बिना कन्ने की पतंग से पैंच लगा कर दिखाओ। पांडेय का मूड बिगड़ गया। उन्होंने गाड़ी रोक दी और कहा कि चली जाओ, मायके। मैं नहीं जा रहा हूँ। पत्नी के मिजाज को लाल पीली हरी सब तरह की मिर्चियाँ लगना स्वाभाविक था। गुस्से में पिनकते हुए उतर गई। बस में बैठा

देख पांडेय जी निकल गए प्रेस क्लब। वहां बैठ दो चिल्ड बीयर का आर्डर दे दिया। काफी देर तक ऑर्डर जब सर्व नहीं हुआ तो वेटर ने कहा कि सरजी, आज ड्राई डे है। चाय और पकौड़े ले आऊं। हां भाई वही ले आ। गर्मी बाहर-भीतर दोनों तरफ चढ़ी हुई है। कुछ चिल्ड होता तो बेहतर था। पर अब जो है, सो है।

लड़ाई किस घर में नहीं होती। मिसेज रामप्यारी मायके पहुंच गई थीं। उसका मुंह उखड़ा हुआ था, जैसे सिलबट्टे की चटनी में धनिया पाउडर का डिब्बा उकसा और गिरा। बात सबने समझीं और जीजा जी यानी पांडेय जी को जम कर धोया। खेर दो दिन बाद रामप्यारी जी लौट आईं। कुछ दिन सब शांत रहा। अचानक एक दिन बिना मसले के फट पड़ी। कहते भी है न!

जब भीतर भराव ज्यादा हो जाए और उसका निष्काशन न हो तो वह बारूद जाएगा तो जाएगा कहाँ। वही हुआ, तुम समझते क्या हो, मैं क्या कोई बांदी हूँ। जिसे देखो, वह हुक्म चलाता रहता है। आधे घण्टे का यह आत्मीय प्रवचन था जो बिना एड ब्रेक के समाप्त हुआ।

पांडेय जी चुपचाप रहे। अगले दिन कल्लू से मिले। कल्लू के दस्त बिना जी एसटी लगे ठीक हो गए। कहने लगा कि पता नहीं हल्द्वानी का पानी सही नहीं था या उसकी नीयत में खोट था, क्या पता पनीर बासी हो, जब खा रहा था, तब भी स्वाद कसैले टाइप का था। बहरहाल पांडेय ने अपना दुःखड़ा रोया तो कल्लू भी भीतर से बड़ा दुःखी था, वह भी भीग गया और सुबकने लगा। कहने लगा भाई तेरी हालत भी मेरी जैसी है। मैं तो अपनी घरवाली से बात नहीं करता। वह खाना बना जाती है, ले आता हूँ या बाहर बस स्टॉप से सड़े टाइप के छोले भटूरे खा लेता हूँ। हम्म! यानी अब समझा।

जब तुम हल्द्वानी गए थे, उससे एक दिन पहले बस स्टॉप के छोले कुलचे खाये थे!

हाँ, खाये थे, साले, उसी में गड़बड़ था। कैसे कह सकते हो कि हल्द्वानी का पानी गड़बड़ है, अबे, वहां का पानी तो बड़ा सुंदर है और मीठा है। कल्लू सब समझ रहा था कहने लगा हो सकता है कि मैं दिल्ली के कुलचे छोले से बीमार हुआ।

राधेलाल तो भइये ऐसे जीवट है कि क्या बताऊँ। चिलमन ने पांडेय को मिलते ही कहा। सुबह राधेलाल सलमान बनने के लिए अलसुबह निकल लेते हैं कि सैर करने से सेहत बनेगी, पेट अंदर जाएगा और वेट भी। अंदर की बात, खाने के खद्दू का कभी कुछ हुआ है, नहीं न। कोई फर्क नहीं पड़ा। उल्टा मंगलवार

को ऐसा कुछ हुआ कि राधेलाल ने अपनी सोयायटी के भीतर ही चक्कर लगाने शुरू कर दिए। क्या हुआ था मंगलवार को?

कुछ खास नहीं, अरे वही गली के कुत्ते ने किसी कुटनीति के तहत काट लिया। पूरा मोहल्ला इकट्ठा हो गया। लपकुराम ने अपनी खिड़की से देखा और पर्दा लगा दिया क्या पता कुत्ता भीतर आ गया तो।

दर्द से बेहाल राधेलाल। हाय मर गया, हाय मर गया। पत्नी ने कहा कि सत्संग जाया करो। प्रभु में मन लगाओ। सुबह जाते ही क्यों हो। मेरी सुना करो। घर के काम करो। जाले हटाओ। आस-पास मिल आओ। क्या जरूरत है पतला होने की। मुझे आप वैसे ही पसन्द हो। ऐसे ही मुझे सलमान टाइप की फीलिंग देते हो। यो-यो। करते हुए राधेलाल अपना दुःख दर्द भूल गए। जब पत्नी साथ हो तो हर आदमी अपना दुःख दर्द भूला देता है।

झुम्मन ने फोन किया पांडेय जी को। पांडेय ने झट किसी आंसरिंग मशीन की तरह कहा-जो नम्बर आप मिला रहे हैं वह अभी सेवा में नहीं है, प्लीज डायल योर नम्बर आफ्टर सम टाइम।

झुम्मन ने सर खुजलाया और बड़बड़ाया कि नम्बर तो सिन्हा ने यही दिया था, फिर यह नम्बर मिलता क्यों नहीं। नम्बर ने भी सोच लिया था कि मेरी मर्जी, मिलूं तो मिलूं, नहीं मिलूं तो नहीं मिलूं। मेरी मर्जी। यानी मर्जी का ख्याल है।

बाई दवे दिल से नम्बर फिर मिलाया। लग गया। झुम्मन कहने लगे-पांडेय जी, बड़ा मन था कि आपसे बात करूं। वाह, वाह अच्छा किया, पांडेय जी ने कहा। मुझे तो लग रहा था कि आप आज आने वाले हो, पेड़े लेकर। पिछली बार खिलाये थे न!,

आपके फोन आते ही स्वाद फिर से फ्रेश हो गया।

दुनिया बड़ी निराली है, भांति-भांति के लोग हैं। शाम को सब राधेलाल के घर जमा थे। कुत्ते ने बड़ी गहरी साजिश रची थीं। लंबे गहरे तक नाखून गड़ा दिए थे। डॉक्टर ने सावधान रहने को कहा है और यह भी कहा कि कुत्ते पर भी वाच रखो। सड़क का आवारा कुत्ता है। इस इलाज में समय लगता है। कमाल है कुत्ते ने काटा, राधेलाल को। चिलमन ने फोटो पोस्ट कर दीं फेसबुक पर कि चोटी के लेखक राधेलाल चोटिल हुए। आवारा कुत्ते ने काटा, 14 इंजेक्शन लगे। तीमारदारों का लगा तांता। ऐसे मजमा लगा जैसे सत्तापक्ष वाले चुनाव में खड़ा होने की उम्मीदवारी सुनिश्चित करने आये हों। उनकी पत्नी इतनी मधुर है, बेचारी जब से किचेन में ही है, सोच रही है, कमाल का बदमाश कुत्ता है जिसने काट खाया। चिलमन ने कहा-उस्ताद जी, सब दल वाले आ गए, पर लपकुराम नहीं

आए। झुम्मन ने कहा–उन्हें डर लगता है कि अगला नम्बर उन्हीं का तो नहीं।

उधर राधेलाल के कुत्ते काटने की वजह पर अपना शोक प्रकट करने आये, कल्लू, चिलमन, झुम्मन, पांडेय सब जमा हुए और इसी बहाने एक गोष्ठी भी हो गई। अगले दिन के अखबार की सुर्खियां थीं–राधेलाल को आवारा कुत्ते ने काटा। शोक प्रकट करने के बहाने हुई जमकर गोष्ठी।

चिलमन को पता था कि यह मीडिया भी न!

जब अपन ने किसी को कहा नहीं तो यह समाचार आया तो कैसा!

झुम्मन ने कहा–पांडेय जी, लपकुराम की खिड़की से परदा खिसका हुआ था, कुछ समझे न!

जीवन में कई–कई झोल है। लोगों के झोल बने रहें और उनके झोले भी।

चुनांचे कुत्ते पर वाच रखी जा रही है। पांडेय ने भी सैर के समय अपने साथ लट्ठ रख लिया है, कहना है उनका कि अब जमाना खुद को बचाने का है। आये दिन चेन स्नेचिंग हो रही है, कब हो जावे और कब अपन को लट्ठ चलाने का मौका मिले। क्या पता 26 जनवरी पर बहादुरों की तरह हमें भी हाथी पर बैठने का मौका मिल जाये। चिलमन ने कहा–उस्ताद जी, आप और आपके न ख्याली पुलाव बड़े चंगे हैं। हम नहीं क्या, वाक्य पूरा करते हुए पांडेय जी मुस्कराए।

अब आ भी जाओ, घर। कभी घर भी बैठ जाया करो, काहे निकम्मों की तरह यहां से वहां समय बर्बाद किया करते हो। आप भी न पांडेय जी एक नम्बर के फुरसतिये हो, कहे देती हूँ।

10.
पांडेय जी और फेसबुक की दुनिया

आजकल सबको पता है कि ये दुनिया पीतल दी!

कोई जल्दी समझ लेता है तो कोई देर से।

यानी सबकी फ्रीक्वेंसी का बायोमीटर अलग-अलग टाइप का होता है।

पांडेय जी फेसबुक पर वीडियो देख रहे है। एक पुलिस वाला है। उसकी जीप है। सायरन बज रहा है। खुली सड़क है।

वह सन्नाता हुआ खुले सांड की तरह घूम रहा है।

उसके पास तीन पुलिसकर्मियों का दल है। उनके पास सेनिटाइजर किये हुए लट्ठ हैं। वे मुस्तैद है कि साहब बस एक बार जुबान खरच दे तो बस भाई साहब सामने वाले की यात्री की टिकट ऐसे कन्फर्म कर देंगे कि वह भाई साहब अपनी तश्तरी को महीनों तक कोरोना को याद करते हुए सेकेंगा और आराम उससे कोसों दूर चहलकदमी करता हुआ टस से न मस होगा।

ऐसा ही वाकया हुआ। हमारे चलचित्र कुमार दगडू पांडेय के साथ।

एक आदमी दिख गया। नाम उसका देहाती रंगा है। चेहरे से उसके रंग भाव कंट्रोल रेट पर दिखाई दे रहे हैं।

इंस्पेक्टर पूछ रहे हैं कि क्यों रे भइया श्रवण कुमार!

कहाँ घूम रहे हो!

श्रवण कुमार मुस्करा रहा है। कह रहा है कि यहाँ से आये रहे और वहां तक जाए रहे।

चलचित्र कुमार दगडू पांडेय ने कहा कि हमको जान रहे हैं!

हम कौन हैं!

सामने वाला चुप्प है। काटो तो खून नहीं। बोल रहा है कि बोलो, बोलो। अच्छा लग रहा है।

दगडू पांडेय ने बोला कि सरकारी जीप में हम टहल रहे हैं कि वहां आप जैसे भारतीय मिलोगे और हम जो, माने हम जो इत्ती देर से भोंक रहे हैं, उसे सुने और अनसुना कर दोगे।

क्या करने आये थे बे!

दगड़ू पांडेय पूछ रहे हैं।

हवलदार सत्यपाल ने कहा कि साहब दो धकेल दो लट्ठ!

सही से बोलेगा।

दगड़ू पांडेय बोले-

सत्यपाल तनिक लला जी। आराम से बोलिये। ये मथुरा वासी हैं। देखिये न कइसे शांत छवि मनमोहक अदा लेकर मां के बेटे घूम रहे हैं।

ये हमारी ही नहीं प्रदेश की, प्रधानमंत्री तक की तौहीन है और हम ठहरे सच्चे सेवक। सहन नहीं कर पाए हैं ये बन्दे को।

थोड़ा थूक गटकते हुए, मास्क सही करते हुए फिर बोले हां तो डाबर के च्यवनप्राश क्या नाम बताए थे!

सामने वाला समझ नहीं पा रहा कि उसका मुर्गा बनाये जा रहा है!

फिर बोले!

क्या नाम है बे राजेश खन्ना!

सामने वाला कह रहा है कि हमारा नाम काहे पूछ रहे हो!

दगड़ू बोल पड़े कि तुम्हारी खेत और जमीन जायदाद सभी अपने नाम करवा लेंगे।

सामने वाला तैश में आ जाता है।

काहे नाम करवा लेंगे!

हमने कसूर क्या किया!

दगड़ू के चेहरे पर रौनक दिखाई दी और कहा कि हम तो सोचे थे लला कि तुम्हारी जुबान पर लॉकडाउन है। कछु बोलोगे नहीं।

पर अब जब बोल पड़े हो तो कहो भैया कहाँ निकले थे।

सामने वाला चुप है।

पुलिसिए सब मुस्तैदी से हंस रहे हैं। उन्हें पता है साहब चुलबुल पांडेय के बाय हार्ट लवर हैं।

सामने वाले ने कहा कि यहीं निकले थे, यहीं जाएंगे।

दगड़ू पांडेय का दिल पसीज गया और कहने लगे कि आप हमें अच्छे नागरिक लग रहे हैं। कुछ खाया है कि नहीं।

सामने वाला घबरा रहा है। उसके सामने पुलिस की जीप है और जीप में प्राण हर्ता तीन सेवक हैं जो साक्षात चित्रगुप्त की सेवा में व्यस्त हैं और सारथी के बगल में यमराज जी खुद ही आये हैं।

सामने वाला कह रहा है कि हमका नहीं मालूम कि लॉकडाउन क्या होता है!

ये बात पते की कही।

दगडू ने कुटिल मुस्कराहट लाते हुए कहा कि वीरपाल इसे एक देओ।

सामने वाला पीछे हट गया। कि वीरपाल अब डेगापर वीरपाल ने बिस्कुट का पैकेट दिया। इंस्पेक्टर दगडू पांडेय ने कहा कि कसम खाओ। अब घर से बाहर नहीं निकलेंगे।

श्रवण कुमार बनाम सिरेश कुमार बोले। नहीं निकलेंगे।

दगडू ने कहा कि सिरेश भइया आप मुस्कराते हो तो अक्षय कुमार जैसे दिखते हो।

जानत रही कि कौन है अक्षय कुमार!

सिरेश कुमार बोले। हम नहीं जानते। कौनो सेठ साहूकार रहे होंगे या हमारी तरह ठलवा!

ये सुनकर अक्षय कुमार रहे होते न बिटवा। तुम्हारी जान ले लेते। अब भाग जाओ, हमें गुस्सा आये उससे पहले।

अब सोचो साला!

दुनिया कहाँ से कहाँ पहुंच गई बा!

यू साला अक्षय को नहीं जानता। वो भला आदमी अपनी पत्नी से भिड़ कर पच्चीस करोड़ दे दिया कोरोना के उद्धार के लिए। फिर तीन करोड़ और।

ये साला जानता भी नहीं।

अबे कहाँ गए बे! सर्विस प्रोवाइडरों कमसे कम अपना नेटवर्क इतना फैलाओ कि आम जनता भी जान सके कि ये कौन सी दुनिया के लोग हैं जो इन्हीं के जरिये देश और दुनिया में सबके चहते बने हुए हैं।

चलाओ सज्जन कुमार गाड़ी। काहे बे काम भूल जाते हो!

ओ गाड़ी वाले गाड़ी हांक ले।

गाड़ी दौड़े जा रही है। आगे ऐसे अनेक प्रसंग हैं जो सेनिटाइजर किया हुआ लट्ठ खाने के लिए न केवल उत्सुक हैं बल्कि उत्साहित भी।

खुद दगडू पांडेय का ये कहना है कि ये जो लट्ठ है न साहब।

अगर किसी की पीठ पर, हिप पर पड़ जाए तो भइया वह भी हिप-हिप हुर्रे करने लग जाता है।

एक बार अलीगढ़ में पढ़ते हुए अपने दगडू पांडेय को पुलिसिया लट्ठ पड़े थे, गिनती के चार।

इस तभी से सीख लिया था कि मां कसम किसी और सर्विस में नहीं जाएंगे।

जाएंगे तो इसी सर्विस में कि किसी की सिंकाई कर दो।

यही हुआ आज वे नगर अधीक्षक है। अपनी सेवा में लगे हैं। कोई भी बाहर दिख जाता है तो सुजाने से न तो परहेज करते। बल्कि ग्लोकोज का बिस्किट खिलाते हैं और पानी भी पिलाते हैं। उनका मोटो है कि पहले धुलाई फिर आम शहरी के प्रति निर्मल भाव से प्रस्तुत हो कर पुलिसिये छवि को भी दागदार होने से बचाना है।

देखते ही देखते कब रामप्यारी ने आकर कहा कि हद हो गई सब्जी वाले की।

आलू पैंतीस रुपये किलो दे रहा था। मैंने कहा कि तीस लगा लें। सनीचर ने रिक्शा बढ़ा लिया आगे। नहीं तो पांच किलो ले लेती।

ओह!

ये तो बहुत बुरा हुआ। विलायती राम पांडेय जी ने सहानुभूति का एक पक्ष रखा।

रामप्यारी ने कहा कि दोपहर में क्या खाओगे!

पांडेय जी बोले-जो बना लो।

सोच रही हूँ कि कुछ बना लेती हूँ।

अच्छा क्या!

रामप्यारी-ऐसा है फ्रीज साफ करना है। इसलिए हफ्ते की सारी सब्जियां तड़का लगा कर आप सबको खिला दी अब ऐसा है कि ब्रेड पड़ी है अलसाई सी। उसकी अंगड़ाई को देखते हुए सोचा है कि इसकी हत्या कर दूं और इसके शरीर पर अचार और जैम लगा कर खिला दूं।

पांडेय जी ने कहा कि बेशक कुछ खिला दो, पर जहर नहीं। दूसरी बात ये आजकल सावधान इंडिया और क्राइम पेट्रोल देखना बन्द करो, हमारे खाने पीने का नाम और जायका ही बदल देती हो।

बेचारी रामप्यारी भी क्या करें।

दो महीने जिसका पति और बच्चे घर पर रहें तो उसका आप सोच ही सकते हैं।

उसकी तन्हाई गई। उसका आराम गया। उसके घर का जो बेलेन्स बिगाड़ा है न कोरोना मइया ने! उसकी भरपाई कौन करेगा!

कौन देगा जवाब!

किसी को भी नहीं पता।

आजकल घर पर शांति है। पर पांडेय जी अपने घर के सामने अभी भी जमेटो के ऑर्डर आते देखते हैं तो सोचते हैं कि इन साहूकारों की तिजोरी में कब सेंध लगेंगी!

बहरहाल पाण्डेय जी थोड़ी देर को क्या सोये कि अचानक से वे क्रिएटिव मॉड पर आ जाते हैं:

यदि यह हुआ तो/सोये
ये वह मंजर होता
जब घर होते
उनमें रहने वाला न होता
बाजार होते पर
खरीदार न होता
पुस्तकें होती कोई
पढ़ने वाला नहीं होता
सब्जियां होती फल होते
कोई खाने वाला नहीं होता
घरों में छिपकलियाँ होती
वह कभी ड्राइंग रूम से बेडरूम में तफरी कर रही होती
कभी बाथरूम में ब्रश!
आपके अलमारी में कपड़ों के बीच सैकड़ों चीटियाँ
किताबों के रैपर से लेकर प्रेमचन्द के गोदान में घुसी होती दीमक की फौज
तेजेन्द्र शर्मा, गीताश्री, प्रेमजनमेजय से लेकर हरीश नवल और ज्ञान चतुर्वेदी की किताबें यू ही पसरी होतीं
जो यह बताती कि
यहाँ बरसों पहले एक जीवंत सभ्यता रहा करती थी
उस सभ्यता में अजय नावरिया से लेकर सूरज बडत्या भी हुआ करते थे
कभी उस समय अखबार भी निकला करते थे
पुरस्कारों की क्या कहे
अपने ही ग्रुप में बंटा करते थे
यानी तयशुदा जीवन था
सबका
कि
किसको कितना मक्खन लगाना है किसकी कितने प्रतिशत आलोचना करनी है
एक जमाने पहले हुआ करते थे
लिटरेरी फेस्टिवल
जहां एक थाली के चट्टे और बट्टे बैठकर गला तर किया करते थे

किसकी कहे या किसकी न कहे
यह विषय वैविध्यपूर्ण है
आइये आगे चलते हैं
पुस्तकों के बाद रचनाकारों के निजी जीवन पर भी अनुसंधान होगा
कि किसके बच्चे की शक्ल किस युगपुरुष पर गई!
किसके निजी जीवन पर किस ने सावर्जनिक तौर एकदिवसीय टूर्नामेंट खेला!
बचने के बाद यही मलबे में से कोई हार्ड डिस्क किसी योग्य व्यक्ति के हाथ लगी तो
निकल आएगी
लक्ष्मीशंकर वाजपेयी की गजलें और अद्‌भुत गीतों की बानगी
हरियाणवी कवि अरुण जैमिनी की मंचीय बानगी
सरल सम्पत, हुलहड़ मुरादाबादी से लेकर दिनेश रघुवंशी, चिराग जैन, पंकज प्रसून तक बचे रहेंगे
जो कोरोना महामारी से पहले भी चर्चा में थे
सभ्यता के बाद भी बचे रहने की गुंजाइश होगी
सोच कर ही कइयों को लूज मोशन हो सकते है
भाई साहब!
जरा सोचिये!
घरों में रहिये
काहे इतिहास बनने की हिमाकत कर रहे हो
सम्भलोगे तो बच्चों की शादियां देख जाओगे
अन्यथा ललद्यद के जीवन से सीखो
आपमें से कितने अपने दादा के पहले वाली पीढ़ी का नाम जानते हैं!
आया न पसीना
नहीं जानते!
यह घर
ये पैसा
ये होटल
ये पेट्रोल पम्प
कभी साथ नहीं जाएगा
जाएगा केवल आपका कर्म
आपका सहयोग

आपका प्यार और आपका स्नेह
उसके अलावा भाई साहब
आपके बटुए के सब क्रेडिट कार्ड
उसके पिन और पासवर्ड धरे के धरे रह जायेंगे
अपनी पत्नियों से
अपने बच्चों से प्रेम करें
देश के हित की सोचे।
सोशल डिस्टेनसिंग बनाये रखें
एक बात जो कही जा रही है
काहे दिमाग में नहीं आ रही बे
सालो!
ढक्कन हो क्या!
वर्तमान को महसूस करो
इतिहास बनने की कोशिश न करो
आई बात समझ में.

सोते-सोते कह रहे है कि मैं नहीं होने दूंगा। मेरा देश बचेगा। मैं भी बचूंगा। मेरा परिवार भी बचेगा।

तभी रामप्यारी ने कहा कि सौ रुपये देना। बाहर तरबूज बेचने वाला आया है। तरबूज ले लू और खरबूजे भी।

सुनो, खीरे भी ले लेना।

ले लूंगी, पति परमेश्वर जी।

थोड़ी देर में उठ जाना। खाना बना रही हूँ।

ओके, ओके।

आजकल पांडेय जी घर पर हैं। अभी एक चैनल बता रहा है कि हरियाणा में शराबबन्दी को सोमवार से खोल दिया जाएगा

यह खबर पढ़ते ही लोगों ने टेलीविजन की स्क्रीन को चूम लिया। पत्नी समझ रही है कि काश! ये तरीका हमसे भी आजमा लिया होता तो मैं ही कोई जुगाड़ करवा देती। आखिर मोहल्ले की किट्टी पार्टी किस काम आएगी!

पांडेय जी राधेलालशर्मा को भी बताते, पर फोन न कर सकें

बिटिया ने कहा कि पापा जी डायनिंग टेबल पर आ जाओ और आज न मैंने मम्मी की परमिशन से चिल्ली पटेटो बनाये हैं।

पांडेय जी, रामप्यारी, चीकू भइया सब बैठ गए। चिल्ली पटेटो के साथ मीठी शिकंजी का कम्बो ऐसा था जी कि लग रहा था कि लॉकडाउन खुल गया हो और वह किसी पाँच सितारा होटेल में डिनर करने आये हों।

अब पांडेय जी को भी लगने लगा था कि भैया लॉकडाउन खुलवाया जाए चाहे कोई कोलकाता का बंगाली जादू कराओ या कोई और तरीका!

पका दिया।

कभी तुरई, कभी खिचड़ी, कभी टिंडे।

पर वाट्सप समाज ने जो ज्ञान परोसा है, भाई साहब उससे तो पांडेय जी सहित अनेक मित्रों की वाट लगी पड़ी है कि सूखा दूध बाजार में है ही नहीं।

उन्होंने कहा कि रामप्यारी जी ऐसी रिपोर्ट मिल रही है कि स्थिति भयंकर न हो जाए!

रामप्यारी ने कहा कि क्या होगा!

ब्लेक टी पीने की आदत डाल लेंगे, और क्या!

पांडेय जी मुस्करा दिए, मन में है कि कहीं से जुगाड़ बिठाते हैं। अंदर से ये भी चिंतन में कि जो होना है, हो जाए। कितने दिन अभी और परीक्षा के बचे हैं!

ये न तो विलायती राम पांडेय जानते हैं और न ही प्रधान सेवक।

सुनिए!

क्या सो गए!

रामप्यारी ने आवाज लगाई।

चीकू ने आकर देखा और कहा कि मम्मी पापा जी सो गए।

चीकू ने पापा जी का मोबाइल उठाया और ड्राइंग रूम में बैठ गया।

सोचने लगा कि दो चार गेम्स डाउनलोड कर देता हूँ।

पापा जी को क्या पता लगेगा!

इधर पापा जी भी सीख गए थे कि मोबाइल में लॉकडाउन कैसे किया जाए!

दुनिया में पांडेय जी और पांडेय जी में दुनियावी किस्से कभी खत्म न होंगे।

आखिर ये दुनिया किस्सों से, बात के बतंगड़ से ही तो चलने वाली है।

अंतर्मन ने कहा कि सिया पति रामचन्द्र महाराज की जय हो।

पांडेय जी को लगा कि किसी ने आसमान से फूलों की वर्षा कर दी हो।

ये ख्याली पुलाव भी न बिना पुलाव खाये आ जाते हैं।

बहरहाल पांडेय जी की दुनिया में उनका चिंतन जारी है।

इसके सिवाय कोई विकल्प भी तो नहीं।

11.
पांडेय जी और उनका स्मार्टफोन

कहते हैं तकनीक जे कर देगी, तकनीक उ कर देगी। न तो उ हुआ, न जे हुआ। पर जो हुआ, उ सुन लीजिए।

बिना सुने तो आपका प्रेशर बनेगा नहीं, सो सुनलो, कसम झुम्मन की।

जब से चिलमन ने ई नया फोन दिलवाया हैं। उसको रखना झंझट तो है ही, ससुर को जेब में रखना बड़ा भद्दा भी लगता है। सम्भाल कर रखो। कहीं गिर न जाए।

उस दिन हुआ क्या!

अरे वही आर के पुरम की सब्जी मंडी। पांडेय की मिसेज ने स्यापा टाइम के अवसर पर मुंह बनाते हुए चाय पकड़ाई। कहने लगी–पता है कुछ, जब देखो! अखबार में घुस्से रहते हो। हुआ क्या!

अब मेरा अखबार पढ़ना भी तुम्हें अखरने लगा!

मेरे जीजाजी बाजार गए थे, सब्जी लेने। किसी ने मोबाइल उड़ा दिया हैं!!!

अरे!, वही फोन जिसके पीछे जूठे सेब का कटा फोटो होता है। बड़ा महंगा था, भाई। अब समझ नहीं आती कि जब भाई मंडी गए हो तो फुनवा घर रख जाते, पर नहीं न। सब्जी लेते हुए भी फुनवा दिखाएंगे तो क्या सब्जी वाला सस्ती दे देगा!

आप से तो बात करना बेकार है। नहीं, भाग्यवान समझ रहा हूँ। जल्द तैयार हो जाओ। घूम भी आएंगे। खाना भी बाहर खिला लाएंगे। वहां नया गुरुद्वारा भी बना है। लंगर चखे बड़े दिन हुए। वहां का कड़ा प्रसाद तो पूछो मत!

घर में नहीं आता, वैसा स्वाद।

ओ चटोरे, पिया!

चलते है, थोड़ी देर में।

अगला सीन

----////////-----

गाड़ी सर्राटे से दौड़ रही है। एसी चल रहा है। मिसेज रामप्यारी को पसन्द नहीं। जबकि पांडेय को एसी के बन्द करते ही पसीने आते हैं। मैडम बन्द करवाती है, पांडेय फिर खोल लेते हैं।

देखो जी, हमें तो आपकी बहुत जरूरत है, आपको हों न हों। अच्छा!

ये इतना पसीना आता है, आप तो चेकप करवाओ। पांडेय को डर लगता था, आम शहरियों की तरह। आज के डॉक्टर इतनी सी देर में अपना धंधा चमकाने के लिए कई सीन क्रिएट कर देते हैं। आपको जे हुआ है या आपको वो होने वाला है। शुगर तो जी बॉडर लाइन पर है। कुछ कीजिये वरना आप जानते ही हैं, डॉक्टर मुंह ऐसे बिचकायेगा कि आपको खुद ही एडमिट होने की उत्सुकता बलात जाग्रत हो जाएगी।

ठीक है, करा लेंगे। पर पहले श्रद्धांजलि सभा में तो हो आएं। मिसेज रामप्यारी बिफर गई। कहने लगीं–क्या मतलब!

अरे बाबा, कुछ नहीं। आपके जीजाजी का फोन महँगा वाला चोरी हो गया, उसी की तो मातमपुर्सी में जाना है। खेर तुम्हारी समझ में नहीं आएंगे, ये भारी भरकम शब्द। तुम हमें बिठा कर शॉपिंग कर आना। अपन तो डरेवर आदमी है। जब कहोगी, चलिए वापिस। चल पड़ेंगे।

क्यों भाई साहब!

क्या हुआ!, कितने बजे की बात है!

अभी तो लिया था, फोन आपने। ठीक से आपरेट करना भी नहीं सीखे थे। पर जी जो लिखा है, वह हो कर रहता है। होनी को कौन टाल सकता है। क्या सब्जी का थेला भी ले गया। नहीं, जी। वह लेकर नहीं गया, जब मैं नींबू लेने झुका तो या तो गिर गया, या कोई ले गया। ओह! बड़ा दुःख हुआ।

शाम को गाना सुनने बैठा कि खोजा, फोन तो है नहीं, दूसरे नम्बर से लगाया तो पहले तो रिंग टोन बजती रही, पर बाद में वह भी बंद हो गई।

आपने कम्प्लेंट कराई क्या?

जी, नहीं भाई साहब। कैसे कराता। फोन नोटबन्दी के टेम पर लिया था आधीरात को, जब सभी दुकानें, ज्वेलर्स सब खुले हुए थे। मुझे क्या पता था कि ये फोन ऐसे ही चला जायेगा।

अच्छा यह बताओ कि सब्जी ले आऊं। सब्जी!, नहीं–नहीं, रहने दीजिए। कैसी बातें कर रहे हो, महाराज!

फोन चोरी हुआ है, दिल नहीं। पांडेय जी ने ठुमकते हुए कहा कि इच्छा हो तो वो भी करवा देते हैं।

खेर महिलाएं शॉपिंग में बिजी। मर्द लोग अपने पसंदीदा शगल में।

आप तो फोन लो, सिंपल वाला। अब मुझे देखो, पहले फोन सिंपल वाला था कि ससुर टाइप के लोग न दिन देखते है, न रात। फारवर्ड मेसेज धका–धक पेलने में लगे रहते है। जैसे गुड़ मॉर्निंग, गुड़ नाइट। मां कसम कई बार तो यह आती है

कि सामने हो ये लोग तो कहूँ कि एक नम्बर के खाली लोगों, फुरसतियों तुम्हें कोई काम धंधा नहीं, फिर सोचता हूँ कि लगे रहने दो। उनको भेज कर खुशी मिलती है और अपुन को डिलीट करने का रोजगार। यानी एक दूसरे ने एक दूसरे को काम पे लगा रखा है।

दूसरी बात चिलमन जी, आपको फोन से फायदा होता हो या न हो, गलत बटन दबा गया तो बावाल खड़ा हो जाएगा। अरे, पिछले महीने हमारे दफ्तर के चौबे ने किसी महिला को कोई सन्देशा भेजा होगा, या नहीं भेजा होगा, उस महिला के पति ने पढ़ लिया तो चौबे की ऐसी क्लास ली, कि भाई के दस्त लग गए और तीन दिन की छुट्टी पर चला गया। चिलमन ने कहा-बात तो आप ठीक कहते हैं। अरे! भाई न तो गंदगी को फारवर्ड करो, न किसी किस्म के टंटे में फंसो। पर लोग कहाँ मानते है।

पांडेय ने कहा-एक जमाना था जब वीडियो का चलन था, लोग तेरे मेरे से वीडियो कैसेट लिया करते। फिर सी डी का जमाना आया, अब पेन ड्राइव का और मुआ स्मार्टफोन। गूगल, यू ट्यूब ने सबको काम पर लगा दिया। लोगों के मन में एक दूसरे के प्रति सम्मान भाव नहीं। सब दौड़ लगा रहे, किसी अंधे कुंए की ओर। पता नहीं कहाँ और कभी थमेंगे भी नहीं, कोई नहीं जानता। ईश्वर उनको सद्‌बुद्धि दें।

विलायती राम पांडेय ने और उनके साडू चिलमन ने पूरी बॉटल खत्म कर दी थीं। पांडेय ने सोचा कि यह श्रद्धांजलि सभा अब तक की सबसे यादगार सभा थीं। महिलाएं लौट आई थीं। तब दोनों जन ऐसे मात्मिय मुद्रा में आ चुके थे, कि वाकई इन दोनों को स्मार्ट फोन के जाने का अफसोस है। मिसेज चिलमन ने किचेन में देखा तो समझ गई। पीछे से अंडे की ट्रे में रखे 13 अंडे नदारद हैं। पूछने का मन तो हुआ, पर मन मसोस कर रह गई, पूछती तो स्यापा होता और उसका भुगतान चिलमन नहीं करता।

बहरहाल श्रद्धांजलि सभा से गाड़ी पुनः घर की ओर चल पड़ी। रास्ते में आइसक्रीम वाले का ठेला देख सबने अपनी मन पसन्द कुल्फी ली। पांडेय जी अभी तक ऑरेंज वाली आइसक्रीम ही लिया करते हैं। कहते हैं जी, इसके सेवन से भीतर डारेक्ट ठंडक पहुंचती है। सस्ती भी है। लेकिन मजाल क्या कि बच्चे ऑरेंज वाली खायेंगे। उनका आइसक्रीम खाने का मतलब हुआ अर्थ को अंटी से रुखसत करना।

पांडेय जी गाड़ी चलाते हुए सोच रहे थे। जब शादी नहीं हुई थी, तब ज्यादा सुखी था या अब। अरे-अरे!

ज्यादा हो गई क्या!

आराम से चलाओ गाड़ी। घर पहुंचना है, कहीं और नहीं। आगे ट्रक था। पांडेय जी एलर्ट हुए और कुछ देर में घर पहुंच गए।

फिर गेट खोला ही था कि घण्टी बज गई, दूसरी तरफ साड़ू चिलमन था, पहुंच गए क्या!

जी, पहुंच गए। अभी–अभी गेट खोला ही है। ओके–ओके। गुड़ नाइट।

ताला बंद किया। एसी चलाया। कुल्ला किया। बीपी शुगर की दवाई ली, पांडेय ने मिसेज रामप्यारी को किस्सी की, बदले में मिले या नहीं, उसकी परवाह कभी नहीं की। उनका मानना है कि कभी तो बिन मांगे बरसात होगी ही, तब वसूल एयर असूल तय कर लिया जाएगा। कि किसकी जवाबदेही बनीं।

पांडेय जी ने एक अच्छी आदत बना रखी है कि सोने से पहले मोबाइल आफ कर देते हैं, वरना सोते समय भी आभासित दुनिया के फुरसतिये आपको लोरी दे कर सुलाने वाले भी ढेरों हैं। क्या आपको नींद नहीं आती। आपको हलवा बनाना नहीं आता। आपको दस्त हैं। किस तरह के आते हैं!

क्या डॉक्टर को दिखाया है। क्या आपकी पत्नी से अनबन चल रही है। यदि इन लल्लुओं पर ध्यान देना शुरू कर दिया जाए तो आधे से ज्यादा दुनिया के तलाक हो जाएंगे, कसम से। सुबह लोगों को फर्ज के अनुसार फ्रेश होने से पहले आदत होने लगी है कि देख लें कि किसका वाट्सप ज्यादा जरूरी है, अबे तमीजदार पहले हल्का हो लो, पर नहीं पहले वे आपके जरूरी संन्देश पढ़ना चाहेंगे, नतीजा:कब्ज की शिकायत। इस हिमाकत से बचिए।

सीन अगला:

कुछ भी लें, स्मार्ट फोन अथवा सिंपल

अपनी निजी जिंदगी में अनावश्यक बवाल न पालें, जिससे घर बिखर जाएं।

अजी कहाँ बैठ गए, अंदर। बाहर आ जाओ, चाय बन गई है।

मामला विकट हो, उससे पहले फ्लश चलाया। चाय अभी तक पत्नी के मिजाज की माफिक गर्म थीं। शुक्रिया, देवी जी बहुत स्वादिस्ट है। अदरक का टेस्ट आ रहा है। रामप्यारी सोचने लगी। बदमाश है पिया, जब अदरक पंद्रह दिन से घर में नहीं, तो यह कहाँ की अदरक का टेस्ट महसूस कर रहे हैं। इनके जाते ही स्मार्ट फोन से तलाशी अभियान का झाड़ा लगाया जाएगा कि अदरक कहाँ छिपी हुई है। रामप्यारी ने इस बात की भनक पांडेय जी को नहीं लगने दीं। आखिर भारतीय पत्नी है, कोई मजाक है क्या।

वैसे भी जिस दिन पत्नी मिसेज पाण्डेय औरों की तरह चतुर सुजान हो गई तो पांडेय को बेमौसम के पड़ेंगे। फिलहाल तो बचे हुए हैं। बोलो जय श्रीराम। चिलमन राम नाम जपता हुआ चला गया। वैसे कुछ मामलों में उसने नहीं बोलने की कसम खाई है।

12.
पांडेय जी और बेईमान लड्डू

कहते हैं कि इंसान बेईमान होता है। बचपन में सुना था, अब पचपन की ओर अग्रसर। मजाल है कि कभी सुना हो!

बेईमान के लड्डू!

ये लखनऊ वाले भी अरे, वही नवाबों के शहर के एक त्रिपाठी जी है, सरकारी सेवा में थे, बड़े सज्जन किस्म के मित्र हैं। आजकल ऐसे लोगों का उत्पादन खत्म हो गया। कभी दिल्ली आए और खाली हाथ आ जाएं, यह उनको जमता नहीं। जमता तो पांडेय जी को भी नहीं, कह देते हैं कि मियां पिछली बार क्या लड्डू खिलाये थे, अभी तक जुबान पर वही टेस्ट, वही स्पर्श याद है। मानो अइसे चित्र खींच देते कि हलवाई ने आपके सामने बैठ कर मिठाई बनाई हो। बनाने में पांडेय जी का कोई जवाब नहीं था।

कल जान त्रिपाठी जी आएं, कहने लगे दिल्ली में एक नाटककार है बहुत बड़े टाइप के, उनकी मैडम ने हमारी मिसेज को कहा था कि आप मसाला बहुत अच्छा बनाती हो, उसने बना दिया। दिल्ली आना था, सो ले आएं।

पांडेय जी ने कहा भी कि भाई साहब, आप रिटायर आदमी हो, ये मिठाई-शिठाई न लाया करो, अच्छा नहीं लगता। त्रिपाठी जी ने पांडेय को टोकते हुए कहा-हम लखनऊ वाले हैं, अपनी संस्कृति, तहजीब से वाकिफ हैं। आप हमें कुछ भी लाने से रोक नहीं सकते। अब मसाला लाना था, सो मिसेज ने कहा-नमक ले जाना अच्छी बात नहीं, सो मिठाई भी ले आया, उनके लिए। अब पांडेय जी क्या कहते।

खेर अगले दिन पांडेय जी ने छुट्टी कर लीं थी। आज के दिन उनका शक्ति प्रदर्शन ही था। उनके सम्मान में दिल्ली में एक कार्यक्रम था। बड़े बड़े लेखकों को उस संस्था ने इनवाइट किया था। पांडेय जी उधेड़बुन में थे, कि क्या पहना जाए। ऐसे मौकों पर साहित्यकार वाली फील आनी चाहिए। बिटिया का एग्जाम था, सुबह ओला मंगवाने से पहले बोल गई, डपट वाले अंदाज में कि पापा ब्लेक पेंट, वाइट शर्ट और रेड जैकेट!

फिर देखना क्या गजब फीलिंग आती है। बात मानने में भलाई है। इसी चक्कर में वे घनचक्कर बने हुए थे, कि क्या पहन कर जाऊं और क्या नहीं।

बहरहाल एक और उनके दोस्त ने जयपुर से फोन कर दिया था। वे अवकाश प्राप्त अधिकारी लेखक हैं। सरकार में मुख्यमंत्री के पास थे। लेकिन बस पास आजीवन बन जाने का फायदा यह हुआ कि निःशुल्क आने जाने की सुविधा जब से हुई, बस में बैठे, शुभकामनाओं से मित्रों को हरा-भरा किया, खाया-पीया और रात की वोल्बो से वापिस।

कल ही कह दिया था कि पांडेय जी, मैं आ रहा हूँ, पांडेय जी को बड़ा आश्चर्य हुआ कि साठ-बासठ का आदमी कहाँ आएगा, अनावश्यक तकलीफ होगी, पर नहीं, उनको आना है। कह दिया कि आ रहा हूँ, अच्छा, यह बताओ कि कहां उतरूँ!

धौला कुँआ या कश्मीरी गेट!

पांडेय जी ने कहा-गर्मी का मामला होगा, ऑटो वाले बदमाश हैं, आप कश्मीरी गेट उतरो। मेट्रो पकड़ कर घर आ जाओ। कोई तकलीफ नहीं होगी।

बहरहाल लड्डू का डिब्बा सामने हो और आप उस पर हाथ साफ न करो, ऐसा कभी हो सकता है। नहीं न!

डब्बे पर लिखा है, वह पढ़ने वाला है-शुद्ध देशी घी द्वारा निर्मित

बेईमान के लड्डू

मेहमान को चखाना नहीं.....

.......टिक जाएगा

कमाल की भाषा और कमाल का हलवाई। बहुत पुरानी दुकान है, साहब। खेर पांडेय जी ने सोचा कि त्रिपाठी जी लाये हैं, यह उनका मौलिक अधिकार है, और कर्तव्य के साथ सेवन करने का मूल मंत्र पांडेय जी का है।

पांडेय जी ने डब्बा खोला तो उसमें पेड़े निकले!

यानी यहां भी लोचा!

यह क्या भला, बाहर लड्डू और भीतर पेड़े!

चुनांचे, डब्बा आया भी तो लखनऊ से। तहजीब और अदब के प्रदेश से। जन्नत है साहब। कोई अपने शहर को गंदा नहीं बताता। पांडेय जी ने कहा-आप तो उत्तर प्रदेश की राजधानी से है, स्वच्छ भारत अभियान के बारे में क्या कहते हैं!

त्रिपाठी जी ने कहा-हम रिटायर आदमी हैं, हम क्या बोलेंगे। बोलने का काम मीडिया का है, नेताओं का है, वे बोलते हैं, हम सुनते हैं। अगले दिन उनका फोटो हाथ में झाड़ू पकड़े देखते है, अखबार रद्दी में फेंक देते हैं। वह लिफाफे में

तब्दील हो जाता है। साहब जो, स्वच्छ भारत अभियान वहां होता है, जहां व्यवस्था होती है, जहां व्यवस्था नहीं होती, नहीं होता वहां कोई अभियान। मेरे मोहल्ले में डॉक्टर का क्लिनिक है, उसका कम्पाउंडर अपने क्लिनिक का गन्द मेरे घर के बाहर फेंक जाता है। किसको कितना डाँट पिलाऊँ। अरे!, त्रिपाठी जी आप ठहरे, एक इज्जतदार शहरी, आप उसकी कम्प्लेंट कीजिये, अंदर कराइये, ऐसे लोगों को। पांडेय जी, आप हकीकत नहीं जानते, वह डॉक्टर शहर के बाहुबली नेता का जीजा है, अब नेता जी के जीजा को कोई हाथ लगाएगा क्या!

पांडेय जी ने कहा–मामला विचित्र है, दिल्ली में ऐसी कोई हिमाकत करता तो बताता, कि मेरा नाम विलायती राम पांडेय है।

बहरहाल जयपुर से चिलमन का फोन आया, भइये मैं चिलमन बोल रहा हूँ, पांडेय जी मजाकिये हैं, कहने लगे-आवाज सुनाई नहीं पड़ रही, आप कहाँ से बोल रहे हैं और क्यूँ बोल रहे हैं, चिलमन ने सोचा कि राजधानी के फोन नेटवर्क भी ऐसे हैं जैसे सब नेटवर्क वाले सोनम कपूर की मेंहदीवाली रात से लौटे नहीं। फोन लगाया दुबारा, फिर वही आवाज–आप जिसका फोन लगा रहे हैं, वह अभी नेटवर्क में नहीं। चिलमन को लगने लगा कि वह समय दूर नहीं जब यह सुनाई देगा कि जिसे आप फोन लगा रहे हो, वह आपका फोन उठाना नहीं चाहता, इसलिए नहीं उठा रहा। हद है टेक्नीक की और नए प्रकार के कौशल की।

चिलमन कश्मीरी गेट पहुंच गया। बस से उतर गया। मेट्रो पकड़ ली। पांडेय जी से मिलना आसान थोड़े ही है, कि आए और मिल लिए।

खेर दो घण्टे की मशक्कत के बाद वे पहुंच गए पांडेय जी के घर। पांडेय जी लूंगी में नजर आए। चिलमन से कहा–भाई, रात से लाइट नहीं है, सो नहीं पाया, अब देखो न आंखें कैसी लग रही हैं, चिलमन ने कहा ऐसी लग रही है जैसे चाय पिलाने का मन न हो और सिलेंडर खत्म हुआ हो, अलसुबह। दूसरा सिलेंडर है नहीं, नहीं तो इंडक्शन प्लेट पर चाय बना देते। उन्होंने मिसेज रामप्यारी को आवाज लगाई कि जरा सुनना, जयपुर से चिलमन जी आये हैं, नींबू पानी बना दो, नमकीन वाला। चिलमन ने कहा–भाई, काहे तकलीफ कर रहे हो, रहने दो। बस अड्डे पर चाय पी कर आया हूँ। अच्छा, पी लेते, मन में रह जाता कि इत्ती दूर से आये भी और चाय भी नहीं पी। अच्छा खाना एक साथ खा लेंगे। चिलमन सोचने लगा कि कह तो दिया कि खा लेंगे खाना एक साथ। सिलेंडर खत्म है, बिजली है नहीं, अच्छा होता मैं आराम से आता, सीधे कार्यक्रम में। पर यह उनका स्टाइल है, कि जिस किसी को चाहो उसे पूरे मन से, पूरी शिद्दत से चाहो, वरना नहीं।

बहरहाल पांडेय जी ने चिलमन को साथ लिया, अपनी मिसेज को और छोटे बेटे को। दोपहर का खाना बाहर किसी रेस्टोरेंट में खाया। वहां आना सबको भला और अच्छा लगा। एसी के माहौल में दाल-मखनी के साथ बटर वाले नान का मुकाबला क्या था, गजब कम्बीनेशन। मन को तृप्ति और तसल्ली का एहसास।

ठीक टेम पर गाड़ी कार्यक्रम स्थल पर जा पहुंची। गाड़ियों की कतारें लगीं थीं। ट्रैफिक भी बहुत हो जाता है, इसलिए लोगों ने आना शुरू कर दिया था। पांडेय जी अलग से नजर आ रहे थे। नेता जैसी फीलिंग उनके चेहरे और छाई थीं। कई मित्रों ने देखते ही उनके पास आना शुरू किया, जैसे बिल के साथ जीएसटी चिपकने को उतावला रहता है। जलपान के समय का सत्र जरा खास किस्म का रहता है। सब अपनी सुविधा से अपने मित्रों से मिलते हैं। इस मुलाकात में सबके स्वार्थ सध जाते हैं। बहरहाल आधा घण्टे के बाद इशारा हुआ कि जलपान का समय समाप्त हुआ और भीतर की और चलने का निर्देश जारी हुआ। अंदर एसी हाल। लोग सजे धजे विराजमान हुए। महिलाएं बन ठन कर आई है। आखिर उनके मन में है कि अपनी पसन्द के लेखकों के साथ फोटोस हों और वे सीधे अपलोड करें। आखिर पांडेय जी का सम्मान समारोह किसी नेताजी के शक्ति प्रदर्शन से कम नहीं था। कई प्रदेशों से लेखक कई घण्टों की यात्रा कर मिलने आये थे।

चुनांचे संचालक महोदय ने सबका स्वागत किया। बारी-बारी से वक्ताओं ने अपनी बात रखनी शुरू की। जब पांडेय जी को बुलाया गया तो उन्होंने संक्षेप में कहा-कि चयन समिति के प्रति मैं अपनी कृतज्ञता ज्ञापित करता हूँ कि उन्होंने मेरे नाम का अनुमोदन किया। लिखना मेरा पेशन है, लिखे बिना मैं रह नहीं सकता। विसंगतियाँ मुझे बैचेन करती हैं, एक आवाज सी हमेशा कौंधती है कि यहां वह कमी है, वहां वो कमी है, बेशक मेरे एक से हल्ला न हो, समाज सुध रे या न सुधरे। नेताओं के कान पर जूं रेंगें न रेंगे, मुझे अपना काम करना है, काम करता रहूंगा। अब देखिए बच्चों का एक पार्क है, बहुत पहले मैं खुद उस पार्क में खेला। लेकिन आज वह पार्क उस हालत में नहीं है। लोगों का पेट इतना बड़ा है, उनकी भूख उस झुग्गी वाले से कहीं ज्यादा है, कि उन्होंने उस सरकारी जमीन पर बने बच्चों के खेलने के पार्क को हथिया लिया है, उसमें दीवारें बना लीं, अपने गेट लगवा लिए, कहीं कोई इंसानियत नहीं, कहीं कोई ईमानदारी नहीं, नैतिकता बची ही नहीं। कहाँ जाएंगे, आप लोग। कुछ लोग कह देते हैं कि ऊपर जवाब देना पड़ेगा। सब मिले हुए हैं। कुछ नहीं हो सकता। किस लोकतांत्रिक व्यवस्था में जी रहे हैं आप।

दूसरी और आखिरी बात हमारे अपने लोग जब विदेशों में जाते है, जरा भी गन्दगी नहीं फैलाते, लेकिन अपने देश को देखिए कैसे कूड़ेदान में तब्दील किया हुआ है। अगर हम खुद को सुधार लें तो कहां से कहाँ तक पहुंच जाएंगे।

आखिरी बात जो पैसा हमें विकास के लिए मिलता है, उसका कितना प्रतिशत विकास में या स्वयं पोषित योजनाओं में खर्च होता है, अरे जीवन के साथ अपनी कार्य प्रणाली में भी पारदर्शिता लाइये, फिर देखिए विकास का असली चेहरा, कैसा चमकता है।

बहरहाल आज अपने को सम्मानित पा कर लग रहा है कि मेरी जिम्मेदारी पहले से कहीं अधिक बढ़ गई है। आपने जिस तन्मयता और गहराई से मुझे सुना, इसके लिए मैं आपका हृदय से आभारी हूँ। जय हिंद, जय भारत।

पांडेय जी के वक्तव्य के बाद बहुत देर तक तालियां बजती रही। मिसेज पांडेय बेहद गदगद थीं कि समाज के लोगों के बीच पांडेय जी सम्मानित हुए।

लोगों ने पांडेय जी के साथ तस्वीरें खिंचवाना शुरू किया। तभी आयोजन समिति के महासचिव ने सभी आमंत्रितों के प्रति अपना आभार प्रकट किया और कहा कि निश्चित ही आज का यह आयोजन सफल रहा कि जिसमें राजधानी दिल्ली के अलावा राजस्थान, उत्तरप्रदेश व छत्तीसगढ़ से लेखक मित्रों ने अपनी भूमिका अदा की।

पांडेय जी घर लौट आए। अगले दिन के समाचार पत्रों में भी उनके सम्मान के चित्र प्रकाशित हुए थे। सुबह की सैर पर कई मित्रों ने न आ पाने के लिए माफी मांगी और अपनी शुभकामनाएं दीं। पांडेय जी ने लखनऊ वाले बेईमान के लड्डू का डब्बा खोल लिया था और एक पेड़ा खाया कि तभी रामप्यारी ने टोक दिया, नहीं एक से ज्यादा नहीं, बहुत मीठा है, इसमें।

कल्लू नहीं आया था, उसको दस्त लग गए थे, जीएसटी के साथ। पांडेय ने उसको सलाह दीं कि अपना ध्यान रखें, आखिर सेहत से खिलवाड़ कोई अच्छी बात नहीं। दस्त रोकने के लिए कल्लू को केला और खिचड़ी खाने की सलाह दीं। खुद रामप्यारी को कहा–कि बेगम, मेरे लिए पुलाव और दही के साथ आम का आचार बगैर गुठली वाला देना, हो सके तो लस्सी भी बना देना। जी!, वो तो ठीक है, पर सम्मान वाला लिफाफा भी यहां ट्रांसफर कर दो, कुछ सूट लेने हैं इस मौसम के...

अच्छा यह बताओ कि सितंबर वाला क्या प्रोग्राम है उदयपुर का! मुझे भी चलना है। ओके, ओके। देखते हैं, भाग्यवान। अभी समय है।

13.
पांडेय जी के बगल में चोरी

कहते हैं चोरी किसी किस्म की हो, चोरी कहलाती है। अब वह सामान की हो, दिल की हो या घर के किसी महंगे सामान की।

हुआ क्या कि कल्लू कल जब दोपहर में पांडेय जी के पास भोजन पर आए तो पांडेय जी भूल गए थे कि उन्होंने कल्लू से कोई वायदा किया है कि साथ संग वे खाना भी खाएंगे। कल्लू निर्धारित समय पर दस मिनट विलम्ब से पहुंचे, जैसे वे कहीं लंगर में गए थे और अघाए यहाँ पहुंचे। पांडेय जी को शुरू से लगता रहा कि कल्लू हमेशा भूखे टाइप की फीलिंग क्यों देता है। आते ही कहा–क्यों बे, खाना खा लिया क्या!

कइसे खा लेते बे!

यह दोनों का निजी सम्वाद था जो कुछ समय में सावर्जनिक हो जाता था किसी पात्र के माध्यम से।

पांडेय ने कहा–क्या खाना पसंद करेंगे, मुगलई, चाइनीज या साउथ इंडियन!

इतने टाइप के सुन कल्लू को भूख ऐसे लग गई जैसे नेता जी के खड़ंजे टूट कर दुबारा जुड़ने को बेताब हो रहे हों। बहरहाल साउथ इंडियन मंगवा ले बे!

यार साउथ इंडियन सुबह ब्रेक फास्ट में होता है। अभी नहीं है। अच्छा चाइनीज मंगवा ले। भाई कल्लू, एक बात बता कि आप को मालूम नहीं कि चाइनीज खाने से नूडल्स अंतड़ियों में फंस जाते हैं, एक भयंकर रोग हो जाता है। आजकल सबका हाजमा इतना खराब है कि आप अपनी डाइट संभाल नहीं पाते, नतीजन सेहत खराब और अंतड़ियों का ऑपरेशन तक कि समस्या आ जाती है। मुझे किसी आप जैसे सज्जन व्यक्ति ने वाट्सएप्प किया था, आपको लगे हाथ फारवर्ड कर देता हूँ।

भाई कल्लू डर गए थे कि लग रहा है कि ये न तो साउथ इंडियन खिलाने वाला है, न ही चाइनीज। अब मुगलई का मेन्यू भी सुन लेते हैं। अच्छा मुगलई मंगा ले। अबे मोहन कैसा है भाई, और तबियत मस्त!

अच्छा ऐसा करना। मेरे दोस्त आये हैं, खाये बिना निकलेंगे नहीं। आप ऐसा करो कि खेमराज को कहो कि जल्दी से एक थाली भिजवाओ। हाँ दही या रायता

जरूर देना, उनका पेट गड़बड़ रहता है। आम आदमी की तरह। कल्लू सुन रहा था कि साले ने आम आदमी, खाने के बगैर टलेगा नहीं। कितनी महान उपाधियां पांडेय जी दोपहर के शांति प्रवचन में व्यक्त कर रहे थे।

खाना आया और कल्लू की आंखें चुंधियाँ गई। कल्लू कहने लगा कि क्यों बे श्रीगंगानगर जाएगा!

वहां क्या सीमेंट सस्ता हो गया या कपड़े की भारी सेल लग गई, जो मैं जाऊंगा।

मतलब तू नहीं जाएगा। पक्के से बता। क्या भाई कल्लू क्या स्टाम्प पेपर पर लिख कर दूं कि नहीं जा पाऊंगा। भाई दफ्तर के काम से ग्वालियर जाना है। पहले दफ्तर का काम फिर तफरी। कल्लू ने कहा कि बात तो सही है।

अच्छा! यह बता कि घर पर सब ठीक है। कहाँ ठीक!

ऐसे हालात बने हुए हैं कि जैसे पड़ोसी देश के पंगे सब मेरे घर चल रहे हों। भारी समस्या है भाई। पत्नी से बनती नहीं। जब देखो गुस्से में रहती है। मुंह देख ले मेरा तो उसका दिन खराब हो जाता है। ऐसा वह बच्चों को कहती है। क्या बताऊँ भाई जैसे देश जी एस टी की बीमारी से गुजर रहा है वैसे मेरे घरेलू सम्बन्ध।

बड़े भारी मन से खाना खाया या निगला, कल्लू ने। पांडेय सोच रहा था कि इससे तो वह लाख गुना अच्छा। यार जो बन्दा अपनी पत्नी से एक ही छत के नीचे रह सकता है, उसके हाथ का खाना खा सकता है लेकिन उससे दो मिनट सीधे मुंह बात नहीं करेगा। ये बन्दा है या फटीचर।

फटीचर ही रहा होगा। खाना खा कर कल्लू गया।

इतने में चिलमन का फोन आ गया। पांडेय जी, श्रीगंगानगर चल रहे हो न!

भाई, ऐसा है टिकट कन्फर्म है, लेकिन एक परसेंट लग रहा है कि दफ्तर के काम से बाहर निकलना पड़े। नहीं, ऐसा नहीं हो सकता।

अभी राधेलाल को कहता हूँ। उनको बताया था। वे

हकीकत जानते हैं। लपकुराम को ले जाओ। चिलमन ने कहा-लपकुराम!

ओह माई गॉड! किस का नाम ले दिया। जाने दो, उनका नाम नहीं लेना। वे अभी कहीं और के जुगाड़ तंत्र को मजबूत करने की दिशा में हैं।

बात आई गई हो गई।

पांडेय जी ग्वालियर जाने के लिए हजरत निजामुद्दीन स्टेशन पर थे। कितना सुंदर हो गया स्टेशन। कुछ विदेशी है जो स्वदेशी पौशाक में है और स्वदेशी विदेशियों की पौशाक में। कितना बदल गया इंसान। लड़कियां ऐसी जीन्स पहनती है जो घुटनों से फटी हुई हैं, जैसे वे किसी दरिद्र बाप की बेटी हों, लेकिन चिलमन ने आ कर बताया कि उस्ताद जी जिसे आप गरीब पिता की कन्या समझ रहे हैं, मैंने देखा है

वह बाहर जेकवार से उतर रही थी। कोई पैसे वाले बाप की बिगड़ैल औलाद है। अपन को क्या!

पुतुर जो अपन सोचे। तू ऐसा कर, यार एक चाय तू पी और एक मेनू पिला। उस्ताद जी, नाहक खर्चे की बातें न किया करो। अभी देखो टेम!

कितना हुआ पौने आठ न, तो कुछ देर में ट्रेन खिसकेगी, उसमें सब मिलेगा। थोड़ा पेशेंस रखा करो। नहीं तो भाभी को फोन लगाया जाए, पांडेय जी ने बेहद विन्रम भाव से कहा- भाई, तू चाय के बीस रुपये रख ले, पर फोन न मिलाना, जब घर से चला था, मोहतरमा सो रही थीं। रात ऊपर वाले के चोरी हो गई। पता चला तो खबर लगी कि पूरे परिवार के साथ वे फिल्म देखने गए थे और चोरों ने आकर घर को देख लिया।

मकान मालिक दुःखी था, अडोस-पड़ोस इकट्ठा हो गया। कई तरह की बातें। अजीब झोल। कहाँ जा रहा है जमाना। पुलिस को फोन भी लगाया। पर महाराज ये पुलिस जो है न, उसके बारे में फिल्मों में सही दिखाते है कि वे कार्य सम्पन्न होने के बाद अलराये से प्रकट होते हैं। आ भी जाएंगे तो ऐसे सवाल पूछेंगे-क्यों जी, मकान आपका है। अच्छा!

क्या करते हो?

अच्छा जी, फिल्म देखने गए थे, टेलीविजन नहीं घर में। लगा तो हुआ है। अच्छा यह बताओ क्या चोरी हुआ!

पुलिस वाले ने देखा कि बैठक में लेपटॉप, मोबाइल रखा हुआ है, अच्छा घर का ही कोई आदमी है या कोई ऐसा व्यक्ति जिसको आपकी दिनचर्या का मालूम है। पड़ोसी नीचे चर्चा कर रहे थे और आपसी स्मृतियों को साँझा करने में बिजी थे। मोहल्ले को काम मिल गया। अरे बहुत बुरा जमाना आ गया जी। पहले जो सरकार थी, कहाँ होती थी चोरियां। अब तो पूछो मत। उनकी हाजिर जवाबी भी ऐसी थी कि मानो आंकड़े अपने साथ लिए चलते हो।

बहरहाल न तो चिलमन की रुचि थी, कि क्या माल गया। उसके सामने गतिमान का वेटर था जो पानी की बोतल दे गया और फ्रूटी का पैकेट। हिंदुस्तानी मन जिसका हलक हलकान कर रहा था, पहले तो प्यास सूद सहित बुझाई और फिर गाड़ी की रफ्तार को देखते हुए संतोष किया कि इसी बहाने घर से दूर, दिल्ली से दूर, गर्मी से दूर रहेंगे।

पर महाराज जो किस्मत में लिखा हो, उसको कोई बदल सकता है, नहीं न। वही हुआ। दिल्ली से ज्यादा गर्मी। सड़कें तप रही थीं। आदमी भट्टी में तपते हुए

राख सहित वाले कोयले साबित हुए। कार्यक्रम शाम में था। जहां पहुंचे। ग्वालियर शहर की बिजली गुल। आंधी-अंधड़ से बुरा हाल। पांडेय जी का बुरा हाल। मन मसोस कर रह गए। सोचा क्या पता इसी में कोई भलाई लिखी हो।

पांडेय जी को सारे शहर एक से लगते हैं। वहां भी राधेलाल, राम लुभाया, कल्लू, लपकु, चटनी, बर्फी लाल और चिलमन मिल ही जाते हैं। पांडेय का ग्वालियर पहुंचते ही पेट खराब हो गया। कोसने लगा कि क्या शहर है, कि कदम रखते ही पेट बोल गया। उसे कल्लू की याद आई, जैसे चिड़ा रहा हो कि क्या खाओगे सर!

मुगलई, चाइनीज या साउथ इंडियन।

जिंदगी तभी अच्छी लगती है जब आप जैसे लाइक माइंडिड लोग मिलते हैं। सफर करते हैं। पर अभी तो पांडेय जी ने ओ आर एस का घोल मंगाया है वेटर से। घर पत्नी को बताया कि यहां आते ही अपना तो तानपूरा बजने लगा। रामप्यारी ने फौरन कहा-आप हो कि मानते नहीं, घर से भागने को रहते हो, और भुगतो। अपनी सेहत का ध्यान रखो। कुछ तला-भुना मत खाना। लिक्विड पीते रहना। अच्छा क्या परमिट कर रही हो। देवी जी। पत्नी ने समझ लिया, तुरंत कहा ओ बुद्धु पति, मेरा मतलब नींबू पानी, लस्सी वगैरहा। जी, समझ गया। मुझे लगा कि इस तपते मौसम में जौ का पानी। नहीं, बिल्कुल नहीं।

पांडेय ने कहना मान लिया। ओ आर एस का घोल पीया अपना काम निबटाया। ट्रेन पकड़ी और दिल्ली वापिस। बच्चों ने पापा का उतरा चेंबर देखा तो मुस्कराए बिना रह न सके। कहा कि पापा जी कभी माँ का कहना भी मान लिया करो।। पांडेय को लगा कि राजनीति की तरह घर के लोग भी मिले हुए हैं। सोच लिया कि वे अब कुछ दिन कहीं भी नहीं जाएंगे। पर मिसेज को पता है कि ये मानने वाले जीव नहीं। तुरंत ठीक होते ही चल देंगे, जैसे हम इनको काटते हों।

14.
गर्मी से बेहाल अपने पांडेय जी

मौसम बड़ा बेदर्दी होता है। अब होता है तो होता रहे। क्या फरक पड़ता है। काम तो करना है, वरना काम करने वाले बन्दे का मन कहाँ लगता है!

अब हुआ क्या!,

पांडेय जी लेखक हैं, लिखने से उन्हें महोब्बत है, इस चक्कर में कई बार खाना खाना भूल जाते हैं, मिसेज रामप्यारी बहुत दुःखी रहती है कि लिखने वाली भी कोई सौत है जिसने मेरा समय ले लिया है। पांडेय जी को इससे कोई परवाह नहीं थीं। वे खुद कहते भी थे कि न तो बीड़ी पीता हूँ, लिखना और पढ़ना मेरा शौक है, जिसको मैं किसी भी कीमत पर नहीं छोड़ सकता। अब चाहे कुछ हो जाए। मिसेज पांडेय भी बात का बतंगड़ नहीं बनाना चाहती, वह तो चाहती है कि उसके घर की शांति बनी रहे, और एक सुखी घर में चाहिए भी क्या!

जब दिल्ली से चले थे, तो लग रहा था कि यहाँ से चल पड़ो, कहीं दूर। उनके पाँव में राहु का चक्र है, जो घुमाता बहुत है। पांडेय जी भी क्या करें, इतने उत्साहित हैं कि किसी ने कहा नहीं और वे कहीं भी जाने को तैयार। वे अपने को रैपिड एक्शन फोर्स मानते हैं। उनके इस वक्तव्य को उनके दफ्तर के लोग भी मानते थे कि पांडेय जी वन मेन आर्मी हैं जो कोई भी काम लेते हैं तो निबटा कर ही चैन की सांस लेंगे।

घर से चले थे कि गतिमान ट्रेन में सवार हो गए। बढ़िया गाड़ी, स्वादिस्ट भोजन। जीवन में पांडेय जी खाने-पीने के लिए ही बने हों जैसे। जाना था ग्वालियर, राजपूताने की आन-बान व शान को देखने। पांडेय जी एक ऐसे विभाग में थे जहां से संस्थाओं को अनुदान मिलता है। काफी लंबे समय से डिमांड आ रही थी कि ग्वालियर शहर का चक्कर लगाया जाए। वह दिन भी आ पहुंचा। जैसे ही स्टेशन पर पहुँचे, ऑटो वाले और टैक्सी वाले ऐसे झपटते हैं मानो वे आपको कैच किये बिना मानेंगे नहीं। अगर किसी ने कैच कर लिया तो वह बहादुर टाइप की फीलिंग न चाहते हुए भी ले आएगा।

जहां जाना था वह जगह शहर से बीस किलोमीटर दूर है।

पांडेय ने देखा कि गर्मी भयंकर है। लू को करीब से महसूस किया। उन्होंने तुरंत फेसबुक पर पोस्ट अपडेट की। ग्वालियर शहर लू की भयंकर चपेट में। कुछ देर में लोगों ने स्वागत और धूप से बचने की सलाह तक दे डाली। कइयों ने तो यहां तक कह दिया कि पांडेय जी, इस मौसम में क्या मौसिकी करने आये हैं। पांडेय भी हाजिर जवाब थे, तुरंत कहा कि ठीक पहचाने, आपकी मौसी जी से मिलने आया हूँ। सामने वाले से कुछ कहते न बना। कुछ देर में वह शांत हो गया।

थोड़ा आगे बढ़े कि बर्फ का गोला बनाने वाला दिख गया, सोचा कि बचपन को याद करने का अच्छा बहाना है। उससे चटखारा लेते हुए पूछा कि भाई यह बताओ इतना ठंडा मौसम इस मौसम में पहली बार हुआ है क्या!

गोले वाला समझने लगा कि साहब या तो पागल है या फिरकी ले रहे है। कहना चाहता था हओ। अधिकतर लोग इसी भाषा में बात करते हैं। कहने लगा–साब कई साल से बारिश नहीं हुई, तप रहे हैं। अब यही काम बचा है, आखिर जाए तो जाए कहाँ। बात में दम है। पांडेय जी कुछ और बात करना चाहते थे कि चिलमन का फोन आ गया। उस्ताद जी, कहाँ चले गए आप!, बताया काहे नहीं। कुछ नहीं, चिलमन दो दिन का काम है। पर यार गर्मी अपने यौवन पर है, लग रहा है कि इसकी जवानी की कोंपले फूटने को जरूरत से ज्यादा उत्सुक हैं। पर गुरु जी, अपना ध्यान रखना। पानी पीते रहना। अभी फेसबुक पर एक लेखक झारखण्ड का था, उसकी पोस्ट से पता लगा कि भयंकर लू की चपेट में आ गया। पांच बोतल ग्लूकोज लग गई। अधमरा लेटा है बिस्तर पर। पर उस्ताद जी बन्दे ने पोस्ट लिखने का समय निकाल लिया। चिलमन समझा करो, यह जमाना मार्केटिंग का है। हर कोई चर्चा में रहना चाहता है। क्या जरूरत है बे, बताने की गर्मी लग गई। ग्लूकोज लग गया। उस्ताद जी, आप भी सम्भल कर रहो, काम निबटाओ और जल्दी चले आओ। पांडेय को लगा कि यह जरूर अपनी भाभी से मिल कर आया है। नहीं तो उसकी टोन यह नहीं होती। रामप्यारी भी न, कल भी वीडियो कॉल में कह रही थीं। अपना ध्यान रखना। पानी पीते रहना। टीवी पर बता रहे हैं कि वेस्टर्न डिस्टर्बेंस से मौसम के खराब होने की आशंका जताई है। कई जगह पेड़ गिर गए, अपना बचाव करना, मुन्नू के बापू। अहा!, यह भी सुख है। पांडेय सोचने लगा कि जब घर होता हूँ तो सीधे मुँह बात नहीं करती, बाहर जाओ तो केयरिंग हो जाती है। असली जमाने वाली रियल वाइफ है बॉस।

राधेलाल ने पांडेय को फोन किया–पांडेय जी, ध्यान रखना, मौसम बेहद हैरान कर देने वाला है। कहीं पेड़ उखड़ रहे हैं कहीं खराब मौसम के चलते बिजली

गिर रही है। कहीं तेज बारिश के साथ छींटे और ओले पड़ रहे हैं। पांडेय सोचने लगा कि जब दिल्ली में था तो कोई खबर नहीं थी। मेरे दिल्ली से निकलते ही मामला गड़बड़ा गया। उसने राधेलाल को बोला कि हजूर मेरा कोई हाथ नहीं। पता कर लो कि कहीं कल्लू का या तो लपकुराम का हाथ तो नहीं।

बात हैं हैं ही ही करके समाप्त हुई। मौसम खराब होने के पीछे न तो किसी राजनीति पार्टी का हाथ है, लेकिन फिर भी कोई क्रेडिट लेना चाहे तो सहयोगी दल का नाम लिया जा सकता है।

तभी कल्लू ने कहा–क्यों पांडेय जी, पता चला कि फलाने लेखक चले गए। भाई बड़ा दुःख पहुंचा। अच्छा!

पहले तो यह बताओ कि कितना प्रतिशत दुःख पहुंचा!

उसका प्रतिशत का असर कितना था। भाई मजाक नहीं कर रहा, बड़े भारी सदमे में हूँ। अच्छा, यह बताओ कि कभी उनसे मिले थे!

नहीं, भाई, मैं कहाँ मिला। यार जब तुम उनसे मिले ही नहीं थे, तो भारी सदमे कैसे!

भाई मैंने तो यह बताया कि एक लेखक चला गया। हम्म!

पांडेय ने कहा–कल्लू! कहीं ऐसा तो नहीं कि तुम्हारे मन में कुछ पक तो नहीं रहा कि कहीं उस जाने वाले के नाम पर कोई लखटकिया पुरस्कार शुरू करने की प्लानिंग कर रहे हों। कल्लू बोला:भाई, काहे! फिरकी ले रहे हों। यहां अपने खाने के बांदे है और ऐसे में मैं कोई पुरस्कार शुरू क्यों करूंगा। और सुन ले भाई, यदि किसी ने अपने जीते जी कोई पुरस्कार शुरू भी किया था, वो तुम जानते–समझते हो कि सब प्लानिंग है। इनके जरिए अपने निशाने साधे जाते हैं। समझे न!

अच्छा भाई, यह बता कि दिल्ली कब आ रहा है?

क्यों क्या किसी सांसद पद की शपथ दिलवानी हैं? अबे कहाँ बे?

मैं तो कह रहा था कि दिल्ली आए और कटवारिया के सेक्युलर हाउस पर खाने चलें। अच्छा यह बता, बिल कौन भरेगा! पांडेय ने मुस्कराते हुए फिरकी ली। कल्लू ने कहा अबे ओये, तू करेगा, भुगतान। जब देखो, मेरा हिसाब बिगाड़ता रहता है।

फिक्र नॉट, कल दिल्ली पहुंच रहा हूँ। परसों करते हैं। अच्छा बिल मैं ही दूंगा, बदमाश कहीं का।

पांडेय ने सोचा कि जब गर्मी भयंकर हो तो ऐसे में चौराहों पर पानी के फव्वारे बन्द करवा देने चाहिए। उन्होंने जनहित याचिका भी दायर कर दी। पंद्रह दिन

बाद जवाब आया–आपकी मांगी गई जानकारी का जवाब देने के लिए सम्बन्धित विभाग उत्तरदायी नहीं है। यदि आप इस जवाब से सहमत नहीं तो इसके लिए अपीलीय अधिकारी से निवेदन किया जा सकता है।

इत्ती गर्मी पहले कभी हुई हो। मोटर साइकिल और स्कूटी पर वाहन चालकों में मुंह ढक रखा है, ऐसे में पता नहीं चलता कि नकाब के पीछे सुरेश है या मनप्रीत।

बहरहाल पांडेय जी अपना काम निबटा कर देर रात दिल्ली लौट आए। आखिर जाते भी कहाँ! लौटना तो उनको था ही, वरना मिसेज रामप्यारी चिलमन को सुपारी दे कर बुलवा लेती। इतनी तो मिसेज पांडेय की चलती है।

पांडेय आते ही सो गए। आखिर यात्रा बेशक लम्बी नहीं थीं, पर यात्रा तो यात्रा है। इसलिए पांडेय भी यात्रा के बाद घर के सुख को फील करने में लगे थे। जय हो अपने विलायती राम पांडेय की।

पांडेय को यात्राओं का शौक है, या यूं कह लीजिए कि यह यात्राएं उनके जीवन का पर्याय हैं। यात्रा न हो तो विलायती राम, विलायती राम नहीं। इसलिए ऐसे कमाल के जीव, खुद तो मोटिवेट रहते हैं तो दूसरों को भी चलायमान कर दिया करते हैं। फिर क्या गर्मी, क्या सर्दी। अजी काम के आगे तो पांडेय जी ऐसे समर्पित पुरुष बन जाते हैं कि अब क्या बताए!

ये आखिरी टाइप के संवाद वे नींद में बड़बड़ाए जा रहे थे।

सुबह कल्लू दफ्तर पहुंच गया। पांडेय जी को उसके आने से कभी कोई टेंशन नहीं हुई। पर जो नामुराद टाइप के जीव हैं जो वाट्सएप्प या मैसेंजर के जरिये अपनी मौजूदगी दर्ज कराने के लिए अपने गुड़ मॉर्निंग, उबाउ जोक्स भेजते रहते हैं कि मानो आप प्रसन्न रह सको। अरे, भाई कुछ पेंडिंग काम निबटाओ, अपना पानी, बिजली का बिल जमा करवाओ, नहीं तो मीटर कट जाएगा, पर नहीं जी, वे तो समर्पित हैं, जैसे डिजिटल इंडिया ने उन्हें हायर कर रखा है। कितनी गर्मी है लोगों में जो फारवर्ड करने में लगे हैं।

कल्लू ने बताया कि चटनी लाल को दस्त लग गए, बर्फी राम को भेजा है पता करने के लिए। सुनने में आया है कि कुछ बाहर का खा लिया, नतीजन सेहत बिगड़ गई। भाई, एक समय होता है जब बाहर का अंड-संड खप जाता है। उसको मालूम होना चाहिए। कि बढ़ती उम्र के साथ अपनी सेहत का ध्यान भी रखो। नहीं तो बाजा बजते देर नहीं लगती। पांडेय ने कहा–कल्लू जी, आप भी अपनी मेडम के साथ सम्बन्ध सुधार की नीति अपनाओ, अन्यथा ऊंट के करवट बदलते देर नहीं लगती। कल्लू ने सोचा, अच्छा यहाँ आया। ये तो मेरे पीछे ही

पड़ गया। आज तो किसी को सलाह देना भी गुनाह है। अच्छा मैं चला। कहीं जाना है। पांडेय समझ गया था। कल्लू को मिर्ची लग गई। हो सकता है वापसी पहुंचते कहीं इसको लूज मॉशन न लग जाएं।

जीवन भी अद्धभुत है, लोगों को चाहिए कि मौसम की मौसिकी को समझे, अन्यथा ओ आर एस का घोल तो तैयार रखा ही है। उधर टेलीविजन पर खबर आने के बाद दुकानों के केमिस्ट मुस्तैद हो गए। भारी गर्मी और उसके प्रकोप के बढ़ते इजाफे के बाद लूज मॉशन और पेट के विकार बढ़ जाने से रोगियों की संख्या का इजाफा होने का इशारा हुआ है। पांडेय ने न्यूज देखी और टीवी बन्द कर दिया। सोचने लगे कि यार काहे डराते रहते हैं ये नामुराद टीवी वाले। अभी तो लौट कर आया हूँ और ये है कि डराने में इनका भी कोई मुकाबला नहीं। तभी फोन आ गया, दूसरी तरफ रामप्यारी थीं-सुनिए, टेम से निकल लेना, आज फिर मौसम खराब होने वाला हूं। जी, समझ गया। निकल लूँगा। ऐसी खबर सुनने के बाद पांडेय जी का पेट खराब हो जाता है। जल्दी से फ्रेश हो कर घर निकल लिए, क्या पता कहीं ट्रैफिक में फंस न जाएं।

15.
पांडेय जी और हिल स्टेशन के मजे

गर्मी आई, खुशियां लाई। ऐसा भाव होटल, टूर आपरेटर और नर्सिंग होम से जुड़े डॉक्टर्स भगवान की मूरत के सामने अपनी अर्जी लगाते हैं। जाहिर है कि बीमारी बढ़ेगी तो उनका धंधा भी चमकेगा। आखिर मार्केटिंग का जमाना है। बच्चे अपने दोस्तों से बात करते हैं, तेरे पापा मनाली जा रहे हैं, और तेरे पापा कहां ले जा रहे हैं, चिलमन इसी बात से दुःखी था। वह एक स्कूल में क्लर्क था। इतनी आमदनी भी नहीं थी कि गुजर बसर सही से हो पाती। उसने भी अपनी पत्नी को कह दिया कि ले चलूंगा तुम्हें भी हरिद्वार!

पत्नी बिगड़ गई, कहने लगी कि क्या मैं मर गई जो मेरी अस्थियां विसर्जित करने हरिद्वार जाओगे!

मामला पेचीदा हुआ। चिलमन ने अपने दोस्त प्रोपर्टी डीलर से बात की। उनके दोस्त का नाम विलायती राम पांडेय है। चिलमन भी पार्ट टाइम वहाँ बैठ जाता था। दो पैसे मिल जाते। आज चिलमन उदास था। पूछा तो उसने दुःखड़ा सुना दिया। पांडेय ने कहा- यह कोई बड़ी बात नहीं। ऐसा कर नैनीताल ले जा, हरिद्वार की बात मत कर, औरतें अक्सर बिगड़ जाती हैं, पत्नियों को रिझाने का गुण आना चाहिए। पांडेय बताता रहा और भक्ति भाव से चिलमन सुनता रहा। पांडेय ने उसको नैनीताल में अपने कमरे की चाबी पकड़ाई और कहा कि एक हफ्ते घुमा ला। सबका मन भी बदल जायेगा और तेरा मन भी ठीक हो जाएगा।

घर लौटा तो सबका मुंह बना हुआ था। चिलमन ने कहा कि तैयारी करो। सब पहाड़ पर चल रहे हैं। सुबह-सुबह, बस की टिकट करा लाया हूँ। पत्नी को बताया कि पांडेय जी ने अपने फ्लैट की चाबी दे दी है। सबने तैयारी शुरु की। अगली सुबह सब नैनीताल की तरफ कूच कर गए।

पांडेय ने मिसेज को बताया कि चिलमन को उसने नैनीताल भेज दिया है। उसके बच्चे भी कहने लगे कि हमको भी जाना है, पर इस बार नैनीताल नहीं जाएंगे।

पांडेय वैसे प्रॉपर्टी डीलर था, पर घुमन्तु जीव था। उसने कहा कि हर बार नया एरिया एक्सप्लोर करना चाहिए। इस बार अपन चलेंगे छत्तीसगढ़। सब जगह का नाम सुनकर हैरान हुए। बिटिया ने कहा कि पापा यह तो वह जगह है जो अक्सर मीडिया में चर्चा का विषय बनती है। नक्सली हमले वगैरहा। उसकी बात काटते हुए पांडेय बोल पड़े। नहीं वहां ऐसा कुछ भी नहीं है, ये मीडिया वाले जो हैं अपनी टीआरपी बढ़ाने के चक्कर में लगे रहते हैं। चलो सब तैयारी करो। कल सुबह की रायपुर की फ्लाइट है।

बच्चे बहुत दिनों से कहीं गए नहीं थे। प्लेन में जाने की बात से मचल गए। पांडेय जी जानते हैं कि परिवार का बैलेंस कैसे और कब ठीक करना है, यह खुशी का तंत्र उन्होंने राधेलाल से सीखा था।

अगले दिन सब सुबह एयरपोर्ट पर। वहां सब कुछ कूल-कूल। अभी फ्लाइट में समय था। पांडेय के बेटे ने देखा कि वहां तो शानदार शॉप्स है। केएफसी और मैकडोनल्ड हैं। बच्चों को और क्या चाहिए। 9 बजे की फ्लाइट थी। जहाज में आजकल अपनी शराब का कुछ मिलता नहीं। रामप्यारी ने परांठे बना लिए थे। सबके दो के हिसाब से। आम का अचार भी ले आई थीं। बच्चों ने सुबह-सुबह कई मुर्गों की आत्मा को शांति पहुंचाने का नेक काम किया।

बोर्डिंग लेने के बाद सब जहाज में बैठ गये। घण्टे भर बाद जहाज स्वामी विवेकानंद हवाई अड्डे, रायपुर पर उतर गया। वहां उनके दोस्त ने गाड़ी की व्यवस्था और होटल किया हुआ था। बीस मिनट बाद परिवार होटल में। खा पीने के बाद सब संट हो कर सो गए। रात की ट्रेन से अम्बिकापुर की रेल में बैठते ही नींद के लटके सबको आये। पांडेय को लग रहा था, परिवार खुश हो तो जीवन सार्थक है, अन्यथा नरक।

सुबह जैसे ही गाड़ी अम्बिकापुर पहुंची। मौसम खुला हुआ। पक्षी चहकते हुए। पांडेय जी ने फोन लगाया, दूसरी तरफ से आवाज आई कि सर, बाहर खड़ा हूँ, आइये आपका स्वागत है। मिसेज पांडेय ने देखा कि इनोवा ड्राइवर सहित बाहर खड़ी है ड्राइवर ने नमस्ते किया और सबका सामान गाड़ी में रखा। गाड़ी चल पड़ी 70 किलोमीटर दूर पहाड़ों की और।

बेटा, छत्तीसगढ़ में यह मैनपाट जगह है जो एकमात्र हिल स्टेशन है, जैसे अपने हिमाचल में शिमला, मनाली है। वैसा हिल स्टेशन यहां भी और वह भी एकमात्र। पहाड़ी सड़क और इठलाती हुई गाड़ी चल रही है। अचानक बेटे ने ड्राइवर को कहा कि अंकल गाड़ी रोकना, वहां फोटो लेनी है। गाड़ी रुकी, और लगे हाथ पांडेय जी फोटोग्राफर बन गए। दे फोटो, ले फोटो।

आखिर गाड़ी पहुंच ही गई। रिसोर्ट में। बहुत बड़ा बना हुआ भव्य परिसर। जैसा आमतौर पर फिल्मों में बना होता है। बिटिया निराश दिखीं, पापा यहां नेटवर्क नहीं है। आप कहाँ ले आये। मैं अपनी फोटोस फेसबुक पर कैसे लगाऊंगी। बात भी सही थी। इतने में वेटर प्रकट हुआ, उसको खाने पीने के अलावा चाय और पकोड़ों का आर्डर दे कर पांडेय ने पूछा कि भाई यह बताओ, यहां नेटवर्क नहीं है क्या!

वेटर ने कहा कि सरजी, काम चल रहा है पर एंट्री गेट पर सिग्नल आते हैं। बस फिर क्या था, बिटिया के चेहरे पर खुशी देखते ही बनी। कुछ देर में बिटिया एंट्री गेट पर। सिग्नल मिलते ही सब फोटोस अपलोड हुए। लौट आई और कहा–पापा, यह जगह तो बहुत शानदार है ऐसे लग रहा है कि नेचुरल है सब कुछ। पांडेय ने कहा–कि खा पी कर सब आराम करें। बच्चों ने अपना पसंदीदा चैनल लगा लिया। पांडेय जी मिसेज से बतियाने लगे। पत्नी खुश थीं, दिल्ली की भागदौड़ से यह जगह शांत है। कोई भीड़भाड़ नहीं। आस–पास मार्किट भी नहीं। रिसोर्ट से तीन किलोमीटर दूर एक छोटा सा बाजार है रिसोर्ट के आगे स्कूल है। एक गांव है। इतनी फ्रेश हवा यहां मिल रही है, ऐसे लगता है कि यहां आकर बस जाओ। जब पांडेय जी सुबह सैर के लिए निकले तो नजदीक के गांव में अधिकांश लोग उत्तरप्रदेश से आ कर बस गए। वहां के लोग यादव है। वे तीसरी पीढ़ी से यहां है। कामगर मजदूर हैं। खेती बाड़ी का काम करते हैं।

आज जब परिवार स्तूप देखने गए। सबको बड़ी सुखद फीलिंग्स आने लगी। यहां एक बस्ती वैसी भी देखी जो अत्याधुनिक लगीं। वह तिब्बत से आये उन शरणार्थियों की है, जो एक लंबी अवधि के बाद यहां आकर बस गए हों। पक्के मकान। चाउमीन और मोमोस के स्टाल वहां दिखाई दिए।

मिसेज पांडेय ने कहा–अच्छा किया आप सबको ले आये। मौसम अच्छा है। जब वे वहां गए जहां जंपिंग ग्राउंड है। एक ऐसी जगह जहां आप धरती और कूदते हैं तो धरती आपको उसी ताकत से उछाल देती है। नए नए अनुभवों के साथ परिवार लौट आया। किसी थके–हारे पंछी की तरह।

चिलमन ने आकर पांडेय जी को सलाम ठोंका और चॉकलेट बर्फी का डब्बा पेश किया। कहने लगा–उस्ताद जी, आपने मेरे परिवार को आज टूटने से बचा किया, न नैनीताल जाता और न ही मेरा परिवार एकजुट होता। हम्म!

पांडेय ने कहा–चिलमन, यदि तुम हरिद्वार चले जाते तो दुर्गति पक्की थीं। इतने में राधेलाल का फोन आ गया कि कहां हो प्यारे!

किसी दिन मिलो!

कोई सही फ्लेट हो तो बताना। क्यों राधेलाल जी कोई लाटरी निकल आई है, क्या हमारे दौरे के पीछे से। नहीं भाई, कोई लॉटरी नहीं निकली मेरा दोस्त रिटायर हुआ है, तुम ठहरे प्रोपर्टी डीलर, सोचा तुम्हें काम सौंप दू, एक तो चीज अच्छी दिलवाओगे और मेरा कमीशन भी तुरंत दे दोगे। पांडेय ने कहा– जी प्रभु, देखता हूँ आपकी रेंज को देखते हुए कल बताता हूँ, आज सुबह तो आया हूँ टूर से।

कहाँ गए थे, सर जी, मैनपाट गया था, क्या खूबसूरत जगह है, जन्नत है जन्नत। अच्छा कल आता हूँ, चाय भी पियूँगा और जानकारी भी लूँगा। मैं भी घूम आता हूँ। पक्का जी, कल आइये।

पांडेय ने चिलमन को कहा कि राधेलाल को फ्लैट दिखाना है, कोई सौदा देखो और तुम्हारा कमीशन पक्का। चिलमन मेहनती था, उतने पैसे क्लर्की से नहीं मिलते, जितने कमीशन से कमा लेता। आखिर पांडेय जी सबका सोचते हैं कि सबका काम चल जाये। साईं के भक्त हैं, कहते भी हैं कि सबका मालिक एक है। किसी का बुरा मत सोचो, यदि कुछ सार्थक कर जाओ, वह भलाई की बात है। इस बात से पांडेय को सब मानते थे कि भाई बात तो ठीक कहते हैं अपने विलायती राम पांडेय।

तभी घण्टी बज गई, कि सुनो जी, शाम को मलाई चाप ले आना, जीजी आने वाली है। भूल नहीं जाना, याद से। जी मैडम जी। पांडेय कल्लू को बोलता हुआ घर की और निकल गया। कल्लू उसके यहां चपरासी है। पर चिलमन की तरह मेहनती है। इतना मेहनती है कि कई बार पीछे बसे भी कोई सौदा कर लेता है और पांडेय को भनक लगने नहीं देता। पर पांडेय तो पांडेय है। उसको पता है कि कब तक उसकी सेवाएं लेनी हैं और कब उसे भगाना है।

फिर घन्टी। उधर पत्नी थीं। पांडेय ने कॉल काटी। कार उठाई और बाजार की और चल दिये। कल्लू को कहा कि आफिस टेम पर बन्द कर चाबी घर दे जाइयो। जी, मालिक। आप निश्चिंत रहिये, दे जाऊंगा।

16.
पांडेय जी और दुनिया के बदलते रंग

जमाना बदल गया या जमाने के लोग!

वैसे बदलने वाले लोग कौन थे! आज कल किसी के पास न जानने की इच्छा है, न समय है। सोचते होंगे, उसी ने दर्द दिया है वह दवाई भी देगा।

सुनने में कितना अच्छा लगता है कि साहब कितने अच्छे मुहावरे जीवन को कितना व्यावहारिक बना देते हैं!

लेकिन पांडेय जी परेशान हैं कि बाजार में न दवाइयां है न अपेक्षित सुविधाओं की व्यवस्था।

निजी स्तर पर संस्थाएं और आपसी लोग जो जितनी मदद कर रहे हैं, वह देखने लायक है।

राधेलाल शर्मा जी ने अपने को मजबूत कर लिया है और यह प्रण भी किया कि घर से बाहर न निकलूंगा लेकिन सभी मित्रों के सम्पर्क में रहूंगा।

पांडेय जी ने भी सोच लिया था कि अब आगे से कभी भी क्रिएटिव होने का मन करेगा तो फोटो तो भूल से भी नहीं लगाऊंगा।

किसी का कुछ भरोसा नहीं।

यहाँ आपने रचना लगाई और मुस्कराता हुआ फोटो!

यहाँ सक्रिय किस्म के उत्साहित लोग ऐसे भी है, जिन्हें न कोई फर्क पड़ता है कि अगले पर क्या बीतेगी!

वे तत्काल प्रभाव से श्रद्धांजलि, नमन और रिप करते हुए आगे बढ़ जाते हैं कि चलो अपना काम तो खत्म हुआ!

जबकि यह समझ में नहीं आता कि भैया जरा अगले को सम्भलने का मौका तो दें, यह उसका निजी कष्ट है, लेकिन नहीं जी, क्या तेरा क्या मेरा यह तो सोशल मीडिया का मामला हुआ न!

अभी एक वाकया और हुआ। एक लेखक की माता जी काफी दिन बाद अस्पताल से स्वस्थ हो कर घर लौटी और अगले की गलती बस इतनी हुई कि

उसने माता जी के संदर्भ में एक कुशल क्षेम की एक पोस्ट लगा दी, एक बड़े लेखक ने नमन और श्रद्धांजलि प्रकट कर दी, एक अन्य युवा लेखक ने तत्काल लिखा कि वे स्वस्थ हो कर घर लौटी हैं।

बहरहाल यह वह जमाना है जहां हर आदमी जल्दी में है।

राजनेता बयान देने में, मुनाफाखोर मलाई खाने में, केमिस्ट अपना उल्लू साधने में, यानी जिसको मौका मिल गया, वह इसी फिराक में कि कमा लो, कैसे भी।

जबकि आपने एक बात देखी है कि हमारे यहाँ हजारों की संख्या में देवी देवताओं की एक लंबी बिरादरी है, लेकिन जब कभी आपदा आती है तो वे सब सिरे से गायब हो जाते हैं, या किसी पर्वतीय स्थल पर चले जाते हैं, लेकिन सच्चाई कौन जानता हैं!

अजीब लोग, अजीब मनस्थिति, समझ से परे की सिचवेशन!

तभी पांडेय जी क्रिएटिव हो गए। पास बैठी बिटिया साइलेंट मोड़ पर आ गई। उसे पता है कि पापा ने कुछ लिखना है। दूसरी बात यह भी कि पांडेय जी लिखने के लिए कुछ भी कर सकते हैं।

आजकल घर पर है। वर्क फ्राम होम और ऊपर से तबियत नासाज!

'जाएं तो जाएं' कहाँ वाली हालत। बहरहाल कविता का आनन्द लेते हैं।

क्या जमाना आ गया है
जो कल तक अपने थे उनको विदा भी नहीं कर पाए
अपने भी विदा नहीं कर पाए
कैसी लहर चली है
अपने ही बेगाने हो गए
अचानक से
कितने बेबस है हम
कभी सोचा भी नहीं था
अपने इतनी जल्दी रूठ जाएंगे
इतनी दूर चले जाएंगे कि आप उनको पकड़ नहीं पाएंगे
अपने व अपने बेहद एक खास
अब लम्हों में ही रह जाएंगे
अचानक से कभी कोई सोच भी सकता है!
आपको उनको विदा करने का मौका भी नहीं मिलेगा
आप आइसोलेट में हैं
निपट घर में ही

अकेले कमरे में
बाहर आपका परिजन आपसे मिले बिना चला गया
क्या सोचता होगा
ऐसा तो दिन किसी ने भी
अपने जीवन में सोचा नहीं होगा
कितने बुरे दिन आ गए हम सबके
जब आक्सीजन, बेड और अस्पतालों के बाहर ही दम तोड़ना शुरू हो जाए खाना-पीना मय्यसर तो दूर की बात जरा सोचिए सोचने समझने की शक्ति भी जाती रही
अब न कोई विकल्प है
न ही कोई और तरीका
केवल और केवल वे यादें
जहां हम सब अपने घर के मुखिया के साथ
देर तलक खिलखिलाया करते
उनसे सलाह लेते
कमरा है
उनकी घड़ी है और दवाइयों की पत्तियां
कितने व्यवस्थित थे बाबूजी
सब कुछ पहले से तय कि कौन सी चीज कहाँ रखी है!
कई बार तो मैं कह देता था
कि वह मुझे पेस्ट नहीं मिल रहा
या शेविंग क्रीम
तो कहते थे
वहां दराज में रखी है
देख लो
अक्सर पिताजी कई महीनों का सामान मंगा लिया करते
अब वह च्यवनप्राश हो, उजाला हो साबुन की टिकिया हो
पुराने लोग अक्सर व्यस्तता और बच्चों की विवशता सभी कुछ तो समझते हैं
कई बार पत्नी भी कह देती थी
कि पापा बनना इतना आसान काम नहीं है
उनको देखो, समझो और महसूस करो
समझ आता है

समझने से पहले बाबू जी चले गए
किसी रात बिना बताए हुए
अभी तो कितने मसलों पर
कितनी परिचर्चाओं कर बहाने उनसे बात करनी थी
वे पढ़ जाते थे मेरी लाई हुई सभी किताबें
पढ़ने के बाद रख दिया करते ड्राइंग रूम में
कि फलाने लेखक ने कुछ अतिरिक्त लिख दिया है
या उनकी कहानियां पसन्द आईं
व्यंग्य पर भी कई बात करते थे
अच्छा लगता था कि एक वित्त का आदमी
इस उम्र में भी बौद्धिक रूप से कितना सक्रिय है
अब सोचता हूँ
कि वे सब किताबें जो लाऊंगा
वे बाबू जी नहीं पढ़ पायेंगे
मुझे ही करीने से
पढ़ना पड़ेगा
आखिर वही संस्कार मुझे भी मिले हैं न
वक्त कैसे बदल जाता है
अचानक से हम सभी का
है न!

बहरहाल जिंदगी का दायरा बदल रहा है, अभी कितना कुछ बदलाव देखने को मिलेगा! इसका न कुछ पता है और अभी क्या बदलाव देखने को मिलेगा, न तो कोई जानता। आजकल वैसे भी पंडितों की दुकानें बंद है। लोकडाउन कब बढ़ जाए। यह आम आदमी की समझ से परे है।

बेचारा आम आदमी कहाँ जाए। आजकल उसे खुद को बचाने की चिंता है।

पांडेय जी भी आजकल यूं ट्यूब पर खाना और खजाना की छोटी-मोटी फिल्म देख लेते हैं कि अमृतसर से लेकर, मुम्बई और दिल्ली तक के खाने की क्या खास बात है!

बिटिया ने कहा कि पापा जी केवल आजकल यह सब देखने से काम चलाओ। खाने को चटपटा न मिलेगा। बल्कि इस माहौल में अपनी विल पावर ठीक रखनी है, पेट को भी अंदर करना है, समझ रहे हो न!

अब पांडेय जी क्या कहते!

मुस्करा देते, कहते जो बोलो, सो निहाल। आखिर जीना है परिवार के लिए, उसकी खुशियों के लिए, तो आत्मबल तो मजबूत करना ही पड़ेगा और स्वस्थ तो रहना ही पड़ेगा, किसी भी कीमत में, किसी भी हाल में।

आजकल पांडेय जी घर पर हैं। वे चुप रहते हैं लेकिन इसका मतलब यह कतई नहीं है कि उनकी रचनात्मक अभिव्यक्ति शांत हो गई, बल्कि वे चिंतन और चैतन्य के धरातल पर विमर्श और आत्ममंथन करते देखे गए हैं कि ऊंट किस करवट रंग बदलेगा। जाहिर है आज मुहावरा बदलने का दौर है।

जब से पांडेय जी घर पर है तब से उन्हें सलाह देने वाले प्रकट होने लगे हैं। कोई कहता कि मुझे भी हो गया था, भाई साहब।

वाकई यह लहर बेहद पीड़ादायक है। कहीं निकलना वर्जित है। पता नहीं क्या हो जाए।

एक नए उत्साहित ने तो यहाँ तक कह दिया कि जी जितना ज्ञान तो आपको है, उसके आगे क्या बताएं!

बस जी, हद में रहिये, हद में ही आजकल जीवन यापन सुरक्षित है।

जबकि पांडेय जी समझ गए थे कि इनका हद में रहना दरअसल घर में रहना ही है, ज्यादा ज्ञान भी कई बार मनुष्य को विचलित कर देता है, यही सम्भावना भी यहाँ दिखाई दी। बहरहाल जो होगा देखा जाएगा।

एक सज्जन ने कहा कि भाई साहब, अखरोट को रात रक कटोरी में पानी में रख दो, केवल दो पीस ही लेना है, बादाम के 5 टुकड़े। नियम कायदे से चलेंगे तो देखिएगा, जल्द सुधार आएगा।

पांडेय जी को जैसे-जैसे ज्ञान मिलता रहा, वैसे-वैसे उनका पालन करते गए, इससे दूसरे भी खुश और पांडेय जी के भी हाथ पांव चलने शुरू हुए।

पांडेय जी को आजकल रामखेलावन कभी-कभार बात कर लिया करते है। पांडेय जी को भी अच्छा लगता है कि दुनिया अभी भी रचनात्मक है, आज जब बहुत दिनों बाद राधेलाल जी का वन लाइनर पढ़ा तो उन्हें बेहद अच्छा लगा। कि दुनिया के रंग बदल गए, कब लेखक किसी के मन में अपना अक्स छोड़ जाता है, उसका आभास भी नहीं लगता है

यह वक्त का मामला है।

आज जब पांडेय जी बरामदे में थे, तो लगता था कि हवा उनसे रूठ गई, जैसे आजकल देविका गजोधर रूठी हुई है।

पांडेय जी भी जरा लापरवाह हो गए थे, एक तो उनकी तबियत और दूसरा कोरोना ने जो व्यक्तिगत स्तर पर वाट लगा रखी है, उसका भी जब से सही

मामले में सुधार नहीं हो जाता तब तक उनका मन न कहीं जाने में करता और न कहीं आने में।

पांडेय जी के ऑफिस में भी उनसे यही कहा गया, कि पांडेय जी जान है तो जहान है, पहले सेहत फिर बाकी अन्य काम।

कुछ देर में पांडेय जी ने बिटिया से कहा कि नींबू वाला पानी पिला दो, बिटिया ने कहा कि मम्मी का कहना है कि पहले शुगर चेक होगी उसके बाद कुछ मिलेगा फल-फ्रूट भी।

बहरहाल पांडेय जी ने शुगर चेक करवाया और कुछ देर बाद पांडेय जी को तरबूज के टुकड़े मिल गए।

पांडेय जी को तो आजकल रामप्यारी जी जो प्रस्तुत कर दें, उसी को देवी प्रसाद मान स्वीकार कर लेते हैं।

सोचते हैं दुनिया बदल रही है, आखिर उसको बदलना ही है, इस कारण वे ज्यादा कुछ सोचते नहीं। क्योंकि सोचेंगे तो सेहत का अनुपात का बिगड़ना लाजिमी है, ले-देकर एक सेहत बची है बल्कि यू समझ लीजिए वह भी रामप्यारी जी की वजह से, आखिर उसका ध्यान रखना भी अत्यंत जरूरी है।

मिलते हैं एक ब्रेक के बाद।

बने रहिएगा हमारे साथ...

पांडेय जी बैठे थे, तरबूज का स्वाद ले लिया कि किसी आत्मीय मित्र ने एक वाट्सएप्प किया तो पढ़कर जो आंनद आया, आओ आप को भी उस अनूठे स्वाद का टेस्ट करवाएं।

1 भारतीय ने जॉब छोड़कर कनाडा के 1 बड़े डिपार्टमेंटल स्टोर में सेल्समेन की नौकरी ज्वाइन की।

बॉस ने पूछाः- तुम्हें कुछ तजुर्बा है? उसने कहा कि हां थोड़ा बहुत है

पहले दिन उस भारतीय ने पूरा मन लगाकर काम किया।

शाम के 6 बजे बॉस ने पूछाः- आज पहले दिन तुमने कितने सेल किये?

भारतीय ने कहा कि सर मैंने 1 सेल किया।

बॉस चौंककर बोलेः- क्या मात्र 1 ही सेल।

सामान्यतः यहाँ कार्य करने वाले हर सेल्समेन 20 से 30 सेल रोजाना करते हैं। अच्छा ये बताओं तुमने कितने रूपये का सेल किया।

93300 डॉलर। भारतीय बोला।

क्या!

लेकिन तुमने यह कैसे किया? आश्चर्यजनक रूप से बॉस ने पूछा।

भारतीय ने कहा:- 1 व्यक्ति आया और मैंने उसे एक छोटा मछली पकड़ने का हुक बेचा।

फिर एक मझोला और फिर अंततः एक बड़ा हुक बेचा। फिर उसे मैंने 1 बड़ी फिशिंग रॉड और कुछ फिशिंग गियर बेचे।

फिर मैंने उससे पूछा कि तुम कहां मछली पकड़ोगे और उसने कहा कि वह कोस्टल एरिया में पकड़ेगा।

तब मैंने कहा कि इसके लिए 1 नाव की जरूरत पड़ेगी। अतः मैं उसे नीचे बोट डिपार्टमेंट में ले गया और उसे 20 फीट की डबल इंजन वाली स्कूनर बोट बेच दी।

जब उसने कहा कि यह बोट उसकी वोल्कस वेगन में नहीं आएगी।

तब मैं उसे अपने ऑटो मोबाइल सेक्शन में ले गया और उसे बोट केरी करने के लिए नई डीलक्स 4 × 4 ब्लेजर बेचीं। और जब मैंने उसे पूछा कि तुम मछली पकड़ते वक्त कहा रहोगे। उसने कुछ प्लान नहीं किया था। तो मैं उसे कैम्पिंग सेक्शन में ले गया और उसे siñ sleeper camper tent बेच दिया।

और तब उसने कहा कि उसने जब इतना सब कुछ ले ही लिया है तो 200 डॉलर की ग्रासरी और बियर के 2 केस भी लेगा।

अब बॉस 2 कदम पीछे हटा और बेहद ही भौचक्के अंदाज में पूछने लगा:- 'तुमने इतना सब उस आदमी को बेच दिया जो केवल 1 fish hook खरीदने आया था'?

"NO, SIR,"

'वह तो केवल सरदर्द दूर करने की 1 टेबलेट लेने आया था। मैंने उसे समझाया कि मछली पकड़ना सरदर्द दूर करने का सबसे अच्छा उपाय है'।

बॉस:- तुमने इसके पहले भारत में कहा काम किया था?

भारतीय :- जी मैं 'प्राइवेट हॉस्पिटल में डॉक्टर था' घबराहट की मामूली शिकायत पर हम लोग, मरीजों से पैथोलॉजी, ईको, ईसीजी, टीएमटी, सी टी स्केन, एक्सरे, एम आर आई इत्यादि टेस्ट करवाते हैं।

बॉस:- तुम मेरी कुर्सी पर बेठो। मैं इंडिया मे ट्रेनिंग के लिये प्राइवेट हॉस्पिटल ज्वाईन करने जा रहा हूँ।

जरा इस पोस्ट को आगे फैलाना, मजाक बना रखा है मरीजो का ..

है न गजब!

इसलिए पांडेय जी का मानना है कि यह दुनिया वाकई रंग रँगीली है। कहाँ से किधर से क्या सामग्री आ जाये जो आपका आनंद ही नहीं करती बल्कि आपके ज्ञान चक्षु का भी विस्तार करती है।

इससे एक बात तो तय है कि भारतीय कभी भी कहीं भी भूखा नहीं मर सकता। है न वह चीज कमाल की।

मिलते हैं आंशिक से ब्रेक के बाद।

पांडेय जी आज बहुत दिनों के बाद घर से निकलें। वह भी इसलिए कि रामप्यारी जी ने कहा कि चलो कुछ साग सब्जी ले आएं।

पांडेय जी ने सहमति में सर हिलाया और कार में चाबी लगाई। सड़क पर चलना ऐसे लग रहा था कि मानो वे गजराज हो और किसी मदमस्त हाथी भैया की तरह सड़क पर उतर आए हों।

क्या देखते हैं कि बाजार उदास है जो कल तक चाय वाला या छोले भटूरे वाला था, उसका धंधा बदला हुआ है, वह सब्जी बेचने लगा। कड़ाही चलाने की मनाही है।

मोची अड्डे पर बैठा हुआ ऊंघ रहा था, कोई काम नहीं।

यानी हलवाई भी यदि खुला है तो मान लीजिये पिछले बीस दिन से उसने नया क्या बनाया होगा!

वही जो है नमकीन, पेठा या वह सौदा जो आसानी से जल्दी खराब नहीं होता होगा।

बाजार में सब्जियां मिल रही हैं और किरयाने वाले का भला हो, या दूध पनीर वाले का जिनके जरिये आम घरों में रसद पहुंच पा रही है।

पांडेय जी हल्की सी सैर कर लौट आए। सोचने लगे कि भगवान शक्ति और ताकत दें ताकि पूरी ऊर्जा से किसी दिन दफ्तर भी जाएं और मित्रों से मिलने का साहस भी जुटाएं।

पर अंदर से उन्हें अभी चेतावनी सुनाई दी। अभी कंट्रोल करें, अभी वक्त है।

पांडेय जी आकाशवाणी सुन कर मुस्करा दिए।

घर बरामदे में बैठे। वाट्सअप देखा और जो आया वह आपसे साझा करने का मन बना बैठे।

आप भी आनंद लें।

.... 'बुन्देलखण्डी जुगाड़' ....

'बाप' : काँ गए ते ?

'बेटा': नन्ना करोना चौक कराबे गए ते।

'बाप' : का भओ फिर ?

'बेटा': डॉगधर साब चौक कराई के एक हजार रुपैया मांग रए ते।

'बाप' : फिर ?

'बेटा' : फिर का, हम उनके मौ पे जोर सै छींक कै भग याये। अब डॉगधर साब अपनों टैस्ट कराय रये, अब जैसी उनकी रपोट आये तो वैसी अपनी मान लें हम। अब बे पजीटिब हुइएं तो हम अपनी पजेटिब मान लें और बे नगेटिब निकरें तो हम नगेटिब।

जिंदगी में कितने रंग है!

उसका न कोई हिसाब है और न कोई अंकगणित!

फिर पांडेय जी छज्जे पर बैठे हैं पता नहीं क्या सोच रहे हैं!

आजकल उन्हें सोचा हुआ काफी देखा जाने लगा है। लगता है समय की मांग है और वक्त का दस्तूर भी।

मिलते हैं ब्रेक के बाद।

शाम के खाने के बाद पांडेय जी कोई सिरियल देख रहे थे कि एक वाट्सएप्प आ गया।

आप भी आनंद लीजिये।

पिछले हफ्ते की बात है नर्स ने यह कहते हुए मुझे वैक्सीन देने से मना कर दिया कि आप 45 साल वाले एज ग्रुप के नहीं लगते हो।

यह बात मेरी पत्नी ने कुछ ज्यादा ही दिल पर ले ली! घर आकर बीबी ने गुस्से में मेरे हेयर ड्रॉयर, रेजर, कलर आदि सभी छुपा दिए.....

आज फिर वो मुझे पूरी तैयारी के साथ अस्पताल लेकर गई..

नर्स आँखे नचाते वैक्सीन देते हुए बोली... बाबा! जरा जल्दी आना था ना... आपको पता है, आपके साथ के लोग दो ..दो डोज ले चुके हैं....

ये तो अच्छा हुआ, कि आपकी बहुरानी बहुत समझदार हैं, इसलिए कुछ देर से ही सही मगर आपको टीका लगवाने ले आई है. ..

अब जाके मेरी पत्नी के कलेजे में ठंडक मिली

सभी 45+ नौजवानो को समर्पित ....

सर्वे भवंतु सुखनिः सर्वे संतु निरामयः

आप आनंद लें, मिलते हैं मुन्नका खा कर।

सुनने में आया है मुंबई में 160 घण्टे की रफ्तार से वहां हवाएं चल रही हैं, पेड़ हिल रहे हैं और लोगों की चिंताएं भी बढ़ रही हैं। कई तो कारें पार्किंग में खड़े-खड़े ध्वस्त हो गईं। बढ़ गया कार इन्सुरेंस का काम।

जो जो होना है भैया उसको होना ही है।

पांडेय जी बैठे हैं यह सोचते हुए कि जब से कोरोनकाल हुआ है और वे अभियुक्त बने हैं तब से उनकी दिनचर्या बदल गई है।

अब तो रामप्यारी ने कह दिया कि बचना है तो मैदा की बनी हुई चीजें सब बन्द।

आई बात समझ में।

दिन में एक बार काढ़ा। हरि सब्जियों का सेवन रोजाना। आई बात समझ में।

पांडेय जी ने हाथ जोड़ लिए और कहा कि देवी जो कहोगी वही होगा।

आखिर इम्युनिटी सिस्टम ठीक करना है और कहते हैं न कि जान है तो जहान है। बचना है और जीना है तो हर हाल में जो सुधार हेतु कार्य कलाप है उनको जारी रखना ही पड़ेगा।

वाकई में दुनिया रंग-रंगीली है। पांडेय जी ने शिमला मिर्च और आलू की सब्जी खाई कि खाने में स्वाद आ गया। तभी किसी का वाट्सएप्प पढ़ने को मिला तो लीजिये आप भी आनंद लीजिए:-

आजकल आनंद की सीमा नहीं!

वह कहीं से भी आ सकता है

विशुद्ध बनारसी अंदाज:

पति पत्नी से :- चयवा बनल हो? तनी गरम दिहा...!

पत्नी :- आवा मुँहवे में छान देहीं...!!

है न गजब!

आप भी इसका मजा लीजिये।

मिलते है ब्रेकवा के बादं

17.
पांडेय जी और नेताओं का मामला

पिछले कई दिन से पांडेय जी के मोहल्ले में एक सरदार जी ट्रेक्टर पर आते थे। पांडेय जी को लगता कि प्रभात फेरी निकल रही है, पर वह भाई तो ट्रेक्टर पर प्याज बेचता। वह भी संगत की भेंट चलाकर। आस पास के लोग भी दिग्भर्मित होते और घरों से बाहर आते। सोचते अब आ ही गए हैं तो प्याज ले ही लेते हैं।

जमाने के पपलू भी कई तरह के हैं। एक बन्दा आज मिला, बाजार में। पैनकार्ड बनवाने की दुकान पर। पांडेय ने देखा कि कल्लू ने चाय की दुकान बंद कर पैनकार्ड, आधारकार्ड बनाने का धंधा सेट कर लिया। पांडेय ने पूछा तो बताने लगा कि भाई साहब, इस धंधे में मुनाफा है और डिजिटल इंडिया का असली काम पेपरलेस भी तो है। हम्म!

बात तो सही है, काम कैसा भी वह कभी छोटा नहीं होता। पांडेय ने कल्लू को देखा, महसूस किया। बदमाश कैसा ही क्यों न हो, पट्ठा दिल से मेहनती है। कल्लू को शुभकामनाएं देकर पांडेय चला आया। पांडेय जी, चिंता न करें, आपकी बिटिया का पैनकार्ड 15 से 20 दिन में घर आ जायेगा। पांडेय ने कहा-यार, कल्लू। एक जमाना अपना था कि सारे दस्तावेज जमा करवाये और कुछ दिन बाद या तो घर पहुंच जाता था या किसी प्राप्ति सेंटर से मिल जाता था। पांडेय जी, वक्त के साथ हड्डियां भी कमजोर हो जाती है, अब देखो न। गर्मी के मौसम में कहां जाओगे और कहाँ खाओगे, इससे बेहतर है कि ऑन लाइन फार्म भरो और झंझट से मुक्ति पाओ। हम्म!

पांडेय को लगने लगा था कि कल्लू में अचानक से बुद्धि कहाँ से आ गई। पहले तो जालिम निखद्द था। जरूर राधेलाल ने बुद्धि दी होगी। राधेलाल कॉलेज में पढ़ाता है। अपने कॉलेज के कुछ महत्त्वपूर्ण दस्तावेजों की फोटोकॉपी कल्लू के यहां करवाता है। जरूर दिमाग राधेलाल का है और प्रोसेसर कल्लू का। चलो कैसे भी दिमाग लड़ाए, पर अगला काम तो कर रहा है।

पांडेय को रास्ते में चिलमन दिख गया। कहने लगा कि उस्ताद जी!, कहाँ चल दिये, इस ठंडे मौसम में!

जबकि गर्मी ने आतंकित कर रखा था, पसीना कहाँ से कहाँ अपना रास्ता बनाता हुआ दौड़े जा रहा था। कई बार तो पांडेय को गफलत हो जाती कि ससुर पानी के सिवाय कुछ और तो नहीं।

चिलमन ने कहा कि कर्नाटक में नेताओं की खरीद है, पूरे जोरों-शोरो पर। पांडेय ने उसे टोका कि साले घोंचू मुझे काहे को बता रहा है कि कौन बिक गया या किसका नम्बर बाकी है। अपने को क्या!

अपन तो मजदूर आदमी है, रोज खाते और कमाते हैं।

पांडेय जी पेंटर थे और चिलमन बड़ाई। दोनों काम के साथी हैं। सुख और दुःख भी बांट लेते हैं। दोनों चाय के खोखे पर बैठे ही थे कि राधेलाल ने वहां से एंट्री ली। दोनों को देखा और सुख-दुःख की बातों का अनवरत सिलसिला शुरू हो गया। इतने में कल्लू भी आ गया।

कल्लू ने कहा-एक अपना धंधा है, दिन में एकाध पैनकार्ड बनवाने आ जाता है या कोई आधारकार्ड!

मैं तो सोच रहा हूँ कि काम धंधा बदल लूँ, नहीं तो डब्बा गोल हुआ समझो। बच्चे समझते हैं कि मैं कोई बहुत बड़ा पूंजीपति हूँ। हालात यह कहते है कि बीवी का पति बन जाऊं तो बड़ी बात है।

चिलमन दिव्य ज्ञानी किस्म का बन्दा है। कहने लगा कि बड़े लोगों की खरीद-फरोख्त होती है। अब देखो आजकल बाजार में पशु बिक रहे हैं, घोड़े-गधे सब बिक रहे हैं। लोग धड़ल्ले से उन्हें खरीद भी रहे हैं। नेताओं की वेराइटी जरा अलग किस्म की है। बिकना जारी है। जब मीडिया बिक गया। समाज के ठेकेदार बिक गए। मॉडल्स बिक गई। प्रोड्यूसर बिकने लगे। यह कोई जमाना है!

छीं, छी.....

कहाँ गई इंसानियत। सही बुरे के पहचान का बैरोमीटर कहीं उपलब्ध नहीं। बुरे दौर से गुजर रहे है। कहाँ जाएंगे, मालूम नहीं।

दोनों पार्टियां एक दूसरे पर कालिख पोतने पर लगी हैं। लेखक समाज बिकना चाहता है, पर उन्हें खरीदने से किसी को क्या मिलेगा!

दरबारी लेखक, कवि और साहित्य के लम्बरदार सब कतार में। उन्हें सुर और सुंदरी उपलब्ध करवाओ तो उनके सुर बदल जाते हैं। आज तो कई सौ कोल्ड लेखक ऐसे हैं कि पार्टी कोई भी क्यों न हों, वे हर दल में मिजाज पुर्सी करते हुए घुस जाते हैं। धन्य है वे लोग और उनका जुगाड़तंत्र। कमाल के ऐसे बाशिंदे हैं जिन्हें चाटना पसन्द है, अब वह चाहे थूंक हो या बलगम। ऐसे चाहत से चाट जाएंगे कि

उसका नामो-निशान ही मिटा देंगे। हद और लानत मलानत करने की जरूरत नहीं। वे अपने स्तर को कब का गिरा चुके हैं। यू समझ लीजिए कि वे चूके हुए लोग हैं।

चिलमन भरा बैठा था, बोल कर ही माना। कल्लू ने उसे पहले पानी पिला कर ठंडा किया। राधेलाल ने कहा कि इस मौसम में जौ का जल ही बेहतर है। यदि मन हो तो मेरे गरीबखाने में आया जा सकता है। विलायती राम पांडेय ने कहा कि आज तो मंगलवार है। मेरा आना सम्भव नहीं, पर यदि आप जोर डालेंगे, तो चला चलूँगा। राधेलाल ने कहा-ऐसी नाहक तकलीफ क्यों करते हैं। मेरे यहाँ बिजली गई हुई है। बेकार में गर्मी का मौसम झेलोंगे ओ आर एस का घोल भी नहीं। आप रहने दीजिए, पाण्डेय जी। आराम करें, किसी बरगद के नीचे या अपने घर जा कर।

उधर कल्लू खुश था कि राधेलाल कमाल का टरकाऊ जीव है, किसी को आमन्त्रित न करना हो तो राधेलाल को आगे कर दीजिए। बेहद सड़ा सा मुंह बना कर ऐसे विदा करेगा कि आपकी इच्छा भीतर से न करेगी कि कम से कम 15 दिन क्या महीना भी न जाऊं। बात आई गई हो गई।

पीछे से कल्लू चला गया और दबा कर जौं का पानी पी आया। माल मुफ्त और दिल बेहरहम। लगाओ बोतल पर बोतल। बहरहाल तबियत बोल गई। जो होना था वही हुआ। अस्पताल में भर्ती कराना पड़ा। लपकुराम वहां हेड ऑफ द डिपार्टमेंट है। अच्छे-बुरे की तमीज है। उसने कल्लू के तीन बोतल गलूकोज की लगा दीं, साथ ही यह भी कहा कि माल मुफ्त का हो तब भी एक पेग से ज्यादा न लें। जान अपनी है, कोई पराई नहीं। बात कल्लू ने समझ ली, और प्रण कर लिया कि आगे से नियम कायदे की कोताही नहीं होंगी।

उधर नेताओं के दाम फिक्स हो गए। वे बिक गए, किसी ने ऊंचे दाम देकर चुका दिया। उनकी सरकार बन गई। बाकी बचे चुप, हमेशा के लिए।

पांडेय ने लम्बी गैस छोड़ी। चिलमन ने दुड़की लगाई। पांडेय ने कहा-बहुत पका दिया, ऐसे भागने वाला नहीं था। मजबूरी में आखिरी अस्त्र उठाना पड़ा। पांडेय ने बड़े दिन बाद मूली के पराँठे खाएं थे। मूली का सिद्धांत है कि वह आगे का रास्ता साफ करती चलती है। यही हुआ। पांडेय जी घर लौट गए। बिटिया को पेन कार्ड के फार्म की फोटोकॉपी दी और कहा कि बेटा-15 दिन में आ जायेगा तेरा पैनकार्ड।

अब जा पहले पानी और बाद में एक कप चाय पिला दे। तेरी मम्मी कहाँ गई है?

पापा, मम्मी तो कीर्ति नगर गई है, पलंग देखने, मौसी के साथ। चल कोई बात नहीं।

चाय ले आ, बेटा पहले पानी तो पिला दे।

पांडेय जी सोचने लगे कि नेताओं की मंडी पहली बार सुनी है। अब तक पशु बिकने की खबर आती थीं, अब नेताओं की खबरें आने लगीं। प्रभु भला कर,

उनका जो बिक गए और उनका भी जो तैयार बैठे हैं कि कोई आये और अपने घर की रौनक बनाएं।

तभी कल्लू का फोन: पांडेय जी, बिटिया के दसवीं के जन्म तिथि की कॉपी तो लगाई नहीं, वो दे जाओ बिटिया के सेल्फ अटेस्टेड सिग्नेचर की। भाई कल्लू पहले बता देता पैसे भी रख लिए, तब अक्ल क्या घास खाने चली गई थीं!

कल्लू क्या बोलता!

चुप रहा, चुपचाप सुनता रहा। पांडेय जी स्कूटी पर आये, पसीने से लथपथ। आते ही भड़के, उससे पहले ही कोल्ड ड्रिंक से स्वागत करता कल्लू मिला। पांडेय जी गुस्सा भूल गए। कागज दे विदा हुए। तभी कल्लू ने मन में विचार किया, कि भाई, जान बची तो लाखों पाए और लौट के बुद्धू घर को आएं। यहां बुद्धू कल्लू है और उसे ही लौटना है, क्योंकि पांडेय जी अपने घर लौट चुके हैं।

घर लौटने में जो शांति है, वह अपने विलायती राम पांडेय बेहतर समझते है, आखिर सजग प्राणी है अपने समाज के। जो सतर्क भी है और सावधान भी।

अरे!, बड़ी देर लगा दीं। कहाँ रह गए थे!

बिटिया के पैनकार्ड का क्या हुआ!, बन जायेगा, जल्दी बन जायेगा। कल्लू के पास गया था, आजकल उसने काम बदल लिया। रास्ते में राधेलाल मिल गया था, उसकी भी सुननी पड़ी। ये मोहल्ला होता ही इसलिए है कि सबकी सुनते-सुनाते हुए आगे बढ़ते चलो। ये क्या हुआ कि फ्लैट में खिड़की-दरवाजों से बतियाते फिरो। रहना तो महल्ले में है, जैसे दरीबा, जैसे किराड़ी और जैसे अपने ज्वाला हेड़ी। आंख तरेरी कि समोसे गर्म हुए, कड़ाही में छने और दरवाजे ओर हाजिर।

इसलिए जो बिक गया, उसे बिकना था ही। अपन तो टिकाऊ है रामप्यारी जी। कर लो बात। मिट्ठू मियां हो तो कोई आप जैसा!

अब यह बताओ, चाय पीयोगे या कुछ पकौड़े भी बनवाऊं!

क्या बात है, रामप्यारी जी!

आज इतना प्रेम कैसा!

सोच रही हूँ, चला-चली के मेले में खुद न बिक जाना। अजी! हमें कौन लेगा, हम तो बिकेंगे तुम्हारे लिए, जानेमन। हटिये जी, बड़े सलमान टाइप की फीलिंग ला रहे हो, और मुझे क्या समझा है!

अनुष्का शर्मा!

हैप्पी, अब तो पकौड़े ले आओ, भाग्यवान। उसे ठंडे न करो। हद है जब मूड बनता है तो निगोड़े पकौड़े बीच में आ जाते हैं।

18.
पांडेय जी और इश्क का चक्कर

पांडेय जी ने नजदीक से दुनिया देखने और समझने का मन बनाया है। उनकी नजर में नए जमाने के लौंडे उतने आशिक नहीं हैं, जितने बुजुर्गवार है। हल्के-हल्के किसी संगीत के रिदम की माफिक हिलते रहेंगे और अपना काम कर जाएंगे। मानो उन्होंने कुछ किया ही न हो। बहरहाल पांडेय जी ने सोचा कि यह दिमागी लोचा है जो नसों के माध्यम से होता हुआ पूरे शरीर में तेजी से फलक्चुएट करता है। कई सीनियर सिटिजन टाइप के बुड्ढे अपने को बुड्ढा मानते ही नहीं। कहते हैं बुड्ढा होगा तुम्हारा बाप!

बहरहाल एक सर्वे हुआ तो चिलमन ने पांडेय जी को बड़े विश्वसनीय अंदाज में बताया कि थाईलैंड और बैंकाक जाने वालों की संख्या में तेजी से सीनियर सिटीजन की संख्या में इजाफा हुआ है।

चलने में दिक्कत, कमर में बेल्ट लगी हुई है। लेकिन माशाअल्लाह गजब का इश्क है उनका, कि जितना घूम सकते हैं, घूमे और दुनिया से कनेक्ट रहें।

पिछले दिनों पांडेय जी को एक विदेश यात्रा में अतिथि लेखक का दर्जा दिया गया। पांडेय जी सोच रहे थे कि जाऊं या नहीं जाऊं। किसी ने डरा दिया था कि वहां वेजिटेरियन खाना आसानी से नहीं मिलता। पर पांडेय जी भी हिम्मती हैं, सोच लिया कि जाना है तो जाना ही है, अब चाहे कोई तूफान आए या आए सुनामी।

पांडेय जी ने देखा कि इश्क चाहे किसी भी उम्र का हो, किसी भी उम्र में हो, उससे किसी की चाहत में फर्क नहीं आता। ऐसा ही एहसास भारतीय फिल्मों के गीतों का है जो आज भी ओल्ड इज गोल्ड है। वे गाने कभी भी आउटडेटेड नहीं हो सकते। ऐसे शानदार गाने जिन्हें गुनगुनाने को मन करता है। लगता है किसी पेड़ के इर्द-गिर्द घूमते हुए आप प्रेमिका का हाथ पकड़ कर नाचते फिरो और प्यार की पींगे बढ़ाते रहो।

चिलमन ने बात को महसूस किया। जब से विलायती राम पांडेय का लेखकीय ग्राफ बढ़ने लगा था तो उस समय के कई रचनाकारों को लूज मॉशन लग गए। ऐसे लूज मॉशन जो सम्भालने से भी नहीं सम्भल रहे। उनको यह लगता था कि पांडेय जी कविता तक ही ठीक थे, पर ये व्यंग्य के क्षेत्र में क्यों आ गए।

पांडेय जी मानते हैं कि लिखना उनके लिए महज लिखना नहीं है, ये लेखन उनके लिए प्रेम की तरह है, जितना लिखेंगे, लगता है प्रेम उनका बढ़ता ही जायेगा, इसलिए वे दबा कर लिखते हैं।

विदेशों में बुजुर्ग बुजुर्ग नहीं किसी नई पीढ़ी को टक्कर देते दिखाई देते हैं। केपरी, टी शर्ट और सेंडो बनियान पहने दिखाई देंगे और मस्त फील कराएंगे। अपने यहां पचास की उम्र में ढल जाएंगे। जैसे वो गीत सुना होगा-ढल गया दिन, हो गई शाम, जाने दो, जाना है। आज भी यह गाना आपको अपने दिनों की याद दिलाता है। न तो अब वह फीलिंग रही और न ही इस तरह का एहसास दिखाई देता। भारतीय स्वभाव से कामचोर है और उस पर महाआलसी!

उससे कोई काम कह दीजिये, वह छूटते ही यह कहेगा-चिंता न करें, हो जाएगा, कर दूंगा। कर देते हैं। क्या सर पर बैठेंगे!

यानी मान लीजिए, न वह काम करेगा, आलसी इतना कि ऑटोवाले से पूछ लो, भैया सदर बाजार चलोगे, भाई मुंडी ऐसे घुमाएगा मानो उसमें मीटर फिट है, नहीं जाएगा, प्राण दे देगा। मजाल है कि आपको सदर ले जाये।

पांडेय जी समझ रहे थे कि हमारा देश तेजी से उठता हुआ वह भारत है जिसको सही मायने में विकासशील होने में अभी भी सौ वर्ष लगेंगे।

विदेश में सार्वजनिक क्षेत्र में पेशाब और गंदगी टोटली बेन है। अपने यहां बाबा जी का घर है, जिसे देखो वह खुले में खड़ा हो जाता है। कहीं कोई शर्म नहीं, कुछ फील ही नहीं होता। बाहर खुले में सब मनाही है। पकड़े गए तो चालान अलग। आज ऐसा ही वाकया पांडेय की टूर बस में हुआ। इंडियन जरूरत से ज्यादा उत्साही होते हैं। यह आज पता लग गया। किसी ने नमकपारे और डोडा स्वीट का डब्बा खोला और बस में घुमा दिया। तभी लेडी गाइड ने फौरन सबको डांट पिला दी। नो वे। दिस इज नॉट इंडिया। दिस इस हांगकांग। टोटली बेन। पेनल्टी फाइव थाउजेंड होंनकोंग डॉलर। और ऐसे गुस्से में बोली, कि लोगों के तोते उड़ गए। किसी को ऐसा अंदेशा नहीं था। कि ऐसे खतरनाक कानून भी हो सकते हैं। लोगों ने गलती मानी

और डब्बा अंदर किया। अपने यहां तो जब तक बस में मूंगफली खा कर कूड़ा न कर दें, अपनी आत्मा प्रसन्न ही नहीं होती। क्या करें, हिंदुस्तानी है न। दिल से भी और दिमाग से भी। कल किसी ने कहा कि यू आर फ्रॉम इंडिया। पांडेय जी भीतर से बड़े खुश हुए कि चलो इंडिया को कितने प्यार से याद करते हैं!

पर जब कोई बोला कि जुगाड़ शब्द का अविष्कार आपके यहाँ से हुआ। इस शब्द के बारे में आक्सफोर्ड की डिक्शनरी में भी बताया गया है। पांडेय जी समझ रहे थे कि इंडिया कितना आगे निकल गया। किसी भी मामले में।

बस में बैठे-बैठे विलायती राम पांडेय महसूस कर रहे थे, वाह रे, दुनिया!

कितने सितम हुए, और इंडिया कहाँ से कहाँ निकल गया।

पांडेय के वाट्सप काल पर फोन था कि बनारस में दिल्ली से एक दल गया हुआ है और वे अस्सी घाट पर ध्यानस्थ है। चिलमन दिल्ली से सीधी बात करने के मूड में था। कि उस्ताद जी, वहां ये हो रिया है और वहां जे हो रिया है। चिलमन बताता रहा कि कुल जमा लोग आधा दर्जन थे जो खर्चा करके गए हैं। पांडेय ने बेहद शांत स्वर में कहा कि अच्छा है काशी बाबा ने बुलाया है। जब बुलावा आता है वही व्यक्ति जाता है। पिछले साल पांडेय जी को भी मौका मिला था और पांडेय जी उसी पुल के नीचे से गुजरे थे जो अभी धरा धाई हुआ। पर अभी भी बनारस को क्योटो बनने में लम्बा समय लगेगा। भीड़ को नियंत्रित करना और क्षेत्र का विकास करना ये दो बड़े तथ्य है जो वक्त मांगते हैं। इस बात को मान लेना चाहिए।

चिलमन को आवश्यक निर्देश दे कर पांडेय जी ने कमरे में लगे इलेक्ट्रिक कैटल से चाय बनाई और दसंवी मंजिल से होंनकोंग के नजारे को देखा और डोडा स्वीट का एक पीस मुंह में रखा और कहा-स्वाद जो भारत का है, उसमें प्यार है और गहरी आत्मीयता है। मिसेज पांडेय समझती थीं कि उनके मियां जी को खाने का शौक है, इसलिए एक डब्बा चिलमन से कह कर मंगवा दिया था। इसमें एनर्जी है जो पांडेय जी को फिट रखती है। पांडेय को याद है जब पिछली बार हिमाचल के लाहौल स्पिति गए थे, रोहतांग पहुंचने पर शुगर कम हो गई तो तबियत गड़बड़ा गई थी। तभी से यह प्रतिज्ञा कर ली, जब कहीं जाना होगा तो खाने पीने का सौदा सबसे पहले लिस्ट में होगा।

तय दिन के अनुसार पांडेय जी स्वदेश लौट आये कि कल्लू का फोन आ गया कि भाई पांडेय जी, मेरा एक अनुरोध है। आप मेरे लिए दो ब्लेक

लेबल ले आना, पैसे मैं दे दूँगा। क्यों कल्लू भाई, आपने तो पीना छोड़ दिया था, अब यह नया माजरा आखिर है क्या!

नहीं, भाई। ऐसा नहीं है। दुनिया की नजर में पीना छोड़ा है, अपने लिए नहीं। आज भी चुरा कर एक दो पैग खींच लेता हूँ। हम्म!

अच्छा ले आएंगे।

पांडेय जी सोचने लगे कि हमारी लेखक बिरादरी कितनी सचेत है और सजग भी। जब उनके भीतर दो पैग और तीन से ज्यादा चले जाते हैं तो उनमें लेखक का असल गुण सुप्तावस्था से जाग्रत अवस्था के मॉड में आ जाता है। ये वो क्षण होते हैं जब कोई लेखक किसी नए लेखक को प्रेमचंद, निराला और किसी नवोदित लेखिका को महादेवी घोषित करने से भी बाज नहीं आता। पांडेय जी को एक बात और याद आ गई, इस मौके पर। इंडिया इंटरनेशनल सेंटर की एनेक्सी में, एक बड़े जुगाड़ू लेखक ने कहा कि नए लेखक के कविता संग्रह के लोकार्पण परः कि इनके लेखन में ओज है, ताजगी है और विस्मित करने वाली भाषा है। यानी जिस अलंकरण से वे आपको चढ़ा सकते थे, चढ़ाने लगे। किसी ने तो यहां तक कह दिया कि हर लेखक की इच्छा यही है कि अपने प्राण यहीं त्याग दें। पांडेय जी ने बड़े आदर भाव से कहा था कि आप कब प्राण त्याग रहे हैं। ऐसे में उन साहब की शक्ल देखते ही बनती थीं।

बहरहाल कल्लू के लिए दो बॉटल ब्लेक लेबल की रख ली। पांडेय जी हिसाब लगा रहे थे कि 100 होंनकांग डॉलर का मतलब भारत के आठ सौ रुपये। लेकिन जो रुपए का आनंद है, वह डॉलर्स में कहां। अपना देश जैसा भी हो, बेशक कूड़े का भंडार हो, अपने को कूड़ा कहाँ नजर आता है। अपने को मतलब हमारे स्वयं सेवकों को, उसके कर्णधारों को, जो सीधे-सीधे व्यवस्था से जुड़े हुये हैं।

इतने में मिसेज रामप्यारी का फोन, कहाँ रह गए!

फ्लाइट तो 5 बजे आ गई। नेट पर सर्च किया और अभी तक घर नहीं पहुंचे। देवी जी, बाहर निकलने पर देर हो जाती है। बच्चों के लिए कुछ सामान के रहा था। कल्लू ने बोतल भी मंगवाई है, उसके लिये भी परचेज कर रहा था। तुम चिंता न करो, पहुंच रहा हूँ। ओला ले लिया है, बस आधा घण्टा और। नारायणा क्रॉस कर लिया है, बस राजा गार्डन और पंजाबी बाग से होते हुए पश्चिम विहार।

चाय का पानी रखिये, बस यूं आया।

पांडेय जी घर परिवार को वही मान देते हैं और ये गुण राधेलाल से सीखा है। उनका मानना है कि परिवार से बड़ा इश्क कोई दूसरा नहीं।

यानी इश्क के कई अर्थ हैं और यह किसी भी उम्र में किया जा सकता है।

ओला में गाना बज रहा था-मुझे इश्क है तुझी से, मेरी जान जिंदगानी, तेरे पास मेरा दिल है, मेरे प्यार की कहानी। गीत इतना पुराना है लेकिन सुन कर सोया हुआ प्यार अलर्ट मॉड पर आ ही जाता है। ओ, भैया। जरा आवाज तेज करना, बढ़िया गाना है और हाँ, एसी भी तीन नम्बर पर करना, बड़ी गर्मी है। और देश का क्या हाल है!

खांसी वाले बाबू का और विकास पुरुष के क्या कहने है!

ड्राइवर को लगा कि साहब कहीं बाहर गांव से आ रहे है! आखिर पूछ ही बैठा। पांडेय ने कहा-हाँ, बेटा। हांगकांग की यात्रा पर था, अपने देश को इतना साफ सुंदर होने में अभी सौ साल लगेंगे। गंदगी का नामोनिशान नहीं, कहीं कोई कूड़ा नहीं। सामने लाल बत्ती पर गाड़ी रुकी, दीवार से सटकर एक स्कूटर वाला हल्का होने लगा। पांडेय मन ही मन बुदबुदाए और कहने लगे-अपने देश का कुछ नहीं हो सकता। इट्स बेड हैबिट। तभी घण्टी बजी। आ रहा हूँ बेटा, डेसु आफिस क्रॉस, अनदर फाइव मिनट्स। ओपन द डोर विद स्माईली फेस।

जिंदगी में इश्क के बिना कुछ भी नहीं, कभी भी नहीं। काश!

कल्लू भी सीख ले घर गृहस्थी का सुख और उसकी परिभाषा। आज भी एक सर्वे के अनुसार 75 प्रतिशत लोग बाह्य दुनिया में सुख तलाशते फिरते हैं, जबकि उनका सुख उनके घर में ही है, जिनकी तरफ उनका ध्यान नहीं जाता। या वे ध्यान देना नहीं चाहते। हद्द है नालायकी की। अगर इश्क का मतलब सबकी समझ में आ जाये तो सभी लोग राधेलाल न हो जाएं। सरजी! तीन सौ पैंतीस रुपये। ले भइया। तीन सौ पचास काट लो और 15 दे दो। जी, देता हूँ। पापा घर आ गये, मम्मी पापा घर आ गए।

19.
पांडेय जी और सुतली बम

बम भी कई टाइप के होते हैं। साइलेंट बम। धारधार बम। धड़ाम बम। बम-बम। चिलमन ने पांडेय जी को सुबह की चाय पर बताया और वो भी बीसवीं मंजिल से। उस्ताद जी, डेवलपमेंट ये होता है, देखो न!, ट्राम भी मस्त चल रही है, किसी की कार का हॉर्न भी नहीं सुनाई दिया। गजब बिल्डिंग्स बनी है। और अपने भारत में यदि विकास हुआ है तो उनका हुआ है जो इस कार्य के लिए अधिकृत है। अधिकृत!,

उस्ताद जी, आप खुद समझदार हो, इंटेक्चुएल हो, पढ़े-लिखे हो! बेशक आंठवी में पांडेय जी पास न हो पाए थे, पर बात गई, रात गई और नया सवेरा आपके स्वागत में खड़ा है।

चिलमन ने बताया कि उस्ताद जी, मैं आपके साथ विदेश यात्रा पर आ गया हूँ। अपने यहां कितने मेरे कुलिग्स भीतर ही भीतर जलन भाव से कोपित हो रहे होंगे कि यह कैसे चला गया। क्यों गया!

क्या विकास इसी का हुआ है। इत्यादि उत्यादि अटकलों से बाजरा आज भी झंडेवालान के मोड़ पर पड़ा हुआ है कि कबूतर आएंगे और कबूतर दाना चुगेंगे।

देखो भाई चिलमन!, यह जो भाव है कुड़ने का, यह नया नहीं है, यह अत्यंत प्राचीन किस्म का है, इसके इतिहास में मत जाओ। इसके भविष्य के बारे में आत्ममंथन करो। जो जलता है, वह मान कर चलो, वह जलने के लिए ही बना है। पता है जब यह भाव आता है तो आपकी नसें अवरुद्ध हो सकती हैं। आपके साकिट में आग भी लग सकती है। जब महंगाई इतनी है कि आप अफोर्ड नहीं कर सकते, तब क्यों किसी से जले!

बात तो गहराई वाली थीं। पर समझे तब कोई न!

आजकल के लोग जरूरत से ज्यादा ओवर स्मार्ट हैं बिल्कुल ओवर ड्राफ्ट की तरह। उस्ताद जी, एक बात देखी-यहां हांगकांग में!

कौन-सी बात चिलमन!

एक तो यहां ट्राम चल रही है। मस्त-मस्त और वो भी साथ में सड़क है जब!

फिर क्या हुआ!

उस्ताद जी एक हम हैं। चिलमन ध्यान से देखो, सोचो। अपने यहां भी ट्राम चलती थीं। फिर अपन ने अपने संसाधनों का दोहन किया। अवैध निर्माण किया। जहां मौका मिला, जगह कब्जा ली। दूसरी बात अपन भारतीयों का जायका इतना परफेक्ट है कि क्या बताएं। अरे खाओ तो भी आराम से। जो आया वह जोड़ने में लगा है। हम्म!

कहते तो उस्ताद जी आप मन से हैं। चिलमन, अपना तो फंडा है कि मस्त रहोगे तो दस्त न होंगे। खिचड़ी खा लेनी चाहिए, जब मिल जाए। यानी कोई पेट का विकार तो नहीं। यदि है तो बाबा का आसान कपाल भारती कर लो। न भाई, न तो मुझे बाबा बनना, न ही कपाल भारती करना, कुछ हो हवा गया तो।

दरवाजे की घन्टी बजी। सामने मधुबाला थीं। बेहद चुस्त जीन्स में और टी शर्ट पहने। गले में मफलर। पांडेय जी का मन भी डोलने लगा तो चिलमन समझने लगा था कि जब ठंडी-ठंडी हवा आती है तो मन ऐसे ही हिचकोले खाने लगता है। मधुबाला ने कहा-क्या पी रहे हो सर! पीना तो बहुत कुछ चाहते हैं, पर मैंने रोक दिया है। ज्यादा आईना देखना भी विकार को जन्म देता है। बहुत पहले पांडेय जी ने अपने कॉलेज टाइम में पढ़ा था कि दर्पण न दे अर्पण!

यानी दर्पण किसी के प्रति कोई सम्मान नहीं सिखाता अपितु अहम को जन्म देता है। उसका परिणाम देखिए-आज हर लड़की मैकप से हटती नहीं, जब देखो ब्यूटी पार्लर पर मिलेगी। ऑन लाइन से सामान मंगवायेगी और इतराने में नम्बर वन। क्या सरजी!

किस लिए आई थीं। क्या कहना चाहती थीं और क्या नहीं, भूल गई। पांडेय जी भी ठण्डी हवा के झोंके में थे, कहने लगे पारो जब कोई हमें देख लेता है तो वह अपनी सुध-बुध खो जाता है। हम्म! तो यह बात है। सरजी, एक बात हम भी कहे देते हैं कि पहली बात हम पारो नहीं हैं और आप भी न कोई यूनुस खान नहीं। यानी दिलीप कुमार। हम मधुबाला हैं और आप हमारे सरजी हो। चिलमन ने मौके की नजाकत को समझा और दो कप ब्लेक टी के बना दिये। साथ ही कहने लगा कि ब्लैक टी के सेवन से सभी

अवरोध खुलते चले जाते हैं, अब वह अवरोध मन का हो, विचारों का हो। सरजी, एक बात बताओ, यह चिलमन भइया कब से इतने होशियार हो गए। बहुत मार्के वाली बात करते हैं।

देखो मधुबाला, अब इनकी होशियारी देखो। इनका कहना है कि जो सुख भारत में फ्रेश होने का है यानी सुबह के समय यह शाम के समय जो मल त्यागने का आनंद है, वह हांगकांग में बिल्कुल नहीं। घर ये बड़े-बड़े कि मानो आसमान से जा लगे हो। टॉयलट छोटे हैं, अभी बस में कोई बात कर रहा था कि इतने छोटे टॉयलेट है कि कम्बोड पर बैठो और जो कार्य करने गए हो, करो और ऊपर से बैठे बैठे शावर चला लो, दोनों काम हो जाएंगे और समय की बचत भी। अरे ठीक ही है न! मधुबाला ने सुर में सुर मिलाया।

क्या ठीक!

इतना विकास कर लिया, अब जेट नहीं है तो क्या विकास!

अपने कई लोगों को उस पर बैठना नहीं आया, कम्बोड टूट गई, उसका हर्जाना देना पड़ेगा, वो टंटा अलग। मैं तो सोच रहा हूँ कि विदेश यात्रा पर जाने से पहले इस तरह की क्लासेज होनी चाहिए कि कैसे बैठिएगा, कैसे प्लेन में बाथरूम का इस्तेमाल करेंगे। छोटी सी जगह!

होरीबल, होरीबोल। हरिबोल, हरिबोल। चिलमन ने समझा कि पांडेय जी विदेश में आने के बाद भी अपने पूजा पाठ में भी मन लगाए रहते हैं, जबकि होरीबल कहा था यानी खतरनाक!

मधुबाला ने समझा कि मैं यहां क्यों आ गई। भारत की संवेदना अभी भी कम्बोड पर अटकी है। पांडेय जी ने फरमाया कि अपने कुछ लोग ऐसे भी हैं कि जरूरत नहीं होगी तब भी वील चेयर पर एयरपोर्ट पर जाते दिखाई देंगे। उसका कोई फायदा हो तो पता चले! बड़ी देर बाद मधुबाला मुस्कराई थीं। सिंपल सा फंडा है उनका। एक तो सबसे पहले या सबसे बाद में उनको उतारा जाएगा और आसानी से बल्कि सावधानी से उनको उनके काउंटर पर ले जाया जाएगा। सिंपल सी तकनीक है, पर कई देशों में चार्जेबल भी है। उस्ताद जी, चार्जेबल नहीं होना चाहिए। बात तो ठीक है, भाई चिलमन। हर देश का अपना कानून होता है और उसके नियम कायदे भी।

मधुबाला आज कुछ तूफानी करने के मूड में है। मधुबाला एक आर्टिस्ट है। कई शहरों में वह अपनी पेंटिंग्स एग्जीबिट कर चुकी है। पांडेय जी के सम्पर्क में आई, पांडेय जी ने जोड़ लिया। पांडेय जी में एक खासियत है कि जिसे जोड़ते हैं, उसे दिल से जोड़ते हैं और उसके भीतर के स्पार्क को अग्नि

प्रदान करते हैं। उनको पता है कि यह चलने वाला घोड़ा है, इससे उनके नाम को भी यश मिलेगा। यानी वह सुभाष घई ही हुए। हम्म! चिलमन सब समझ रहा था। बहरहाल मौसम के पतंगे किसी न किसी को लगे हुए थे किसी के पानी वाले दस्त भी जीएसटी समेत थे तो कइयों के ग्राउंड फ्लोर भभक रहे थे। उन्हें आराम अभी कहाँ मिलने वाला था। भला हुआ ये जो सोशल मीडिया है, यह आग भड़काने का काम भी करता है। आज सुबह ही बीसवीं मंजिल से चिलमन ने फेसबुक पर गुडमार्निंग करते हुए लिखा कि हांगकांग से आपको नमस्कार, खुश रहिए या न रहिये, यह आपकी मर्जी। जिसने भी पढ़ा, यह सोचने लगा कि यह नमस्ते नहीं, यह पट्ठा जला रहा है कि मैं हांगकांग में हूँ। और आप भारत में भयंकर गर्मी का मजा ले रहे हो, तो मैं कभी फेयरी तो कभी ट्राम का आनंद उठा रहा हूँ। जलने लगे लोग, पूरी कब्जियत से। कब्ज भी कोई ऐसी वैसी नहीं, बिल्कुल ठसके वाली भाई साहब, जिस ओर कोई भी चूर्ण काम नहीं करता। हाँ वज्र आसान करो तो कुछ फरक पड़ सकता है।

बात तो ठीक है, उस्ताद जी। जीवन के सभी पहलुओं से मनुष्य को दो-चार होना पड़ता है। यह जरूरी भी है। मधुबाला ने कहा-बाय सरजी। निकलना है मुझे। नीचे पेंटिंग्स भी प्रॉपर तरीके से डिस्प्ले करनी है। अच्छा, अच्छा। लगाओ, अपन भी तैयार हो कर आते हैं।

चिलमन एक कप हो जाये गर्म पानी का, मजा आ जायेगा। जीवन का असली सुख विकार रहित। जी उस्ताद जी। कप की प्रतीक्षा में पांडेय जी सोचने लगे कि मनुष्य प्रजाति का जीव अपने ही लोगों से लॉगिन होते वक्त जलता-भुनता क्यों है। खुद ही खुद अपने को जवाब भी दिया, कि हो जाता है, होता ही है। यह परंपरा शुरू से है, कोई नई बात नहीं है। चिलमन ने इशारा किया। उस्ताद जी तैयार हो जाइए, नेचर काल है, आई। मैं चला, तैयार होने। दस मिनट दीजिये, यूं गया और यूं आया। आ जा, आ जा। दुनिया रंग रंगीली और दुनिया के दुनियावी सुतली बम। जो आवाज के साथ भी कहाँ फटते हैं, वे तो सी एन जी सहित होते हैं। इनकी आवाज नहीं आती। हौले से धुम्म और दूसरी तरह का मामला स्खलित हुआ समझो। ऊपर से देखना ऐसा लगता है जैसे आप कहीं के महाराजा हैं, वैसे हर भारतीय अपने घर का और अपनी प्रेमिका कन्वर्ट हुई पत्नी का तो है ही। बाल-बाल बचे थे, पांडेय जी। फूल नाम विलायती राम पांडेय। क्या समझे। ज्यादा को थोड़ा समझना। फालतू बात कहने की आदत नहीं, जो कहते हैं। अम्माँ दिल से

कहते हैं और बात दिल को छू जाती है। कसम से।

तभी मधुबाला का फोन लेंड लाइन पर। सरजी, आ जाइए। समय रह गया है ब्रेकफास्ट का मात्र 30 मिनट का। अच्छा!

चिलमन के आते ही आता हूँ, डोंट वरी, बी हैप्पी। आ भाई, काके, कुड़ी दा फोन आ गया। तू इत्थे भजन करन आया है कि चुप्पी साधना, आया उस्ताद जी। अंडरवियर तो पहन लूं। इसे पहनना भी विकट संकट है। कब गिर जाओ, पता नहीं चलता। हम्म!

तभी विदेशी इस संकट से दूर रहते हैं। आ रहा हूँ उस्ताद जी, दो मिनट और। पहन लिया, पहन लिया। चिलमन अंदर से ऐसे चिल्ला रहा है जैसे गेस पाइप लाइन का लाइन मैन हाजिर हो गया है, कि बाबू जी, वो जगह दिखाओ जहां आप गेस पाइप लाइन लगाना चाहते हो। उसके आते ही पांडेय जी भीतर तैयार होने के लिए हिनहिनाने लगे।

20.
पांडेय जी और नया शिगूफा

आजकल आये दिन कुछ न कुछ नया होता है। जिंदगी में कुछ नया न हो तो उसका लुत्फ भी बढ़ता है और जीने में रोमांच भी बना रहता है।

अब देखिए न आगे आने वाले दिनों में शादी के लिए जब कभी कोई अवसर बनेगा तो किस किस्म के किस्से आपके सामने घटेंगे!

आइये उनसे दो चार होते हैं!

वे इस तरह के होंगे:

वाट्सप की मजेदारी :

अरैंज्ड शादियाँ कोरोना से आगे:

लड़के वाले - बिटिया के बारे में कुछ बताइये

लड़की वाले - बहुत ही गुणी है हमारी बिटिया, ऑक्सीजन लेवल 98 रहा है हमेशा... वैक्सीन का एक डोज भी लग गया है। ये थ्रंपसिन खाइये न, अपने हाथों से ब्लैक में खरीदकर लाई है।

लड़के वाले - भई आपकी बिटिया तो वाकई सर्वगुण सम्पन्न है। हमारी तरफ से रिश्ता पक्का।

लड़की वाले - तो ये लीजिये, इसी बात पर Limcee से मुंह मीठा कीजिये।

लड़की वाले - जी आपकी कोई डिमांड?

लड़के वाले - हम दहेज वहेज के सख्त खिलाफ हैं, बहू को एक जोड़ी ऑक्सीजन सिलिंडर के साथ भेज दीजिये बस।

दूल्हा पक्ष के पहला रिश्तेदार दूसरे से - इंतजाम आलीशान किया है यार जनवासे का, बहुत ऊंची पहुंच और पैसे वाली पार्टी लग रही है।

दूसरा रिश्तेदार - सही कह रहे हैं भाईसाहब। बारात के ठहरने के लिए शहर के 5 स्टार हॉस्पिटल में 5 आईसीयू और 15 ऑक्सीजन बेड बुक करवाना मामूली बात नहीं होती। बारात ठीक आठ बजे पहुंच जाएगी। पर हम आपसे एक बात कहना तो भूल ही गए..

- वो क्या!

– अरे अरे घबराइए नहीं, हमें कुछ नहीं चाहिए। हम बस इतना चाहते हैं कि आप बारातियों का स्वागत Remdesivir से करें।

– ओहहो रेमेडेसीवीर! हमें क्या मालूम था कि आपको भी रेमेडेसीवीर प्रेस्क्राइबड है। ये लीजिये... रेमेडेसीवीर!

जैसे पहले कह दिया करते थे कि हम अपने अतिथियों का स्वागत पान पराग से करते हैं।

कल तो हद हुई जब किसी ने पांडेय जी को कहा कि आने वाले समय में जब हम बच्चों की शादियों में एसी और गाड़ी देने का यदि प्रावधान करेंगे तो बच्चे खुद कह देंगे कि पापा जी प्लीज आगे आने वाला जमाना खराब है।

आप न एक आक्सीजन कन्सटेंटर, आवश्यक दवाइयां और कुछ पैसे फिक्स डिपॉजिट अवश्य कर दीजिएगा। पता नहीं कब किस की जरूरत पड़ जाएं। नेबुलाइजर, आक्सीजन सिलेंडर पोर्टेबल भी सबको देना पड़ सकता है।

अब सोचिये आगे आने वाले समय में अतिथियों की संख्या ही पचास से अधिक पर प्रतिबंध लग जाए तो क्या कीजिएगा आपके सपनों का!

ये हिंदुस्तान है भैया यहाँ पल-पल पर नियम बदल रहे हैं, कानून बदल रहे हैं। यहाँ तक कि राजनेता भी पार्टी बदल रहे हैं, जहां जिसको कोई फायदा नजर आता है, वह उठता है, चरण स्पर्श करता है और पैरों में पड़ जाता है।

इसी तरह लेखक समुदाय के भी कुछ लोग ऐसे हैं जो हल्के-फुल्के सम्मान पाने के लिए ऐसी ही लौट लगाते हैं।

क्या-क्या जानकर करेंगे, भाई लोगों।

आजकल की मैदा ही खराब है, बच कर चलिए। सूजी और आटे की बनी वास्तुओं का ही उपयोग करें, जिससे बचे रहेंगे।

तभी पांडेय जी ने चीकू से कहा कि भैया जो पारले टाइप के बिस्कुट आप खाते हो, जरा टेस्ट कराने का।

चीकू ने ऐसे देखा कि मानो उन्होंने चीकू को पिछले महीने की जेब खर्ची नहीं दी हो, जिसे चीकू ने पकड़ लिया हो!

पांडेय जी को पता है कि इस बार जब वेतन मिलेगा तो चीकू की गुल्लक में दो महीने की खर्ची डाल देंगे।

आजकल के बच्चे सब याद रखते हैं।

पांडेय जी को किचेन से खुश्बू आई पता चला कि हलवा बन रहा है। पांडेय जी किचेन में चले गए। फिर क्या था!

इसी बहाने रामप्यारी जी ने कहा कि देखिये पतिदेव जी, कहे देते हैं कि कटोरा भर के हलवा खाने के वे दिन अब हवा हुए। अब तो मिलेगी केवल एक चम्मच!

पांडेय जी को एक चम्मच मिली उसको आचमन कर ऐसे लगा कि यही स्वर्ग है और दुनिया का बेहतरीन प्रसाद।

पांडेय जी को एक वाट्सएप्प आया, बड़ा रोचक था, आइए आपके साथ उसका आनंद लेते हैं

'इम्युनिटी पॉवर' 'बढ़ाने का फॉर्मूला'

'एक आदमी ने अपने काफी बुजुर्ग दादाजी से पूछा कि पहले इतने लोग बीमार नहीं होते थे जितने आज हो रहे हैं'?

'तो दादाजी बोले कि बेटा!'

'पहले हम हर चीज को कूटते थे जबसे हमने कूटना छोड़ा है तब से हम सब बीमार होने लग गए।'

'आदमी (आश्चर्य से) : वो कैसे'??

'दादाजी (मुस्कुराते हुए) : जैसे पहले खेत से अनाज को कूट कर घर लाते थे',

'घर में मिर्च मसाला कूटते थे',

'कभी कभी तो बड़ा भाई भी छोटे को कूट देता था,

'और जब छोटा भाई उसकी शिकायत मां से करता था, तो' 'मां बड़े भाई को कूट देती थी,

'और कभी तो दादाजी भी पोते को कूट देते थे'

'यानी कुल मिलाकर दिन भर कूटने का काम चलता रहता था।'

'कभी मां बाजरा कूट कर शाम को खिचड़ी बनाती,

'पहले हम कपड़े भी कूट कर धोते थे।'

'मास्टर जी भी कूटते थे',

'जहां देखो वहां पर कूटने का काम चलता रहता था',

'तो बीमारी नजदीक नहीं आती थी।'

'सबका इमुनिटी पावर मजबूत रहता था।'

'जब कभी बच्चा सर्दी में नहाने से मना करता था',

'तो मां पहले कूट कर उसकी 'इमुनिटी पावर बढ़ाती थी और फिर नहलाती थी।'

'जब कभी बच्चा खाना खाने से मना करता था, तो भी मां पहले कूटती थी, फिर खाना भी खिलाती थी'

'ऐसे ही सबकी इम्यूनिटी पावर कायम रहती थी'

'तो कुल मिलाकर सब कुटाई की महिमा है'

'पांडेय जी बैठे थे। अचानक से गूगल कीप नोट्स से सब कुछ दिखना गायब हो गया। सभी तरह का विवरण। पांडेय जी का तो खून सूख गया।

उन्होंने तत्काल बिटिया की मदद ली। बिटिया ने कहा कि यह वाकई बड़ी जटिल समस्या है।

एक तो लोकडाउन और ऊपर से सभी तरह के बाजार बंद।

बिटिया ने किसी राजनेता की तरह विमर्श किया कि मानो कोरोना से निबटने की दवाई इसने ईजाद कर ली हो, पर साहब नई पीढ़ी के बच्चे है कुछ बटन दबाए, चेहरे पर चमक लाते हुए कहा कि लो जी हो गया। आजकल ये सब मेल से सन्चालित होते है। पापा जी,

पांडेय जी ने बिटिया के प्रति आभार व्यक्त किया। इस समय पांडेय जी की हालत बिल्कुल वैसी थी कि मानो किसी एनजीओ की मदद से किसी उपेक्षित इलाके में आक्सीजन कन्सटेन्टर पहुंच गए हों।

क्या बताएं आजकल साहब सोचने समझने की शक्ति कुंद होती जा रही है।

कुछ सूझता नहीं, दिमाग चलता नहीं। क्योंकि घर बैठे हैं जो मिल जाएं यूजर टाइप उसी से जुगाली कह लें या चुगाली कह लें, वही कर लेते हैं।

पांडेय जी को लगा कि बहुत हो गया कोरोना टाइप का विमर्श।

आज उन्होंने रामप्यारी जी को मन से दिल से और दिमाग से याद किया और लिख डाली एक प्रेम कविता।

वे समझ चुके हैं कि प्रेम के बिना इस संसार में कुछ भी नहीं। यदि आपकी पत्नी समर्पित है तो वह आपको बचा ले जाएगी बीच मझधार से।

पिछले दिनों यही हुआ। पांडेय जी को निकाल बाहर ले आई, ऐसी विकट स्थिति से, जिसकी कल्पना पांडेय जी ने कभी सोची भी नहीं थीं।

बहरहाल उन्होंने जो लिखा प्रेम टाइप, आइये आपको भी बता देते हैं।

सुनो!
सुनो
मुझे तुम्हारी मुस्कान अच्छी लगती है
सरल, निर्मल और सहज
तुम्हें अक्सर मुस्कराते देख

अच्छी वाली फीलिंग आती है
लगता है
कितने अच्छे पल हैं
हमारे
जहां जीवन का सौंदर्य पक्ष है
जिनसे बातें करना भला लगता है
लगता है
जीवन के ये वे अनमोल पल हैं और समय साक्षी है
कि इनसे जहां ऊर्जा मिलती है
वहीं भीतरी शक्ति का उदय भी होता है
ऐसे ही मुस्कराती रहा करो
हम ठहरे अव्वल दर्जे के बेवकूफ
जिन्हें साहब!
न कभी मुस्कराना आया
न कोई गीत गाने आया
ऐसे ही शब्दों को कभी गुनगुना लिया करते हैं
तुम भी क्या सोचती होगी
अजीब किस्म का बन्दा मिला है!
अब जैसा भी है
तुम्हारा हूँ
अब न तो कोई सुधार हो सकता
न ही कोई विस्तार
बहरहाल दोनों का साथ ताउम्र ऐसे ही बना रहे
यही इल्तिजा है और साध भी
वैसे भी
कभी-कभार बड़ी बातें बनानी न आई
न ऐसा हूँ
तुम भी तो कह देती हो
लिखते जरूर हो
जिसे समझना बेहद मुश्किल है मेरे लिए
हँस दिया करता हूँ

कि अभी भी समाज में लोग ऐसे हैं
जो समझ लिया करते हैं मुझे
मेरे लेखन को
कभी तो दिन आएगा
जब समझ लोगी तुम भी
मुझे और मेरे लेखन को
बारिश अभी भी है
किसी रोमांस की तरह हमारे जीवन में
बना रहें इसका वजूद और एहसास
यही ताकत है हमारी
और अज्ञात किस्म की ऊर्जा भी
जो गाहे बगाहे एक अलग किस्म की फितरत से भर देती है
हमें
नये सिरे से
जिसका अलहदा पन हमें पसन्द है
अब उसने भी कहा
बेशक कैसे भी क्यों न हों
मुझे आपका हर रूप हर रंग बड़ा भाता है
देखा आपने भी
कोशिशें हमेशा कामयाब होती हैं
देर है अंधेर नहीं
इसलिए कहा जाता है
कोई भी कार्य करें
उसमें शिद्दत से डूब जाइए
वह होगा और हमेशा के लिए हो जाएगा
समझ गए न!

आप रचना का आनन्द लीजिए। तब तक पांडेय जी का मन कर रहा है कि वे एक ब्रेक ले लें। आखिर जिंदगी में आराम आराम से चलने का जो सुख है, उसका आनंद अकल्पनीय है। यही सच्चाई भी है और सत्य वचन भी।

वैसे भी पांडेय जी ने झूठ बोलना बहुत पहले बन्द कर दिया था, जब वे सरकारी स्कूल में पढ़ाई करते थे।

वे भी क्या दिन थे!

खैर सभी को अपने दिन याद आते हैं।

पांडेय जी भी कमाल के और उनकी स्टेनो भी। कह रखा है कि सरजी दफ्तर की चिंता नहीं करनी किसी का भी कोई पंगा नहीं। किसी का काम भी पेंडिंग नहीं, पहले फिट होने का फिर आने का।

पांडेय जी कहते हैं कि लड़की तुम्हारी चिंता मौलिक टाइप है, शुक्रिया लौट कर आना ही है।

आज सुबह पांडेय जी ने नाश्ता किया कि नजर व्हाट्सएप्प पर चली गई। आइये आप भी उससे दो-चार हो जाइए:

पिछले हफ्ते की बात है नर्स ने यह कहते हुए मुझे वैक्सीन

देने से मना कर दिया कि आप 45 साल वाले एज ग्रुप के नहीं लगते हो.

यह बात मेरी पत्नी ने कुछ ज्यादा ही दिल पर ले ली.

घर आकर बीबी ने गुस्से में मेरे हेयर ड्रॉयर, रेजर, कलर आदि सभी छुपा दिए.....

आज फिर वो मुझे पूरी तैयारी के साथ अस्पताल लेकर गई..

नर्स आँखे नचाते वैक्सीन देते हुए बोली...

बाबा! जरा जल्दी आना था ना...आपको पता है, आपके साथ के लोग दो ..दो डोज ले चुके हैं....

ये तो अच्छा हुआ, कि आपकी बहुरानी बहुत समझदार हैं,

इसलिए कुछ देर से ही सही मगर आपको टीका लगवाने ले आई है. ..

अब जाके मेरी पत्नी के कलेजे में ठंडक मिली

सभी 45+ नौजवानों को समर्पित ....

सर्वे भवंतु सुख़नि: सर्वे संतु निरामय:

पांडेय जी को बिटिया ने कहा कि पापा जी ज्यादा टेलीविजन न देखो। अनावश्यक सरदर्द तो बढ़ाता ही है और अंदर की मशीनरी भी हिलाता है।

पांडेय जी ने समाचार देख लिया कि जिसको कोरोना हुआ वह ब्लेक फंगस की चपेट में भी आ सकता है!

सोचने लगे कि मौला यह हो क्या रहा है!

आम आदमी की कमर तो वैसे ही टूट गई। रोजगार बचे नहीं। बाजार धंधे वैसे ही बंद है।

यह तो भला हुआ सिख भाइयों की ओर से, जो कभी भी किसी भी आपदा को संभाल लेते हैं। कोरोनकाल में लोगों के घरों में भोजन की व्यवस्था पहुंचाने के लिए जो अथक कार्य किया उसके लिए तो समाज उनका ऋणी रहेगा।

राधेश्याम शर्मा भी किसी न किसी लाइव में बने हुए हैं। पर वे अक्सर कहें या रोजाना अपना कुशल समाचार विलायती राम पांडेय को अवश्य भेजते हैं कि भैया मैं ठीक हूँ और आप भी अपना ध्यान रखें।

इधर कोरोनाकाल के समय में भी पांडेय जी ने अपनी क्रिएटिविटी नहीं छोड़ी तो उनके परिचित एक बड़े लेखक ने पांडेय जी को कम्प्लीमेंट दिया कि पांडेय जी इन दिनों का सृजन कहीं न कहीं एक बड़ा काम आपके द्वारा हो रहा है, निश्चित ही यह अपने आप में एक बड़ा सृजनात्मक पक्ष है जिसके अगुवा हैं आप। प्रभु इसी तरह की भावना आप में बनाए रखें। कितने ऐसे ऐसे लोग हैं जिनसे परे आपकी सोच मौलिकता लिए हुए हैं।

पांडेय जी ने केवल इतना भर कहा कि आदरणीय गुरुदेव नहीं मालूम कि क्या करना है

बस इतना भर जानता हूँ कि लिखे बिना रह नहीं सकता। लिखना मेरे लिए दैनिक कर्म है जिसका मुझे हर हाल में निर्वाह करना ही है।

तभी रामप्यारी जी ने कह दिया कि क्या हुआ!

दवाइयां ली!

गिलोय लिया!

पांडेय जी ने सहमति में सर हिलाया जैसे विपक्ष ने अपने आवास में ही कोविड सेंटर बना कर सरकारी मदद की चिंताओं को खारिज कर दिया हो।

इस तरह की चिंताएं पांडेय जी को पटना के संदर्भ में नेता प्रति पक्ष के एक प्रतिवेदन को समझ कर आई।

पांडेय जी सोचने लगे कि आदमी सामाजिक जीव है, वह वही देखता है जो उसके सामने होता है वही तो लिखता है।

बहरहाल पांडेय जी क्रिएटिव हो गए।

मौसम भी ऐसा कि रात भर टपकता रहा।

आइए आपको भी परिचय कराएं की पांडेय जी ने क्या लिखा!

एक उजली सुबह
महसूस किया है
कि जीवन में
अचानक से
जो भी होता है
उस पर
हम कोई रोक तो नहीं लगा सकते

लेकिन कुछ कर भी नहीं सकते
विधाता जो है
इस समय सबसे बड़ी शक्तिशाली है
उसका हमें
समर्थन करना चाहिए
धरती के यदि कुछ मुट्ठी भर लोग हैं
यदि वे अपने को बाहुबली समझते हैं
समझते हैं कि भी पैसे वाले हैं
वे चंद अमीर लोग हैं
जो दुनिया के समस्त लोगों में गिने जाते हैं
माफ कीजिएगा
भाई साहब
यह उनकी भूल है
क्योंकि दुनिया में
शक्तिशाली शक्ति वही है
जिसका नाम विधाता है
कहते हैं ना उसकी लाठी में आवाज नहीं होती है
पता भी नहीं चलता
कि आप सोते-सोते कब चले गए
आप आईसीयू से कब निकल गए
महंगी दवाइयां डॉक्टर महंगे
अस्पताल धरे के धरे कैसे रह जाते हैं
भाई साहब
किसी का कुछ नहीं
इसलिए भाई साहब
जो आपके हाथों से अच्छा हो जाए
वह करते चलो
किसी का दिल ना दुःखाओ
किसी के काम यदि आप आओगे तो वह आपके काम आएगा
यह डोर बनेगी
प्रेम की प्यार की
समझदारी की

अपनेपन की
सौहार्द की
और साथ तो भाई साहब कुछ भी नहीं जाएगा
ना आप ऐसा कीजिए कि जो मन को अच्छा लगे
आपकी अपनी वस्तुएं जो आपको प्रिय हैं
साझा करते चलिए
अपने गमले
आपकी प्रिय कार
बच्चे ना पत्नी ना पिता नाव का वृक्ष आपको मनी प्लांट कुछ भी नहीं जाएगा
आपके साथ यदि कुछ जाएगा तो आप स्वयं जाएंगे
क्योंकि आप स्वयं आए थे
इस धरती पर
इसलिए आपको जाना भी स्वयं है
आपके साथ आपकी अच्छाई जाती है
कि फलाना कलमकार बहुत अच्छा था
सुना था उस लेखक के बारे में
क्या मन से लिखता था
बहुत अच्छा था
फलाना आदमी बहुत अच्छा था
वह मानव बहुत अच्छा था
जब तक रहा सबका ध्यान रखता था
इसलिए जो आपसे अच्छा बन पड़े
वह करें
सब के साथ अच्छा व्यवहार
किसी का बुरा मत करो
किसी का बुरा मत चाहो
कुछ भी नहीं रखा दोस्त
इस छोटी सी जिंदगी में
यह तो यूं ही चली जाएगी
कोई कीट पतंग बन जाएगा
कोई तारा बन जाएगा
कोई आसमान में चला जाएगा

कोई हामिद के चिमटे सा याद आएगा
कोई किसी के दिल में उतर जाएगा और बरसों महकेगा
कोई अच्छी कहानी बन जाएगा
कोई खुशबू बन जाएगा
कोई दिल में उतर जाएगा
सुनो तुम भी यूं ही इसलिए दिलों में उतरना
सबके दिलों में
बसना सीखो
छोटी सी जिंदगी है
सब से प्रेम करो
सब आप से प्रेम करें
यही होना चाहिए
यही होना चाहिए
खुश रहिए
यह मन में प्रण अवश्य लीजिये
कि मैं आज से अपने सभी मित्रों से और जो मेरे आस-पास दोस्त-दुश्मन जो भी हैं
प्रकृति मानव किसी भी रूप में
उनसे मैं प्रेम करूंगा और प्रेम ही करूंगा
जो मेरा स्वभाव के उसके अनुरूप और उसके विपरीत भी
चाहे जो हों
लेकिन प्रेम को करना नहीं छोडूंगा
प्रेम ही है जो बांधे रखेगा
सबको
मुझे और आपको
इतना कहते ही प्रेम दिखने लगा
आपकी आंखों में
मेरे दिल में और कितनी आंखें प्रेममई हो गई
देखा इसी को कहते हैं
एक उजली सुबह
जिसकी हम सभी को आज बेहद जरूरत है
शुभदिवस और शुभकामनाएं।

पांडेय जी ने महसूस किया कि देविका गजोधर कहाँ गई!

पिछले कुछ समय से उसका न कोई सन्देश मिला और न कोई समाचार!

सोचने लगे कि हो सकता है कहीं बाहर गांव न गई हों।

तभी रामखेलावन ने फोन किया कि भैया जी बड़े दिन हो गए। आपसे बात न हुई।

पांडेय जी ने कहा कि पहले से बेटर हूँ, अभी घर से नहीं निकला। पर जल्दी मिलेंगे आखिर शोले का भी तो स्वाद लेना है। उसका टेस्ट न भूल जाएं, कहीं!

रामखेलावन ने कहा कि हम ऐसा होने नहीं देंगे, बड़े भैया। आप किसी किस्म की चिंता न करें।

पांडेय जी ने कहा कि आजकल आफिस जा रहे हो क्या!

रामखेलावन ने कहा कि जब बड़े भैया घर पर हैं तो हमहि जा कर क्या करेंगे!

उधर टिप्सी मुटरेजा ने ग्रुप में अपनी एक्टिविटी सम्भाल ली थी, आज विश्व चाय दिवस था, उन्होंने इसी बहाने सभी को तैयार किया और चाय के बहाने कितनी सुंदर कविताएं पटल पर आज पढ़ने को मिल गईं।

पांडेय जी को भी लगता है कि जिंदगी में सक्रियता बनी रहनी चाहिए।

पांडेय जी को भी लग रहा है कि गाड़ी पटरी पर लौटेंगी, अभी वाकई थोड़ा स्लो चल रही है, लेकिन अपने वाले दिन लौट कर आएंगे।

एक तो बाजार बंद। इससे लगता है कि दुनिया ही सिमट गई। खुद पांडेय जी के बाल बढ़ने लगे, अब तो सोचने पर मन हो गया कि यदि मार्किट नहीं खुली तो लगता है कि बच्चे यह कहना शुरू न करे दें कि पापा के बाल मम्मा देखो न कितने बड़े हो गए!

वक्त आदमी को भैया पंचर कर देता है।

बेचारा करे भी क्या करें!

सुबह से शाम तक वाट्सएप्प और दिन भर खाने के वीडियो और शाम को मातारानी के गीत!

वाकई में कोरोना ने मनुष्य की विचारधारा में अलग तरह की सेंध लगा दी।

ऊपर से सरकार कह रही है कि वास्तव में यह दुःखद समय है लेकिन आयकर रिटर्न को आखिरी तिथि सितबंर कर दी गई है। पांडेय जी सोच रहे है कि वेक्सीन के सेंटर बन्द हो गए, पहली डोज लगाई थी, ऊपर से कोरोना नाम की प्रेमिका दुष्ट टाइप ने लपेट लिया, बचे तो सेंटर बन्द और अब नई तरह की राजनीति!

लोगों को लगने लगा है कि भैया क्या होगा!

क्या वेक्सीन लगेगी भी कि नहीं!

कभी उससे पहले राम-राम सत्य हो गया तो!

उधर से रामकिशन पुनिया की भी कोई खबर नहीं, दो महीने से।

पांडेय जी ने महसूस किया कि कल फोन लगाया जाएगा। वैसे भी पांडेय जी किसी को भी सूर्यास्त के बाद फोन नहीं लगाते। उनका कहना है कि उनके असूल है, अनावश्यक किसी की निजता में सेंध लगाने का न तो उनका मन होता है और न ही कोई इच्छा!

अभी बिटिया ने कहा पापा जी!

आप तो उठ जाते हो सुबह जल्दी!

कल लाल पेथ से कुछ टेस्ट करवा आना। उसके बाद नहाना। आई बात समझ में!

अब पांडेय जी ने सर सहमति में हिलाया और यह सोचा कि मां पर गई है बिटिया भी।

आजकल तो माहौल वही है जिसका आदर करना चाहिए। जान है तो जहान है।

वैसे भी कोरोना ने कल्लू क्या, राधेश्याम क्या! टिप्सी क्या और रामकिशन पुनिया क्या सबकी वाट लगा रखी है। सब सन्नाटे में।

आज तो किसी ने पांडेय जी से हाल चाल पूछने के बहाने यह कह दिया कि अगले हफ्ते एक लाइव में हम आपको मुख्य अतिथि बनाना चाहते हैं तो पांडेय जी ने फौरन मना कर दिया, कि न तो अभी कोई इच्छा है न ही किसी किस्म का मन है। दरअसल पैसा भी अपना और दिमाग भी।

पांडेय जी ने सोच लिया था कि अब फोकट में कोई काम नहीं करना। बहुत हुआ।

जिंदगी में वही काम करना चाहिए जिसकी मन गवाही दें, अन्यथा साहब मन के चलते ज्यादा चकित भी नहीं होना चाहिए।

रामखेलावन ने यह कहा कि बड़े भैया आपकी बात से मैं सहमत हूँ, काम वही किया जाए जिसके लिए मन भीतर से आवाज दे, अन्यथा न किया जाए।

21.
पांडेय जी और हवाई यात्रा

हवाई यात्रा का सपना पांडेय जी ने मन में बड़े टेम से संजो रखा था। जब पांडेय जी करोल बाग में रहते थे। जे बात 1975 के समय की है। आसमान में मौसम गजब का था। एक हेलीकाप्टर से अराउंड द वर्ल्ड मूवी के पर्चे बंट रहे थे। कि जाओ फिल्म देख कर आओ, सपरिवार जाओ। पांडेय जी को क्या पता था, वे तो आसमान में ताकते और हेलीकाप्टर को देखते और खुश हो जाते। बहुत दूर तक दौड़े भी और कागज पकड़ लाये, जैसे आपकी लॉटरी निकल आई हो।

जब क्या सोचा था कि पांडेय जी कभी हवाई जहाज में भी बैठेंगे। बचपन उनका अभी खत्म कहाँ हुआ था। हमेशा कहते हैं कि बचपना हमेशा हमारे भीतर उल्लास भरता है, तभी तो आपके सपने साकार होने में मदद मिलती है।

जहाँपनाह से कम नहीं समझते थे, अपने को विलायती राम पांडेय। उनका मानना है कि जिस किसी में मन लगाओ तो उसमें पूरी शिद्दत से डूब जाओ, फिर कइसे भी मामले हो, अपने आप सुलटते नजर आएंगे।

हवाई जहाज उड़ान भरने को तैयार हुआ। थोड़ी देर में एयरहोस्टेज आई, प्राइवेट एयरलाइंस की विमान परिचारिका भी अपसेट नजर आने लगी है। शायद रूटीन से नाराज हो, घर से दुःखी हो, बॉय फ्रेंड भी एक एग्जाम्पल हो सकता है। बहरहाल पांडेय जी की उस में कतई रुचि नहीं थी। उनका कहना था कि वह आये और कुछ शीतल पेय दे जाए। चिलमन ने कहा उस्ताद जी, क्या लेना पसंद करेंगे!

पांडेय ने कहा–देख भाई, टीवी की स्क्रीन बतला रही है कि दिल्ली का तापमान 46 डिग्री सेल्सियस है, यदि स्कॉच विद माल्ट ले भी ली तो उतरते ही तबियत खराब होने का अंदेशा है। ऐसा करते हैं कि इसको कहो, कि चिल्ड बीयर दे जाएं। सड़ी सी एयरहोस्टेज आई, एक पुड़िया नमकीन की और एक बीयर पकड़ा गई। बेमन से पांडेय जी ने गटकी, बिकाज ठंडी नहीं थी। दूसरी के लिए डिमांड की तो ऐसे मुंह बनाया कि कब्जियत की

शिकार हो। बहरहाल दे गई, यह केन पहले वाले से जरा ठंडा था। नमकीन आगे सीट पर बैठी हुई मधुबाला ने दे दिया था। वह जानती है कि इस तरह के पेय पदार्थ से सामंजस्य बना रहता है।

इतने में बगल में हलचल हुई, एक परिवार कहीं विदेश से इस प्लेन से दिल्ली के लिए बैठा था। उनमें से एक पैसेंजर ने कहा-कि मेरा वॉलेट कहीं गिर गया है। प्लीज मदद करें। हिंदुस्तानी हो तो सब सलाह देने लगते हैं, कि कहां गिरा!, कहाँ गए थे, हो सकता हो, वहां गिरा हों। उसने बताया कि लंच के बाद वाशरूम गया था। अच्छा वहां चेक करो। पांडेय ने भी कहा-मिल जाएगा, चिंता न करो, प्लेन में घोषणा करवाओ, लाइट जलवाओ, मिल जाएगा। एयरहोस्टेज आई, सीट पलटी, परेशान सी चली गईं। कहने लगी, अभी लाइट्स जलवाती हूँ, या आप दिल्ली पहुंचने ओर सबसे बाद में निकालिएगा, हो सकता है कि पैर से आगे किसी की सीट के नीचे चला गया हो। हम्म!

चिलमन ने कहा-उस्ताद जी, इनकी चिंता न करो, चिंता चिता समान है। आप तो अपना केन खत्म करें, वरना गर्म हो जाएगा। मधुबाला जी का भी शुक्रिया किया, बिकाज नमकीन का स्वाद, वो भी भारतीय टाइप का आसमान में मिल जाये, तो क्या बात है। उस्ताद जी, देखिए अब अपना जहाज कानपुर के ऊपर से गुजर रहा है, उससे पहले बनारस गया है। अच्छा!, बताया क्यों नहीं बे। चल बाबा, काशी नाथ को प्रणाम। देर से, कबूल हों। और कानपुर तो अपनी पसंदीदा जगह है, इसलिए कि वहां के ठग्गू के लड्डू है, उनके बारे में कहा गया है कि ऐसा कोई सगा नहीं, जिसको हमने ठगा नहीं।

चिलमन ने कहा-उस्ताद जी, आपको खाने पीने के सभी ठइये मालूम है। बेटा, जी। इसको कहते हैं कि स्वाद वही जो पांडेय जी को भाए। समझे न!

सहमति में चिलमन ने सिर हिला दिया।

उस्ताद जी, राधेलाल जी का संदेश आया है कि वापसी में रेड लेबल लेते आना। बताइए क्या आदेश है!

ऐसा करो, चिलमन मुझे तो तुरंत अस्पताल पहुंचने का है, चाहते हुए भी इस समय साथ न दे पाऊंगा, मेरी और से क्षमा मांग लेना। जी, समझ सकता हूँ, आप चिंता न करें, उस्ताद जी। आप निकलिए, मैं देख लूँगा। विलायती राम पांडेय एक सप्ताह के दौरे पर गए थे।

बेल्ट से सामान निकलना इतना आसान नहीं होता जितना जल्दी कल्लू एक पोस्ट लिख देता है। पांडेय ने कहा भी अपने साथ के पैसेंजर को,

कि मकाऊ में और हांगकांग में सब चकाचक है, होटल्स बढ़िया है, मॉल्स शानदार और गजब है। कपड़े सस्ता है और बाजार भी मस्त है। कई बाजार तो ऐसे हैं कि लगता है कि आप कनॉट प्लेस में शॉपिंग कर रहे हो, बार्गेनिग भी है, आप दाम लगाओ और पिला पड़िये कि यह टी शर्ट बीस डॉलर की है, होते-होते वह तीस डॉलर की शर्ट बाइस डॉलर में लगा देगी। अपन समझते हैं कि अपन ने सस्ती लगवा दीं, होता यह है कि वह सामान होता ही इतने मूल्य का है, बस माप तौल में अपन दूसरे को तौलते हैं और वह आपको तौलता है।

चुनांचे लगेज बहुत देर में आया। चिलमन निकल चुका था, राधेलाल जी के आदेश को पूरा करने। मधुबाला भी प्रस्थान कर गई। पांडेय जी भी अटैची जकड़, काली-पीली टैक्सी में बैठ गए। ड्राइवर बोला-सर, एसी चला दूं, एक्स्ट्रा सौ रुपये लगेंगे। देख भाई, एक्स्ट्रा तो मैं कहीं देता नहीं। हां, तुझे अपने लिए चलाना है तो चला लें, मना नहीं करूंगा। ड्राइवर ने सड़ा सा मुंह बनाया। सोचने लगा कि दिल्ली का तापमान आग उगल रहा है और ये पैसेंजर सौ रुपये देने में भी आनाकानी कर रहा है।

पांडेय ने कहा-शरीर के लिए गर्मी भी जरूरी है, इसलिए इसका सेवन अनिवार्य है। सही कह रहे हो, सर। पानी की बोतल आधा घण्टे बाद ही गर्म हो जाती है। जीना बेहाल है, आजकल। हम्म!

देखिए ऐसा है, हर मौसम का अपना आनंद है। मौसम से खिलवाड़ हम लोगों ने किया है। हमने पर्यावरण को प्रदूषित किया है। अवैध निर्माण, अवैध खनन, जेनरेटर और पुराने वाहन ये कई सारे कारण हैं, जब तक सरकार इन पर रोक नहीं लगाएगी, तब तक कुछ नहीं हो सकता। सरकार के साथ आम जनता की जिम्मेवारी भी बनती है। ग्लोबल मार्किट में आज सबसे बड़ा खतरा है। अगले कुछ सालों में जमीन का जल आसानी से उपलब्ध नहीं होगा। लोग भूखों मरेंगे। बड़ी चिंता का विषय है। ड्राइवर ने कुछ कहा नहीं। पर मन में सोचता होगा, मैं पहले दुःखी हूं, अपने कर्मों से, ये महापुरुष अपना दुःखड़ा रोने लगे, उसकी समझ में कुछ नहीं आया। उसने पांडेय जी को ड्रॉप किया और चुपचाप सन्नाटे से निकल गया।

घर आ कर मिसेज रामप्यारी ने कहा-ये क्या हुआ!

जब भी बाहर गांव जाते हो, पहचान में नहीं आते एक तो शर्ट ऐसी पहन लेते हो, उनमें ही हिल मिल जाते हो। देखो बहन, रामप्यारी ने घर आई अपनी बहन से कहा-पिछली बार आगरा गए थे, तो उसी शाम इनका

फेशियल किया था। ये तो कुछ करते नहीं, हमें ही सुलटना पड़ता है, अजी मियांजी को कह दो, पैसा दे देंगे। बहन, सब आदमियों की हालत ऐसी ही होती है। पांडेय जी को लग रहा था, कि यह विषय विकट गंभीर है और ज्यादा संजीदा होने वाला है, तुरंत कहा–आपकी बात से सहमत हूँ, चाय पिला दो, भाग्यवान, भगवान आप सबका भला करेगा। अभी जजमान, प्लीज वेट!

ओहो!, पांडेय जी सोचने लगे, घर पर रहो तो कोई आवभगत नहीं होती, बाहर गांव जाओ तो आम निकम्मा सा पति एक दम जहाँपनाह टाइप की फीलिंग में रेलवे की तत्काल टाइप की सिचवेशन में आ जाता है।

जिंदगी के मजे लेने में कोई बुराई भी नही। तभी मोबाइल पिंग हुआ। उधर से व्हाट्सएप्प पर चिलमन का संदेश चमका। राधेलाल जी के लिए दो रेड लेबल ले लिए। सूचनार्थ प्रस्तुत। चिलमन बड़ा भरोसे का बन्दा है। विलायती राम पांडेय ने भी स्माईली सेंड की। मोबाइल बन्द किया। सूटकेस से मैले कपड़े वाशिंग मशीन में डाले। जो सामान बच्चों के लिए लाया गया, वह उनके हवाले किया। थोड़ी देर सुस्ताने लगे। आखिर पूरे ढाई घण्टे का फर्क है, समय का। इंडिया से समय आगे चलता है हांगकांग में। कहने लगे भाग्यवान, वहां सबकुछ है, पर नहीं है तो टॉयलेट्स में जेट!

अगर लगवा देते तो झुकना न पड़ता। साला कमर में दर्द हो गया। क्या मूव लगा दूं, पति परमेश्वर!

कहाँ कहाँ लगवाओगी!

पांडेय जी की बदमाशी रामप्यारी अच्छे से समझती है। कहने लगीं, सो जाओ, चुपचाप। घोंचू कहीं के, कभी बहक जाते हैं और कभी सटक जाते है।

पांडेय जी सो गए, मधुबाला, चिलमन सपने में घूमने लगे। पंखा चल रहा था। पांडेय जी फटाक से सो गए। आखिर लम्बी यात्रा से स्वदेश जो लौटे हैं।

22.
पांडेय जी और शिफ्टिंग का लोचा

कहते हैं घर बदलना दुनिया का सबसे बड़ा काम है। मकान मालिक को झेलना उससे भी बड़ा काम। कई मकान मालिक ऐसे होते हैं जैसे उनको हर वक्त लगता है कि किरायेदार ने उसकी भैंसिया तो नहीं खोल लीं। हद है यार शराफत का जमाना ही नहीं। पांडेय जी के दोस्त हैं कन्नड़ मूल के। बरसों से दिल्ली में रह रहे हैं। अपनी जमीन जायदाद लेने की कभी सोची नहीं। अगर सोचा होता तो अब तक दिल्ली में अपना घर होता और सपना साकार हो गया होता। उनके साथ के दूसरे लोगों ने दिल्ली जैसे विकसित महानगर में खुद के बंगले और फ्लैट खड़े कर लिए थे, यह बेचारा कन्नड़ रह गया मारा का मारा। शरीफ आदमी दुनिया में विचार दे सकता है, विचार रिसीव करने के सिवाय कुछ नहीं कर पाता। उसकी नजर में दुनिया का मंत्र चलायमान है, कहीं कुछ हो गया तो, ये नहीं खाना, इसके सेवन से पेट चल गया तो!

शराब का सेवन करने का मन हो भी तो वह क्लास खोजेगा कि कहीं सस्ते में बैठने का जुगाड़ हो जाए।

चिलमन ने कहा-आम आदमी की जरूरत बिल्कुल थोड़ी बहुत है, पेट भर खाना, एक बाल्टी नहाना और मस्ती में दीपिका पादुकोण के सपने लेते हुए सो जाना। सिम्पल फंडा है, उनका। अब चाहे आप उनका मौलिक अधिकार समझ लीजिए, या जिंदगी काटने का अपना उन्मुक्त नजरिया।

घर अपना हो और वह बनवाना हो, यदि ऊपर से आप सरकारी सेवा में हो, तो महाराज यह समझ लीजिए, कि सपना मेरा टूट गया.....

कोई लुटेरा आ कर लूट गया। इससे अधिक न आप समझ सकते, न ही सोच सकते। महंगाई डायन की तरह अपना फैलाव कर रही है। टिंडे, घिया, बैंगन, तोरई, पनीर आम आदमी से ऐसे दूर हुआ जैसे बालकनी की सीट से आम दर्शक। कि बेटा!, तेरा जन्म केवल कोसने और कुड़ने के लिए

हुआ है। तू पीवीआर के काबिल नहीं है। सलीके से रेडियो पर एफएम सुन, पान चबा। सड़क किनारे लघु शंका जा और पेड़ों की ओट में मन हो तो दीर्घ शंका कर।

पांडेय जी के घर का काम सरकारी फाइलों सा होता हुआ दिख रहा है। जैसे किसी फाइल के पहिये लगे होते हैं, वैसे ही योजनाओं का कार्य भी रफ्तार पकड़ता है। यदि आप ऐसी किसी सेवा का उपयोग करते है तो वहां भी बेजा सुविधा शुल्क का अतिक्रमण बना रहता है। पिछले दिनों किसी ने बताया कि वो किसी कारणवश एक निजी नामी अस्पताल में भर्ती थे। जेब में कुछ न था। वार्ड बॉय आते, अंकल कुछ दे दीजिए, बेचारे अंकल कहाँ से कुछ देते!

वे तो खुद एडमिट हुए थे, अपनी बीमारी की वजह से। हद्द है लानत है कि सरकारी अस्पतालों के अवगुण यहां भी आ पहुंचे।

शिफ्टिंग का काम ऐसा भी नहीं कि आनन-फानन में हो जाये। चिलमन जादू की छड़ी घुमाए और पलक भर में किसी ट्रक की आवश्यकता न पड़े और सामान खुद ट्रक पर चढ़ जाए और अपेक्षित कमरों में सेट हो जाएं। सपने हैं भाई, जब जहां मन हो ले लो।

पांडेय जी अभी हाल ही में विदेश यात्रा से लौटे है। उनका कहना है कि मौसम बेशक भारत जैसा था, पर सफाई के मामले में नम्बर वन था। अपने यहां सफाई केवल विज्ञापन में और भोंपू के जरिये प्रकट हो जाती है, बड़े बड़े होर्डिंग लगाए जाते हैं, जिसका अर्थ है कि सफाई हो गई, सड़के चकाचक और लकदक बन गई। आप सड़क पर चले, मजाल है क्या कि आप को कोई झटका भी लग जाये। यानी स्मूथ, मक्खन भाई साहब, मान जाओ, अपन ने कहा है तो सच ही होगा। हकीकत से बेखबर है जी। कुछ होने हवाला नहीं। चिल्ला-चिल्ला कर झूठ कहो और सच में तब्दील कर दो।

एक किस्सा कल्लू ने अपनी नैनीताल यात्रा पर जाने से पहले कहा था कि एक उनके बचपन में काका रामदीन ने बताया था।

उनके टेम में एक नेता जी हुए थे, नाम था कल्याणमल तन्हा। किसी पार्टी के नेताजी थे। बड़ा मान-सम्मान था। कोई उनका कहना मानता तो ठीक, वरना उससे सम्मान करवाना वे बखूबी समझते थे। उनकी कोठी इलाके में मशहूर थी। दरवाजे पर दरबान थे, बंदूक से लैस। कोठी के भीतर तकरीबन 100-50 जंगली टाइप के कुत्ते पहरेदारी मे थे, डाकिया क्या कुरियर क्या सब वहां जाने के नाम से थर्राते थे। उनका दबदबा ऐसा था

कि इलाके में सरकार की योजना के तहत स्कूल, कॉलेज के निर्माण का श्रीगणेश हुआ। बिल्डिंग बन गई, स्वीमिंग पूल भी बन गया। बड़ा डंका पीटा गया, अखबारों में और स्थानीय चैनल्स पर।

सरकार पलटी। नेताजी के होश फाखते हो गए, रॉब पहले वाला ही ठसक था। नए नेता जी राधेलाल जी आये। आते ही माता रानी के नाम का जगराता और हजार आदमियों के लिए लंगर लगवा दिया। सभी भूखे बाशिंदे खुश। गरीब आदमी चार पूरी और आलू की सब्जी से निहाल हो जाता है। ऐसा ही राधेलाल जी के नेतृत्व में भी हुआ।

अगले मंगलवार को शासकीय बैठक थीं। सरकार बदली थी, पर अधिकारी तबका वही का वही था। उनमें कोई बदलाव नहीं था। मंत्री राधेलाल बेहद गुस्से वाले और ठसके वाले मंत्री हैं, सब उनका लोहा मानते हैं। उन्होंने कहा–तिवारी जी, बताइए कि स्कूल और कॉलेज की प्रगति की रिपोर्ट जांच कहाँ से कहाँ तक पहुंची!

तिवारी जी को खड़े-खड़े ही पतले दस्त लग गए। वे बगले झांकने लगे। बना होता तो कुछ दिखता न! जब कुछ बना ही नहीं तो क्या दिखता। हाँ तो कल्लू राम जी, आप बताइए आपने बच्चों के कल्याण के लिए उन्हें प्रशिक्षित हेतु इलाके में स्वीमिंग पुल बनाया था। उसके बारे में बताइये। कल्लू के भी तोते उड़ गए। इतना ही बोल पाया कि पहले वाले मंत्री जी के आदेश का पालन किया गया। जब और डांट से पूछा गया तो कल्लू क्या, तिवारी क्या, अग्रवाल क्या, गुप्ता क्या सभी को दस्त लग गए। किसी को चक्कर आने लगे तो किसी का ब्लड प्रेशर बढ़ गया। मंत्री जी ने अगले हफ्ते रिपोर्ट दस्ती लेकर अपने कार्यलय में पहुंचने का निर्देश पारित किया।

राधेलाल के अत्यंत विश्वस्त सलाहकार चिलमन प्रसाद चौबे थे, उन्होंने मंत्री राधेलाल जी को विस्तार से बतला दिया था कि इस इलाके में कोई स्कूल, कॉलेज का जीर्णोद्धार नहीं हुआ है, कहीं कोई स्वीमिंग पूल नहीं बना। ये सब बदमाश तबियत के लोग हैं जो गैंग बनाकर लाखों रुपया डकार गए। हम्म!

इतनी बड़ी जालसाजी। ये बर्दाश्त नहीं करेंगे। उधर चिलमन प्रसाद चौबे भी सब समझते थे कि हाथी के दांत दिखाने के और, खाने के और हुआ करते हैं। सभी ठेकेदारों को आपातकालीन बैठक हुई। सबने मिला कर मंत्री राधेलाल जी के ध्वस्त पड़े बंगले को टॉप क्लास बनाने का निर्णय लिया और साथ ही एक खोखा, काजू, बादाम और ताजे फ्रूट्स के टोकरे सहित

एक शिष्ठ मंडल के तौर पर मिलने के ताकीद समय पर मुलाकात का मन बनाया। चिलमन को भी मुलाकात को मधुर बनाने के लिए पांच लाख रुपये और ताजे फल के टोकरे भेंट किये गए। मंत्री जी की बैठक में चिलमन ने कहा कि जो भी ठेकेदारों से गलती हुई है, उसका मुआवजा देने को यह तैयार है, सर। चिलमन ने गुड़गांव के घर को दुरुस्त करने की कवायद का जिम्मा लिया और बताए खाते में पैसे पार्टी फंड के नाम से ट्रान्सफर करवा दिए। चाय के दौरान ठेकेदारों को लगा ही नहीं कि उन्हें अब डरने की बात है, या कोई गुंजाइश है। फिर भी उन्होंने पूछ लिया कि जब गांव में पानी नहीं है तो स्वीमिंग पूल कहाँ बना!

जबकि सब कागजों में था। चिलमन ने कहा कि उस स्वीमिंग पूल को पानी की कमी के चलते बन्द कर देते हैं। इस कार्य में टेंडर मंगवा लेते है, गड्ढा भी बन्द हो जाएगा और दो पैसे भी बन जाएंगे। हम्म! चिलमन यू आर रियली ए स्मार्ट गॉय!

चिलमन मुस्करा दिया। ठेकेदार भी चिलमन के आगे नतमस्तक हो गए। सारा खेल कागजों में।

पांडेय सोचने लगे कि शिफ्टिंग के झोल में कहां से कहाँ कहानी पहुंच जाती है। अगर स्मार्ट सिटी में भी इसी तरह के झोल-झाल होंगे तो विकास काहे होगा!

सुबह-सुबह सैर को निकले पांडेय जी ने दिशा मैदान को बैठे एक व्यक्ति से पूछ लिया-भाई, खुले में नहीं बैठते, कई बीमारियां हो जाती हैं। अब तो सरकार ने कितने लाखों शौचालय बनवा दिए। वहां जाओ। पहले तो वह व्यक्ति कुछ बोला नहीं। बोला तो विलायती राम पांडेय जी की बोलती बंद हो गई। कहने लगा-अधिकतर टॉयलेट्स बन्द हैं, उनमें पानी नहीं है। कोई रख रखाव नहीं है, क्या कल से आपके घर आ जाया करूँ, तब ठीक रहेगा, बात करते हैं। सब ऐसे बोल रहे हैं कि सब चकाचक हो गया। पानी आ गया। टॉयलेट्स बन गए हैं। देश तरक्की कर गया। गुस्से में बोलता हुआ उसका लोटा भी दूर जा पड़ा। पांडेय ने उससे उलझना ठीक न समझा। वे वहां से निकल लिए और क्या करते। इतनी देर में उनका मन लघु शंका का कर गया। अब उन्होंने पहले बाएं देखा और दाएं देखा फिर लपक कर ओट में होकर नैसर्गिक सुख का आनंद प्राप्त किया।

शिफटिंग के चक्कर में पांडेय जी पहले ही दुःखी थे कि मजदूर ने एक शीशे का नुकसान कर दिया। अब उसकी भरपाई कौन करेगा!

तभी एक सेठ जी मित्र है पांडेय जी के। उनका फोन आ गया, कहने लगे, भाई साहब, आप आये नहीं, आपकी बड़ी राह देखी। ग्यारह सौ रुपये पर प्लेट था, अपन ने सबके पैसे भी जमा करवा दिए थे। न आपके लपकुराम जी आये और न ही चेलाराम जी। पांडेय जी ने कहा कि हो सकता है कि दोनों भद्र पुरुष किसी की मिजाज पुर्सी में किसी के लाभकारी दरवाजे पर केन्दित हो। भाई, आपके यहाँ आ भी जाते तो क्या पाते!

शुद्ध सात्विक भोजन और हैं हैं जी, जी का अखंड जागरण और ट्रैफिक में फंसने का जुर्माना। जाने दो भइया, मन में न लगाओ, जो आया वह भी ठीक और जो न आया, वह भी ठीक। अच्छा ही हुआ आपकी प्लेट बच गई।

पांडेय को कहा सेठ जी ने कि लपकुराम जी है तो बड़े कुशल बहुतेरे, एक बार तो मैं फारिग भी नहीं हुआ था कि फोन घनघना गया कि सेठ जी, मन है कि आपके साथ चाय पी जाएं और वे पीने भी पहुंच गए। पांडेय जी ने विन्रमता से कहा कि जाने दीजिए, यह जमाना चलाचली का है, उन्हें जब आपसे काम था, आपके दरबार में हाजिरी भी लगाई और काम निकल गया तो वह कहां और आप कौन!

बहरहाल मिसेज रामप्यारी का फोन आ गया कि जल्दी से आ जाओ, फ्रिज आने वाला है। चिमनी वाला भी पहुंच रहा है, आते वक्त पानी की ठंडी बोतल ले आना। गला सूख गया है। जो आज्ञा, देवी रामप्यारी जी। कहते है पत्नी का जिसने कहा मान लिया तो वह देवताओं की कोटि में आ जाता है। वरना आप समझते ही हैं कि आप का वजूद कहाँ है। ये तो हर स्त्री समझती है कि उनके मियां कितने पानी में हैं, ये तो वे ही है जो अपनी जुबान तालु से चिपकाए रखती है वरना हर घर में तलाक हो रहे होते। वकीलों की चांदी होती वो अलग से। बहरहाल पांडेय जी के कदम तेजी से नए घर की ओर बढ़ने लगे। घर बदलना किसी जंग जीतने के बराबर है।

23.
पांडेय जी और मधुबाला का प्रसंग

कहते हैं कि जीवन में बहार कभी भी आ सकती है, उसके लिए किसी पल का इंतजार नहीं करना होता। जब मन आता है तो स्टाक से स्टॉक मार्किट का सोया हुआ शेयर फटाक से उछाल मारता है। ऐसा ही कुछ अपने विलायती राम पांडेय जी के साथ भी हुआ। पांडेय जी के साथ जी इसलिए लगा रहा हूँ, कहते हैं उनके पड़ोसी गुप्ता जी कि सम्मान सूचक शब्द का प्रयोग अनिवार्य कर देना चाहिए। उससे फायदा यह होगा कि सामने वाला तमीज से पेश आएगा। इसलिए पांडेय जी का मानना है कि जहां से कुछ बेहतर मिले, तत्काल ले लिया जाए।

पांडेय जी को टकरा गई, एक कमसिन हसीन, दिलकश मधुबाला टाइप की फूल टू टाइप की झोलझाल सहित वाली मधुबाला। ये कोई फिरंगन नहीं, अपितु झकास टाइप का आइटम बाप। मस्त फिगर, आंखों में उतरने का सीधे नेटवर्क। एक बार उतर जाए तो सीधे दिल में बसा लेने का डूप्लेक्स इरादा। मधुबाला को इस विपरीत मौसम का बेशक कोई अंदाजा हो या न हो, क्या फरक पड़ता है, पांडेय जी को।

कहते हैं आग बराबर लगी हो, तो आशिकी में मजा दुगुना हो जाता है। सबका अनुभव अपना होता है। प्यार सब लोग करते हैं। कोई धड़-धड़ाते हुए करता है, तो कोई चोरी छिपे!

पांडेय जी का मानना है कि बाजार में अमरूद मिलते है, लेकिन जो पेड़ से तोड़ कर खाने का स्वाद है, वह मन को तृप्त कर जाता है, इस तरह का आनंद खोजने में अपने पांडेय जी कुशल ही नहीं अपितु प्रवीण भी है।

पांडेय जी कहते हैं कि ईश्वर ने यदि आपको धरती पर अवतरित किया है, या तो प्रेम के लिए अथवा समाज कल्याण के लिए। जो भी करना-मरना है, वह करके जाना है। बिना जाए, संसार से मुक्ति असम्भव ही नहीं, टोटली कठिन भी है।

प्रेम करना बिल्कुल वैसे ही है, जैसे घर को शिफ्ट करना। एक बार आपने प्रेम किया, बस आप अपने घर के कम प्रेमिका के हो गए, बिंदास टाइप स्टाइल के।

प्रेमिका को लगता है कि प्रेमी का कन्सर्न आजकल कम हो रहा है, पत्नी को लगता है कि शायद इनके दफ्तर में काम ज्यादा है।

कई पत्नियां इतनी सीधी-सादी हैं कि वे अपने पतियों को गऊ मानती है। जैसे इनका पति लाखों में एक है, उससे तो कोई गलती हो ही नहीं सकती। लेकिन पांडेय जी का अपना मन्त्र और सोच है कि जो पति अपने आप में कुछ मुगलई टाइप के रहते हैं तो उनके भीतर कुछ चाइनीज झोल चलता रहता है। प्रेम करना भी आजकल बेहद डिफिकल्ट है। किसको करो, किसको न करो, यह लोचा ही नहीं, अपितु एक बेहतरीन प्रसंग है।

पांडेय जी ने बतलाया कि उनके पड़ोस में एक सिंधी सज्जन रहते थे, नाम पर न जाइएगा। अब वे उ लोक वासी हो गए। उनका कहना था कि विलायती मैं तेरी आंटी नू इत्थे तीस बार लाया। जगह लोधी गार्डन। आओ आपको उ लोक में विचरण कराते हैं। अच्छा, अंकल जी। आप ले आये, आदरणीया आंटी को, तो क्या अनुसंधान किया!

न अंकल बोले, पर उनकी आंखें चुगली करती रही। पांडेय जी बचपने से ही इस तरह के मामलों में खासे विशेषज्ञ थे। उन्होंने भीतरी सपाई से जान लिया कि सामने वाले अंकल जरा से ठरकी किस्म के हैं। बहरहाल मनुष्य की कई प्रजातियां होती हैं।

चिलमन ने पूछ लिया-उस्ताद जी, यह ठरकी शब्द का मीनिंग क्या है! इसका अर्थ इस अबोध बालक को बताइये, ताकि मैं भी अपने ज्ञान को परिमार्जित कर सकूं। हम्म!

मामला रुचिकर होता दिखाई दिया। पांडेय जी ने विषय को जानकार प्रोफेसर कल्लू को फोन लगाने का आदेश दिया। शाम का समय प्रोफेसर कल्लू ने दिया। वे एक कॉलेज में पढ़ाते हैं, उनका महिलाओं के साथ आत्मीय टाइप का झोल झाल है। विवाहित है, पर महिलाओं को देखते ही अनमैरिड सा विहेव करते हैं। पांडेय ने चिलमन ने कहा-शाम का समय तय हुआ है, आने पर जिज्ञासा का समाधान अवश्य होगा, बचवा।

चिलमन पंखा चलाकर सो गया। मोबाइल में अलार्म था। शाम पांच बजे पांडेय जी की बैठकी में चिलमन समय से पांच मिनट पहले मौजूद। प्रोफेसर कल्लू ने जैसे ही प्रवेश किया तो सभी ने स्वागत करते हुए कहा-वेलकम

सर। कल्लू जी को लगा कि सालों ने वैसे तो कभी बुलाया नहीं, कहीं कोई अनविजेबल टाइप की कंडीशन टाइप का मामला तो नहीं। पर कल्लू जी पुराने पापी ठहरे। पांडेय जी ने कहा-पहले तो यह बताओ कि ठरकी शब्द की उत्पत्ति कब हुई! और इसका मतलब क्या है!

देखिए, ऐसा है! वे लोग जो अपने विवाहित सम्बन्धों से इतर मुंह मारते हैं, यानी घास चरते है तो उन्हें विपरीत लिंगी के प्रति घनघोर आकर्षण भाव रहता है, उनकी सुप्त पेन्क्रियास एक्टिव हो जाती है। उनका हार्मोन मचलता है, जैसे शेयर मार्किट में सोया खोया कोई कोने में पड़ा शेयर

हम्म! तो यह बात है। इसकी उत्पत्ति कब हुई, यह हजारों साल से चला आ रहा है। आप देखेंगे कि लेखन में, दफ्तरों में, बसों और मेट्रो में इस तरह के कीटाणु आम हैं। यह दिमागी वायरस है। इसका कोई समाध ान नहीं है। हम किसी को कहेंगे, कि आप सिगरेट छोड़ दें, इससे लंग का कैंसर हो सकता है। कई प्रकार की भयंकर बीमारियों का जन्म हो सकता है, इसके सेवन से बचें। पर आप महसूस करेंगे कि लोग मानते नहीं। अच्छा, चिलमन कल्लू जी को चाय पिलाओ, अरे! नहीं, नहीं, आप तकलीफ न करें, आप को तो पता है कि मेरी शाम वाली चाय कौन सी है! आप ठहरे, सूफी आदमी, इसलिए आपको प्रेशर भी नहीं दे सकता। अच्छा अच्छा, अपन को मालूम नहीं था। कल्लू जी ने मुंह में काजू दबाए और मुट्ठी भर कर किसमिस ली और विदा हुए।

प्रोफेसर कल्लू के जाते ही पांडेय जी ने कल्लू के बारे में चिलमन से कहा कि अब तो प्यारे तेरी जिज्ञासा का समाधान हो गया होगा। असली ठरकी है अपने प्रोफेसर कल्लू, उनके बारे में हिमाचल के एक खोजी मित्र ने बताया था कभी कि प्रोफेसर खोजी किस्म के अनुसन्धानवेत्ता हैं, अपने साथ डाइवोरसी टाइप का आइटम साथ रखते हैं। अरे! क्या ऐसे है वे। लगते तो नहीं, अरे, जो लगते नहीं, वे हानिकारक विस्फोटक मैटीरियल होते है। इनसे बचने का। जी, उस्ताद जी।

इतने में मोबाइल बज गया। सामने से मधुबाला थीं। कहने लगी, हुजूर, आपके दर्शन हो जायें तो बात बने। पांडेय जी ने कहा दिया कि असम्भव लड़की। मौसम अप्रूवल नहीं दे रहा। चिलमन ने कहा कि उस्ताद जी, काहे टरका रहे हो, बुलवा लीजिये। प्रेस क्लब में मिल लेंगे। मैं भी अपनी वाली से गुफ्तगू कर लूंगा। हम्म!

असल मामला यह है। खेर बुलवा लिया मधुबाला को। एक हसीन शाम, साहित्य, कला और नृत्य की अलग शैलियों पर बातचीत। एक सार्थक अनुभव। चिल्ड बीयर के संग कोई भी मौसम रोमांटिक हुआ समझिये।

मधुबाला सामने, पांडेय जी मस्त बहकते, महकते रहे। चिलमन का कहना है कि जिंदगी में एक अफेयर तो बॉस बनता है।

चिलमन ने मंथन किया कि भारतीय पुरुषों के मामले को वाच किया जाए तो अस्सी प्रतिशत किसी न किसी प्रसंग में अटके हैं। अटकना उन्हें अच्छा लगता है। कहते हैं न कि प्रेम वह चुम्बकीय पहलू है जो अपने आपको कहीं न कहीं अटकाए रखने में विश्वास करता है।

राधेलाल विगत सप्ताह के लिए परिवार सहित गोआ में जनकल्याण हेतु गए हैं। चेलाराम भी विगत भावी योजनाओं को अंजाम देने में रत हैं। कई कामी टाइप के व्यक्ति हिंदी के भविष्य में लगे हैं, ऐसे लोग जिनका हिंदी से उनकी वर्तनी से भी कोसों दूर तक का कोई अर्थ नहीं।

मधुबाला ने कहा-पांडेय, जी नो डिस्कस अदर इश्यू, ओनली थिंक विद मी। आई एम योर पर्सनल मैटर, ओके, ओके। सर सहमति में पांडेय जी ने हिलाया। मधुबाला ने सोचा होगा, कि पांडेय जी सेट भयो। जबकि पांडेय जी चार बोतल के बाद ऐसे ही सहमति में सर हिलाया करते है जैसे दौसौं फुट का पानी अब डेढ़ सौ फुट में आ कर नॉक करने लगा हो।

मधुबाला प्रसंग रोमांटिक झोलझाल से लबरेज। चिलमन हैप्पी विद वोदका। सम फोटोस पोस्ट ऑन फेसबुक। स्पेशल मोमेंट विद न्यू इरा।

कल्लू का लाइक और कमेंट तत्काल आया-लगे रहिये, मुन्ना भाई। जब कल्लू किसी को मुन्ना भाई कहते हैं, इसका मतलब है कि पांच पैग पी लिए हैं।

क्या जमाना आ गया है, भाई साहब। क्या होगा, इन लोगों का, कुछ भी नहीं हो सकता, मतलब कुछ भी नहीं।

24.
पांडेय की स्वदेश वापसी

लौटना चाहे घर हो, दफ्तर हो या वाटेवर कहीं से भी हो! लौटना आखिर लौटना ही होता है। पांडेय जी की एक गर्ल फ्रेंड थी, जैसा सबकी होती है। कोउ बताता है तो कोउ नहीं बताता। लेकिन पांडेय जी जो काम करते हैं, खूंटा ठोंक कर करते हैं।

पांडेय जी आज बड़े खोए ख्याली से हैं, उनका मानना है कि जीवन में सुख और दुःख बाह्य आकर्षण है, यदि ये आपके संगी साथी नहीं होंगे तो जीवन में नीरसता समा जाएगी, हुआ क्या कि गर्ल फ्रेंड हो तो उसके नखरे भी होंगे। जब पांडेय अपने ही नखरे नहीं मानते, तो भला क्यों उस छमिया के मानेंगे!

हुआ क्या, चिलमन ने सोर्स लगाया कि वह छमिया पांडेय जी के जीवन में कॉलेज टाइम में आई, जब एम.ए की कक्षा में दोनों स्टूडेंट थे, साथ पढ़ते थे और पढ़ाया करते थे, एक दूसरे को प्यार की परिभाषा। पांडेय जी को वे भी दिन याद है जब यूनिवर्सिटी के दिनों में वहां से ऑटो पकड़ते थे और कहां जाना है, ये किसी को न पता होता था। बस दोनों कहते हैं कि यहां से चलो, जल्दी। दोनों कहीं बैठ जाते थे। आंखों ही आंखों में इशारा हो गया, बैठे-बैठे जीने का सहारा हो गया।

लेकिन जी कहते हैं न!

दाल वहीं गलती है जहाँ अग्नि प्रचुर मात्रा में धधकती है। लेकिन यहां इस मामले में अग्नि की मात्रा में मध्यम टाइप की कमी पाई गई। छमिया कभी मौसमी बुखार में पाई गई, बगलगीर के हॉस्टल का एक युवक शूरवीर बना। फिर क्या था, छमिया के पिताजी को फटाक से शादी हेतु छमिया के लिए प्रस्तुत कर दिया। न छमिया बोली, न पिताजी। हो गया सेटलमेंट। रह गए विलायती राम पांडेय। उनकी कलम, विचारधारा और उनके रोमांटिक ख्यालात। उनका कहना है कि छमिया के साथ बेशक सत्संग कम रहा, पर जो रहा उससे जीवन भर संतोष कर लेंगे।

विदेश में पांडेय ने देखा कि बड़ी उम्र के बुजुर्ग भी अपने को कभी एकाकी फील नहीं करते। अपितु खुश रहने के अवसर तलाश लेते हैं। जीवन को अपने ढंग से जीवंत रहते हुए एन्जॉय करना वे जानते हैं।

भारत के बुजुर्ग भी अल्हड़ और मस्त किस्म के है, कहेंगे कुछ नहीं, लेकिन बरगद की छांव तले ताश की कई गेम खेल जाएंगे। बहु-बेटा भी खुश कि बाऊजी का टेम पास हो गया और उनका भी। हर व्यक्ति जब टाइम मिले, अपने लिए क्वालिटी समय निकाल ही लेता है। यह फंडा है अपने विलायती राम पांडेय का।

एक यात्रा में अस्सी वर्ष के जवान से पांडेय जी टकरा गए। क्या रोमांस उनके भीतर भरा हुआ था। क्या गीत, क्या गजल सुनाने में प्रवीण! पांडेय जी को लगा भी कि हिंदुस्तान में प्रतिभाओं की कमी नहीं, कमी है तो उनको उपयुक्त मंच प्रदान करने की। लेकिन आज सत्ता तक पहुंचने की दौड़ में अनेक लपकूरामों का साम्राज्य है, असल आदमी तो वहां दरबार में अपनी अभिव्यक्ति पेश नहीं कर पाता।

आगामी विश्व हिंदी सम्मेलन के हो रहे प्रपंच को देख कर चिलमन ने कहा-पांडेय जी, आप काहे चिंता कर रहे हैं, मत कीजिये। आप नाहक दुःखी हो रहे हैं। अब देखिये न!

जिसकी किस्मत में दुःखी होने का लिखा है, वह दुःखी होगा। जिसकी किस्मत में सुख लेना लिखा है, वह सुख लेटे-लेटे भी लेगा। कोई पिछले जन्म में मोती दान करके इस जन्म में आया है तो कोई जूते गांठ कर आया है। फरक सिंपल है, मामूली सा फंडा है।

एक और पकाऊ किस्म के साहू जी टकरा गए। मंच पर चढ़े नहीं कि दे रचना, ले रचना। वे सुनाते वक्त न तो समय देखते हैं, न ही किसी और को। उनका मानना है कि एक तो मंच और माइक बड़ी मुश्किल से मिलता है। पेले जाओ, सुनाते जाओ, आखिर जब ऐसा ही सीन क्रिएट हो गया तो पांडेय जी से रहा नहीं गया। पांडेय जी एक कार्यक्रम में मुख्य अतिथि की आसंदी से बोलना था कि पकाऊ साहू महाराज न मंच से हटे, न ही माइक से। तत्काल अपने अधिकार को हाथ में लेते हुए पांडेय जी ने फैसला किया कि यह कोई रचना है, कि आप अनाप-शनाप बके चले जा रहे हैं। मूर्खता की भी कोई सीमा होती है, एक आप है कि सबके धैर्य की परीक्षा ले रहे हैं। जाइये अपनी सीट और बैठ जाइए। इस तरह का प्रकरण सबको हैरत कर देने के लिए काफी था। कोई समझ नहीं पाया कि हरदिल अजीज पांडेय जी

को इस लेवल पर भी गुस्सा आ सकता है। खैर साहू महाराज अपनी सीट पर ध्यानस्थ हुए। कुर्सी पर बैठते ही बनारसी कत्थे वाला पान मुंह में दबोच लिया। चिलमन पूछ बैठा कि आप तो हमारे बिहार से हैं। बता दीजिए कि यह जानकारी कहाँ से मिली! कि विदेश में पान नहीं मिलते। कहने लगे साहू महाराज कि कोई बोले थे कि वहां रोटी नहीं मिलती, ई कारण हम अपनी पत्नी से दूध में रोटी मिलाए के रोटी भी ले आये हैं। हमका बाहर का खाना हजम नहीं होता। इसलिए नाश्ता पानी सबकी व्यवस्था करके आये हैं। हम्म!

पकाऊ पापी है या सरल व्यवहारी। कुछ लोग होते हैं जो जिंदगी भर अपनी चौपाल में ही गिल्ली डंडा खेलते हुए कब गुजर जाते हैं। किसी को कानों-कान खबर नहीं लगती। ये बात तो है, चिलमन ने अपना तकिया कलाम पूरा किया और लघुशंका को दीर्घशंका में तब्दील कर आया।

पांडेय जी सोचने लगे कि सब मन का फेर है, कुछ लोग सुबह फ्रेश होने के लिए पार्क के चक्कर, तो कोई बीड़ी-सिगरेट का सहारा लेते हैं। तो कोई टॉयलेट में अखबार पढ़ता है और यह सोचता है कि देश की खबरें पढ़ कर ही प्रेशर द्रुत गति से विकास की सीढ़ियां चढ़ता हुआ जमीन की और अग्रगामी होता है। क्या लोचे हैं और क्या फंडे हैं जीवन के, बाई गॉड!

मत पूछो, जिसकी कहानी में झांकोगे, वहीं बन्दा अपने दु:ख में कॉकटेल होता दिखेगा।

अब कल्लू को ले लीजिए, उससे सुखी कोउ नहीं, शादी शुदा है, मजाल है कि अपनी पत्नी से नजरें मिला लें!

चिलमन कहता है कि कल्लू का जीवन जो है वह बैचलर लाइफ सरीखा है। यानी अपनी मर्जी का मालिक। कल्लू इसलिए देर तक दफ्तर में काम निबटाता है, देर शाम घर पहुंचता है, बच्चों से नजर मिलाता है, काम का आधिक्य बतलाता है। घर वालों को विषय से भटकाने में कल्लू का कोई जवाब नहीं। ऐसे पात्र जीवन में भरे पड़े हैं। कोई क्या कर लीजिएगा।

एक और सज्जन भी टकरा गए। नाम है मानव भैया। जलकल्याण की धुन में रहते हैं, आर्यसमाजी हैं। यानी प्योर वेजेटेरियन। नॉनवेज से दूर रहते है। कहते हैं कि मेरे पोता-पोती सब नॉनवेज हैं। क्या जमाना आ गया है कोई सुनता नहीं। इसलिए मैं कुछ कहता भी नहीं। क्यों घर की शांति में खलल पैदा करूं। इसलिए जनकल्याण में लगा रहता हूँ, आज कम से कम बीस संस्थाओं से जुड़ा हुआ हूँ, टाइम का टाइम पास हो जाता है और हम लोगों के पास आखिर बचता क्या है। बैंक से रिटायर हुए करीब बीस साल

हो गए। सेहत किसी जवान बन्दे की तरह है। दौड़ लगा लेता हूँ, बेशक हांफ जाऊं। पर अपना जज्बा तो है। किसी को तकलीफ नहीं देता। पांडेय जी एक निजी बात आपसे शेयर करना चाहता हूँ, आपसे जब भी बात होती है लगता है अपना पुराना सम्बन्ध है, तार मिलते हैं। जी, कहिये, पांडेय जी ने कहा। ऐसा है अपना देश अपना होता है, जहां कहीं हल्के हो लिए, जहां कहीं बलगम उड़ा दीं, पर महाराज यहां आप ऐसी हिमाकत करिए, फौरन पुलिस पकड़ ले जाएगी। इसलिए बड़ी हैरत भी होती है कि इंडियंस फॉरेन में आते ही कितने तहजीबदार हो जाते हैं। लेकिन जो मैं बता रहा हूँ कि होटल बढ़िया, खाना शानदार, लेकिन बाथरूम में जेट नहीं। ये क्या मतलब हुआ, अपन बड़े-बूढे हैं, कोई सम्मान नहीं, कैसे हगे और कैसे धोए!

अपन को जमता नहीं। पानी कहाँ और टॉयलेट पेपर कहाँ!

आप खुद सोचिये!

अब पांडेय जी क्या बोलते, आखिर वे भी तो भुगतभोगी हैं। लेकिन पांडेय जी ने कहा कि कुछ लोगों ने जुगाड़ बिठा लिया था। क्या माने! पूछ बैठे मानव भैया।

ऐसा है कमरे में मिलती है पानी की दो बोतल कम्प्लीमेंट्री। तो!

अरे, उसमें से एक को शौचालय का जेट बना लिया। यानी पानी से फारिग होने का अपना मजा। मानव भैया ने कहा-भाई, पहले काहे नहीं बताया। पांडेय जी धीमे से बोले कि यह आइडिया तो चिलमन के मन में आया था। पहले आ जाता तो आपको भी बता देते। पर अगली बार की यात्रा में इस बात का ध्यान रखना। हहहह, जरूर। पहली बार खुल के मुस्कराए थे, मानव भैया।

आम आदमी अपने में से कुछ पल तफरी के लिए निकाल ले तो इससे बड़ा सुख कोई दूसरा नहीं।

उस्ताद जी, भाभी पुकार रही है, आपका फोन साइलेंट पर है, जल्दी जाओ डबल टोंड वाला दूध दो किलो के जाओ। वरना भाभी के गुस्से से बच न पाओगे!

कहाँ किस्से!

कहाँ पांडेय जी और कहां बुनियादी बातें।

चिलमन भारी बदमाश है, हौले से आता है, मिर्ची लगाता है और सर्रर निकल लेता है, पहाड़ी बर्फीले मौसम की मानिंद।

25.
पांडेय जी और नए जमाने वाली चिंताएं

आज पांडेय जी बैठे थे, बरामदे में। अखबार पढ़ लिया और सर पकड़ा गया। सोचने लगे कि भैया कुछ दिनों के लिए इसे भी विराम देने की आवश्यकता है।

एक तरफ अखबार और दूसरी तरफ टेलीविजन।

टेलोविजन के जितने चैनल बदलोगे तो वह किसी न किसी दर्शक को ब्लैक फंगस करवा कर ही दम लेंगे।

हद हो गई शराफत की। अरे, भैया आप पत्रकार हो, ठीक से अपना कर्तव्य निभाओ। नहीं जी, वे तो माहौल खराब करने में लगे हैं।

पता नहीं कब अक्ल आएगी!

बहरहाल आइये आगे बढ़ते हैं।

आज पांडेय जी बैठे थे कि एक रचनात्मक टाइप की कोई सामग्री देखने को मिल गई।

आप भी आनन्द लीजिये।

डॉक्टर: ताऊ थारी बहू मैं त खून की कमी सै।

ताऊ: बेटा हमने त काढ़या कोन, महारा त पी बेशक गई होगी।

आज पांडेय जी ने सुबह की भोर में ऐसा कुछ रच दिया कि मन प्रसन्न हो गया।

तैयार रहिये उनकी क्रिएटिविटी से

आजकल खुश रहने के बहाने खोजता हूं
जिंदगी है
इसको जैसा भी मान लीजिए
सुबह उठिए
प्रकृति से बातें कीजिए
वह बातें बहुत अच्छा करती है
वह भी चाहती है

कि कोई उससे संवाद करें
कोई उसके पास बैठे
आजकल तो उसके पास वक्त ही वक्त है
जितना वक्त आपके पास
क्योंकि आप कहीं जा नहीं सकते
कहीं आ नहीं सकते
बाजार बंद हैं
संस्थान बंद हैं
कहीं घूमने भी तो नहीं जा सकते
हर जगह रोक है
हर जगह टोक है
लेकिन प्रकृति के
आंगन में कोई रोक नहीं कोई टोक नहीं
मैं आजकल घंटों प्रकृति से बातें करता हूं
वह भी मुझसे बातें करती है
यह प्रकरण जारी रहना चाहिए
क्योंकि इसमें नैसर्गिक सौंदर्य है
इसमें सरलता है
इसमें सहजता है
इसमें सौम्यता है
इसमें अपनापन है
आजकल मैं पौधों को देखता हूं
उनकी सहज बनावट को देखता हूं
वे किसी को कुछ नहीं कहते
यह भी एक आनंद है
यह भी एक सुख है
सुख अक्सर लोग बाहर तलाशते हैं
मीलों दूर चले जाते हैं
समुंदर पार हो आते हैं
दूसरे देश घूम आते हैं
क्या हासिल होता है
कुछ नहीं

केवल एक शब्द मिलता है
स्वान्त सुखाय
आप कुछ पैसे खर्च करते हैं
टिकट लेते हैं
जहाज में बैठते हैं
यह मन का वहम है
कुछ नहीं है
आप आंखें बंद कर लीजिए
अपने को महसूस कर लीजिए
और दूर देश में घूम आइए
यह ठीक है
वहां भी लोग रहते हैं
यहां भी लोग रहते हैं
उनकी प्रकृति अलग है
यहां की प्रकृति अलग है
थोड़ा सा ही फर्क है
थोड़ा सही यह सब आनंद की बात है
लेकिन किसी को रोक-टोक भी नहीं है
जिसने जाना है
वह जाएगा
घूमने भी जाएगा
खेती किसानी के लिए भी जाएगा
पढ़ने भी जाएगा
यह आनंद की बात है
यह वह आनंद है
जितना आनंद आप ले सकें
इसलिए रोजाना
कुछ समय प्रकृति से बातें करें
वह भी आपसे बात करना चाहती है
इस बीच जो रिक्तता आ गई है
उसको पाटने की आवश्यकता है
उसको दूर करने की आवश्यकता है

दिलों से जुड़िए
मन से जुड़िए
देखिए सामने वाला
अपने आप जुड़ जाएगा
मैं आपसे जुड़ना चाहता हूं
यह बात्त मन में रखिए
सामने वाला पहले हिचकेगा
फिर खुद कहेगा
कि वह आपसे जुड़ना चाहता है
जोड़ लीजिए
पूछें एक बार
क्या वाकई में
आप मुझ से जुड़ेंगे
एक बार दिल पर हाथ रख कर करिए
मैं आपसे जुड़ना चाहता हूं
सच्ची-सच्ची बात करें
आप भी जोड़ना चाहते हैं
जुड़ना चाहती हैं
दिल से जुड़िए
जिस से भी जुड़िए
छोटी सी दुनिया है बना कर रखिए
या आपके
आसपास जो लोग हैं
आपके अपने लोग हैं
ये लोग कहीं दूर के नहीं हैं
इनको सहेज के रखिए
यह मान लीजिए
कि यह आपका अपना परिवार है
दिल की बातें हैं
दिल से मान लीजिएगा
खुश रहेंगे
मेरी तरह

शुभकामनाएं
मैं आपके साथ हूँ हमेशा
ऐसे ही मुस्कराइए
रोज मुस्कराइए
कभी भी हार नहीं होगी
हमेशा विजयी रहेंगे
खुश रहिये
ऐसे ही रहना सीखिए
प्रभु आपके साथ है और समूची धरा की अलौकिक खुशी भी।

तभी रामप्यारी ने कहा कि लाल पैथ से टेस्ट करवा लिया। पांडेय जी ने कहा जी देवी!

आज सुबह उठते ही पहला काम यही किया।

पांडेय जी सुबह चेकअप करा आए। दोपहर को बिटिया ने लाल पैथ की एप्प देखी। केन्द्र का नम्बर मिलाया और पता चला कि सुबह पांडेय जी जब कुछ टेस्ट कराने पहुंचे थे, तभी चेक कर रही लड़की ने कहा कि सर ब्लड का प्रेशर कम है, पांडेय जी कुछ नहीं बोले। तभी लड़की ने कहा कि कोविड हुआ था। पांडेय जी फुसफुसा गए कि जी, पर अब ठीक हूँ, नेगेटिव की रिपोर्ट आ गई है।

पर पांडेय जी ने महसूस किया कि वाकई कोरोना वाट लगाने के लिए पर्याप्त है। बीस पच्चीस दिनों में पांडेय जी परिवार की मदद से स्वस्थ तो हो गए। परिवार ने उनको वाकई खड़ा कर दिया।

घर की मेहनत दिख रही है। कभी यह सूप तो कभी यह फल। पांडेय जी घर के आगे नतमस्तक थे कि भैया घर ने और घरवाली ने उनको बचा लिया।

बहरहाल कमजोरी नाम की इकाई है जिसके चलते अभी भी गाड़ी चलाने में वह बात नहीं दिख रही जो पहले थी।

पांडेय जी सोचने लगे, हो सकता है कि अभी भी कुछ कसर है जो रह गई है। वैसे भी आये दिन एक्सपर्ट बताते हैं कि पोस्ट कोविड से भी बचने की गहरी आवश्यकता है। क्योंकि कमजोरी डेढ़ से दो महीने में जाती है।

बड़ी खतरनाक प्रेमिका टाइप है इस कोरोना के लक्षण बाबा। भगवान किसी दुश्मन को भी न लपेटे, इस दलदल में। पता नहीं पांडेय जी को दफ्तर से चिपटा या रास्ते से।

वैसे भी आजकल उन्होंने बाहर का खाना बंद कर रखा है। यह तो भगवान ही जानता है।

बहरहाल शाम को पांडेय जी पत्नी के कहने पर दुबारा लाल पैथ जाकर टेस्ट करवा आएं। देखते हैं प्रभु जी रिपोर्ट में क्या गुल खिलाते है।

शाम को पनीर का कुछ टुकड़े खाने के बाद जब व्हाट्सएप्प देखा तो बड़ी रोचक चीज पढ़ने को आई। आप भी उस आनंद से रूबरू हो जाइए:

मिले ना समोसे तो कचौरी की डील पक्की कर ली
किसी तरह से हमने बसर लॉकडाऊन में जिंदगी कर ली
अब जो भी अंजाम देखा जायेगा
हलवाई तलाश लिया और दुकान पसंद भी कर ली
मसाला बना भी ना था और हमने चख लिया
कचौरी तली भी ना थी और एक दर्जन बुक कर ली
वो जिनको प्यार है पोहे से इश्क जलेबी से
वही कहेंगे कचौरी खाके हमने खुदखुशी कर ली
मिले ना समोसे तो कचौरी से दोस्ती कर ली

पांडेय जी सोचने लगे कि हमारा देश वाकई 133 करोड़ लोगों का है जिनके पास सोचने समझने का थर्मामीटर कुछ अपने तरह का है!

क्या क्या सोच लेते हैं, भाई लोग!

बहरहाल आगे बढ़ते हैं।

मिलते हैं एक संक्षिप्त से ब्रेक के बाद। वैसे भी पांडेय जी ने कहीं पढ़ा था कि पानी एक स्वस्थ व्यक्ति को चार से पाँच लीटर तक पीना चाहिए। इससे शरीर बढ़िया रहता है।

दिन के दूसरे पहर में पांडेय जी ने दवाइयां लेने के बाद व्हाट्सएप्प देखा तो आज भी एक संदेश झकास टाइप था। आइए आप भी उसका आनंद लीजिये:

ससुराल में खाने का मीनू

पहला; साल......

पूड़ी, तीन तरह की सब्जी, बासमती चावल,

रायता, सलाद, लिज्जत पापड़, अंत मे दो पीस मीठा, वो भी जबरदस्ती साली के हाथों से..

अरे कुछ नहीं होता जीजू खा लो ना प्लीज,

तीसरा;साल.......

सिम्पल रोटी, सोनम चावल, सब्जी, दम आलू, सलाद, महेश्वरी पापड़, ओर अंत मे दो बालूशाही..

पाँचवा; साल.......

टिन्डे ओर परमल की सब्जी, टमाटर ओर प्याज की सलाद, लोकल पापड़ ओर सूजी का हलवा.

दसवा;साल....

आलू गोभी की सब्जी, रात की दाल, आम का अचार, साबुत प्याज, ओर रोटी.....

पंद्रहवा; साल....

दामाद जी खाना खाओगे क्या.... चलो थैला उठाओ बाजार से सब्जी ले कर आते हैं...

बीसवा; साल......

अरे दामाद जी आए हैं कोई चाय पानी तो पूछ लो....

आपकी शादी को कितने साल हो गए...

जिंदगी है तो कहानी है और उसमें ऑड और इवन नम्बर भी है। बहरहाल नए तरह के फंगस से बचने और बचाने का समय है। अखबार और टेलीविजन चिल्ला रहा है। आज तो रामप्यारी ने भी कहा कि क्या बुरा वक्त आ गया है। दिमाग भी न सुन्न हो जाता है, यह सब देख कर।

इस माहौल में ऐसे भी लोग हैं जो नकली दवाइयां बनाने से बाज नहीं आ रहे हैं। लानत है, क्या वे इसी देश के नागरिक हैं!

शर्म आती है, निकम्मे किन तरीकों से कमाने को बैठे हैं!

पांडेय जी शाम को पूछ बैठे कि बेटे जी आज क्या कोई सूप मिलने की संभावना है!

बिटिया और बेटे ने एक साथ देखा और विचार किया कि जब कोरोना सेटल हो गया तो अब भी सूप या कुछ एक्स्ट्रा मिलने की संभावना!

मम्मी ओ मम्मी देखो न पापा जी कुछ विलाप कर रहे हैं!

इनकी भी सुनवाई हो। आप भी न जब सैर करती हो तो फिर ऐसा कमिटमेंट कर लेती हो कि किसी की भी नहीं सुनतीं।

पांडेय जी अन्तर्मन से बात करते हुए बोले। भैया जी देखो न कैसा जमाना आ गया!

चलिए इसमें भी प्रभु का नाम और काज होगा जो मिल जाएं वह भी चलेगा और यदि किसी कारण सर न मिलें तो तब भी कोई बात नहीं।

पांडेय जी को एक सन्देश आया। आइये आप भी खुश हो जाओ।

पत्नी- आपका किसी के साथ चक्कर है !

पति - ऐसी अच्छी खबर सुना के मुझे खुश मत किया कर !!!

बेकार समय की मजबूर स्थितियां!

आम आदमी के मंथन और आत्मसंघर्ष की यह दासता। जो न किसी से छुपी है न ही छिपी है।

बहरहाल जीवन है तो यह सब विसंगतियों भरा मेला लगा रहेगा। यही सुख है और जीवन की नई परिभाषा भी।

दोपहर में पांडेय जी को रामप्यारी ने हाथ की रोटी जस्ट लाइक लच्छा पराठा स्टाइल परोस दी तो पांडेय जी कह उठे। देवी की जय हो, जय हो। जब बाजार, ढाबे बन्द हों और घर में ही यह स्वाद मिल जाएं तो क्या बात है!

साथ में कच्चे आम की चटनी मिर्ची के साथ तो समझ लीजिए खाने का अद्‌भुत संगम!

इधर व्हाट्सएप्प देखा तो खाने का स्वाद बढ़ गया।

इल्जाम की भी हद हो गयी

आज एक बूढ़ऊ हमारे पासवाले स्कूल के सर से बोल रहे थे-

"मास्साब, स्कूल खुले तो कई दिन हुई गये..पर बो गोरी वाली
मैडम दिखी नहीं अब तक?"

सर बोले- भाई साहब, उनको ट्रांसफर हो गओ

सज्जन बोले - "हे भगवान.. जे सरकार कोऊ को खुश नई देख सकते।"

कुछ ऐसा ही देश में हो रहा है, सबके लिये एक आदमी ही जिम्मेदार थोड़ी ही न!

का समझे!

ज्यादा जोर न डालो दिमाग पर, क्योंकि दही जमी नहीं और मन लस्सी में डूबने को कर रिया।

समझे न!

आइए आगे बढ़ते हैं। गर्मी ऐसे पड़ रही है जैसे रामकिशन पुनिया का अफेयर पड़ोस वाली सरलू आंटी से चल रिया। पर अंदर की बात है कि सरलू आंटी रामकिशन पुनिया पर घास नहीं डाल रही।

पता चला है कि उसको राधेश्याम शर्मा ने मना कर दिया है कि ज्यादा घास न डालो करो, अनैतिक किस्म के जीव जिंदगी में ऐसे फॉलो करते हैं। इन सबसे बचने की आवश्यकता है।

पांडेय जी ने रामप्यारी से कहा कि क्या तरबूज लेना है?

तत्काल प्रभाव से रामप्यारी ने कहा कि प्यारे पतिदेव सब है घर में, किसी किस्म की आप चिंता न करें।

शाम को रामप्यारी ने कहा देखिये जी कोरोना ने आपके दांत भी बिगाड़ दिए। आपके लिए ग्रॉफर्स से माऊथ वाश मंगवा दिए है, ऐसा कीजिये आप खाने के बाद एक मिनट तक मुंह में इस लिक्विड को लीजिये, कुल्ला कीजिये। कुछ दिन बाद आप महसूस करेंगे कि अब दांतों की गड़बड़ी ठीक होती नजर आएगी।

पांडेय जी ने वही किया।

यह भी पूछ लिया कि कल नाश्ते में क्या मिलेगा?

रामप्यारी ने कहा कि देखिएगा आपको कल करेला, सूखी रोटी और दही मिल जाएगी, लेकिन दस बजे से पहले तक यह सुविधा उपलब्ध है, उसके बाद मेरी किचेन को हाथ न लगाएं। आई बात समझ में।

उसके बाद रामप्यारी ने कहा कि भला हो कोरोना का, कम से कम पतिदेव इतने दिन घर रह लिए, वरना ये कहाँ रहने वाले हैं!

उधर बिटिया ने कहा कि और आप का काम जो बढ़ गया, वह नहीं!

चीकू भी बोल पड़ा और क्या मम्मी!

जब देखो कभी दाल का सूप, कभी फ्रूट्स, कभी नारियल पानी, कभी दूध!

रामप्यारी ने कहा कि शांत हो जाओ। मेरा एकलौता हसबेंड है, अब मेरी जरूरत है इन्हें!

क्या अभी भी मैं इनके काम नहीं आऊं! तो लानत है मुझ पर!

उसी दिन पांडेय जी को पता लगा था कि भैया रामप्यारी तो कितना प्रेम करती है!

एक हम ही लल्लू लाल थे जो कहीं आएं-बाएं नजर चलाने में लगे थे।

प्रभु माफ करना। जो भी गलती हुई वह कल्लू के कंधे ओर चढ़ा देना।

रामखेलावन को मन ही मन याद किया और कहा कि फलाने का नम्बर चित्रगुप्त को दे देना।

आइए ब्रेक के बाद मिलते हैं।

आज रामप्यारी ने कच्चे आम की चटनी बनाई और पांडेय जी तो एक कटोरी ऐसे ही चाट गए, जैसे सरकारी महंगाई भत्ता मिलते-मिलते रह गया। बेचारा सरकारी अर्दली!

पांडेय जी को इस कोरोना काल में एक खाद्य पदार्थ बहुत याद आया। वह समोसा था। समोसे के लेकर एक व्हाट्सएप्प बड़ा प्यारा सा मिला।

आइए उसी से रूबरू होते हैं
समोसा बिना 48 दिन..
न ये नमकीन होगा न नमक पारे रहेंगे
मगर स्वादिष्ट समोसा हम तुम्हारे रहेंगे
लॉकडाऊन लग जाये मगर उससे पहले
फूटा मूंफली ड्राइवर फूड से बैग हमने भरा है
भला कब तलक बासे समोसा सहारे रहेंगे
न ये नमकीन होगा ...
कहूँ क्या इस मुई जुबान का जायका क्या है
यह हर घड़ी कचौरी समोसा माँगती है
कहाँ तक भला चटोरी जीभ को मारे रहेंगे
न ये नमकीन होगा ...न नमक पारे रहेंगे..
घर में स्वाद मिले गर गौरी सेठ के समोसे का
भुला देंगे हम जायका लाल हरी चटनी का
और फिर वीवीजी.. हम सदा तुम्हारे रहेंगे
न ये नमकीन होगा...न नमक पारे रहेंगे ..

बेचारा आदमी, उसका स्वाद और उसकी जुबान चटोरी। उसका तो कुछ कर ही नहीं सकते!

जिंदगी पता नहीं क्या-क्या रंग दिखाएगी!

कोई नहीं जानता।

मिलते हैं ब्रेक के बाद।

आज सुबह की हवा का क्या बताएं! पांडेय जी छज्जे पर हैं और आनन्द ले रहे है। तभी व्हाट्सएप्प देख लिया।

आइए आप भी इसका मजा चाय के सत्र से पहले लें-

हॉस्पीटल में महिला को छठा बच्चा हुआ..

नर्स..(महिला से) मुबारक हो भगवान ने आपको बेटा दिया है..वैसे आपने क्या मांगा था..

बेटा या बेटी..

महिला;; कुछ भी नहीं मांगा था बहन..बस नहाने गई थी और इसके पापा से टॉवेल मांगा था...

जल्द मिलते हैं अगले किस्से के साथ, बने रहिए हमारे साथ।

26.
पोर्ट ब्लेयर के बहाने पांडेय जी

पांडेय जी ने प्लान किया कि दिल्ली से दूर और राजनीति के गलियारे से भी कम से कम एक हफ्ते दूर रहेंगे। पत्नी का कहना मान एयर टिकट बुक करवा दी। जहाज पकड़ा और कोलकाता और कोलकाता से शिप पकड़ हैवलॉक पहुंच गये।

हैवलॉक क्या है स्वर्ग है!

पांडेय जी ने महसूस किया कि यहाँ इस जगह आने वालों में सीनियर सिटीजन नाम का कोई चिड़ी बन्दा नहीं। आने वालों में नए कपल्स हैं और वे सरकारी बाबू जिनका एलटीसी लेप्स होने के कगार पर था।

पांडेय जी ने महसूस किया कि यहां चाय पीने के बजाय सबके हाथ में बीयर का मग था। पांडेय जी ने सोचा कि यह जगह तो वाकई धरती पर स्वर्ग सरीखी है, यहाँ पर कभी भी आया जा सकता है।

किसी की मदद से मोबाइल को जीवन मिला तो व्हाट्सएप्प ऐसे धड़धड़ाते हुए टपकने लगे जैसे चंदू तीन बीयर के बाद बाथरूम में आता जाता रहता है।

बहरहाल पता चला कि ग्रुप में किसी सदस्य का विवाद इतना गहरा गया है कि जैसे इस बार भी महंगाई भत्ता मिलते मिलाते रह गया।

बहरहाल चीकू भैया स्कूबा ड्राइव के लिए मस्त हो कर गया और इतना ही मस्त होकर बाहर आया जैसे उसके हाथ अलादीन का चिराग लग गया हो।

पांडेय जी ने भी सोचा कि जो काम वे खुद नहीं कर पाए, वे बच्चों के माध्यम से जीने का प्रयास कर रहे हों!

ये भी जिंदगी है।

उधर रामप्यारी ने कहा कि हमारी बदौलत आ गए न पांडेय जी हैवलॉक!

अब पांडेय जी क्या कहते! उन्होंने भी कहा जैसी देवी इच्छा!

अब देखिए जब प्रभु भी देवियों से जीत न सकें तो पांडेय जी कौन सा प्रभु का अवतार है!

जो जीत सकेंगे!

पांडेय जी घर के सदस्यों के सामान की सुरक्षा कर रहे हैं और बाकी जन आराम से समुद्र की लहरों से अठखेलियां कर रहे हैं। ये भी जिंदगी है और उसका रोमांस है।

पांडेय जी ने आँखें बन्द की और महसूस करने लगे कि रचना कहाँ चली गई!

जैसे ही विचार आया कि रचना ने कुंडी खटखटा दी जैसे सिंगर गाती है न!

अरे! वही छुटकी...

जो कहती है कि कुंडी न खटखटाओ राजा

सीधे अंदर आओ राजा

समझ नहीं आता कि नए जमाने की पीढ़ी को इस गाने से क्या सीख मिलती है!

पांडेय जी बड़बड़ाते रहे।

सोचने लगे कि हैवलॉक कमाल की जगह है जहाँ न तो जियो काम करता न वोडाफोन!

रामप्यारी ने कहा कि मैं तो बहुत खुश हूँ, जानेमन कि तुम मेरे पास हो। जब देखो तब मोबाइल पर उंगलियां कुछ न कुछ टॉइप करती मिलेंगी।

बहरहाल चिंतन पक्ष से यह रचना–

अथाह जल
मेरा प्रेम
ऐसा
जैसे समंदर का
अथाह जल
न उसे कोई माप सका
न ही
मेरे प्रेम को
अंदाजा लगाओ
बेशक
तुम उसकी गणना नहीं कर पाओगे
बाबू जी
किस ने किसको कहा

किसी ने भी नहीं सुना
जल का शोर अनसुना कर प्रेमियों का जोड़ा
हाथों में हाथ लेकर आगे बढ़ गया
ये भी
प्रेम है और उसका आदर्श पक्ष है
अभिव्यक्ति के अधिकार में
इसकी भी गणना अभूतपूर्व तरीके से हुई है।
उसे आज भी
उससे प्राचीनकाल जैसा ही प्रेम है
पर प्रेम का नूतन पक्ष भी समय के अनुसार बदलता रहा है
जिसे स्वीकार्य किया गया है।
जल बहुत पास आता गया
प्रेमियों के बीच भी नमीं की परत दर परत खुलती चली गई।

पांडेय जी बीच में लोगों को भी देख रहे थे, लग रहा था कि सबकी जवानी का विकेंद्रीकरण यही होना लिखा हो जिसे देखो वही पानी में डुबकी लगाने को उत्सुक हो!

कुछ बच्चे रेत पर अपना नाम लिख रहे थे, मानो उनकी कल्पना क्षमता को पर लग गए हो!

वैसे कुछ भी हो, भाई साहब! बचपन देख पांडेय जी हमेशा चार्ज हो जाते हैं।

आइए थोड़ा सा आगे बढ़ते हैं।

इतने में पांडेय जी के साडू भाई ने कहा कि पांडेय जी केकड़ा खाओगे!

पांडेय जी ने कहा कि भैया जी, कदापि नहीं। नाम से ऐसे डर लगता है मानो खा लिया और पेट के अंदर पांडेय जी की रचनात्मक क्षमता को कहीं कब्जियत में बदल दिया तब!

पांडेय जी ने कहा इसके अलावा बेशक फिश या चिकन की बात हो तो उसके व्यवहारिक पक्ष को नजरअंदाज बिल्कुल नहीं करेंगे, यदि पुनः उनके निवेदन पर सत्ता पक्ष विचार करें।

पांडेय जी जब इस भाषा पर अपना ज्ञान देते थे तो सुनने वालों को लगता था कि ये कौन हैं भैया जो हर टेम ज्ञान बघारते हैं!

आइये थोड़ा सा आगे चलते हैं और दुनिया के नए पक्ष से परिचय कराते हैं।

पांडेय जी को समझ नहीं आया कि लोग वेकेशन पर जाते हैं, परिवार समंदर में आनन्द की लहरों का एन्जॉय करता है और बेचारा विलायती राम पांडेय पूरे परिवार के बैग और चप्पलों का निगरानी संयंत्र की भूमिका में रहता है।

पांडेय जी देख रहे हैं कि समंदर किनारे बेडौल, थुल थुल लोगों को देख न तो हँसी निकल रही है और न ही भीतर से बेचौनी।

नए कपल्स को देख कर लग रहा है कि देश के सारे नवविवाहित हैवलॉक ही आ गए हों!

बहरहाल हर आदमी सलमान और हर लड़की कैटरीना स्टाइल में कैटवॉक करती नजर आ रही हैं।

पांडेय जी सबकी खुशियों को आत्मसात करते हुए ये सोच रहे है कि सब चले तो स्टॉप किनारे के चाय के खोखे पर चाय पी जाएं।

सोचने पर मजबूर हैं कि कुछ को केकड़ा पसन्द है और कुछ को चिल्ड समझ रहे हैं! न!!

हल्की-हल्की धूप है लगता है उसे भी इश्क हो गया है। वैसे भी साहब ये जो इश्क नाम का रोग है न यह किसी को भी किसी भी उम्र में हो सकता है।

आइए आगे चलते हैं। कहते हैं न जिंदगी किसी के लिए भी नहीं रुकती, नहीं थमती। इसलिए शो मस्ट गॉ ऑन।

पांडेय जी घूमते हुए एक ऐसे बीच की तरफ गए जहां साफ-सफाई का इतना ध्यान रखा जाता है जितना लपकुराम जी अपने प्रतीक चिन्हों का!

बहरहाल पांडेय जी छोटे से बाजार की शान और शौक देख अटक गए। जहाँ समोसे का परिवार भी था पकौड़ी की शक्ल में और चाय ऐसे लपटे ले रही थी उबाल लेकर जैसे कोई नई एक्ट्रेस कम और महीन कपड़ें पहन कर सरकारी कर्मचारियों के समर्थन में उतर आई हो, कि बेचारों को महंगाई भत्ता नहीं मिला!

ओह!

सो कॉल्ड बाबू!

मेरी मम्मा सही कहती है कि शादी करनी हो तो किसी बिजनेसमैन से करो, कम से कम ऐश तो कराएगा, मोटा, बदसूरत हो भी तो डजन्ट मैटर, बेटे पैसे वाला दामाद हो तो नत्थू के सारे ऐब छुप कर स्मार्टनेस में तब्दील हो जाते हैं।

यदि सरकारी आदमी मिला तो ब्लाक ईयर का चक्कर!

उफ ये कैसे रह पाती होंगी!

सरकारी कर्मचारियों की पत्नियां अलग से दिखाई दे जाती हैं कि शताब्दी के रूट पर ये एक्सप्रेस कहाँ से आई!

पांडेय जी का सोचना जारी है कि दफ्तर में दयाल बाबू और असन्तुष्ट कुमार की क्या बयानबाजी चल रही होगी

एक बात बताइए क्या समंदर में जल गहरा होता है!

क्या मछलियां रोमांस करती होगी!

क्या मनुष्यों का रोमांस गिरते सूचकांक की भांति तो नहीं हो गया!

क्या अर्थशास्त्री देश की गिरती अर्थव्यवस्था को सुधार कर देंगे!

उधर असन्तुष्ट कुमार का यह कहना होगा कि मेरी सेवानिवृति तक तो मुझे नहीं लगता कि ये मेरी प्रमोशन करेंगे!

तभी दोनों को लल्लू भैया आते हुए दिखे और आते ही कहा कि चाय नहीं पिलाओगे!

क्या हम कप ले आएं!

यहाँ तीनों के सम्वाद को देख कर लगता है कि निम्न मध्य वर्गीय लोगों की मूल भूत चिंताएं बेहद लचीली होती हैं जैसे पड़ोसन कम्मो की कमर जिसे देख कर रामखेलावन लिखना भूल जाते हैं। बहरहाल पत्नियां भी खुश हैं कि भले ही कमर निहारते हो, पर घर में तो बने रहते हैं।

उधर पांडेय जी सात समंदर पार होटल के कमरे में बने लान में बैठे ये सोच रहे हैं कि पत्नियां आखिर अपने पतियों पर शक क्यों करती है!

बेचारे भारतीय पति आखिकार भारतीय परियोजना पर ही तो केंद्रित रहते हैं।

यहाँ आकर तो पांडेय जी को एक बार भी देविका गजोधर याद नहीं आई।

आखिरकार भारतीय पति भी कितने मेहनती हैं जो एक साथ कितने प्रोजेक्ट में काम करते हैं!

लेकिन मन में और मद में यह प्लान कर लिया कि पांडेय जी एक बार देविका को लेकर आएंगे जरूर। आखिर राधेलाल जी ने एक बार कहा था कि प्रेमिका संग सानिध्य से अन्तर्मन जहां दैवीय अलौकिक सत्ता को प्राप्त करता है वहीं मन प्रसन्न भी रहता है।

पांडेय जी नील आइलैंड में हैं और चिंतन के चरम पर निष्कर्ष कर चुके कि जिंदगी का मायने क्या है!

जहां सब ई लोक से उ लोक के निवासी बनने को आतुर हैं।

बहरहाल धरती पर स्वर्ग है तो यहीं है।

कुछ करने होंगे कार्यक्रम तभी तो साक्षरता अभियान सफल है।

तभी चीकू आता दिखाई दिया और कहा कि क्या पापा जी!

आपने मिस कर दिया नेचुरल पुल!

पांडेय जी ने कहा कि बेटा चिंता नक्को, जो मैंने यहाँ बैठ कर प्राप्त किया वह वहां नहीं मिल सकता था।

समझे क्या!

आत्मीय सुख!

रामप्यारी ने कहा आप से न जीत सका कोई!

चलो गाड़ी में बैठो, अगला बीच ज्यादा दूर नहीं।

यात्रा दर यात्राओं में घिरे पांडेय जी। अक्सर ये सोचते है कि ये जिंदगी क्या है!

जिंदगी शगूफा है इश्क का, मोहब्ब्त का और सफरी झोले का!

गालिब जहाँ ले जाएं जाने को तैयार हैं विलायती राम पांडेय जी।

पोर्ट ब्लेयर पहुंचते ही रामप्यारी ने कहा कि बैग सेटिंग में मदद करो, कल सुबह दिल्ली की फ्लाइट है डार्लिंग।

पांडेय जी को जब रामप्यारी डार्लिंग बोलती थी तो छुआरे जैसा मुंह देशी घी सा प्रतीत होता था जैसे पांडेय जी ने जलेबी छन दी और हौले से इमरती बना दी हो।

वैसे इस टूर में लग रहा था कि नए जोड़े आजकल पहाड़ों की बजाय अंडमान क्यों जा रहे हैं!

आखिर यहाँ खुलापन है विचारों का और एकांत का भी।

उधर देविका दिल्ली में परेशान है कि उसका नम्बर लग क्यों नहीं रहा। जब भी मिलाती है तो यही सुनने को मिलता है कि आप जिसे मिला रही है वह नेटवर्क से बाहर है।

ओ पांडेय जी नेटबर्क में आओ ताकि जोरदार झप्पी दे सकूं।

27.
पांडेय जी और व्हाट्सएप्प ग्रुप का पंगा

जिसे देखो वह एक ग्रुप बना कर चौड़ा हुआ बैठा है। ऐसी खबर चिलमन ने भी विलायती राम पांडेय को पकड़ाई, जैसे कोई सुरती गटकने को देता है कि गुरुजी फांक लो, चैन पड़ जायेगा। पांडेय जी ने दो-टूक जवाब दिया-बेटे, ऐसी चीजों से दूर रहा करो, काहे मुझ जैसे सीधे सादे बन्दे को जंजाल में फंसा रहे हों। चिलमन जानता है कि गुरुजी सीधे बन्दे तो बिल्कुल नहीं थे। पांडेय जी ट्यूशन करते थे। कोशिश तो बहुत की, कि कोई नौकरी मिल जाये, पर जी जिसकी किस्मत में छोले लिखे हो उसे रबड़ी कहाँ से मिलेगी!

वही हुआ, जो होना था। चिलमन उनके जिगरी दोस्त गुलशन का कजन लौंडा था, बड़ा फेवरिट किस्म का नए जमाने का आज्ञाकारी। रिश्वत में काम कर देता है। चाहे बिजली का बिल जमा करवाने भेज दो, चाहे राशन की दुकान से सामान। सब काम दौड़-दौड़ कर करता था। पैसे में बड़ी ताकत है। पांडेय जी को सब पता है, उन्हें लगता है अपने दोस्त का बच्चा है, अपना ही हुआ।

पांडेय जी के कोई बच्चा नहीं था। कोशिश तो बहुत की, पर सारे उपाय नाकामयाब सिद्ध हुए। अब जी जो होनी में लिखा हो, उसे कौन टाल सकता है।

बहरहाल समय काटने के लिए चिलमन ने बताया कि गुरु जी, सबसे बढ़िया तरीका यह है कि आजकल डिजिटल इंडिया का हर तरफ बोलबाला है। आपको सीखा देता हूँ, व्हाट्सएप्प ग्रुप क्या होता है एयर कैसे काम करता है। फिर देखना कि यह एक परिवार की भांति काम करना शुरू कर देता है और लोग जुड़ते चले जाते हैं।

पांडेय नई तकनीक के लवर हो गए। और जरूरत से ज्यादा खुश भी रहते हैं।

एक बार हुआ क्या कि ग्रुप में एक मित्र ने कहा कि फलाने सदस्य मुझे वीडियो कॉल करते हैं, उन महाशय ने मना भी किया तो उस मोहतरमा ने

उन्हें स्क्रीन शॉट लेकर भेज दिए। अब कुछ मित्र मजे लेने लगे कि कल्लू को क्या हुआ!

कुछ कहते कि सही उम्र है, दिमाग चल गया। कुछ पक्ष में तो कुछ विपक्ष में आ गए जैसे संसद में लोक सभा और राज्य सभा का सीन क्रिएट होता है। जम कर बहसबाजी। अपने देश में लोगों के पास इसके सिवाय कोई विकल्प भी नहीं।

आजकल मुद्दे तो ऐसे हैं जैसे आज का अखबार कल रोटी में लिपटा और सरकारी बाबू ने खाना खा कर अखबार को कूड़ेदान में समर्पित कर दिया।

दो दिन साक्ष्य के चक्कर में लोग मजे लेते रहे। चिलमन को पांडेय जी ने सह एडमिन बना दिया था ताकि कोई पंगेबाज हो तो वह निबट ले।

वैसे भी जमाने में कब चला चली हो जाये तो वसीयत सम्भालने वाला कोई तो हो, खेर।

मुद्दे पर आइये।

ग्रुप पर घमासान जारी है। जिसने फोन लगाया नहीं, तकनीक की वजह से लग गया। उनका कहना है- कि भाई मुझे क्यों गर्ज!

कि मैं मिलाऊँगा, मैं शादी शुदा आदमी हूँ, और बावस्ता मेरा वैवाहिक जीवन धीन चाक बिंदास चल रहा है। हां कभी-कभार मिसेज शेरनी हो जाती है, पर पे कमीशन का लालच दे कर उसे गीदड़ बना लेता हूँ। वाह रे!, सरकारी अवकाश प्राप्त इंसान रिटायर्ड पुरुष तेरे भीतर की दुरगामी योजनाओं का कुकर अभी शांत नहीं हुआ।

बहरहाल इसी बहाने चिलमन ने कहा-आप तो मजा लीजिये। ये फेसबुक, ट्विटर ऐसे तंत्र हैं जिसमें बड़े से बड़ा आदमी इस फरेब में है कि अपने बारे में बताता चलूँ। लोग अपनी कहें और गाल फुलाए। मेरी भी जय तेरी भी जय होती रहे।

लेकिन इस बन्दे ने जिसने कहा-भाई साहब, ये कौन बला है जो पीछे ही पड़ गई। ये सम्वाद सब अलग से हो रहे थे।

व्हाट्सएप्प की दुनिया बेहद निराली है। कितनों को जोड़ा और कितनों को तोड़ा।

पांडेय जी ने चिलमन से कहा-तूने अच्छा ग्रुप बनाया, देख यार यहां बच्चों की तरह लड़ते हैं, इससे तो अपना मोहल्ला बढ़िया है

जहाँ के बच्चे सब ट्यूशन तो पढ़ने आते हैं, जा, भाभी को कह कि अदरक वाली चाय बना दें।

चिलमन ने कहा–गुरुजी, ये मोबाइल बन्द कर लो, भाभी की निगाह पड़ गई तो तोड़ देगी। कसम से गुस्से में भरी बैठी हैं।

पांडेय जी ने मोबाइल ऑफ किया और ऐसे गऊ बन गए, जैसे इन्होंने कभी मोबाइल को हाथ ही न लगाया हो। ये भी न कमाल के पीस है, जैसे अपनी किस्म के वन पीस हों। पर कभी कभी वन मेन आर्मी की भूमिका में भी रहते हैं।

आया भाग्यवान। चिलमन आ गया था इसे कुछ गणित के सवाल समझने थे, सो अभी गया है। पत्नी ने किचेन से ही आवाज लगाई–जानती हूँ आपको, आप तो संस्कृत के अध्यापक हैं, मुझसे ही झूठ बोलते हैं। जाकर आटा पिसवा लाओ, ये थैली का आटा अपन को जमता नहीं।

पांडेय जी ने अपना खटारा स्कूटर उठाया और आटा पिसवाने निकल लिए, जानते थे कि अगर नहीं गए तो उन्हें नहीं पीस दिया जाएगा! ये बात वे अच्छी तरह जानते हैं।

28.
पांडेय जी पकौड़े और चटनी का संगम

पांडेय जी मस्त मौला आदमी हैं। उनके बारे में कहा जाता है कि जहां वे जाते है, वहीं के हो जाते हैं।

यह बात रामप्यारी को पसन्द नहीं आती। कहती है कि ये गलत है, घर को मिस तो करते नहीं। हम सब तो करते हैं। लेकिन पांडेय जी से पूछ लो तो कहेंगे यह बात उलट है, वे जब घर में होते हैं तो उनकी सुनवाई कम होती है, लेकिन घर से निकलते ही कुछ दूर चलते ही उनका शेयर बाजार में अचानक से उछलने लगता है, जैसे आज अजमेर में जब पांडेय जी सरकारी काम से गए तो शाम को चूड़ी बाजार में घूमने निकल गए। कब तक होटल में विचार-विमर्श करेंगे।

बाहर निकले तो पकौडों के महकने की खुशबू ने नासिका पर नियंत्रण करना शुरू कर दिया। सोचा था कि एक चक्कर आगे लगा कर आएंगे, लेकिन मन में यह विचार जरा जम गया कि आगे फिर जाएंगे पहले जरा दाल के पकौड़ों से मुलाकात कर लें।

खोमचा था। उसपर लिखा था-बाबा जी की चाट। बड़ी बात तो ये भी चस्पा थीं। जो पांडेय जी को दिखाई दीं। लिखा था एक गत्ते के बोर्ड पर यहाँ पर पे एप्प के जरिये भी भुगतान किया जा सकता है।

पकौड़े भी महंगे नहीं। सस्ते और बेहतरीन चटनी के साथ उपलब्ध।

पांडेय जी ने देखा कि एक बुजुर्ग के हाथ में छड़ी थी। हाथ में पकौड़ों का दोना था। वे फरमा रहे थे कि भैया जरा मीठी चटनी देना ज्यादा।

पांडेय जी से रहा नहीं गया। पूछ लिया कि आप या यहाँ के लोग चटनी खूब लेते हैं!

वह सज्जन बोले कि जी, सही पूछा। यहाँ के लोग जितना नमक लेते है, उतना ही मीठा भी कन्ज्यूम करते हैं।

ओके, ओके।

खेर पांडेय जी दाल का दोना ले चुके थे। अब मिर्चिबड़ा की प्रतीक्षा में थे। इतनी ही देर में उन्होंने फेसबुक पर एक पोस्ट भी लगा दी कि बाबाजी की चाट और पांडेय जी की एकल मुलाकात।

खाने में जो स्वाद था, वो तो था ही, लेकिन एक बात पांडेय जी ने देखी कि दिल्ली को छोड़ कर दिल्ली से बाहर के इलाके स्पेशली राजस्थान के इलाके साफ-सुथरे बहुत हैं।

नीट एंड क्लीन का मामला जो ठहरा।

बहरहाल शाम का अपना सुख है।

आदतन यहाँ भी पीले रंग के बोर्ड पर पांडेय जी की निगाह गई। पर उन्होंने कोई पहल न की और न ही उनके अंतर्मन कुमार ने कहा कि पांडेय जी मैं हमेशा की तरह आपके साथ हूँ।

पांडेय जी फिर कुछ सोचने लगे। अंतर्मन को लगा कि पांडेय जी जब एकाएक चुप दिखते हैं तो वे समझ जाते हैं कि पांडेय जी के मन में कुछ चल रहा है-

आखिर कुछ पक ही गया। पांडेय जी के मन की विचारधारा में-

पकौड़े
ये वह प्रजाति है
जो सबको भाती है
अच्छे भी इसके प्रिय
बुरे भी इसके अजीज
वेज भी और नॉनवेज भी
न कोई धर्म
न कोई जाति
केवल उसकी महक के सब आदी
बेसन और दाल के पकौड़े
खाओ बेशक थोड़े-थोड़े
मन नहीं भरता तो और ले लो
ओ मित्र
ओ शत्रु
कोई फर्क नहीं पड़ता
खाओ या न खाओ
पर खाने में दिक्कत भी क्या

जब ये सुनने में आ रहा हैं कि
वह देश के लिए लड़ रहा
आप के बारे में कहा जायेगा
कि वह देश के लिए खा रहा
सोचने में जाता क्या है
खाइए प्याज के भी
पनीर के, गौभी के और कमल ककड़ी के भी
जो पसन्द हों
वह बनवा ले
पर एक बात मित्र
खुश रहिएगा
इससे बड़ा मन्त्र कोई नहीं
खुश रहेंगे तो घर भी खुश रहेगा और
देश भी
देश के लिए खिलाये
मित्रों को भी अमित्रों को भी
एक सूत्र में पिरोये
खुश रहिये
स्वस्थ भी
समझे न!

अंतर्मन खुश हो गया। उसने महसूस किया कि जो सोचा था, वही हुआ।

पांडेय जी के बारे में कहा जाता है कि वे अपने काम को पूरी शिद्दत से चाहते हैं। ये बात रामप्यारी भी कहती है कि पिया जी जब अपने काम में होते हैं तो डूब जाते हैं।

पांडेय जी भी क्या करें।

अंतर्मन कुमार उन्हें समझाते रहते है।

आज दयाल बाबू अंसतुष्ट कुमार के साथ बैठे हैं।

शशि को चाय के लिए कहा है। शशि भी अनमने मन से केंटीन चला गया और कहने लगा कि साहब पांडेय जी कब आयेंगे!

दयाल बाबू ने पूछा कि क्यों क्या हुआ!

कुछ तेरे से उधार ले गए क्या!

अरे! नहीँ साहब। कैसी बातें कर रहे हैं आप।

वे तो भले आदमी हैं। अफसर हो तो ऐसा हो।

जब मांगते हैं हमें तुरन्त उधार दे देते हैं। बादशाह आदमी है पांडेय जी।

इधर दयाल बाबू को लग ही नहीं रहा था कि पांडेय जी यात्रा पर हैं।

जब घड़ी-घड़ी में पांडेय जी की चर्चा होती है तो दयाल बाबू भी क्या करें। पांडेय जी के नाम का डंका ही कुछ ऐसा है।

उधर रामखेलावन जी को मधुबाला बार-बार फोन लगा रही है, मजाल क्या रामखेलावन फोन उठा लें।

वे कई महत्त्वपूर्ण बातों पर विलायती राम पांडेय जी से सलाह कर लिया करते हैं। पांडेय जी कभी किसी को गलत सलाह नहीं देते थे।

जमाना कहाँ दौड़े चला जा रहा है। कोई किसी को जाने-पहचाने लगा हुआ है अपने काम-धंधे में।

दुनिया का मेला है।

मान लीजिए सड़क है, उस पर थकेला भी गुजरता है और गुजरता है दारोगा भी। इसलिए समय ये कहता है कि ज्यादा न सोचा जाएं।

आई बात समझ में। अंतर्मन कुमार ने बहुत हौले से ये बात कही।

पांडेय जी ने महसूस किया कि जब-जब चुनाव नजदीक आते हैं, उस समय राजनेताओं का स्थानीय झुग्गी बस्ती में दखल हो जाता है जैसे वे मानिटरिंग करने आए हों कि कहीं उनके राज में कोई भूखा तो नहीं सो रहा!

वैसे आपको बता दूं कि हाथी के दांत खाने के और खिलाने के और हैं!

किसी से कुछ भी तो नहीं छिपा।

लेकिन नेता भी ऐसी उम्मीद कर रहे हैं कि बेटे अगर जरा भी कमी रह गई तो कम्पार्ट कैसे दुरस्त होगी!

आम जनता नेताओं को और उनके वायदों को अच्छे से समझ चुकी है कि ये हर बार लोगों को पागल बनाते है, कोई काम नहीं करता।

लेकिन अंतर्मन कुमार ने कहा कि ऐसी बात नहीं है, आप एक बात देखिए, जहां ये लोग रहते है तो वहां के पार्क और सड़कें दुरुस्त करवा दी जाएगी कि भैया अपना घर साफ-सुथरा रहे, चौकस। बाकी का क्या लेना देना। कोई मतलब नहीं।

यही तो भरोसा रह गया है।

देश के नालों का सीधा संबंध राजनेताओं और कई तरह के दलों से हैं।

वे लोग नालों के किनारे बस जाते हैं। रामलाल आया तो श्याम लाल भी आ गया और उसने चम्पाकली को भी बुलवा लिया।

चम्पाकली की शादी से पहले आंख मटक्का हो गया मिस्टर किरकिरे प्रसाद से।

हनीमून के लिए पैसे नहीं थे तो दगड़ू की खोली में ही कार्य सम्पन्न।

ये तो कहानी है जीवन की बगिया की।

पिछले दिनों एक एफएम एंकर बतला रहा था कि ग्रेटर नोयडा के पार कहीं कोई नदी बहती है, वहां आज तक कोई भी पार्टी का नेता या उम्मीदवार नहीं जाता। उनके कल्याणकारी कार्य आज तक अधूरे हैं। कोई उनकी सुध नहीं लेता।

उन सब लोगों ने मन बना लिया है कि इस बार मतदान नहीं करेंगे। एंकर ने समझाया कि आप ऐसा न करें। ये राष्ट्रहित का मामला है, हर व्यक्ति को मतदान का देश के मद्देनजर उपयोग करना चाहिए। उसकी अनदेखी नहीं करनी चाहिए। इस मामले में पांडेय जी ने कहा कि आज भी कुछ गैरसरकारी संस्थाएं ऐसी हैं जो काम कर रही हैं। आम जनता की भावनाओं को समझ रही हैं। आगे बढ़कर काम कर रही हैं। मन ही मन पांडेय जी ने सेल्यूट किया कि अभी भी कुछ ऐसे लोग जिनके भीतर का पानी सूखा नहीं है।

पांडेय जी ने सोचा कि नाश्ता कर लेते हैं। पूछा वेटर से-

क्या हैं!

आज के मेन्यू में!

सर! आलू पराठा, दही, ब्रेड बटर व जेम के साथ चाय या कॉफी।

ले आओ।

पांडेय जी आजकल दिव्य संतोषी हो गए हैं। उनका मानना है कि शांत रहने में जो आनंद है वह सुख और कहाँ।

पांडेय जी को राधेलालजी आज उदास दिखाई दिए।

पांडेय जी ने पूछ लिया तो कहने लगे कि भाई पांडेय जी ये जवानी है न, बार-बार सताती है बहुत।

जबकि दरअसल अंदर की बात यह है कि एक उम्र के बाद टखनों का मक्खन खत्म हो जाता है तो आवाज आने लगती है, इसका मतलब समझ जाओ कि बेटे अपना ध्यान रखो।

ध्यान रखिये। आप कितने मूल्यवान है अपनों के लिए तभी इलाके की बुजुर्ग साहित्यकार श्रीमती एकाकी गिर पड़ें ने कहा कि क्या पांडेय जी आप को दो पुरस्कार क्या मिल गए!

आप तो भाव खाने लगे। यह अच्छी बात नहीं है। आप से यह उम्मीद नहीं थी। समाज में आपका नाम है, लोगों को आपसे उम्मीद है, आपको यह सोचना चाहिए।

इस तरह के अयाचित प्रवचन से राधेलालजी का ब्लडप्रेशर बढ़ गया।

उन्होंने पांडेय जी से कहा कि ये प्रसंग आजकल बड़े तंग करते हैं, बताइये पांडेय जी इन सब धंधों से कैसे निकला जाएं!

पांडेय जी ने कहा कि एक न सौ सुख। कह दिया करो कि आजकल ज्यादा व्यस्तता है, नहीं लिख पाऊंगा। अगर फिर भी कोई नहीं मानता तो यह लिख दिया करो-

आपका प्रयास अनेक नए हस्ताक्षरों को प्रेरणा देगा। मैं शुभकामनाएं देता हूँ कि साहित्य का यह सुनहरा समय है जिसने अनेक नए कलमकारों को आज मौका दिया है जिससे लेखकीय भूमि में अब हरियाली और ऊष्मा दिखने लगीं है।

बधाई देता हुआ उम्मीद करता हूँ कि आने वाले समय में ये और बेहतर सृजन करेंगे।

राधेलालजी ने सुना और विस्मित होते हुए कहने लगे कि क्या बात है पांडेय जी।

गजब करते हो।

पांडेय जी सलाह देते हुए निकल गये। उन्हें कहीं और निकलना था।

तभी फोन बज उठा कि कहाँ रह गए?

आज पांडेय जी!

सुबह सैर के लिए गए और घर लौटने का मन नहीं क्या!

पता है न आज!

रामनवमी है। कंजके बिठानी हैं। जल्द आइये। चीकू भी नहा लिया।

बच्चों को भी लाने के लिए चीकू को कह दिया है।

अच्छा। देवी जी। चिंता न करो।

बस यूं आया।

पांडेय जी सोचने लगे कि बेशक दुनिया घूम आओ, लेकिन सुख घर पर आ कर ही मिलता है।

यह सत्य है। जिसे नकारा नहीं जा सकता।

शशि ने कहा कि साहब कहाँ रह गए थे!

क्यों? क्या हुआ!

पांडेय जी ने पूछा।

अरे! नहीं। कुछ काम था।

हुआ क्या बेटा! बहुत पुकार हो रही है हमारी बे!

क्या शादी कर रहा है या पड़ोसन ने तलाक दे दिया!

क्या साब जी। न तो मेरी पड़ोसन ने अपने पति का घर छोड़ा और न मैंने अपनी एकमात्र बीवी को तलाक दिया। हमारे अफोर्ड करने की बात नहीं है सरजी।

अच्छा, अच्छा।

एक बात। शशि सुन लो।

यदि घर में रहना हो तो सबसे बना कर रखो। खुश रहा करो।

जी, सरजी।

अभी चाय लाया। आज मोहन ने पकौड़े बनाये हैं।

पकौड़े!

तुम्हें सब पता है कि मुझे कब और किस तरह खुश रखना है।

जियो बनवारी उल्लू सिंह कास्वान से कहना कि पकोड़े थोड़े प्याज के और थोड़े गौभी के भी बनवा लो।

पांडेय जी ने सोचा कि वे लोग बड़े महान होते हैं जो व्रत रखते हैं और वे अधिक महान होते हैं जो व्रतादि नहीं रख पाते।

एक बार पांडेय जी ने बड़ी कोशिश की तो पता चला कि व्रत के नाम पर इतना कुछ खा गए कि हाजमा दुरुस्त करने के लिए रामप्यारी ने कहा कि महाराज ध्यान रखो और अब वज्र आसन करो ताकि जो खाया पीया है सब हाजम हो जाये।

पांडेय जी पहले मेन्यू पर ध्यान देते हैं फिर किसी और मसले पर।

सबकी अपनी-अपनी सोच है और अभिव्यक्ति का अधिकार भी तो।

बहरहाल हर मौसम में मौसिकी का मंत्र तो खोज ही लेते हैं।

बहरहाल बाद में मिलता हूँ अभी देविका गजोधर आई है उनसे मिल कर आता हूँ, कहते हैं कि अच्छे मित्रों से मिलकर प्रभु भी खुश होते हैं।

सो ज्यादा न सोचा करें, अन्यथा आपका मानसिक संतुलन बिगड़ जाएगा।

29.
पांडेय जी और यादों के झरोखें

जिंदगी में अगर लोचे नहीं हों तो कहीं भी सड़क किनारे आप लघु शंका के द्वंद से मुक्त हो सकते हैं लेकिन विदेश में यह सुख आप को नहीं मिल सकता, अन्यथा आप पर भारी जुर्माना हो सकता है और बदनामी की सम्भावना अलग से। इसलिए अपना देश अपना ही है, अब चाहे साफ हो, गंदा हो, जैसा भी हो।

कहीं भी जाने का सुख हम आप ही उठा सकते हैं।

ऐसे ही पांडेय जी को अचानक से सूझा कि अजमेर के बाजार बुला रहे हैं तो मुंह उठाया और अपने को अपटुडेट किया और सोचा कि चल पड़े।

शताब्दी बेशक 6 बज कर 5 मिनट की हो, लेकिन अपने विलायती राम पांडेय जी हर यात्रा को इतना सीरियसली ले लेते हैं कि दो घण्टे पहले निकल लेते हैं। घर से।

उनका मानना है कि उस समय सड़क खाली मिलती है। कुत्ते नहीं भौंकते। ड्राइवर रेश नहीं चलता। नहीं तो समय की मारा-मारी में कई ड्राइवर पांडेय जी ने ऐसे भी देखे हैं कि वे मिग 21 उड़ाने की क्षमता रखते हो। भगवान बचाए ऐसे लोगों से और ऐसे समय से।

पांडेय जी स्टेशन पर ओला से जा पहुंचे। सड़क खाली थीं तो ड्राइवर ऐसे चला रहा था जैसे उसके अंदर से कोई उसे उकसा रहा हो कि बेटे जी ले जिंदगी। तो लगा है भाई तेज चलाने। पांडेय जी को लगा एक बार तो कहीँ उसने रेस के पांव पर ईंट तो नहीं रख दी। जबकि ऐसा कुछ नहीं था। पर साहब तेज रफ्तार से डर तो लगता है।

वह जमाना और था जब पांडेय जी एक जमाने में सड़क पर मोटर साइकिल ऐसे दौड़ाते थे कि कई शिकायतें रोज आती थीं कि बड़े पांडेय जी छुटके पांडेय जी को देख लीजिए, फिर न कहना कि बताया नहीं। बहुत तेज चलता है। गलियों में रेस लगाता है। कही कुछ घट गया तो दिक्कत आ जायेगी।

आप कुछ कीजिये।

बेटा आपका है। हमारा तो बताना फर्ज है।

पड़ोसियों ने हौले से चुगली की और दुम दबा कर निकल लिए।

पांडेय जी ने सोचा कि ऊपर वाले ने ऐसा पड़ोस बनाया ही क्यों!

जो चुगली करने के लिए हर पल मौका देखा करते है।

बहरहाल पांडेय जी फ्लैशबैक में खो गए।

कि हर यात्रा बहुत कुछ कहती है। वह क्या कहती है। आइये उससे रूबरू हो जाएं।

मैंने पूछा कि जिंदगी तेरा नाम क्या है!

मैंने पूछा कि
जिंदगी तेरा नाम क्या है!
कहने लगी कि दोस्त!
बरसों से मैं अपना ही पता पूछ रही हूँ
अपने से
यदि आपको मिल जाये तो
बताना मुझे भी
मैंने उसे हैरानी से देखा
कहने लगीं कि हुजूर ऐसे न देखें
नहीं तो अनायास मैं भी शरमा जाऊंगी
मैं हँस पड़ा
वह भी मुस्कराई
कहने लगी कि जीने के लिए
मुस्कराना और खिलखिलाना बेहद जरूरी ही नहीं
अनिवार्य भी है
मैं देखने लगा कि एक आम शहरी
रोजाना कितने चरित्र निभाता हुआ
अपने को खर्च करता है
कभी घर में
कभी दफ्तर में और कभी समाज में
अपने को छलता हुआ और कभी दूसरे को
चूना लगाते हुए

लगातार वह प्रकार की मैराथन रेस से आगे बढ़ रहा है
कभी वह खुश होता है
कभी उदास होता है।
इसी को कहते है कि जिंदगी जीने का नाम है
मैंने आजकल जिंदगी से दोस्ताना सम्बन्ध कर लिया
अब वह भी खुश है और
खुश है जिंदगी के हर वे पन्ने
जो उम्रदराज होना चाहते है
चाहते हैं कि वे भी अपने जीवन का बेहतर
खुद को दे सकें
इसी कशमकश में
जिंदगी दोराहे पर खड़ी है
खड़े है इतिहास के वे पृष्ठ
जो कल दोहराए जायेंगे
रह-रह कर मुस्करायेंगे
इसी को कहते हैं सादगी भरा जीवन
और मुझे तुम हर हाल में पसंद हो
अंतर्मन ने स्वयं कहा मुझसे
मुझे अपने कहे का उत्तर मिल गया
जिसकी बरसों से तलाश थीं
मुझे
कभी सोचा ही न था
कि ऐसे किसी मोड़ पर खुद से
खुद का परिचय होगा।
शांत, सरल और निष्कपट से मोड़ पर
यूं ही चलते हुए
एक दिन
आत्मबोध हुआ
और मैं ताकने लगा उस वृक्ष पर बैठी
असंख्य चिड़ियों को
जो चहक रही हैं लगातार
बच्चों की तरह

नदी के जल सी
चहचहाट लिए
ये जिंदगी नहीं तो और क्या है!
खुद जिंदगी ने
आज मुझ से
इस तरह का सवाल कर लिया
मैं निशब्द था
उस समय
उस शांत, सरल सी प्रकृति में
अनेक विसंगतियों के बीच।
नदी का बहना जारी है।
जारी है शाब्दिक यात्रा का यूं ही चलते रहना।

डिब्बे में कई लोग हैं। कुछ अधेड़ हैं तो कुछ जरूरत से ज्यादा जवान।

कुछ इत्ते जवान कि वे लगता है कि व्हाट्सएप्प के साथ ही पैदा हुए हों।

न वे किसी की और देख रहे हैं और न ही कोई उनकी तरफ देख रहा है।

कोई देखे भी क्यों!

कोई उतना खाली भी नहीं कि जितने खाली आप हैं महाराज!

आई बात समझ में।

तभी पांडेय जी का ध्यान सूरज बाबा की और गया, जहाँ वे पूरे मन से चमक रहे हैं।

पांडेय जी ने देखा कि आबादी क़ा विकास तो हुआ ही, उतना ही अवैध निर्माण का भी। जहाँ तक देखो वहाँ तक लोगों ने कर लिया।

ऐसे ही पांडेय जी ने तिलक राज चौबे से पूछ लिया। वे गुरुग्राम में रहते है।

पांडेय जी ने कहा कि नमस्कार जी!

ये बताइये कि आपका घर तो वहां खत्म हो जाता है और आपने बाउंड्री यहाँ तक बढ़ा ली।

कहने लगे कि मेरी मर्जी।

यहाँ से निकल लें न यो हेडरसाई कान पे बजते ही आगा-पीछा भूल जाएगा।

गजब आदमी हैं आप!

साले आदमी न हूँ, तेरा फूफा हूँ।

पांडेय जी को लगा कि यहाँ से खिसकने में ही भलाई है। अन्यथा उनके साथ ऐसी समाज सेवा हो जाती कि उसके बाद उनके दिमाग से समाज सेवा का फितूर ही निकल जाता।

पांडेय जी आगे निकल लिए।

एक से पूछा कि भैया ये बताओ कि नियो कान्वेंट स्कूल कहाँ पड़ता है!

उसने कहा कि बैठ जाइए, हमारे रिक्शा में। आपको ले चलेंगे, बाबूजी।

पर एक बात बताइये, हम तो आपको पहचान गए। पर आप नहीं पहचान पा रहे, हमें!

अब की बार पांडेय जी ने ध्यान से देखा तो वह तो कल्लू था जो पहले प्रेस का काम करता था, जिसने देविका गजोधर के कपड़ों पर गर्म प्रेस लगा कर कुछ कपड़ें जला दिए थे और माफी मांगना तो दूर उल्टा धमका रहा था कि काम करने पर ऐसे किस्से हो जाते हैं कभी कभार मैडम जी।

देविका की शिकायत पर मोहल्ले के और उसके दफ्तरियों ने जो बजाया था उसे। कुछ दिन तो उसे यही लगता रहा कि एमएम गोल्ड सुनते हुए भी लग रहा कि पास में कोई मातारानी की भेंटे बड़ी तेज आवाज में गा रहा है।

पहचान लिया। कल्लू कहीं के। कितनी पिटाई हुई थी। अब ये बता कि देविका से इतना घबरा गया था कि साले निकम्मे दिल्ली छोड़ आया!

नहीं, साहब। मेरे यार दोस्त यहां थे, वे ले आये। दूसरा आपके दोस्त हैं न राम किशन पुनिया जी। उनकी कोठी के एक हिस्से में पड़ा रहता हूँ। मुझे आसरा मिल गया और उन्हें घर की सुरक्षा।

ठीक है ठीक है। कल्लू मेहनत से काम किया कर। बच्चे।

जी, मालिक।

अच्छा! ये बता अभी भी बाल-बच्चे साथ रहते है या वे अभी भी गाजियाबाद में है!

नहीं, साहब। वे अलग रहते हैं, अपनी मां के साथ। मेरी निभी नहीं।

मैंने यहाँ एक और कर ली। क्या करूँ आदमी हूँ, कहीँ मुंह मारने से अच्छा है कि शादी शुदा जिंदगी हो।

अच्छा!

पर पहली पत्नी को तलाक दिया या ऐसे ही!

साहब। उसने कोर्ट में डायवोर्स की अर्जी डाली। मैंने भी वकील से कह कर अलग होने की खुशी में हस्ताक्षर कर दिए। अब रोज की खटाई से जान बची और लाखों पाए।

निकम्मे लाखों तो तूने गवाएं न।

पर पांडेय जी, रोजाना की चिक-चिक से तो जान बच गई।

आपके एक और दोस्त है न!

कौन से बे!

वे राधेलालजी। वे दिख जाते हैं कभी कहीं!

कहाँ!

पांडेय जी, जब मैं सुबह-सुबह दिशा मैदान को जाता हूँ न तब!

अरे! खुले में उनको शौक कब से लगा!

अरे नहीं साहब।

उन्हें नहीं लगा, ये शौक।

मैं जाता हूँ, वहाँ रेलवे की पटरियों पर। न तो कायम चूर्ण की जरूरत पड़ती। जैसे ही बगल से धड़धड़ाती हुई कोई ट्रैन गुजरती है अपने आप प्रेशर रिलीज हो जाता है।

हम्म!

अबे साले कहाँ सुबह-सुबह दिव्य ज्ञान परोस रहा है बे!

बस, रोक दें। स्कूल आ गया।

क्या आप यहाँ पढ़ाते हैं!

नहीं बे। कोई सेमिनार है उसपर ज्ञान देने आया हूँ, तेरे राधेलालजी भी आये होंगे।

अच्छा, अच्छा।

क्या रुकूं या चलूं! कल्लू बोला।

नहीं, आप चलिए।

अच्छा! कितना हुआ!

नहीं आप रहने दीजिए।

अरे! नहीं। इतनी दूर से ले आये हो। मजदूरी तो ले लो।

कल्लू ने पसीना पोंछा और कहा-

आप नहीं मानेंगे!

तो दे दीजिए। तीस रुपये।

अबे बहुत ज्यादा बता दिए। पांडेय जी ने कहा।

इसी लिए तो मैं कह रहा था कि रहने दो।

ले ले बेटा। खुश रहा कर।

अच्छा ये बता कि तेरी सुनयना कैसी है अब!

अरे! साहब उसी से शादी कर ली।

अरे! उसका तो घर परिवार था!

काहे का!

आदमी से बनती नहीं थीं। उसने उसे छोड़ दिया। मैंने यहाँ लपक लिया। अच्छा किया!

क्या उससे भी कोई इश्यु है!

नहीं साहब।

उसने एक उम्र के बाद ऑपरेशन करा लिया था।

सोच रहे हैं कि एक बच्चा अडॉप्ट कर लें।

चल ठीक है।

मेरी शुभकामनाएं कि तुम्हारा शेष जीवन विशेष खुशियों के साथ सम्पन्न हो।

जी, पांडेय जी।

पांडेय जी कल्लू उर्फ कबूतर रिक्शेवाले को देखते रहे,

कि क्या दिन आ गए!

कितना भला व्यक्ति था लेकिन प्यार में निकम्मा हो गया और घर परिवार छोड़ कर कहाँ अजनबी माहौल में जीवन बिता रहा है!

ये कल्लू नहीं कितने ऐसे लोग हैं जो आज भी अपना जीवन गुमनामी के माहौल में बिताने को मजबूर है।

उफ्फ!

भीतर हाल में टी ब्रेक के दौरान पांडेय जी ने राधेलालजी से कहा-

वोह आपके प्राचीनकाल का एक मित्र हुआ करता था।

राधेलालजी-कौन!

किसकी बात कर रहे हो!

पांडेय जी- अरे! वहीं, जो गाजियाबाद में रहता था। एक जमाने में

जिसकी अपनी बीबी से बनती नहीं थीं।

राधेलालजी-अरे, मेरे तो बहुत मित्र ऐसे थे, जिनकी अपनी पत्नियों से नहीं बनती थी, पर दूसरों की बीबियों से बहुत बनती थी।

आपके तो सारे मित्र जरा ऊंचे दर्जे के कलाकार टाइप लोग रहे।

बहरहाल ये बताओ कि किसकी चर्चा कर रहे हो!

अरे वोह था न, कल्लू उर्फ कबूतर सिंह

हाँ था तो।

वह कहां मिल गया, आज बरसों बाद!

अरे यहीं गुरुग्राम में।

यहां रिक्शा चलाता है। बड़ा खुद्दार है। कह रहा था कि सुबह पटरियों पर जाता हूँ तो राधेलालजी को देख लिया करता हूँ।

बड़ा नालायक किस्म का नामाकूल आदमी है। कोई ऐसे कैसे कह सकता है!

अरे! उसका कहना था कि वापसी में राधेलालजी को कई बार देखा है पार्क में सैर करते हुए, बुक्का चिल्लाते हुए।

ऐसे कहो न। मुझे लगा कि जैसे बतला रहा हो कि एक पटरी पर वह जाता था और दूसरी पर मैं...

बहरहाल और सब ठीक!

जी, प्रोपली। ठीक।

चलो, सेमिनार के बाद मिलते हैं ठीक से।

तभी साइलेंट पर पांडेय जी ने फोन किया। रामखेलावन का वाट्सप दिख गया।

कैसे हैं भैया!

बहुत दिनों से दर्शन लाभ नहीं हुआ।

हो जाएगा, हो जाएगा।

सच्चे मन से की गई मुराद अवश्य पूरी होती है।

अच्छा!

भाई साहब! आपके जमाने में देविका गजोधर हुआ करती थीं।

हाँ, हाँ तो!

कहाँ है आजकल!

क्यों उसके साथ सेटल होना है?

अरे! नहीं। आज ऐसे ही ख्याल आया।

अरे! वह सेटल हो कर आस्ट्रेलिया में है। कई बार बुलाती है अपने यहाँ।

पुराने आशिक जो ठहरे।

आप भी न।

रामखेलावन ने कहा।

अच्छा, एक सेमिनार में हूँ। बाद में मिलते हैं।

जी, जरूर।

पांडेय जी और राधेलालजी ने एक साथ दीप प्रज्वलित किया।

उसके बाद राधेलालजी ने कहा कि जीवन में लक्ष्य निर्धारण का चयन

बेहद आकर्षक रोल निभाता है।

एक जमाने में मैंने देखा कि एक कल्लू नाम का लेखक था, लेकिन गलत संगत में आया। घर-बार से बेदखल हुआ। आज इसी शहर में रिक्शा चलाने पर मजबूर हुआ।

दूसरी तरफ ऐसे समाचार भी देखने को आते हैं कि रिक्शा चलाने वाले का बेटा या बेटी ने सिविल सेवा की परीक्षा में टॉप किया।

तो बच्चों अपने जीवन में एक कोई भी लक्ष्य बनाओ और उसे पाने के लिए लग जाएं। निश्चित ही आपको सफलता मिलेगी। जय हिंद।

सभागार तालियों की गड़गड़ाहट से गूंज गया।

चाय पीते-पीते राधेलालजी और पांडेय जी अतीत के पन्नों में चले गए।

कई बार फोन भी बजा उस तरफ ध्यान नहीं गया। होता है कई बार ऐसा भी।

30.
पांडे जी और पांडे जी की दुनिया

पांडे जी ने जब से होश संभाला है तब से यह पाया है कि यह दुनिया बड़ी तेज है उतनी तेज जितनी तेज महिलाओं की जुबान।

आई बात समझ में और वैसे समझ में ना आए तो हम क्या कर लेंगे। हम तो आपको कुछ कर नहीं सकते। न तो हमें भाई साहब जुबान चलानी आती है और हम क्या कर लेंगे आई बात समझ में। हम एक बात कहते हैं सारी बातें बहुत जरूरी होती हैं। समझ लिया करो दिमाग में बिठा लिया करो। नहीं तो कान पर ऐसा कपड़ा मारेंगे कि तुम्हारा डोसा बन जाएगा और दाल मखनी का स्वाद अपनी जिव्हा पर महसूस करोगे। आई बात समझ में। कुछ सार्थक काम तो किया करो। किसी से जलो-भूनो मत। नहीं तो तंदूरी मुर्गा बनने में देर नहीं लगती। अब ऐसे भी मौसम करवट ले रहा वह सर्दी का जमाना था।

ना ना ना हाय ना दे 3 दिन तक तुम नहाते नहीं थे।

और अल्लाह कसम बिना प्रेस की कमीज पहन लेते थे ऊपर से शॉल लेते थे। मौसम बदल रहा है दिन में सुबह-शाम का मौसम बदल जाना जरूरी है।

ऐसा कर लो अपने सारे स्वेटर अलमारी में लगा दो, अगले साल काम आएंगे और कुर्ता पजामा निकाल लो।

आ गया मौसम बदल जाने वाला। खुद को भी बदलना सीखो। अपने आप बड़बड़ा रहे थे। उनको बड़ा बढ़ाने की पुश्तैनी आदत है। पिछले दिनों उनके छोरे चीकू ने कहा पापा जी आपकी शादी की सालगिरह आने वाली है, 25 साल हो जाएंगे। अब पांडे जी ने कहा कि हमारी सालगिरह हमारी है पर उसे लेकर अब तू काहे खुश हो रहा है।

खुश होने की तो बात है उस दिन जश्न होगा। पार्टी होगी खूब खाएंगे, पिएंगे, नाचेंगे, गाएंगे, मस्ती करेंगे और क्या! पांडे जी ने बोला : भैया तुम लोगों का हम लोग क्या करेंगे चीकू ने कहा: हमें तो पार्टी से मतलब है। जब पार्टी देने की बात आती है तो कैसे कहने लगते हो सिलेंडर महंगा हो गया, सरकार

ने क्या कर दिया! सरकार ने वह कर दिया अरे हमारी सरकार बहुत अच्छी है हमेशा चर्चा में बनी रहती है, आई बात समझ में पापा जी मैं भी बड़ा होकर प्रधानमंत्री बनूंगा और नहीं बन पाया तो क्या बात है कुछ तो बनूंगा। भारत का नागरिक हूं कुछ बनूंगा, नाम करूंगा देश, का अपना भी नाम करूंगा।

वैसे भी भाई साहब हिंदुस्तान इतना प्यारा देश है सब देशों से न्यारा है यहां एक सलमान हजार करोड़ कमाता है एक फिल्म करके। कुछ नहीं बना तो फिल्मों में ही चांस मारूंगा। पांडेय जी सोचने लगे कि विकट मामला है।

कुछ न कुछ तो करेगा, यह साफ दिखने लगा है।

अभी पिछले दिनों पता क्या हुआ सामने वाले लक्ष्मी भैया बोलो क्या हुआ मुझे भी बता दो। यह तो हमारे देश में एक से एक उपदेशक बैठे, एक सलाह मांगे तो 10 लक्ष्य बनाम फार्मूला लेकर दौड़ते हैं। दौड़ना सबको पसंद है, अब देविका गजोधर को हलवा बनाना नहीं आता अब नहीं आता तो नहीं आता। उसने फेसबुक पर एक पोस्ट डाल दी कि मुझे ना हलवा बनाना नहीं आता।

आज मंगलवार है, मेरा हलवा खाने का मन है तो कितने लोगों ने तो लाइक कर दिया और एक से एक लोगों ने तो यह कमेंट देना शुरू कर दिया, अच्छा मैडम जी हलवा कौन-सा खाओगे, आटे का खाओगी, सूजी का खाओगी बेसन का खाओगी बदाम का खाओगी काजू का खाओगे हम बना देंगे, हमें सब बनाना आता है। बेशक घर की पत्नी कह दें कि चाय का कप बना दो, तो नहीं बनाएंगे। अगल-बगल वाली कह दें तो जनाब ये भी बता आएंगे कि मंचूरियन भी बनाना आता है।

हिंदुस्तान की जनता को सब बनाना आता है। कुछ लोग तो बरगद के पेड़ के नीचे ताश खेलते हुए यहां तक बता देंगे कि यह जो बगल में ताजमहल है अरे उ जो यूपी में है, वह हमारे दादा के परदादा के लौंडे के दूर के साले संतोष के ससुर ने बनाया था। कमाल कर दिया। भाई कमाल कर दिया। कैसे कैसे कर देते हैं। शेखचिल्ली की फौज!

तभी पांडे जी को रामप्यारी जी ने बुलवा लिया।

पांडे जी आज शनिवार है, कभी मेरा भी कुछ काम कर दो आटा खत्म होने वाला है। जाकर पिसवा लाओ, ओपी को बोल दो। अब पांडेजी ने बोला कि मैं आज नहीं जाऊंगा उनकी तबियत खराब है, कल्लू कालिया को कह देता हूँ, वह एक नंबर का आटा पीसता है। उसी की दुकान से पिसवा लाऊंगा। रामप्यारी ने बोला मैं कुछ नहीं जानती चाहे कल्लू काले से पिसवा के लाओ, राधेलाल से पिसवा लाओ राम लुभाया की दुकान से पिसवा के लाओ किसी

से भी। पर आटा विश्व के अलावा एक नंबर क्वालिटी का ही होना चाहिए। पांडे जी ने कहा : आज क्या बात है सभी लोग मेरी क्लास लेने में लगे हैं। सुबह चीकू ने भाषण दे दिया, अब चीकू की अम्मा जी भाषण दे रही हैं।

लगता है यह मां बेटा दोनों मेरी जान लेकर मानेंगे पांडे जी को सोचते-सोचते नींद का लटका आ गया। जब पांडे जी को नींद का लटका आता है तो क्रिएटिव हो जाते हैं उनकी आत्मा लेखक में तब्दील हो जाती है अब उन्होंने क्या लिखा है उन्हीं के शब्दों में उनकी क्रिएटिविटी का आनंद लें-

जबर्दस्ती लिखने की कवायद से गुजरना/
दिनचर्या कोई आसान नहीं होती
एक स्त्री के लिए
जो सारा दिन काम करती है और सबके लंच के बाद अपना ब्रेक फास्ट तो स्किप कर ही जाती है
लंच में जो कई दिनों की सब्जी आमतौर पर बच जाती है
उसको मैश कर के पराठाँ बन लेती है
वह भी बच्चों की निगाहों से कहाँ बच पाता है!
उधर शाम को सैर करते हुए जाते समय बोल जाती है
कि पति देव उठ जाइये
पिताजी के लिए चाय बिस्कुट बना लो
वरना वे किचेन में मंडराते रहेंगे
कई बार पति सोचता है कि स्त्री का जीवट आदमी से कहीं ज्यादा है
यदि दोनों का लिंग परिवर्तन कई सालों बाद ऊपरवाला करके फिर धरती पर भेजें
तब
पति को पता चल जाएगा
पिछले जन्म में कितनी बार चाय पी कर दूध खत्म किया था
बच्चे तो बच्चे
जब मिल जाता है मौका
ढूंढ ही लेते हैं किचेन में से मैगी का पैकेट
घरों में बिटिया का रोल भी कम जोरदार नहीं
रोजाना की पांच से सात फोटोस इंस्टाग्राम पर अपलोड
किचेन के कामों से मुंह चिढ़ाने की कसम
काम न करने की आदत प्रायः हर उस घर में है

जिस घर में कमेरी माँ घर के कामों में लगी रहती है
मसालों सी सुगन्ध और कुकर में पक रही सब्जी के बारे में
सीढ़ियां चढ़ रहे पतिदेव आते ही कह देते हैं कि ये बनाया न!
आदमी सोचता कुछ है और हो जाता कुछ है!
बहरहाल चाय पीने का मजा फेन के साथ आता है
कि चाय में डुबोया और वह गया अथाह गहराई में
बहरहाल जीवन में कवायद भी बना रहे और
रोमांस का स्थायी भाव भी
इसी जुगत में रहता हूँ कि चाय पीने का मजा किसी अतिरिक्त रोमांस से कम नहीं
वही हॉट-हॉट एहसास की कल्पना
जो भारी शीत लहर से बचाए रखती है।

तभी पांडे जी का फोन घनघना उठा, दूसरी तरफ रामखेलावन थे। बोल पड़े प्रणाम लागे भाई साहब, यात्रा कैसी रही? पांडे जी ने कहा, इच्छा तो नहीं थी दिल्ली आने की, लेकिन क्या करें साहब! मजबूरी थी, मजदूर आदमी है। उसको अपना अड्डा उसको अपना चौबारा उसको अपना छज्जा याद आता है। अपना सब कुछ याद आया तो लौट आए वैसे एक बात बताएं जिस आदमी ने पोर्ट ब्लेयर बनाया है, हैवलाक, नील आईलैंड की यात्रा नहीं की तो उसका इस जीवन में धरती पर रहना बेकर है, भाई साहब और वैसे भी कहा गया है जो खा लो वह अपना है। बेहद शानदार जगह है। पांडेय जी फिर से फ्लेस्बेक में चले गए।

गजब बातें करते हैं तभी तो रामखेलावन हो रामकिशन पुनिया हो जटाशंकर हो, दगडु सब पांडे जी को घेरे रहते। आइए अगले किस्से की ओर बढ़ते हैं-

पांडे जी अपने कमरे में बैठे थे तभी असंतुष्ट कुमार आ गए, आते ही कहने लगे पांडे जी प्रणाम लागी। पांडे जी ने बोला असंतुष्ट भैया इसको प्रणाम लागी नहीं कहते हैं, इसको कहते हैं प्रणाम। वही असंतुष्ट बोले आपको पता है कि मेरा नाम असंतुष्ट कुमार क्यों है, क्योंकि आप सुविधाओं से वंचित प्राणी हैं जिसको कभी भी संतुष्टि किसी भी हाल में किसी भी दशा में किसी भी परिस्थिति में नहीं मिली और ना मिलेगी ,जब देखो आप अपना रोना रोते रहते हैं मेरा यह नहीं हुआ मेरा वह नहीं हुआ, पांडे जी ने कहा कि भैया जी कभी-कभी कुछ चीजों को छोड़ देना चाहिए आप यह मानिए आप जीवन में सबसे संतुष्ट व्यक्ति हैं, महसूस कीजिए कि

आप ग्लेशियर के उस पिंड में है ना बहुत बर्फ है, बहुत ठंडक है, बहुत सर्द हवाएं चल रही हैं, असंतुष्ट भैया बोले, मैं बिल्कुल नहीं मानूंगा, मुझे गर्मी लग रही है, मैं क्यों मान लूंगा कि मैं सर्दी महसूस करूं, अब पांडे जी ने बोला कि भैया आपका कुछ नहीं हो सकता, आप असंतुष्ट हो, असंतुष्ट हैं और असंतुष्ट रहेंगे तभी दयाल बाबू ने कहा कि भैया काहे गुस्सा करते हो ठंड रखिए कूल रहिए। सोचिये और महसूस कीजिए। लस्सी पीजिए। गाजर खाइए और स्वस्थ रहिए। ऐसा करो मैं अभी आ रहा हूं और यह कहते ही दयाल बाबू निकल गए। पतली गली से। तभी पांडे जी को ख्याल आया उन्होंने चिलमन को कहा कि चमन जरा देखना लल्लू भैया आए हैं क्या लल्लू भैया ने सुबह से चेहरा नहीं दिखाया। ऐसे मुस्कुराते हैं जबरदस्त मुस्कुराते हुए किसी गरीब से कह रहे हों कि वह तुम बेहद प्यारी हो कि प्यारे गरीब तेरा अंत सुनिश्चित है तुझे जीने का कोई अधिकार नहीं है क्या करेगा जी कर। जीना है तो गरीब कहां जिएंगे, अमीर जिएंगे, पूंजीवादी जिएंगे सत्ता के लोभी जिएंगे तभी सामने से नछत्तर सिंह आ गए। नछत्तर सिंह मोहल्ले के सबसे बुजुर्ग व्यक्ति हैं। 80 पार कर गए पर दिखते अभी भी किसी नौजवान जैसे। आते ही कहने लगे, क्या पांडे जी! यह क्या मजमा लगा रखा है! आपको मालूम है अभी करोना गया नहीं है, महाराष्ट्र में केस बढ़ रहे हैं, केरल में केस बढ़ रहे हैं। पांडे जी ने कहा नछतर सिंह, बाबूजी एक तो हम को डराओ मत। बड़ी मुश्किल से काम धंधे ने जोर पकड़ा है। बाजारों में बच्चे, बूढ़े, बुजुर्ग, सब दिखने लगे हैं। बाजार में भीड़ दिखने लगी है, आठ नौ महीने का जो दौर हमने देखा है वह किसी से छुपा नहीं है आई बात समझ में। नछत्तर सिंह ने सोचा, अब पांडे जी से कहा मैं दिमाग खर्च करूं और कहां की कहां ले जाने में पांडे जी की दुनिया बिल्कुल विपरीत है। नछत्तर सिंह ने हाथ जोड़े और पतली गली से निकल गए। आइए अगले मोड पर अगले किस्से के साथ मिलते हैं।

बड़े दिन से मधुबाला का कोई समाचार नहीं है रामखेलावन से पूछा तो रामखेलावन भी मुस्कुरा कर कहने लगे कि मधुबाला फिर पेट से है। पांडे जी ने कहा यह तो बड़ी खुशी की बात है, रामखेलावन ने जाते हुए कहा, पहले भी दो बच्चे थे अब तीसरा और आ गया है मधुबाला का आदमी शराबी है, शराब पी कर उसको मारता-पीटता है पांडे जी ने कहा कि यह तो गलत बात है, लेकिन दूसरी बात समझ में आनी चाहिए कि वह शादीशुदा स्त्री है और तुम शादीशुदा हो और तुम अपने परिवार में खुश हो तो पराई स्त्री में इतना आकर्षण क्यों है, इस बात पर रामखेलावन ने चुप्पी साध ली

जैसे चुप्पी साध रखी है आजकल राम लुभाया ने अरे भाई राम लुभाया वही जो, अरे हमारे मोहल्ले में रहता है। हमेशा बड़बड़ करता रहता है। किसी को कुछ समझता नहीं अभी कल की बात है, कुछ नए लौंडे उनके पास पहुंच गए कि मासाब-मासाब जरा देख लो हमने क्या लिखा है। बस राम लुभाया जी का चेहरा तमतमा गया। तुरंत कह दिया कि तुम को लिखना नहीं आता है, तुम चीजों को समझते नहीं हो, तुम पढ़ते नहीं हो। जाओ चले जाओ फिर मेरे पास आओ। पांडे जी ने उनके पास भेज दिया था लेकिन मास्टर चीजों को समझते नहीं। नई पीढ़ी तो गई थी कि शायद राम लुभाया जी कुछ आशीर्वाद देंगे। कुछ दिशा ज्ञान देंगे, लेकिन वह तो कुछ समझते नहीं। बड़े शांत प्रिय लछू के लौंडे कल्लन उर्फ ढेंचू ने कह दिया कि पांडे जी मैं नहीं आऊंगा उनके पास दोबारा। मेरा खून खौल जाता है, उनको देखकर सीधे मुंह बात नहीं करते। क्या पांडे जी, अपने आप सोचने लगे कि आखिर में लेखक समझता क्यों नहीं है। इस बात पर और बात करेंगे, गहराई से बात करेंगे लेकिन थोड़ा विलंब बनाए रखें। मतलब थोड़ा सब्र बनाए रखें, विश्वास रखें, लौट कर आते हैं, अभी कुछ ही देर में प्रकट होते हैं, आपके सामने, वही आपके अपने विलायती राम पांडे जी।

पांडे जी ने आत्ममंथन किया और सोचने लगे कि आदमी इतना सोचता क्यों है। आदमी 1 दिन में क्या-क्या कर लेता है गप्पे लड़ाना, शेखचिल्ली बनना और बातों ही बातों में कभी ताजमहल बना देना, कभी लाल किला बेच देना। पांडे जी तो कुछ ना कुछ सोचेंगे, तो भाइयों आप भी कुछ ना कुछ सोचो। पांडे जी के दिमाग में एक विचार आया। उस विचार को फौरन समझ पासपोर्ट बनाने का विचार आता हैं, नहीं तो सब विचारों को क्या! अभी आया, अभी बात हुई ना एक जमाने में सिलेंडर 500 का था, आज 900 का है स्टेटस स्टेटस सिंबल बन गया है हम सब पैसे वाले, अगर हम दिन में 5 बार सोचते है तो हमें यही भावना आएगी हमारी बन गए, हम अंबानी बन गए हम पैसे वाले हैं और अंदर की बात आप जानते ही हो किसी के खाते में इतने पैसे नहीं है कि जबान चला सके। जबान तो फोकट में चलती है जय राम जी की। कौन क्या बोल गया, कौन क्या समझ रहा है! किसी को कुछ लेना, देना नहीं।

इतने में पांडेय जी फिर क्रिएटिव मूड में आ गए और लिख बैठे।

कुछ चीजें कुछ लोग/
कुछ चीजों से
कुछ लोग ऐसे ही घिरे रहते हैं

जैसे घिरी रहती हैं
मनुष्यों के साथ
उनकी संवेदनाएं
कुछ चीजें हमें इतनी प्यारी लगती हैं
जिन्हें न तो छोड़ने का मन करता है
बल्कि मन में यही भाव आता है
कि संवेदनशील मन में
बहुत सारी चीजें चला करती हैं
जैसे आसमान में देखिए
कहीं बादल हैं
कहीं पक्षियों का झुंड तेजी से कहीं चला जा रहा है
जैसे सुबह के समय
दफ्तर जाते लोगों का हुजूम
शाम को लौटने का चित्र बताता हो
कि प्यारे इसी शब्द का सरोकार मनुष्य के जीवन से जुड़ा हुआ है
जीवन में कई बातें जुड़ी होती हैं
जिनसे सारी उम्र मनुष्य का जुड़ाव रहता है।
कि
जीवन में एक दिन अखरोट खाएंगे
लेकिन साहब
मूंगफली भी नसीब नहीं हुई
कुछ चीजों को न छोड़ने का मन करता है
न छेड़ने का
बहरहाल
समय सबका शुभ हो
तभी मुक्तकाल शुभ है
अन्यथा पेचिदगियों से भरा रहस्यमय संसार सामने है
जिससे दो-चार होना ही है।

कई दिनों से अखबार नहीं पढ़ा था, सोचा था क्या पढ़ें! क्योंकि अखबार में कोई नई चीज तो होती नहीं। वही सब लिखा होता है, महंगाई बढ़ गई, किसान आंदोलन पर लेटे हुए हैं। कुछ पत्रकार बड़ी मेहनत कर रहे हैं और कुछ फेसबुक पर ये फोटो लगाते हैं कि वहां का माहौल ऐसा है, वैसा

है, कैसा है, कुछ लोग सोचने लगे कि दुनिया बड़ी विचित्र है, अगर कोई आंदोलन कर रहा है, कोई शेखचिल्ली बन रहा है तो उसे कुछ ना कुछ तो करने दें। जो कर रहे हैं करने दीजिए। पांडे जी को कोई व्यक्ति मिले उनका नाम असंतुष्ट कुमार था। कई बार पहले भी उसकी चर्चा कर चुके हैं असंतुष्ट कुमार का यह कहना है कि अगर उनकी प्रमोशन नहीं हुई तो देश तरक्की कैसे करेगा देश का विकास कैसे होगा! दरअसल उनका विकास कैसे होगा, इन छोटी-छोटी चीजों में अपने को मत लगाइए। आप बड़े हैं बड़ा बनिए। बड़ा सोचिए और जवाब की प्रतीक्षा किए बिना सोचिए कि देश किस तरह विकासशील देशों की कतार में आएगा!

निश्चित ही देश का विकास होगा, आपका अपना विकास होगा। पांडे जी की बात सुनकर और संतोष भैया में जोश आ गया और उन्होंने तत्काल कैंटीन वाले को फोन लगा कर कह दिया कि 3 कड़क कॉफी और 3 समोसे ले आईए। पांडे जी की अद्‌भुत शक्ति है, उनमें अद्‌भुत कौशल है कि अच्छे से अच्छा निराश व्यक्ति भी तेज पानी के बहाव में चल रही नौका से छलांग लगा सकता है। वीरगति को प्राप्त कर सकता है, वाह पांडे जी, पांडे जी वाह!

उधर टिप्सी मुटरेजा के मन में यह था कि पांडे जी गजब आदमी है सबको जोड़े रखते हैं। घर को, परिवार को, समाज को और राजनीति को, साहित्य को, आखिरी इन से पूछना पड़ेगा कि वे खाते क्या हैं! उन्होंने पांडेयजी को फोन लगा लिया है। पांडे जी नमस्कार, पांडे जी ने कहा कि देखिए हमारा काम है सबको जोड़ कर साथ लेकर चलने का। हम सबको जोड़ते हैं और मुस्कुराते हुए जीवन यापन करना है, सबको करना है, आपको भी करना है, हमको भी करना है। इसलिए सबको साथ लेकर चलने का जो जज्बा है, वह अद्‌भुत है। यह बात हमें सिखाई है राधे लाल शर्मा के भाई राधे लाल कनौजिया ने। वहीं राधे लाल कनौजिया अरे वही राधे लाल कनौजिया जिसकी मंगोलपुरी में कतरन मार्केट में दुकान है। बहुत प्यारा आदमी है बहुत प्यारा इंसान। अंदर की बात है जो काम प्यार-मोहब्बत से हो जाता है वह गाली-गलौज से नहीं होता।

टिप्सी मुटरेजा समझ गई कि पांडेय जी दूर दृष्टि को लेकर काम करने वाले इंसान हैं।

उनका मोटो है कि प्यार बांटते चलो। सबको साथ लेकर चलने में ही भलाई है।

31.
पांडेय जी बन बैठे दारोगा जी

नमस्कार शर्मा जी। आप ही कह रहे हैं कि तनिक घबराओ नहीं। एक आप ही हैं हमारे सच्चे हितेषी।

बाहर जाओगे तो फिर हम से नहीं कहिएगा कि आपके लोगों ने सूजा दी।

ऐसा है कि हम भी क्या करें!

आजकल कोई पकड़म-पकड़ाई का खेल तो चल ही नहीं रहा। सब ठप्प बैठा है।

ऐसे में हम क्या करें!

सुबह से ही आदेश दे देते हैं कि जो स्वास्थ्य के प्रति सचेत दिखाई दें उनको दो लट्ठ, जो बाजार में तफरी करने आये हों उनकी दशा के अनुसार मौके पर ही निर्णय के लिए हमारी फोर्स सक्षम है।

हमारे कप्तान साहब ने भी हमें पूरी छूट दे रखी है कि जोर का झटका धीरे से लगे।

राधेलालशर्मा कब और कैसे राधेश्याम बन जाते हैं। उन्होंने कहा कि पांडेय जी अब उम्र हो चली है। एक बार जब हम जवान थे!

अचानक से शर्मा जी शरमा गए और फ्लेश बैक में जाते कि अपने दारोगा जी यानी श्रीमान विलायती राम पांडेय ने कहा कि मुद्दे पर आ जाओ वरना मिड डे मील बनाते हम देरी नहीं करते।

शर्मा जी ने कहा कि यूनियन के समय में नेता बनने का शौक हुआ था तो हमारी तश्तरी पर ऐसा रामजी का लट्ठ पड़ा था कि सर्दी हो या गर्मी, उनका एहसास बना रहता है।

पांडेय जी ने कहा कि इसमें रामजी का जिक्र कैसे आया!

पहले तो इस बात का खुलासा करें।

राधेलाल शर्मा ने कहा कि उस सिपाही का पूरा नाम श्री रामचन्द्र रामजी था।

पांडेय जी बोले कि जरूर वह मथुरा निवासी होगा। वहीं के लोग हमेशा याद रहते हैं।

शर्मा जी को आगे का प्रसंग तो समझ नहीं आया, पर इतना कहा कि अनुमति हो तो गुप्ता डेयरी से दही ले आऊं।

पांडेय जी ने कहा कि इसमें मेरी अनुमति का क्या काम!

क्या आपने कोई पास इश्यू करवाया है!

कैसा पास!

राधेलाल शर्मा के भीतर का एक जज्बाती इंसान जागे उससे पहले पांडेय जी बोल पड़े।

ऐसा करो, गेट के किसी चौकीदार को कह दो, वह ले आएगा, बेकार में अब कमर पर पड़ गया तो लेने के देने पड़ जाएंगे।

न तो आपकी देई पहले जैसी रहीं। न ही सहनशक्ति। हमारे यहां जो नई भर्ती हुई है न, पट्ठे मारते बहुत हैं। हम भी का करें!

कोई चोर-उचक्के तो आजकल पकड़ना हमारे लिए अपराध है। अभी तो कोरोना को जड़मुक्त बनाना है, इसलिए जो हाथ लग जाए, उसी पर पिल पड़ते हैं।

शर्मा जी ने कहा कि क्या दही खाना छोड़ दूं!

पांडेय जी बोले कि जी, हमने ऐसा कब कहा कि आप दही खाना छोड़ दें। दही खाना तो आपका जन्मसिद्ध अधिकार है। उसको न छोड़िये आप! पर बुढ़ापे में बाहर निकलने की आशिकी भी न कीजियेगा। देखिये जी, आप हमारे आदरणीय हैं, वरना इस भाषा में तो हम अपने बाप से भी गुफ्तगू नहीं करते।

शर्मा जी को लगा कि मेरे सामने जो विलायती राम पांडेय खड़े हैं, लगता है मैंने आत्मसमर्पण नहीं किया तो इनके भीतर का कर्तव्य परायण पुलिस अधिकारी सोते में से जागने वाला है, जो अंगड़ाई लेने को व्याकुल ही नहीं उत्सुक भी है।

राधेलाल शर्मा जी पैदल-पैदल निकल लिए। सोचते हुए जब तक ये अखबार और टेलीविजन पर न आ जाए कि देश कोरोना मुक्त हुआ। तब तक मैं राधेलाल शर्मा, उम्र 70 साल, घर से क्या अपने महल्ले से0, गेट से बाहर ही नहीं निकलूंगा।

शर्मा जी बड़बड़ाते हुए घर की ओर तेजी से लगभग दौड़ने लगे।

श्रीमती राधेलाल ने कहा कि क्योंजी!

ले आये आप दही!

शर्मा जी ने सड़ा-सा मुंह बनाया और कहा कि हमारी पुलिस के लठैत बाहर शिकार करने बड़ी मुस्तैदी से निकले हुए हैं। उनको देख कर लगता

है कि मानो वे समर्पित ही अपितु ऐसे रक्षक दिखाई दे रहे हैं जिन्हें आम आदमियों में संदिग्ध नजर आ रहे हों।

सरला शर्मा, जो शर्मा जी की इकलौती पत्नी है, उसने कहा कि आप ही लग रही थी कि रायता खाये बहुत दिन हो गए।

एक दिन नहीं खाओगे तो क्या काम नहीं चलेगा!

ऐसा करो।

चुपचाप जो सब्जी के कटोरे फ्रीज में रखे है, वे ले आओ। तड़का लगा कर उन्हें फर्ज के मुताबिक फ्रेश कर देती हूँ।

सरला शर्मा ने आंखों ही आंखों में देखते हुए राधेलाल शर्मा की ओर देखा।

बेचारा आदमी कोई भी इस तरह देख लें कि मोमबत्ती बन जाता है। यह उसकी नियति है।

आइये आगे बढ़ें कि आगे देविका गजोधर के यहाँ क्या चल रहा है!

देविका गजोधर का मन पिज्जा खाने को है। वह बीयर पीने की इच्छा रखती है। उसने यही भावना टिप्सी मुटरेजा से व्यक्त की।

टिप्सी का भी हाल बुरा है।

दोनों दिलशाद गार्डन में एक स्कूल में टीचर हैं। आजकल नए फरमान के चलते वर्क फ्रॉम होम के तहत बच्चों के लिए घर से ही पढ़ाने को प्रतिबद्ध है।

देविका गजोधर ने टिप्सी को कहा कि यार स्कूल नहीं खुले तो पागल हो जाऊंगी, बॉस। टिप्सी ने कहा कि सुबह योगा और मेडिटेशन किया कर। सब सही हो जाएगा।

देविका ने कहा कि सुनने को सब अच्छा लगता है। पर अपने को वह फीलिंग नहीं आती।

हम्म!

टिप्सी ने कहा कि तुम्हें पिज्जा भी चाहिए, बीयर भी चाहिए और फीलिंग भी।

क्या करूं तेरे लिए जानम कि सब चुटकी बजाते हो जाएं।

देविका ने कहा कि बाय बाद में करती हूँ बात। मेरा पानी गर्म हो गया। जरा नहा लूं तभी दिमाग चलेगा अब तुम्हारी जैसी नहीं हूँ कि पानी की बचत करती रहूँ।

बाई दवे कितने दिन हो गए, नहाए हुए!

अब टिप्सी को गुस्सा आया। कहने लगीं कि बाय।

पता नहीं कब इसे क्या हो जाता है!

उधर पांडेय जी बेशक पुलिस का दारोगा हो और वे हमेशा गुस्से में भिनभिनाये भी रहते हैं जैसे वे शहद का पिटारा हों और अपराधियों का समूह मधुमक्खियाँ!

उनके अंतर्मन कुमार ने कहा कि वाह पांडेय जी क्या रबचिक सोच लेते हो आप!

पांडेय जी ने अपने आप को सराहा।

तभी रामप्यारी का फुनवा आ गया। कहने लगीं कि सुनिए जी!

एक बात बताइये। आप एक हैं या दुई!

पांडेय जी बोले कि ये बताइये चीकू की अम्माँ। आज हमहि मील गए तुम को बनाने के लिए। हम एक ही हैं, उ कहते हैं न वन मेन आर्मी। जहां खड़े हो जाते हैं ससुर पूरा थाना खड़ा हो जाता है। ऐसा मारते हैं अपराधियों को कि ससुरी हमारी ही बुशर्ट का बटन टूट जाता है।

रामप्यारी बोली-कान खोल कर सुनिए, अभी दवाई का डिब्बे देख रहे थे कि वहां ब्लड प्रेशर का तो पत्ता ही नहीं है। खत्म कैसे हुआ!

पांडेय जी ने कहा कि तुम्हारा भाई खा गया होगा।

रामप्यारी ने कहा कि मजाक का वक्त नहीं है। बताइये न!

हम ही ले रहे हैं एक गोली सुबह और एक शाम।

पांडेय जी ने अकड़ते हुए कहा।

रामप्यारी ने कहा कि अस्पताल का पुर्जा हम देखें हैं कि उसमें डाक्टर ने बताया था कि कैप्सूल सुबह और शाम लेना है। एक-एक और उ गोली शाम के वक्त!

पता नहीं!

आपकी बुद्धि कहाँ घास चरने लगती है। इंतजाम कर लीजिये। कहीं कुछ हो हवा गया तो जे राम जी की।

ए सुनिए न!

उ पॉलिसी में नॉमिनी बना दिए हो न!

आज शाम को आ जाइये। आपके सब कागजों को झाड़ा लगाती हूँ। पता नहीं कौन सी दुनिया में खोए रहते हो!

पांडेय जी ने अगले गोलचक्कर से मुड़ने से पहले ही बिहारी केमिस्ट पर रोक कर पूछा भईया जी ये देखिये। क्या ये गोली है आपके पास!

केमिस्ट ने देखा कि बगल वाले से मंगवा देता हूँ, दारोगा जी। शाम को दो पत्ते चौकी में ही भिजवा दूंगा।

पांडेय जी ने पत्ता लिया। पैसे दिए और चल दिए।

चौकी में बैठे-बैठे चाय के साथ लक्ष्मीबाई नगर के प्रभारी रामखेलावन को फोन लगाया। क्या चल रहा है! भइया!

कुछ कोरोना के चलते व्यापार कम हुआ या अपनी जैसी वाट लगी है।

थाने के प्रभारी रामखेलावन ने कहा कि सब तरफ मामला ठंडा है।

कोई काम नहीं।

चौकी भी उदास है। पता नहीं ऊपर से क्या आदेश आ जाए।

कल ही आखिरी पड़ी थीं। खत्म ऐसे हुई कि रो दिए।

पांडेय जी बोले भईया रुलाओगे क्या!

हर जगह यही चर्चा है।

कल तो किसी पगले ने व्हाट्सएप्प पर एक वीडियो भेजा।

उसमें कहा गया कि सरकार केवल दो दिन 24 घन्टे शराब की दुकानें खोल दें और ऊपर से कोरोना टैक्स लगा दें।

कोरोना टैक्स! रामखेलावन ने कहा।

अरे! जैसे कोई बोतल हजार की है तो ऊसर पांच सौ और जो कम की है उस पर कम टैक्सस

उससे होगा क्या!

रामखेलावन तुम पूछते बहुत हो।

ऐसा है, सारे बेवड़े आ जायेंगे। अपना कोटा लेने। पैसे भी देंगे और ऊपरी कोरोना टैक्स भी। देखना सरकार का रेवेन्यू कितना बढ़ जाएगा।

ये बात तो है। रामखेलावन ने हंसते हुए कहा।

पांडेय जी ने कहा कि ठीक है। रखता हूँ, बाद में बात करता हूँ।

जय हिन्द।

उधर पिकेट से खबर आई। एक बड़ी गाड़ी के साहब से पुलिस कर्मी भिड़ गए। मामला सुलटने का नाम नहीं ले रहा। खबर की गई कि पांडेय जी को बुलाया जाए।

पांडेय जी की जिप्सी मौके पर चंद मिनटों में हाजिर। सड़कें खाली हैं। पांडेय जी को वहां मौजूद देख जय हिन्द जनाब की स्वर लहरी आकाश में गूंजने लगी।

अधिकारी का यही रौब है। पांडेय जी और अकड़ गए। जब वे ऐसा करते हैं तो उनके भीतर का अजय देवगन बाहर चमकने लगता है।

हवलदार टिंकू राणावत ने कहा कि साहब जी, ये गाड़ी वाला मानता कौनी। कहने लगा कि मेरे को दूरदर्शन जाना है। वहां इस ताऊ की रिकार्डिंग है। कोई कागज पत्र नहीं है। कैसे जान दें!

आप परमिशन दें तो इसकी सुताई यही कर दें और सतबीर पठान इसकी कुटाई के वक्त लाइव रिकार्डिंग भी कर देगा और इसे अपन इंस्टाग्राम पर भी पोस्ट कर देंगे।

पांडेय जी ने जब तक देखा नहीं था कि उसके पुलिस वालों ने किसे दबोच रखा है।

जब देखा तो वे बेहद शर्मिंदा हुए। कहने लगे कि सालो, ये हमारे देश के महान लेखक हैं। जिन्होंने दो सौ के करीब टीवी सीरियल लिखे हैं। मास्टर आदमी हैं। इन्हें छोड़ो। गुरुजी हैं, गुरुजी।

तब तक लपकुराम जी नॉर्मल हो गए। नहीं तो लग रहा था कि पांडेय जी की ब्लड प्रेशर की गोली उनको ही न देनी पड़ जाती।

पांडेय जी ने कहा कि गुरुजी स्टाफ की ओर से में माफी मांगता हूँ। सरजी। इन्हें पता नहीं था कि आपका समाज में कितना बड़ा रुतबा है!

पांडेय जी ने एक सिपाही उनके साथ कर दिया कि सरजी को आकाशवाणी ले जाओ। रिकार्डिंग तक वहीं रहना। वापसी में साथ ले आना और घर छोड़ना।

इतना वीआईपी ट्रीटमेंट लपकुराम जी को जीवन में पहली बार मिला था।

घर आ कर उन्होंने अपनी पत्नी से कहा कि आज तो डॉलिंग इतना बढ़िया हो गया

अरे! अपने विलायती राम पांडेय मिल गए। अरे वही जो एक जमाने में हमारे मुरीद रहे थे। आजकल पुलिस महकमे के दारोगा हैं।

उन्होंने कसम से बचा लिया और एक सिपाही भी आकाशवाणी भेजा और वापिस भी वही घर छोड़ कर गया। नहीं तो सुताई पक्की थी और सूजा देते वह अलग।

चलो कोई तो व्यक्ति तुम्हारा जीवन में काम का मिला। मिसेज लपकुराम ने मटर छीलते हुए कहा आ जाओ और मेरी मदद करो।

ये बताओ कि आकशवाणी वाले तुम्हारी मदद कर रहे थे या पिटवाने के बाद एक लेखक की ट्रेडिशनल पिटाई का साझा अनुभव प्रसारित करने के मूड में थे।

लपकुराम कुछ न बोले। चुपचाप मटर छीलने में लग गए। बोल कर कोई फायदा न था।।

विलायती राम पांडेय जी घर पर हैं। छज्जे पर बैठे-बैठे ही झपकी लेने लगे।

रामप्यारी चाय लातीं। जब तक वे सपनों में थे। कुछ क्रिएटिव मूड में है।

आइये रूबरू हो लेते हैं:
दुनिया में अफसाने और भी हैं।
एक कहानी खत्म हुई
दूसरी शुरू
इसी तरह
एक प्रेम के बाद
दूसरा
पहले संग्रह के बाद
दूसरा
तीसरा और चौथा
पर
परिवर्तन देखिये
परिवार में एक के बाद
आजकल फुलस्टॉप
उसके बाद न तो हिम्मत
और
न ही नजाकत
देखिये न
महंगाई का आलम
कोई लेखक थोड़े ही है
जिसकी महत्वाकांक्षा खत्म ही नहीं होती
कई तो इसी में अभी भी अटके हुए हैं
काश!
साहित्य अकादमी मिल जाता तो प्रस्थान कर जाते
कब तक चित्रगुप्त को टालते रहेंगे!
हिंदी अकादमी
उत्तरप्रदेश का भी ले लिया
हरियाणा का भी झटक लिया
पर दिल है कि मानता नहीं
इस अखबार में बातचीत आ गई
उसमें आ गई।
स्थानीय एफएम पर भी प्रसारित हो गए

अब किसी कोर्स में और लग जाएं
इसी चक्कर में झाड़ता पोंछता रहा वह ताउम्र
अपनी जिंदगी में मिले ताम्रपत्रों को
बस अभी आस है
पद्मभूषण और पद्मश्री मिल जाए।
इनके लिए जुगत
जुगाड़ व जितने भी प्रपंच किये जा सकते हैं
सब जारी है
आगे क्या होगा
क्या मालूम!
वोह कहते हैं न
कि दुनिया में अफसाने बहुत हैं
जो अभी बाकी हैं
बाकी हैं किस्से और कहानियां
और
जुगत में हैं
दिख रही है अधेड़ों में
महत्त्वकांक्षाएं
जो जारी हैं, जारी रहेंगी।
उम्मीद पर आदमी टिका है
फिलहाल यहाँ तो लेखक है और
अतृप्त अभिलाषा।

सुनिए जी। ओ चीकु के पापा। चाय ले आये हैं और पकौड़े भी बना दिए हैं। अब ठंडे न करो।

रसोई में बड़बड़ाती हुई रामप्यारी अंदर चली गई।

पता नहीं पिछले जन्म में मेरा पति हलवाई था या उसके यहाँ कामगर!

तभी चीकू बोला।

मम्मी मुझे भी दो न!

पकोड़ें और दूध वाली चाय।

बना रही हूँ, जाओ बाहर बैठो। और सुनो, पंखा बत्ती सब बन्द करके बाहर चलो। और जीजी को भी बको कि वे भी बाहर बैठे। ताजी हवा में। क्या अंदर बैठी रहती हैं। जैसे कोपभवन हो।

बोल रहा हूँ, मम्मी। चीकू बोलता हुआ चला गया।

तभी पांडेय जी को कप्तान साहब का आदेश मिला। कि सरकारी जो सहायता मिली है, उसे और अन्य रसूक वाले महत्त्वपूर्ण लोगों की सहायता लेते हुए निजी संस्थाओं का भी सहयोग लिया जाए।

पांडेय जी ने मुस्कान के साथ कुछ महत्त्वपूर्ण लोगों से निवेदन किया। लोगों ने पांडेय जी के अनुसार सहयोग करने की पहल पर आगे आने का साहस दिखाया।

पांडेय जी के सिपाहियों ने स्थानीय हलवाई से सम्पर्क किया। स्थानीय पाठशाला के प्रिंसिपल से बात की।

दिलशाद गार्डन की दो टीचर्स ने जिम्मेवारी संभाल ली। जिसमें देविका गजोधर और टिप्सी मुटरेजा का सहयोग वाकई बधाई के योग्य रहा।

स्कूल का प्रबन्ध और स्थानीय लोगों ने उन घरों को और ऐसे मजदूर तबके का पता किया, जिनके घर कई दिनों से चूल्हा नहीं जला था।

पांडेय जी के प्रयास को कप्तान साहब ने लोकल मीडिया और अखबारों में भी प्रमुखता से प्रकाशित करवाया ताकि इससे दूसरे लोगों में जनचेतना के प्रति सहयोग देने की भावना आगे आए।

देविका गजोधर को पांडेय जी की पर्सनलिटी ने काफी प्रभावित किया। उसने पांडेय जी से आगे बढ़कर कहा कि पांडेय सर अगर बुरा न मानों तो एक बात कहूं.

हां, कहिये न मैडम जी।

आप दिखते जरूर गुस्से वाले हैं, पर आपको देख कर लगता नहीं। देविका ने कहा।

अच्छा! क्या लगता है!

मुझे देख कर!

पांडेय जी ने गरीबों को पूड़ियाँ खिलाते हुए पूछा।

ऐसा लगता है कि जैसे आप एक शरीफ आदमी हैं। और एक संवेदनशील दिल भी रखते हैं।

पांडेय जी ने कहा कि मैडम जी।

पहले तो मन्ने ये बताओ कि आपको कोई तंत्र विद्या आती है क्या!

अगर आती है तो ये बताओ कि मेरी प्रमोशन कब होगी!

देविका ने कहा कि पांडेय सरजी, न तो मुझे कोई ज्योतिष विधा आती है और न तंत्र।

पर इतना जरूर बता सकती हूँ कि आपकी प्रमोशन अगले तीन महीने में तय है।

अगर हुई तो क्या ट्रीट देंगे!

देविका ने उत्साह में कह दिया।

पांडेय जी बोले तो मैं आपको हमेशा के लिए नहीं भूलना चाहूंगा।

डन! डन

दोनों ने खुशी-खुशी इस बात की सहमति पर अपनी मुस्कान बिखेरी।

उधर टिप्सी मुटरेजा ने कहा कि साली क्या हैंडसम इंस्पेक्टर पटा लिया।

क्या डोले है! क्या शोले हैं।

देविका गजोधर ने कहा कि काम कर। ऐसा कुछ नहीं। मेरी जान।

चल जल्दी-जल्दी हाथ बंटा।

ओके, ओके।

कई महीनों बाद देविका गजोधर के मोबाइल पर अननोन नम्बर दिखाई दिया।

देविका ने पिक किया। दूसरी ओर पांडेय जी थे। कहा कि बधाई हो देविका जी। मैं एसीपी विलायती राम पांडेय बोल रहा हूँ। आपके बताए अनुसार मेरी प्रमोशन हो गई है। मैं चाहता हूँ कि आज की शाम आप मेरी मेहमान रहें।

देविका ने कहा। ओके।

शाम को देविका की मुलाकात हुई और ये एक यादगार लम्हा रहा जिसकी डोर से वे आज भी बंधे हुए हैं।

देविका ने जब टिप्सी को बताया तो उसने कहा कि वाऊ! मेरी जान मैंने तो पहले ही कहा था कि पांडेय जी जैसा कोई दूसरा हो ही नहीं सकता।

पांडेय जी शाम को सोचने लगे कि आज पता लगा कि मोबाइल में दो सिम किस लिए होते हैं! वही गुण रामखेलावन को भी आजकल हो रहा है। इस बात की उन्हें बेहद खुशी है।

नई सूचना के तहत विलायती राम पांडेय एसीपी बनाए गए और रामखेलावन दिलशाद गार्डन के नए अडिशनल एसएचओ।

फुलमतिया और रामप्यारी की इस संदर्भ में चर्चा जारी है।

पाण्डेयजी ने रामखेलावन को कहा कि शाम को जश्न किया जाए।

मिलते हैं।

जयहिंद जनाब।

जय हिन्द।

32.
पांडेय जी और बेमतलब की टेंशन

पांडे जी और फेसबुक का चक्कर अजब दुनिया है, अजब तमाशा है। आज आप लोग हैं तो भी पांडे जी को एक बात समझ में नहीं आती। लोगों को फेसबुक का नशा क्यों है अरे नशा ही करना है। घर का करो। अखबार का करो। मौसम का करो। सन्नाटे का करो। किसी का तो करो लेकिन आजकल साहब आदमी वही करता है जिसको जहां से खुशी मिलती है। खुशी कोई मॉल में तो मिलती नहीं। किसी बाजार में मिलती नहीं। खुशी मिलती है आम लोगों में और पांडे जी को आम लोगों में रहना अच्छा लगता है। किसी बस में जाओ, किसी मोहल्ले में जाओ। खुशी बिखरी पड़ी है, खुशी को तो केवल समेटना होता है, जिसने खुशी को समेट लिया उसने दिल को जीत लिया, क्यों रामखेलावन जी के जीवन में जब से मधुबाला आई है तब से रामखेलावन जी की चाल बदल गई है। उनको नशा हो गया, मोहब्बत का जैसे बिन पिए ही लगता है। अदरक वाली चाय पी ली हो। क्यों रामखेलावन जी! पांडे जी अपने आप ही बड़बड़ा रहे हैं। एक उम्र के बाद आदमी भ्रमण आता ही है, क्या करें कोई सुनने वाला है ही नहीं। जिंदगी है तो गति है गति है, तो मिमिक्री है, मिमिक्री है तो आर्टिस्ट, आर्टिस्ट है तो कलाकार हैं। कलाकार दो कलाकार ऐसे में चाय पी लेनी चाहिए असल बैठक से पहले लौट के मिलते हैं ठीक है।

पांडे जी अपनी कुर्सी पर बैठे थे, बैठे-बैठे उनको ख्याल आया कि किसान आंदोलन से इसको फर्क पड़ रहा है आम जनता को, राजनीति को या आसपास में रहने वाले लोगों को, अभी तो कुछ सोच ही रहे थे कि अचानक से दगडू पांडे का फोन आ गया कि बोले चाचा जी दिल्ली से बाहर नहीं निकले आप तो, बहुत घूमते हो पहाड़ों पर चले जाओ सुना करोना नाम का कोई जीव नहीं है। पांडे जो है पांडे का भतीजा है। आजकल पोस्टिंग हिमाचल में हुई है, हिमाचल में लग गया आजकल धर्मशाला के पास है

धर्मशाला एयरपोर्ट है। सत्ता पक्ष के पांडे जी ने कहा कि दगड़ू पांडे जो कहता है वह करके रहता है अब चाचा जी को तो भतीजे की बात माननी पड़ेगी। तो पांडे जी ने अपनी समिति के लोगों से बात की कि भैया हमारा भतीजा माध्यम है रहने की सुविधा हो जाएगी। खाने की हो जाएगी। तो रामखेलावन ने बोला चाचा पीने की! पांडे जी ने बोला, वह भी हो जाएगी और जिस बात की ओर इशारा कर रहे हो बरखुरदार उसका प्रबंध भी करवा देंगे। चिंता नहीं करते। विलायती राम पांडे जी हर मर्ज की दवाई देते हैं। यह बात तो ही सोचने लगा कि मौसम बदल रहा है। सर्दी का मौसम तो सबको बढ़ाता है लेकिन साहब आजकल तो सुबह शाम की सर्दी रह गई है रात को तो पंखा चलाना पड़ता है और ऊपर से साहब मच्छर बनाते हैं। बच्चों की दशा में ही है जैसे सत्ता पक्ष को देखकर विपक्ष मुस्कुराता है और कुछ ना कुछ किया करता है अब सत्ता पक्ष को पंखा चलाना पड़ेगा अब यहां पंखे को आप लोग लीजिए जब पानी की बौछार प्रदर्शनकारियों पर लगती है तो सत्ता पक्ष मुस्कुराता है और कुछ लोग यह कहते हैं कि सामूहिक स्नान का अपना ही आनंद है भैया कौन बताए सामूहिक स्नान क्या होता है ज्यादा दिमाग पर जोर डालने की जरूरत है आगे बढ़ते हैं पांडे जी को लिखने का शौक है, खाने का शौक है बढ़िया लिखते हैं, बढ़िया खाते हैं और नींबू पानी तो बहुत अच्छा लगता है वह भी नमकीन वाला। जमाने में मिठास तो भरी हुई है पांडे जी की रचना लेखनी से रूबरू होते हैं। क्यों? क्या कहते हैं, क्या सोचते हैं। पर दफ्तर में किसी ने कहा कि पोर्ट बलेयर घूम आओ। अब पांडेय जी सोच नहीं पा रहे कि कहां जाएं और कहां नहीं! बहरहाल सोचना जारी हैं।

पांडेय जी से रूबरू होने पर उनकी ही रचना से मुखातिब होते हैं:

मौसम बदल रहा है/
मौसम बदल रहा है
इंसान भी तो
जिसे देखो
वह बदलना चाहता है
मन, दिमाग और आदतें
पर भाईसाहब
लेकिन कोई आचरण नहीं बदलना चाहता
आदतें नहीं बदलना चाहता
सोचिये

क्या होगा
ऐसे बदलने से कोई फायदा
आवाज आई
कुछ भी नहीं
कुछ भी नहीं
सर्दी चुपके से अंतर्ध्यान हुई
जैसे सरकारी कर्मचारी का महंगाई भत्ता
बुजुर्ग नछतर सिंह ने कहा
स्यापा हो
इस कोरोनाकाल का
महंगाई भत्ता भी गया
लोगों के काम धंधे भी गए
पटरी से उतरी गाड़ी को समय लगेगा
दुबारा पटरी पर आने में
बरगद के नीचे ताश फेंटते पांच-सात लोगों ने कहा
गुप्ता जी
चाल चलिए
कहाँ खो गए!
इधर गुप्ता जी कार्डियक अरेस्ट में बैठे बैठे ही चले गए
ताश वहीं के वहीं रह गए
उठ गया मजमा
रह गया आदमी
केवल और केवल देह!
हरि !

बड़े दिन से पांडे जी के एक मित्र हैं नाम उनका असंतुष्ट कुमार है। मैं सारा-सारा दिन पता नहीं क्या महसूस करते हैं। अपने आप पर अनुसंधान करते हैं। उनकी प्रॉब्लम यह है कि उनके पास कोई प्रॉब्लम नहीं है यानी कभी खुश होते हैं कभी दु:खी होते हैं। वह कहते में संसार को बदल दूंगा अब हम यह कहते कि भैया जी पहले तो आप अपने को बदल लो, फिर संसार को बदलना और संसार तो नश्वर है। सांसारिक मोह माया में नहीं पड़ना चाहिए। मोह माया के बंधन आज है। कल नहीं, परसों है नरसों नहीं है। वह कहते मेरी प्रमोशन नहीं हो रही मेरी तरक्की नहीं हो रही है। अब तरक्की को आप ऐसे लीजिए

एक अविवाहित लड़की है कि मेरी शादी नहीं हुई। एक सासू मां है, ओके कोई गुड न्यूज नहीं आ रही। लड़कियों को नौकरी नहीं लग रही। सोचिए कि कोरोना कॉल ने खुशखबरी पर ताला लगा दिया। बच्चों की शादी नहीं हो रही है। नौकरी नहीं लग रही। काम धंधे चौपट हो गए। क्या होगा, क्या नहीं होगा। अब जब भी असंतुष्ट कुमार आते हैं इस तरह की बातें करते हैं। ऐसे लगता है कि चमोली का बादल मैदानी इलाकों में आ गया, सच्ची वैसे ही डरा देते हैं। भाई साहब अब मैदानी इलाके वाला आदमी बनाम बुद्धिजीवी सोचता है कि मैं क्या कर लूंगा, क्या नहीं करूंगा। सीधी सी बात है, जो होगा सबके साथ होगा। लेकिन पांडे जी मन में यह पूजा-पाठ जरूर करते हैं प्रभु जी सबके साथ अच्छा तो किसी के साथ वैसा न हो, लेकिन जब लल्लू जी के साथ बात करते हैं, वे आवेश में रहते हुए, वही करते हैं कि हमारे बॉर्डर पर चीन कितना किलोमीटर तक आ गया है उनकी चिंता हो जाती है। लेकिन जब पांडे जी राधे लाल जी को कहते हैं कि सारी चिंता हम दूर कर सकते हैं यदि प्रेस क्लब बौद्धिक वर्ग का वह स्थान है जहां लोग गम गलत करते हैं सस्ते में गलत हो जाता है। आज धूप है कल बारिश होगी, किसी को तड़क-भड़क वाला गाना अच्छा लगता है। सबका अपना-अपना स्टाइल है। क्यों जी, हम सही कह रहे हैं ना पांडे जी! आजकल बड़ी बात तो करते हैं अब पांडे जी ने सोचा कि बड़े दिनों से देविका गजोधर नहीं दिखाई दीं पता नहीं कहां किस हाल में होगी। चलिए पता कर आते हैं कि देविका जी एक बात तो सुनो, बात चिलमन से कर रहे हैं अपने आप से कर रहे हैं, कई बार पता ही नहीं चलता। चिलमन ने कहा, उस्ताद जी अभी लंच टाइम हो रहा है, जब लंच टाइम खत्म होगा तो फिर ले आएंगे चाय और आपको पता भी बता देंगे कि देविका गजोधर मैडम कहां गई हैं और वह टूर से कब लौटेंगी। बात भी सही है।

थोड़ा आगे बढ़ते हैं और देखते हैं कि दूसरे किरदार आप क्या कर रहे हैं।

पांडे जी छज्जे पर बैठे प्लेट में चाय और पराठा खा चुके हैं। नीचे से सब्जी वाले की आवाज आलू ले लो, गोभी ले लो, ले लो करेला, लो सौ का ढाई किलो 3 किलो। अभी सब्जी वाले को निहार ही रहे थे कि कबाड़ी वाला गुजर गया, पुराना सोफा भी बेचो। पुरानी कुर्सी भी बेचो। पुराना गीजर भी बेचो। पुराना टीवी भी बेचो। पांडे जी सोच रहे हैं कि यह होना चाहिए था पड़ोसी की कार भी बेचो। पड़ोसी का स्कूटर भी बेचो। पड़ोसी की टेंशन भी बेचो। यह तो कभी होता नहीं भाई साहब आप जरा सोचो जब तक मैं चाय पी लेता हूं मैं।

अब पांडे जी सोच रहे हैं कि यार घर से निकले बड़े दिन हो गए हैं जरा देखकर तो आएं काला पानी वास्तव में काला है या पीला है। अब पांडे जी ने अपने दफ्तर से लोन ले लिया। अरे वह क्या होता है। एलटीसी एडवांस। सरकारी बाबू को यही तो फायदा होता है। अब बच्चे भी खुश, रामप्यारी भी खुश। खुश होने के पीछे का उल्लास जो है। पांडे जी ने अपने दफ्तर में कागज लगा दिए। हर विभाग का जो अकाउंट सेक्शन है इतना अच्छा होता है कि आपके भरे पूरे कागज कहां छूमंतर कर दे। आपको भी पता नहीं चलेगा पांडे जी के साथ भी यही हुआ पांडे जी सोच रहे हैं, एलटीसी एडवांस का चेक अब मिलेगा, तब मिलेगा। पांडे जी की स्टेनो घबराती हुई आई जैसे चमोली का पानी दिल्ली में कुरियर से आ गया हो और ओबामा दुबारा ट्रम्प की सीट पर काबिज हो गए हों। कहने लगी कि सर फार्म भर दो दुबारा, पता नहीं कहाँ इधर से उधर हो गए!

इतना आसान थोड़ी ना है! घर से बाहर निकलना

और उधर बार-बार मैसेज आता है मेल आता है पांडे जी काले पानी में आपका हार्दिक स्वागत है। आप अपना परिवार का कोरोनावायरस टेस्ट समय पर करवा लें 48 घंटे पहले की रपट नेगेटिव होनी चाहिए, अन्यथा आप को जहाज में घुसने नहीं देंगे। आई बात समझ में। जी का जंजाल है साहब घूमना देखिए।

आगे-आगे होता है क्या उधर पांडे जी सोचने लगे, काश! देविका गजोधर भी होती तो यात्रा का आनंद दुगना-तिगुना हो जाता। हिंदुस्तानी भी न कितना सोचता है! आखिर सोचने में जाता ही क्या है!

कुछ मैंने सोचा, कुछ आप सोचो। यहां तो हिंदुस्तानी इतने अच्छे हैं सोच सोच कर खाली नदी में जो सूख चुकी है उसको भर देंगे अपने विचारों से अपनी शंकाओं के समाधान से। समझ लो ना जो मैं चाहता हूं समझ जाया करो, इशारा ही काफी होता है। हेलो राधे लाल जी कहां चले गए !

तभी चिलमन ने कहा राधे लाल, मुसद्दी लाल वर्मा के साथ कश्मीर चले गए। पांडेय जी ने कहा कि इस उम्र में!

चिलमन ने कहा कि घूमने की और घमंड करने की क्या कोई उम्र होती है!

आप भी न कड़वे करेले वाली बात कम से कम मोहब्ब्त के दिन तो न करो।

तभी पांडेय जी को याद आया कि आज तो सन्डे है और सन्डे मतलब

हॉलिडे!

पर साहब कहाँ छुट्टी!

उतने ही टंटे लगे रहते हैं। श्रीमती ने कहा कि बैग सही करवा लाना, इसकी जिप टूटी हुई है। धनिया ले आना। छुट्टी वाला दिन रहता है कि पांडेय जी से काम करवा लो। पांडेय जी भी ठहरे आखिर जोरू के गुलाम!

कहाँ जाएंगे और कहां खाएंगे!

बहरहाल अगले पड़ाव की तैयारी में घनचक्कर बने हम। मिलते हैं जल्दी किसी नए पड़ाव पर।

पांडेय जी ने कारवाँ पर गाना लगा लिया कि तेरी याद आ रही है..

इत्ती देर में जहां पांडेय जी की आंख लगी तभी चीकू आया और कारवां लेकर निकलता बना।

यही हाल राजनीति का भी है जहाँ जनता की आंख लगी वही मामले का हुआ बंटाधार!

आई बात समझ में

उधर राधेश्याम राधेलाल से बात करते हुए सर्विस प्रोवाइडर को चीनी का भाव बताते नजर आए। जबकि चमोली का दुःखदाई सपना अभी भी पांडेय जी को सोने नहीं दे रहा, बेशक उनका कोई सगा नहीं था उस हादसे में, पर सम्वेदनाओं की तो बात है।

33.
अब पांडे जी क्या करेंगे

सर्दी किसे अच्छी नहीं लगती! सोच कर बताओ, कितना सोच पाते हो कहां तक सोच पाते हो जहां तक सोच पाते हो सर्दी वहीं अपना इलाज करती है।

पांडे जी यही बात सोच रहे थे कि सोच कहां तक जाती है! अभी चाय का कप या नहीं था बीपी पिताजी पिताजी ने अखबार की सुर्खी पढ़ते हुए कहा कि फलाने देश में कोविड-19 इंजेक्शन लगने के बाद लगभग 75 लोगों ने दम तोड़ दिया। कुछ अस्पताल में भर्ती कराए गए। और बेचैनी शुरू हो गई।

विलायती राम पांडे जी ने अपने पिताजी से कहा कि बाबूजी सारी विदेश की खबरें मुझे, अभागे को क्यों सुना रहे हो!

मुझे इन खबरों से क्या लेना देना।

बात भी सही है अगर दुर्घटना जापान में हुई, अफ्रीका में हुई, दिल्ली में बैठे हुए आदमी को उससे क्या सरोकार!

क्या आंदोलन में बैठा हुआ किसान इस खबर से उच्च तारतम में बिठा पाएगा। नहीं ना। तो बाबू जी आजकल घर में बैठे हुए हर इंसान की स्थिति आंदोलन में बैठे हुए किसान की तरह है। जो आसमान के नीचे शीत लहर के साथ मौजूद है। पता नहीं उसके प्राण कब उखड़ जाएं।

बड़ी बुरी स्थिति है बाबूजी। खाना खा मेरे को डरा क्यों रहे हो। एक बार पढ़ते हुए देखा और चुप हो गए। जैसे चुप हो जाता है बाहुबली के आगे एक साधारण सा नौकरी पेशा आदमी।

इधर पांडे जी ने राधे लाल जी को अरे वही राधेलाल शर्मा जी, को फोन लगाया था। शर्मा जी नमस्कार हम पांडे बोल रहे हैं। गोमती नगर के पांडे जी।

हेलो हेलो! उधर से राधे लाल शर्मा जी हेलो, हेलो कर रहे हैं। एक उम्र के बाद या तो नेटवर्क उड़ जाता है आदमी नेटवर्क से जुड़ने की जुगाड़ करता है। लेकिन कायदे से कहा जाए तो अपने राधे लाल शर्मा जी बेचारे गऊ हैं। उनका तो फार्मूला यह रहता है ना काहू से दोस्ती ना काहू से बैर।

जहां से कुछ मिल जाए खटक लपक लेते हैं। सच पूछो तो भाषा विज्ञानी हैं।

पांडे जी ने कहा शर्मा जी बड़े दिन से प्रेस क्लब में नहीं बैठे थे। क्या शुक्रवार को बैठ जाए। सुनकर यह प्रस्ताव राधे लाल शर्मा जी को बड़ा अच्छा लगा। उन्होंने अंतर्मन से बात की। अंतर्मन ने यह कहा कि पहले घर में बिखरे हुए तामझाम को समेट लो। यह कोई कुंभ का मेला तो है नहीं जो 12 साल में आएगा। प्रेस क्लब में फिर बैठ जाएंगे।

भाई साहब अंदर की और सच्ची बात तो यह है। आजकल सर्दी अपने यौवन पर है। कब किसको लपेट ले पता ही नहीं चलता।

एक तो साहब आम आदमी की डुगडुगी पहले से ही पिटी हुई है। ना कारोबार रहे। न धंधा पानी रहा। अब तो जुगाड़ की माया है।

सुना है कुछ लोगों ने एनजीओ बना रखे हैं। ऐसा विचार राधे लाल शर्मा जी के मन में भी आया था। पर शर्मा जी गंदमंद में पड़ना नहीं चाहते। सो उन्होंने इरादा त्याग दिया। वैसे भी बड़े त्यागी किस्म के आदमी हैं।

अगर पांडे जी हों राम खेलावन हों या कोई भी अफलातून हो आसानी से उसे खर्च करने नहीं देते। कहते हैं बे!

बड़ा कौन है! उसका फर्ज है या नहीं उसको निभाने दोगे या नहीं पांडे जी क्या बोलते हैं। पांडे जी ने यही कहा कि आप बड़े हो अक्सर बड़ा आदमी ही भुगतान करता है। करना भी चाहिए भाई साहब। आखिर इतना पैसा लेकर कॉल कहां गया है या जाएगा।

सोचने की बात है।

सो राधेलाल शर्मा जी ने प्रेस क्लब जाने का अपना विचार 15 दिन के लिए खिसका दिया है। एक तो बढ़ती उम्र। दूसरी अप्रत्याशित सर्दी। तीसरा 26 जनवरी का मामला। कहीं ट्रैफिक में फंस गए तो दिक्कत। वैसे भी आजकल कोहरे ने मार रखा है।

घर से बढ़िया कहीं कुछ नहीं।

ये अमूल्य विचार पांडेय जी से साझा किये।

पांडे जी ने भी सहमति दे दी कि आखिर ठंड में घर से बढ़िया कुछ नहीं।

आइए थोड़ा सा आगे बढ़ते हैं आप जब तक विराम ले लो। देखा हम आपका कितना ख्याल रखते हैं ऐसे ही रखा करो आप भी।

यह वाक्य सोचते-सोचते पांडे जी को देविका गजोधर याद आ गई। एक बात तो है देविका में, मन मोह लेती है। कमाल की अभिव्यक्ति है।

आइए इसी बात पर एक कविता हो जाए।

बिल्कुल ताजा लिखिए साहब। शुद्धता की गारंटी है। जैसे घी के डिब्बों पर लिखा होता है असली घी।

केवल तुम/
तुम्हें सोचते ही
पूरी कायनात
यह सोचने लगती है
कि अगर मैं हूं
तो
केवल तुम्हारे लिए
तो तुम्हारा नाम आते ही
मेरा रोम-रोम सियार जाता है
एक स्पन्दन से भर जाती हूं मैं
तुम्हारा एहसास मुझे शक्ति देता है
आगे बढ़ने की
एक साथ चलने की
हमेशा तुम्हारे साथ
चलने की कसम खाई है
चलोगे ना
मेरे साथ
ताउम्र
जिंदगी भर
पांडे जी ने कहा
आमीन, आमीन

अभी चल मैंने आकर कहा- बड़े साहब बुला रहे हैं ज्यादा सपन ना लिया करो।

मैंने कह दिया के पांडे जी अपनी सीट पर बैठे हैं काम कर रहे हैं और आप यहां लगी हो देविका गजोधर के सपने लेने।

चल मैंने कहा ज्यादा सपने ना लिया करो। यदि मन हो तो डायरेक्ट बात कर लो। नहीं तो शादी ना हो पाएगी उम्र निकल जाएगी। समझ रहे हो ना। चल मैंने की बात समझ ली। पांडे जी कुछ सोचते-सोचते बड़े सांप के पास निकल गए।

अक्सर निकल जाती है समय से गाड़ियां। यदि बस अड्डे पर ना पहुंचे गाड़ी छूट जाएगी। समझ रहे हो ना। इसलिए समय का ध्यान रखो। कुछ भी ना छूटने पाए।

मिलते हैं ब्रेक के बाद

आप लोग भी ब्रेक ले लिया करो। इस ब्रेक में आंशिक कार्यभार का निष्पादन कर सकते हो। मसलन लघु शंका इत्यादि।

पांडे जी आज कोहरे में थे। उनको कोहरे से बड़ा प्रेम है। उनको लगता है कि उनका प्रेम साथ-साथ चल रहा है।

वैसे वे नसीब से सोचते जरूर है कि मौसम बड़ा रोमांटिक है। इस मौसम में देविका गजोधर साथ होती तो चीले खाने का मजा आ जाता है।

पांडे जी को कौन समझाए कि सुबह-सुबह किस का ठेला लगता है। चीला बनाने के लिए। अरे भैया दफ्तर के लिए निकले हो। गाड़ी आराम से चलाओ। काहे फेसबुक लाइट पर बने हुए हो। सबको नमस्ते कर रहे हो सबके चरण छू रहे हो।

जबकि पांडे जी का यह मानना है, कि बुजुर्गों का आशीर्वाद समय-समय पर लेते रहना चाहिए। आशीर्वाद मिलेगा तो काम मिलेगा, काम मिलेगा चुनाव होगा। अप चुनाव में कौन जीतेगा यह मालूम नहीं।

पर चुनाव कब होगा। यह मामला सत्ता और विपक्ष का है। लड़ते रहेंगे। दोनों का काम ही यही है।

बैरन बैरन है कोहरा

पांडे जी गाड़ी चलाते हुए रामखेलावन से बतिया रहे थे कि भैया हमसे तो तुम ही अच्छे। घर बैठे हो तुम। और अदरक वाली चाय पी रहे हो। एक हम ठहरे मजदूर आदमी। सुबह भारी ठंड कपकंपी में निकल पड़ते हैं मजदूरी करने को।

मजबूरी नहीं करेंगे चूल्हा नहीं जलेगा। और चूल्हा नहीं जलेगा तो भैया परिवार कैसे चलेगा

बात तो सही कही पांडे जी आपने, रामखेलावन ने खूब बढ़िया खुजाते -खुजाते यह बात कही।

पांडेय जी ने कहा कि भैया फिर बात करेंगे। अभी तो हम कोहरे से प्रेम कर रहे हैं। प्रेम करना हमारा जन्मसिद्ध अधिकार है। सबको प्रेम करना चाहिए।

इंकलाब जिंदाबाद इंकलाब जिंदाबाद। पांडे जी गाड़ी में बैठे-बैठे बड़बड़ा रहे हैं। बड़बड़ाना उनका नियम है।

अरे भाई अंतर्मन कुमार ने कहा कि भैया गाड़ी चलाओ ध्यान से। जब देखो बड़बड़ाते रहते हो। रक्तचाप बढ़ जाएगा। फिर मत कहना कि बताया नहीं। हम आपके दोस्त हैं दुश्मन नहीं।

पांडे जी समझ गए कि अंतर्मन कुमार वाकई मन से और दिल की बात करते हैं।

पांडे जी सोच रहे थे कि इस बार अपने जन्मदिन पर कुछ नया किया जाए। जैसे टीवी में एड आता है ना!

आज कुछ तूफानी करते हैं। एक तो करोना के डर से बाहर जाने को मन नहीं करता। क्या पता किस रूप में किस वेश में वह आपका माथा चूम ले।

इसलिए पांडे जी सबको सलामी देते हैं जब तक बहुत जरूरी ना हो, घर से बाहर ना निकलें। घर में रहो।

आइए आगे बढ़ते हैं, अरे वही चिलमन के चचा की दुकान के आगे।

बाई गौड़ क्या पकौड़े बनाते हैं, कसम नत्थू पगले की क्या मसाला और क्या स्वाद।

कल्लू की पिटाई देविका और टिप्सी ने इसी महल्ले में की थी।

क्यों की थी, उसकी सामूहिक पिटाई उसका वर्णन रोचक अंदाज में जन तक चैनल की पत्रकार शेफाली अग्रवाल से सुनते हैं।

जी, नमस्कार, मैं शेफाली अग्रवाल, जनतक से सीधी बात के तहत आपसे मुखातिब।

देखिये ये वही मोहल्ला है जहां नामचीन आशिक कल्लू पेंटर की पिटाई हुई थी।

आइए मौके पर मौजूद देविका गजोधर और टिप्सी मुटरेजा से पूछते हैं कि ऐसी क्या बात हुई कि महिलाओं को यह कदम उठाना पड़ा।

जी, देविका जी पहले आप बताइए कि आखिर मामला क्या था!

मैडम जी, इस बदमाश ने हमारा मोहल्ले में निकलना बंद कर दिया। जब देखो कोई न कोई भद्दा इशारा करता था। जब अंदर से आवाज आई कि ऐसा कब तक चलेगा तो मैंने अपनी सहेली टिप्सी मुटरेजा के साथ बदमाश की ऐसी पिटाई की कि याद रखेगा।

टिप्सी देविका की मोबाइल से क्लिप बना रही थी कि सोशल मीडिया पर अपलोड कर दी जाए।

ऐसा ही वक्तव्य टिप्सी ने भी दिया।

मोहल्ले भर का यह मामला शाम होते ही सभी चैनल पर छा गया।

आइए आगे बढ़ते हैं एक नए मुद्दे के साथ मैं शेफाली अग्रवाल।

उधर कल्लू कालिया अस्पताल में एडमिट। उसके जान-पहचान के लोगों ने कहा कि भैया आपकी उम्र अब सन्यास लेने की है। कहो तो किसी ओल्ड एज होम में छुड़वा आएं। यह क्या मजाक है कि जब देखो पिटने की खबर में आते रहते हो। हमारा मजाक बना रखा है।

कल्लू का मुंह सूजा हुआ था, देविका ने चप्पल मार कर उसके दो दांत तोड़ दिए थे।

कल्लू ने भी सोचा कि सामने वाला बात तो सही कह रहा है।

आइए चलते हैं आगे।

पांडेय जी को यह किस्सा याद आ गया। आइए आप भी इस सागर में गौते लगाइए।

एक लड़के ने एक मोबाइल नेटवर्क सर्विस कंपनी के कस्टमर केयर पर फोन लगाया।

फोन एक लड़की ने उठाया।

लड़की: कस्टमर केयर में आपका स्वागत है।

लड़का: थैंक्यू।

लड़की: मैं आपकी क्या सहायता कर सकती हूं?

लड़का: क्या आप मुझसे शादी करेंगी?

लड़की: क्या! आपने गलत नंबर लगा दिया है...

लड़का: नहीं, नहीं... मैंने सही नंबर लगाया है। आप शादी करेंगी मुझसे?

लड़की: मैं आपके साथ बिल्कुल भी शादी करने में इंट्रेस्टेड नहीं हूं।

लड़का: अरे मैडम, सुन तो लीजिए एक बार...

लड़की: कहा न! नॉट इंट्रेस्टेड...

लड़का: लव मैरेज करेंगी तो हनीमून में डोमेस्टिक लोकेशन जाएंगी, अरेंज मैरेज करेंगी तो इंटरनेशनल लोकेशन जाएंगी।

लड़की: जब मैं आपसे शादी ही नहीं करना चाहती, तो आप ऑफर क्यों दे रहे हैं?

लड़का: कोर्ट मैरेज का खर्चा 10 हजार रुपए, नॉर्मल वेडिंग का खर्चा 10 लाख रुपए लगेंगे।

लड़की: आपको समझ नहीं आ रहा कि मुझे
शादी नहीं करनी, जो लगे हैं मुझे समझाने में!

.....

लड़का: अब पता चला मैडम आपको हमारा दर्द? जब हमें
इंट्रेस्ट नहीं होता, तब आप लोग फिर भी नए-नए ऑफर के
नाम पर हमें बार-बार कॉल करते रहते हैं!"

तभी देविका गजोधर का व्हाट्सएप्प आया। क्या हाल हैं पांडेय जी!

चलो कहीं बाहर चले क्या!

पांडेय जी ने कहा कि कनॉट प्लेस चलना है!

देविका ने कहा कि दुनिया कहाँ से कहाँ पहुंच गई और आप अभी भी कहाँ अटके हुए हैं बाबू!

मैं आपको ले जाना चाहती हूँ स्विट्जरलैंड।

जहां ठंड होगी और नजारे होंगे।

पांडेय जी कुछ देर सन्नाटे में चले गए।

कहने लगे कि मुझे तो ठंड बहुत लगती है।

क्या पांडेय जी आप न राधेश्याम न बना कीजिए। आप पांडेय जी है और देखिये न आपके नाम के साथ भी विलायती राम जुड़ा हुआ है तो कैसी ठंड!

फिर हम है तो क्या गम है!

पांडेय को लगने लगा कि ये जरूर रामखेलावन ने सारा पोरोगराम डिसकस कर आई है।

पांडेय जी ने सहमति दे दी कि तैयारी करो और दलबल को एक्टिव करो।

फिर तो देविका ऐसे खुश हुई जैसे उसे कोई भारी सम्मान मिल गया हो और वह किसी राष्ट्र की नेता प्रतिपक्ष हो गई हो।

सपने हैं बाऊ जी, यह कभी भी आ सकते हैं।

बहरहाल गौभी जब से सस्ती हुई रामप्यारी ने उसके पकौड़े नहीं बनाए।

आज ही कहता हूँ।

चिलमन जरा भाभी के लिए गौभी का प्रबंध करो, सर्दी का आलम है कि जब तक पकौड़े न खाओ, मन को बात भाती नहीं।

जी, मालिक। यूं गया और यूं आया।

इधर चीकू ने कहा कि आज पापा जी सुबह से नहा धो कर बैठ गए। क्या फिर से कोई लाइव प्रोग्राम है!

क्या स्टैंड लगाऊं!

अरे! नहीं। जाना तो शाम को है, तुम्हारे लिए कुछ सरप्राइज ले आऊँगा। ओके पुत्तर जी।

अब चीकू सोचने लगा कि क्या आएगा।

उधर रामप्यारी किचेन में पकौड़ों की तैयारी में लग गई। वहां देविका गजोधर प्लान करने लगी कि चलो मेरे हजूर के साथ बारिश का और ठंड का मजा लेने का एक न्यारा सा सत्र मिलेगा।

इधर पांडेय का मन्तव्य यह है कि जितनी भी खुशियां हैं उसको बांटते चलो, आखिर बांटने से प्यार बढ़ता है कोई घटता तो नहीं।

अन्तर्मन कुमार ने कहा क्या बात कही

इरशाद, इरशाद।

मोहल्ले में पांडेय जी झूमने लगे जैसे प्राउड फील टॉइप का इश्क मचलने लगा हो, राधेलाल नहीं राधेश्याम से पूछ लो। इश्क चीज ही ऐसी है जब लगता है तो आदमी खट से लपकुराम बन जाता है और नहीं तो रामकिशन पुनिया तो वह पहले से है ही।

पूछ लो मधुबाला की कसम।

कब से रामखेलावन अपना दुपहिया चकाचक किये बैठा है कि आएगी तो बिठाएंगे और लोधी गार्डन ले जाएंगे। लेकिन लगता है कि चाय में उबाल अभी आने में देर है।

किसी ने कहा है कि देर है अंधेर नहीं।

आएगा वह भी दिन। देख लेंगे कि या तो मौसम रहेगा या हमारी आशिकी!

34.
पांडेय जी और देविका की जुगलबंदी

अपने विलायती राम पाण्डेय आज इस मुद्दे पर सोचने को विवश हुए कि आखिर यह झमेला क्या है!

कौन हैं वे लोग जो इस महंगाई में पुरस्कार बाँटने में टाट गंजी कर रहे हैं! समझ में आया कि ये हिंदुस्तान है, यहाँ कुछ भी हो सकता है।

अन्तर्मन कुमार ने पूछा कि पहले जस्टिफाई करो कि कैसे:

तो उसको बताया कि थाने के सामने से यदि कोई किसी का मरगिल्ला स्कूटर चोरी करके ले जाये तो उसमें थाने की क्या गलती!

अरे! भैया यदि आपकी कोई पजेरो ले जाये या सेलटोस ले जाए तो थाने वाले कुछ करेंगे। ये क्या उसकी तौहीन करने के लिये आप रपट लिखाने को दौड़ रहे हो!

अचानक कुमार थाने में गुस्साए मूड में घुस गया। दगड़ू पांडेय सबइंस्पेक्टर से सीधे मुकाबला हो गया।

फिर क्या था!

दगड़ू पांडेय ने पूछ लिया कि भाई साहब ये फटे सायलेंसर की तरह काहे हिनहिनाये जा रहे हो बे!

क्या बाप का तबेला समझ लिया है!

अब अचानक कुमार का ब्लडप्रेशर फटाक से बाहर टपक पड़ा। कहने लगे कि आपसे मतलब!

दरअसल दगड़ू वर्दी में नहीं था। इसलिए सलीके से अचानक कुमार का भारतीय भभक पड़ा।

दगड़ू पांडेय ने आंखे तरेरते हुए कहा- साले के एक थप्पड़ मारूंगा तो हिमाचल की सर्दी में कंपकपाने लगेगा।

थाने के और मुलाजिम भी वहां आग तापने लगे। कहने लगे कि क्या भाई साहब!

ये बड़े साहब हैं। कल की बात ले लो, एक को लप्पड़ रसीद दिया था कि उसको स्टन्ट डालना पड़ गया। मारते बहुत हैं साहब। एक बार तो इतना मारा कि कम्प्लेंट लिखवाने वाला अपना नाम ही भूल गया।

अब देखो वह थाने के अहाते में जो मंदिर है न! उसके बाहर जो बैठा है वह वही है। सारा दिन राधे-राधे करता है।

अब तुमही सोच लो, पिटोगे, तुड़ोगे या जो आपकी मर्जी।

उ जो देख रहे हो न!

वह दगडू साहब का लट्ठ है। इतना गिरता है जैसे आजकल दिल्ली का पारा।

अब समझ लो और बताओ कि कैसी सेवा करवाना पसन्द करोगे!

अचानक कुमार ने सोचा कि आज किसका मुंह देख लिया और मैं थाने में घुस आया।

अगर कुछ देर रुका तो पता नहीं कितनी धाराएँ मुझ निरपराध पर लगा दी जाएंगी और मैं भरी जवानी में ही सलाखों के भीतर ले जाया जाऊंगा।

उसने कहा कि साहब मेरा कोई कसूर नहीं। न तो मेरा कोई स्कूटर चोरी हुआ और न ही कुछ और!

पता नहीं मैं क्यों आया यहां!

मंदिर में दस का नोट चढ़ा कर अचानक कुमार वहां से ऐसे रपटा जैसे पीछे कटखने कुत्ते पड़ गए हों।

जान बची सो लाखों पाए।

घर आकर अचानक कुमार सोचने लगे कि न काहू से दोस्ती न काहू से बैर।

मैं तो समझ लूँगा कि न मेरे पास कभी कोई स्कूटर था न कभी लेने का इरादा ही बनाऊंगा।

उधर दगडू पांडेय ने अर्दली रामखेलावन से कहा कि जाइयो बे एक मलाई वाली चाय ले आ।

रामखेलावन ने सेल्यूट मारा और चाय लेने राधेश्याम के पास चला गया।

थाने परिसर में ही राधे का स्टाल था।

आइए स्टाल पर बढ़ें उससे पहले एक विराम ले लें।

नमस्कार आज के मुख्य समाचार

नमस्कार आज के मुख्य समाचार इस प्रकार हैं

किसान आंदोलन के चलते राष्ट्रीय राजमार्ग से आने वाले ट्रक

वही रूके हैं दिल्ली के आसपास के गांव से जो सब्जी आ रही हैं वे जरूरत से ज्यादा महंगी है।

आइए बाजार में कुछ महिलाओं से बात करते हैं।

जी बहन जी! नमस्कार आपको इस आंदोलन से क्या तकलीफ हो रही है!

देखिए भाई साहब! तकलीफ तो बहुत ज्यादा हो रही है। सब्जियां महंगी हो गई हैं

आप सोचते हैं कि क्या बनाया जाए! क्या खाएं।

यही समस्या है!

अब देखिए न बर्ड फ्ल्यू के चक्कर में चिकन बना नहीं सकते अंडे खा नहीं सकते, दूसरी बात यह कि आजकल मोहल्ले में कोई सब्जी वाला भी नहीं आता

पत्रकार ने मुंडी हिलाई और कैमरा पर्सन को बाजार की तरफ भी कवर करने का निर्देश दिया।

चलिए दूसरे सज्जन से बात करते हैं

भाई साहब कैसा लग रहा है?

जब ठंड ज्यादा है ऐसे में जब आम आदमी की हालत खराब हो रही है।

ठंड से उपाय करना चाहता है। घरों में रहता हुआ आदमी भी सर्दी से आतंकित है।

इस तरह किसान सड़क पर है। खुले में हैं। क्या उनका तरीका ठीक है?

क्या सरकार उनके बात मानेगी?

क्या कहते हैं आप?

उक्त सज्जन का जवाब:

सर जी ऐसा है

यह विषय बड़ा पेचीदा है।

आपने एक साथ कई सवाल दाग दिए।

ये सही है कि ठंड ज्यादा है।

नहीं चलेंगे तो हड्डियां बोल जाएगी।

चलना तो जरूरी है।

दूसरी बात के बारे में कहना है कि

सरकार का अपना मानना है।

उनको सरकार चलानी है।

अब जिन को राजनीति करनी है वह राजनीति करेंगे।

वैसे इस बारे में मैं कोई अधिकृत विद्वान नहीं हूँ।
मुझको इस विषय में कोई ज्यादा जानकारी नहीं है।
अब देखिए मैं तो आम आदमी हूँ।
मेरी बात तो घर के बच्चे नहीं मानते।
मेरी पत्नी नहीं मानती।
उनको लगता है कि आदमी है।
ये बना रहे और तनख्वाह आती रहें, बस।
मैं खुद अपनी बात नहीं मानता।
तो जी आप यकीन कर लें और यह राय बना लें।
अधिकांश पतियों की हालत मेरी जैसी ही है।
तब तक नत्थू लाल पसरीचा के इर्द-गिर्द दस पांच तमाशबीन जुट चुके थे।
कइयों ने मोबाइल निकाल कर वीडियो बनाना शुरू कर दिया था
कई कैमरे के आगे उचक रहे थे।
पत्रकार महोदय ने मौजूदा हालात से निकलने के लिए तत्काल कहा,
देखा मैंने पहले ही कहा था कि समाज में कई तरह के पक्ष होते हैं
कुछ आपकी बात से सहमत होते हैं कुछ असहमत।
हाँ तो राधेश्याम जी ओवर टू स्टूडियो।
वैसे मौसम का हाल बताते चले।
आप तभी बाहर निकले जब बहुत ज्यादा आवश्यकता हो।
बाहर निकलने पर मास्क अवश्य पहने।
कोरोना के तांडव ने अमेरिका में 200000 से ज्यादा लोगों की जान ले ली।
आगे क्या होगा कुछ कहा नहीं जा सकता।
सावधानी हटी और दुर्घटना हुई।
एक नजर मौसम के हाल पर।
हिमाचल प्रदेश और उत्तराखंड के ऊपरी इलाकों में जबरदस्त हिमपात
मैदानी इलाकों में कंपकपी और ठंड का प्रकोप।
कुछ इलाकों में बाजारों से हीटर नदारद।
प्रदेश के कुछ जिला अधिकारियों ने अपने इलाके मैं अलाव की व्यवस्था की।
चूरू का तापमान -1 पर जा पहुंचा।
दिल्ली से मनाली जा रहे है लोग लाहौल स्पीति की अप्रत्याशित बर्फबारी में फंसे।

जिला प्रशासन ने उन सबको बाहर निकाला

और एडवाइजरी जारी की कि कोई भी पर्यटक ज्यादा बर्फबारी के इलाकों में नहीं जाएगा।

कल मिलते हैं इसी चैनल पर मेरे साथ मैं आपका विलायती राम पांडे।

तब तक तमाशबीन भी छंट चुके थे।

बारिश की बौछारें जैसे ही तेज हुई नहीं कि पांडेय जी भी चैनल की कार में बैठ निकल लिए।

अब आप सोच रहे होंगे कि बात अभी कर रहे थे, अपन दगडू पांडेय की और यहाँ आ गए विलायती राम पांडेय। दरअसल पांडेय जी एक चैनल में संवाददाता है।

पांडेय जी में और दगडू में छनती बहुत ज्यादा है।

सोत-सोते कब आंख लग गई। दगडू को पता ही नहीं चला।

तभी हवलदार मिस देविका गजोधर ने आते ही सेल्यूट मारा और जयहिंद कहा।

सामने सम्मोहक देविका गजोधर को देख दगडू सब कुछ भूल गए।

कहने लगे कि क्या टिपटॉप, क्या हुआ!

अब ई सपना ले रहे थे, खटाक से प्रकट नहीं होते न!

देविका ने कहा कि सुन लो सर। कान पे ऐसा रेप्टा मारूंगी कि दस दिन तक होश न आवेगा।

दगडू ने कहा कि तेने तो चाला कर रखा है मेरे मन पे। पगलेट।

हँसती हुई देविका चली गई ये कहते हुए, बॉस मेरा दीवाना हुआ। पगला कहीं का!

अब आगे चले।

एक नए किरदार के पास।

चिलमन ने सोचा कि आज देख आऊं कि पुरुस्कृत होने वाले लेखकों की पत्नियाँ क्या सोचती हैं!

आज मिलवाते हैं मिसेज लपकुराम से।

नमस्ते जी, कैसी हैं आप!

मिसेज लपकुराम: जैसी हूँ, वैसी हूँ। मैं क्या बीमार हूँ, जो ऐसे देख रहे हैं

नहीं, नहीं। आप जीती रहें, कम से कम 100 वर्ष। सुनकर उनकी आंखें चमक गईं जैसे पाँच वाट के बल्ब में पचास वाट का करंट प्रवेश कर गया हो

पूछा गया कि जो घर में प्रतीक चिन्ह रखे हैं!

उनकी साफ सफाई में लपकुराम जी कोई मदद करते हैं!

सुनते ही उनका माथा घूम गया। कहने लगीं कि इस काम को करने के लिए एक अदद कामवाली लगा रखी है, वह महीने में इनकी धूल झाड़ दिया करती है। अच्छे तो लगते हैं पर क्या करें!

इन सब कामों में समय बड़ा लगता है।

इधर मौसम बदला और पत्रकार ने नमस्ते किया और निकल लिया।

उनको तो जहां कोई न्यूज मिली वहां लपक लिए।

आईए बढ़ते है, अगले मोड़ पर।

दगड़ु पांडे अपने थाने में बैठे थे। उन्होंने सोचा कि लोग पुरस्कार लौटाते क्यों हैं!

हमें तो आज तक किसी ने कोई पुरस्कार नहीं दिया। थाने में जो भी आता है या तो वह दुःखी होता है या फरियादी होता है।

हमको तो किसी गली नुक्कड़ पर भी कोई पुरस्कार नहीं मिला।

वे सोचने लगे, आखिर यह पुरस्कार मिलते कहां है!

क्या चांदनी चौक में मिलते हैं? क्या दरीबा में मिलते हैं? क्या दिल्ली कैंट में मिलते हैं? इसका पता लगवाना पड़ेगा?

दगड़ु पांडे ने हवलदार मुकेश को काम पर लगाया

उसने आते ही जय हिंद जनाब करके सलाम बजाया। आते ही कहा फिक्र नाट सर जी।

यह कौन सी बड़ी बात है। इसका तो मैं चुटकी में पता लगा लूंगा। आपको तो पता ही है मैंने कितने केस सॉल्व किये हैं।

अबे गोलू पांडे उसके चेहरे को पढ़ने लगे। जैसे उनके सामने हवलदार मुकेश नहीं हवलदार देविका गजोधर पान का बीड़ा बनाये प्रस्तुत हो गई हो।

घर दगडू पांडे ने कहा ठीक है मुकेश इसकी तफ्तीश अच्छे से करो। अम्मा हम इतना काम करते हैं। चोरी चकारी वाले लोगों को अंदर करते हैं। उसके बाद भी हमको कोई पुरस्कार नहीं मिलता।

उधर रचनाकारों को देखो। अंट-संट लिखते हैं। और सोशल मीडिया पर चमकते हैं।

जरा 2-4 लेखक पकड़ लाओ, एक तो थाने में उनकी कविता सुनेंगे. उनके व्यंग सुनेंगे और इस तफ्तीश पर पहुंचेंगे कि आखिर में इनको पुरस्कृत किसने किया।

ऐसा करो थाने के बलशाली आधा दर्जन टीम बनाओ। वह ये देखेगी कि आखिर में दगड़ू पांडे को जिसकी रचना से हंसी नहीं आई तो उसको रिमांड पर ले लिया जाएगा।

थाने के सभी अधिकारी कर्मचारियों को दगुरू पांडे जी की बात समझ में आ गई। उनको लगा थाने में दिवाली मनेगी। होली का रंग गुलजार होगा।

तभी देविका गजोधर वहां से गुजर गई। डब्लू पांडे की अंतरात्मा खिल गई। जैसे खिल जाते असंतुष्ट कुमार।

असंतुष्ट कुमार की प्रमोशन बड़े दिन से नहीं हुई।

यह तो ऐसा लग रहा था कि मामला जोरों पर है पर प्रदूषण की वजह से कंसीव नहीं हुआ।

दगड़ू पांडे कुछ और सोचते। इससे पहले उनके बॉस एसीपी घरेलू राम प्रसाद ने बुला लिया।

आगे क्या हुआ।

उसके लिए बने रहे हमारे साथ हम लेते हैं कमर्शियल ब्रेक।

एसीपी घरेलू प्रसाद ने दगड़ू पांडे को तलब किया और कहा कि पांडे जी आजकल आपके इलाके से कोई शिकायत नहीं आ रही। क्या वजह है!

क्या आपके इलाके में राम राज्य आ गया है? चोर उचक्के दूसरे क्षेत्र में पलायन कर गए हैं? क्या वजह है!

भाई पता करो.. हमें भी ऊपर जवाब देना होता है।

समझ रहे हो ना! पांडे जी अपना औरा अविकसित करो।

दगड़ू पांडेय ने बड़े साहब को सैल्यूट मारा और अपने कमरे में लौट आए। सोचने लगे कि आखिर गलती कहां हुई! इलाके के सारे सम्मानित और उचक्के कहां चले गए!

और पांडे जी का औरा विकसित काहे नहीं हो रहा!

उन्होंने देविका गजोधर को बुलवा लिया। और पूछने लगे कि देविका जी यह बताइए कि इलाके के सारे चोर उचक्के कहां गए?

देविका गजोधर ने कहा सब मेरे को क्या पता कि सब कहां गए! मैंने उनका रजिस्टर थोड़ी ना मेंटेन किया।

दगड़ू पांडे बोले यह तो कोई जवाब नहीं हुआ

आपको पता है आप साहब से बात कर रही हो।

देविका गजोधर सोचने लगी। के साथ भी बड़े माशा अल्लाह हैं।

कब साहब बन जाते हैं कब आशिक बन जाते हैं। इनका तो भगवान ही

मालिक है। उसने कहा साहब। आपने पूछा कि औरा क्या होता है!

मैंने कहीं पढ़ा था इसका मतलब होता है कि मनुष्य का विजन क्या है! वह क्या सोचता है? उसकी रणनीति उसकी प्लानिंग क्या होती है? बड़े साहब का मतलब यही है।

पांडे ने तत्काल प्रभाव से घंटी बजाई और दो चाय लाने का निर्देश दिया। चिलमन झट से चाय ले आया।

दगड़ू पांडे ने कहा देविका मैडम आपका दिमाग चलता है, जरूर खजूर खाती होंगी। कहां से मंगाती हैं!

कुछ किलो हमारे लिए भी मंगवा लो, हमारा भी दिमाग चलने लगेगा।

देविका ने कहा साहब यदि आपका दिमाग चलने लगेगा तो हमको कौन पूछेगा।

दगड़ू मुस्कुरा दिया। कहने लगा चाय पी लो ठंडी हो जाएगी। देविका ने कहा चाय एक बार मुझे देख लेगी तो हो जाएगी।

दगड़ू पांडे समझ नहीं पाए। पर इतना जरूर कहा, नारी शक्ति वाकई महान है। कब क्या कह दे। कब क्या समझा दे। कोई भरोसा नहीं।

आइए आगे बढ़ते हैं:

गुरु पांडे जी ने अखबार में पढ़ा था कि रोजाना रात को गर्म दूध पीने से पीने के साथ 2-4 खजूर खा लिया जाए तो दिमाग चलता है और कुछ ज्यादा ही चलता है।

ऊपर से आजकल एसीपी साहब ने दिमाग खराब कर रखा है। दगड़ू पांडे सोचने लगे। इस बार साहब के जन्मदिन पर कोई बढ़िया सा गिफ्ट दे दिया जाए तो साहब शांत हो जाएंगे, और जो साहब ने ओरा शब्द समझाया था, उसका भी समाधान हो जाएगा।

सरकार को भी क्या पड़ी थी। जब इस थाने में दगड़ू पांडेय है ऊपर से बड़े साहब को बिठाने की क्या आवश्यकता थी।

मैं तो संभाल ही लेता। अब चोर-उच्चकों के साथ साहब को भी संभाले।

ये नई मुसीबत है।

ऊपर से मां-बाबू जी का प्रेशर है कि इस बार दगड़ू की शादी करवा ही देंगे।

अगले दिन दगड़ू पांडे ने थाने में पहुंचते ही देविका गजोधर को बुलवा लिया। और पूछा देविका मैडम एक बात बताओ, मैं आपसे कुछ निवेदन करूं तो बुरा तो नहीं मानोगे।

देविका ने कहा कि साहब जी आप तो आदेश देते अच्छे लगते हो। मैंने कब आपकी बात का बुरा माना है।

दगडू पांडे ने कहा कि मेरे माता-पिता की इच्छा है इस बार में शादी कर लूं। आपका क्या मानना है!

देविका ने बोला साहब शादी आपने करनी है मुझे क्या कहना है?

दगडू पांडे ने कहा कि मेरे मन में आपके प्रति सॉफ्ट कॉर्नर है।

आप समय ले लो। मेरे मन की जो थी वह मैंने बता दी। मैंने शादी आपसे करनी है।

देविका गजोधर का चेहरा सफेद हो गया। उसने कहा साहब जी मुझे थोड़ा समय दो।

दीपिका गजोधर वहां से चली गई। ड्यूटी ऑफिसर ने टिप्सी मोटरिया से कहा कि दगडू पांडे साहब जी ने मुझसे शादी के लिए कहा है। टिप्सी मैडम यह बताओ क्या सर के बारे में कैसा निर्णय लूँ!

टिप्सी मोटरिया ने कहा देख देविका यह निर्णय तुम्हारा व्यक्तिगत है और अगर तुमने पूछा तो गलत सलाह नहीं दूंगी।

वैसे भी शादी की उम्र है। समय से हो जाएगी तो ठीक रहेगा। नहीं तो बड़ी परेशानी होती है। और वैसे दगडू पांडे साहब हैं, बहुत जल्दी प्रमोशन भी हो जाएगी।

तू तो ऐसा कर। फोरन हामी भर दे। ऐसे मौके बार-बार नहीं आते।

देविका गजोधर ने कहा ओके।

दगडूर पांडे के कमरे में गई और कहा कि साहब जी मुझे आपका निवेदन पसंद है।

बस फिर क्या था। चट मंगनी और पट व्याह।

खुशी की लहर दौड़ गई। सबने पांडे जी और देविका को बधाई देना शुरू कर दिया।

पांडे जी ने तो हनीमून पर जाने का प्लान भी कर लिया। पर कमबख्त कोरोना ने सारा मूड खराब कर दिया।

थाने मंदिर में ही पुजारी ने दोनों की शादी के मंत्र पड़ दिए। यह अपने आप में अनोखी शादी थी। जिसमें पूरे थाने के सिपाही, हवलदार, ड्यूटी ऑफिसर, एसीपी साहब मौजूद थे।

देविका ने क्या सोचा था और क्या हो गया। टिप्सी भी शादी से बेहद खुश थी।

सुना है, शादी वह लड्डू है जो खाए वह पछताए जो न खाए वह पछताए।

क्या दगडु पांडे ने दु:खाया और पछताए इसको जानते हैं अगले मोड़ पर। बने रहें हमारे साथ।

किसी की सलाह पर दगडू पांडेय जी जुगनू पांडे बन कर दुबई की ओर निकल पड़े। हीरो टॉइप बनकर।

किसी ने कहा था कि वहाँ बुर्ज खलीफा है। ऊंची-ऊंची इमारत है। देखने वाली जगह है।

इंदिरा गांधी इंटरनेशनल एयरपोर्ट पर पहुंचते ही पांडे का कोरोनावायरस टेस्ट हो गया। रिपोर्ट दोनों की नेगेटिव निकली।

वरना एक पॉजिटिव निकलती तो दूसरा निकल जाता सोलो ट्रिप में।

दुबई एयरपोर्ट पर पहुंचते ही चेकअप हुआ। लगभग 10 दिन छुट्टी की बिताकर हनीमून कपल दिल्ली लौट आया। यहां आकर पता चला कि शहर में कोरोना के साथ आजकल उसका छोटा भाई स्टेन आया है। बर्ड फ्लू का चक्कर भी चल पड़ा है।

दगडू पांडे सोचने लगे। पता नहीं ईश्वर ने क्या लिखा है। देश का क्या होगा! उसका भविष्य क्या होगा? किसी को कुछ नहीं पता।

पांडेय जी सोचने लगे कि जिसको जो लौटाना हो, वह लौटाएं, हमें तो इस बहाने पुरस्कार मिल ही गया।

कहा है किसी ने कि समय से शादी करवा लो तो बढ़िया रहता है वरना साहब अच्छे भले कुंवारे ही विदा ले लेते हैं।

कसम भगवान की।

अभी खबर आई कि त्रिलोकी के लौंडे कल्लू की कोरोना से मृत्यु हो गई। उधर राधे की मुरगे ने भी बर्ड फ्ल्यू के मारे दम तोड़ दिया। बेचारा रामखेलावन की मुर्गी दिलरुबा का दिल टूट गया, उसने भी तीन दिन खाना नहीं खाया और विरह में प्राण त्याग दिए।

देविका ने कहा कि दगडू जी आइये आपकी मनपसंद खिचड़ी बनाई है देशी घी डाल कर।

आप यूं सेड-सेड अच्छे नहीं लगते।

आ रहा हूँ भग्यवान। इतना सुनते ही देविका अमर बेल की तरह पांडेय जी से लिपट गयी। पांडेय जी इस अप्रत्याशित हमले से हैरान थे पर खुश भी थे कि शादी का निर्णय सही समय लिया, वरना उनकी भी दुर्गति वैसी होती जैसे दिलरूबा का दिल विरह में टूट गया।

35.
पांडेय जी सैर और उसका शगल

कुछ लोग सैर करते हैं। कुछ उसका ढोंग करते हैं। कुछ दोनों का मिला जुला रूप करते हैं। ज्यादा दूर न जाये, बस तीस साल पीछे लौटना होगा।

पांडेय जी जब स्कूल में पढ़ा करते थे। एक दिन पढ़ लिया कि दिल्ली में रथ मैराथन की रेस होने वाली है। फिर क्या था अपने विलायती ने भी मन बना लिया कि दौड़ेंगे तो दौड़ेंगे। इत्ता दौड़े कि दस किलोमीटर दौड़ गए, शाहीनी इब्राहिम के पीछे। वह तो देश की शान थीं, जैसे पीटी उषा!

कहाँ वोह और कहां गंगू तेली, जनाब।

वही हुआ जो होना था। पांडेय जी दौड़े जरूर, महाराज। पर जब थमे तो पिंडलियों ने जवाब दे दिया। जैसे कल्लू के पीछे सब पड़ गए। मसलन उसने जब देविका गजोधर को छेड़ा तो उसके पिता झंडू सिंह गुलियाँ ने जो बजाया न रख कर, एफएम वाला नावेद क्या! रौनक क्या बजाता होगा!

बेचारा कल्लू!

और हमारा पांडेय!

आज भी पांडेय जी को वह दिन याद आता है। मन में तो बहुत आता है कि यार दौड़ेंगे तो एक न दिन इतना कि लोग याद रखेंगे। पर जी, हमारे यहां मेमोरी इतनी लचर है कि लोग ऐसे भूलते हैं जैसे किसी पार्टी के नेता के द्वारा हवा में उछाला गया वायदा।

आज पांडेय जी अपने छज्जे पर बैठे थे। प्याली लेकर।

कि दिमाग में कुछ चलने लगा।

सुबह की प्याली
बहुत से काम
कर जाती है चाय की प्याली
दिखती छोटी है
लेकिन है असरकारी
शुद्ध चाय

घर की बनी हुई
इसमें मन है और आत्मिक संतोष
बाहर की चाय
उसमें उबाल है
देश के प्रति खुद से सवाल है
चायपत्ती का बवाल है और शुद्ध खालिस चाय है
देखना यह है कि
आज कौन सी चाय बेहतर!
विवाद उसका नहीं
विवाद उसका है जो सवाल है
जिसने हल किया वह उत्तीर्ण हुआ
अन्यथा आपकी किस्मत का तो हमें पता ही है
ओ! भैया
यह क्या!
एक ही पत्ती को इतनी देर तक उबालना ठीक नहीं
दूसरी पत्ती ले लो
दुकानदार ने देखा और कहा कुछ नहीं
सड़ा सा मुंह बनाया और नई पत्ती का छोंक लगा दिया
लो बाऊजी!
चाय आपकी
पिछले महीने का चुकाया नहीं और सवाल करते हो कई
क्या करता!
स्ट्रगलर!
चुपचाप चाय उठाई और बैंच के एक हिस्से में बैठ गया
क्या अभी अखबार नहीं आया!
नहीं।
अभी टेम है।
गाड़ी नहीं आई।

मैं सोचता ही रहा और देश रामु की चाय की माफिक उबलता ही रहा।

पांडेय जी सोचने लगे कि आखिर देश के लोगों के पीछे उबलने का कारण क्या है!

क्या उनकी जीवन शैली ऐसी है जो उनके ब्लडप्रेशर को बढ़ाती रहती है।

क्या होगा उनका!

इन सबके पीछे डॉक्टरों की कमाई भी है, जो साफ नजर आती है।

आज कोई भी आदमी ऐसा नहीं है, जिसका बल्ड प्रेशर बढ़ा हुआ न हो।

नहीं बढ़ा हुआ होगा तो पत्नी बढ़ा देगी।

पिछले दिनों जब पांडेय जी टीवी खोल कर बैठे थे। सैटरडे था। कपिल शर्मा ने कहा कि सभी पत्नियों को सलाह दी जाती है कि अपने-अपने पतियों के सोने के बाद उनके मोबाइल की छानबीन करें। सुनने वाले अधिकाँश पतियों को सांप सूंघ गया। कइयों ने तो मन में प्रण कर लिया होगा कि इसके शो का बहिष्कार किया जाए। ये तो हमारी पत्नियों के दिमाग में अविश्वास का पौधा रोप रहा है।

पांडेय जी के साथ रामप्यारी भी बैठी थीं। तभी पांडेय जी ने चैनल बदल दिया। अचानक से रामप्यारी गुर्राई कि ये क्या किया। चलने दो, आज पहली बार तो यह अक्लमंदी की बात कर रहा है।

धन्य है कपिल शर्मा। जो घरों को बिगाड़ने से बाज नहीं आएगा।

पांडेय जी ने देखा कि एक जमाने की महल्ला क्वीन मिस शालिनी माथुर पार्क में नजर आई। एक जमाने के बाद। पता नहीं पहले किस पार्क में जाती थीं। वेट कीन्हा बढ़ा लिया है अब!

सर्दियों का आलम है जनाब, जब मन कहता है कि खाए जाओ और प्रभु के गुण गाए जाओ।

पांडेय जी के साथ भी समस्या यही है। दबा कर खाया और अब हालत ये हुई कि पिछली सर्दियों में बनवाई पेंट और कमीजें फंसने लगीं।

पत्नी ने वार्निंग दे दी कि पार्क में कुछ भी करो, पसीना आना चाहिए। उससे पहले घर मत आ जाना किसी भी सूरत में।

बाई गॉड की कसम!

मन में तो पांडेय जी के भी है कि दौड़ना है किसी भी हालत में। पर पार्क में अगर प्रलोभन रूपी सुंदरियां अगर सैर को आ धमकेंगी तो क्या होगा!

सैर का!

कबाड़ा हो कर रहेगा। भगवान बचाये पांडेय जी को ऐसी जादुगरनियों से।

अंतर्मन कुमार ने कहा कि पांडेय जी कूल डाउन। आप उनके बारे में ज्यादा न सोचें। आप मस्त हो कर अपनी सैर करें। चक्कर लगाएं। अगर सामने से ऐसे पीस टकरा भी जाये तो मुस्करा कर आगे बढ़ जाइए। सुबह

के समय एक कातिल मुस्कराहट ही काफी होती है दिन बनाने को, आई बात भेजे में!

आई बेटे। अंतर्मन कुमार की जय हो। जय हो। कहीं से आवाज गूंजी थीं। ये आवाज कहाँ से आई, कुछ नहीं पता।

दयाल बाबू ने कहा कि पांडेय जी कल भी आये थे, हम। पर आप जरूरत से ज्यादा बिजी दिखे तो हम लौट गए।

ओह!

क्षमा चाहता हूँ। दयाल बाबू। आप बैठिए न। चाय मंगवाता हूँ।

अरे! रोहित दयाल बाबू के लिए भी कम मीठे की एक चाय लाना।

अरे! रोहित असन्तुष्ट कुमार नहीं आये क्या!

नहीं साहब। रोहित ने कहा।

और!

वे लल्लू भैया!

वे आ गए हैं। पूछ रहे थे आपके बारे में।

अच्छा, अच्छा।

ठीक है पानी भी भर जाओ, वरना बेटे। तुम्हारे राज में प्यासे मर जाएंगे।

क्या साहब!

कैसी बातें करते हैं आप!

हम ऐसा होने नहीं देंगे, रोहित ने कहा।

पांडेय जी फिर फाइलों में घुस गए।

सोचने लगे कि फाइलों पर धूल क्यों रहती हैं!

यदि फाइलें मेन्टेन हों तो कोई समस्या नहीं। पर लगता है कि यदि फाइलों को ठीक से न रखा जाए तो अधिकांश दफ्तरियों को दमे की शिकायत हो जाएगी।

अरे! रोहित केंटीन वाले को कहना कि क्या चीनी सस्ती हो गई है या उसने सबको शुगर करने की मुहिम उठाई है।

जी, साहब। कहता हूँ, पर बदमाश सुनता नहीं है।

अच्छा! ऐसे करो। ये मीठी चाय एक बार केंटीन से सेवा राम मालपाणी को जरूर पिला देना। वह तो उसके कपड़े फाड़ देगा।

सेवाराम मालपाणी के बारे में अक्सर ये सुनने में आता है कि उसे भयंकर टाइप की शुगर है। चीनी तो उसे मना है, लेकिन दिन में वह चाय भी जो लेता है उसमें बहुत ही मामूली चीनी लेता है, जैसे न के बराबर।

गलती से रोहित ने मीठी चाय मालपाणी को परोस दी। बस फिर क्या था, मालपाणी ने केंटीन सर पर उठा ली। कि तुम समझते क्या हो!

क्या चाहते हो कि हम समय से पहले संसार त्याग दें!

बेटे। अगर मर भी गए तो भूत बन कर मंडराते रहेंगे, तेरे अड्डे पर। आई बात समझ में।

केंटीन वाला मौहन सेवा राम मालपाणी के रौद्र रूप को देख कर डर गया।

उसने केंटीन के महेंद्र को डांटा कि आगे से मालपाणी की चाय में चीनी बिल्कुल मत डालना।

महेंद्र ने कहा-जी, ठीक है साब।

मामला रफा-दफा हुआ।

पिछले दिनों पांडेय जी को जमीन से जुड़े कवि मिल गए।

पांडेय जी ने पूछ लिया कि कितने प्रतिशत जमीन से जुड़े हैं आप!

कहने लगे कि सौ प्रतिशत।

पांडेय जी ने दस का सिक्का नीचे चुपके से गिरा दिया और कहा कि जरा उठा दीजियेगा।

वह जमीनी कवि कहने लगे कि माफ कीजियेगा, इतना भी जमीनी नहीं हूँ, अगर ज्यादा झुका तो स्लिप डिस्क हो जाएगा।

पांडेय जी ने कहा कि आप बात तो बड़ी करते हैं कि मैं जमीनी हूँ, इनका मतलब है कि बातें कुछ और व्यवहार कुछ।

वह जनाब कुछ न बोले। कुछ काम याद आ गया और तेजी से निकल गए।

पांडेय जी ने सोचा कि कैसे-कैसे लोग हैं जमाने में।

यानी एक खोजो यहां हजार मिलते हैं।

बात करते हैं, बड़ी-बड़ी कि मैं जमीनी हूँ।

आज पांडेय जी को पार्क में एक सुन्दर सी कन्या टकरा गई।

कहने लगीं-

सर! नमस्कार! आप विलायती राम पांडेय जी हैं न!

हाँजी। कोई शक!

नहीं सर। मेरा मतलब है कि आप वही हैं न।

आपका नम्बर हमारी लाइफ मेम्बर दीपिका माथुर ने दिया है।

बताइए!

क्या काम है!

सर। मैं श्री श्री महाराज के मेडिटेशन से जुड़ी हुई हूँ, मैं चाहती हूँ कि आप जैसे बुद्धिजीवी हमारे संगठन द्वारा आयोजित की जा रही गतिविधियों से जुड़ जाइये तो समाज में एक सार्थक मैसेज भी जाएगा और भी बहुत लोगों का भला होगा।

अच्छा!

ये बताइये कि आप निशुल्क ध्यान शिविर लगाते हैं!

नहीं, सर।

ऐसा करेंगे तो कैसे काम होगा!

देखिए, आपका नाम जो भी हो, मैं किसी तरह के चोंचलों में नहीं पड़ना चाहता। यहाँ पार्क के चक्कर लगाएं। पसीना आ जाये, वही बहुत है। रही बात पत्नी से किसी बात पर झगड़ा हो जाये, जोकि लाजिमी है, हर घर में कभी न कभी बर्तन बजट के अनुसार बजते हैं। बाई दवे आपकी शादी हुई क्या!

नहीं सर। पापा खोज रहे हैं।

कितनी एज हैं!

सर! ट्वेन्टी फोर। दीपिका ने जवाब दिया।

पांडेय जी ने माथे पर बल लाते हुए कहा- कि कहां इस संगठन में पड़ गई!

लड़की, अपनी इच्छा अपने पेरेंट्स को बताओ अपना घर संसार बसाओ। ज्यादा देर में मैरिज होगी तो बहुत सारी कठिनाइयों का सामना करना पड़ेगा।

कई सारे मेडिकल कम्प्लिकेशन्स भी हो सकते है।

दीपिका ने पांडेय जी से कहा कि सर एक्सक्यूज मी। कुछ काम याद आ गया दीपिका निकल गई।

पांडेय जी के पड़ोसी नीरज मित्तल ने कहा कि क्या पांडेय जी लड़की को डरा दिया!

नहीं, मित्तल साहब।

ये वे लोग हैं, संगठन हैं जो मौका देखते हैं पैसे वाले लोगों का और उनको पकड़ते हैं कि आपका ध्यान लगवा दें।

अरे! लगवाना है तो काम वाली भाइयों का ध्यान लगवाओ जो बिना कहे छुट्टियां मार जाती हैं। बदमाश हैं सबके सब।

मित्तल जी ने सोचा कि काहे बखेड़ा मोल लूँ, उन्होंने कहा कि मेरा फोन भी गया। आज पता ही नहीं चला, बात-बात में, देर हो गई।

चलता हूँ, कल मिलता हूँ।

ठीक है मित्तल साहब। पांडेय जी ने खुली हवा को जोरदार तरीके से प्रदूषित करते हुए गहरी सांस ली और कहा कि ईश्वर तेरी माया कमाल की है। सबको बुद्धि दें, खुश रखें और स्वस्थ भी।

आज इतनी देर कहाँ लगा दी!

आफिस नहीं जाना क्या! रामप्यारी पूछ बैठीं।

जाना है भाग्यवान। अभी नहाया और पूजा करके यूं आया।

मेरे ब्रेक फास्ट की तैयारी करो।

ठीक है।

पांडेय जी नहा कर आये और डायनिंग टेबल पर न्यूज चला कर बैठ गए।

सारे के सारे दल ऐसे ही हैं। कोई काम नहीं करता।

हम्म। अरे!

मोहतरमा इसलिए तो कहता हूँ, कि न्यूज मत देखा करो। कॉमेडी सीरियल देखो, खुश रहोगी। वरना जो लोग न्यूज चैनल के चक्कर में आ गए तो वे गए काम से।

एंकर भी ऐसे बदमाश कि कोई ज्यादा न बोलना चाहें तो उसे ऐसे उकसा देते हैं जैसे भूसे में तीली दिखा दी हो। और उसके बाद जो तमाशा होता है फिर तो वही जाने।

कई बार तो ओडियन्स को भी लाइव पिटाई देखने को मिल जाती है।

एक वह जमाना था कि जब संसद में ऐसे दिव्य दृश्य देखने को मिलते थे, जब हम कवर करने जाते थे, पर भला हो आज के एंकर्स का जो चिल्लाते ही इसलिए हैं कि सबकी नजर में आएं और अपनी टीआरपी बनाएं।

अच्छा, रामप्यारी जी। चलता हूँ, शाम को टाइम पर आता हूँ, फिर चलेंगे शाम के प्रोग्राम में।

ओके।

बाय। बाय।

पांडेय जी गाड़ी चलाते हुए आगे बढ़ गए। कहते हैं, जिंदगी बढ़ने का नाम है।

गर्मी से तो ठंड बढ़िया है। आज ये एसी भी न! काम नहीं कर रहा। इसे दिखाता हूँ, खान साहब को।

तभी किसी का फोन बजा। पांडेय जी ने नजरअंदाज कर दिया। कैसे-नाहक किस्म के लोग हैं जो सुबह होते ही चिल्लाना शुरू कर देते हैं।

सर मैं लाइफ इंश्यूरेंस से, मैं फलाने लोन डिपार्टमेंट से।

सर मैं मेडिक्लेम से

सर, नई गाड़ी ले लो।

सर! मेरा नाम शिल्पी

आपके दो मिनट चाहिए।

पांडेय जी ने मोबाइल स्विच ऑफ कर दिया, कि बेटे अब बजाते रहो, पका दिया शानिचरों ने।

कोई काम करने नहीं देता। लगता है ये भी क्या करें।

ये अपनी ड्यूटी बजा रहे है पांडेय जी। अंतर्मन कुमार ने कहा।

इसलिए आप उनपर नाहक गुस्सा न करिए, वे तो अपनी सेवा से जुड़े हैं और थोड़े से कमीशन के लिए काम कर रहे हैं।

ओके, ओके। सोचते हुए

पांडेय जी अपने ऑफिस पहुंच गए।

36.
पांडे जी और सर्दी का लोचा

कहते हैं सर्दी और करोना का तालमेल कुछ ज्यादा ही है दिसंबर के तीसरे हफ्ते में सर्दी अपने परवान पर चढ़ती है इसका मतलब यह है कि दोपहर में धूप निकलती है पर कुछ दिखता नहीं शाम को फिर हल्की धुन्ध। रूटीन ऐसा निकम्मा कि इत्ती जल्दी से कहाँ बदलता है, भाई साहब!

पांडे जी दफ्तर जाते हैं दफ्तर से घर आते हैं सुबह तो कोई दिक्कत नहीं होती लेकिन साहब शाम को जब स्क्रीन पर जमती है उसको कैसे हटाए क्या गाड़ी का एसी चलाएं या हीटर!

इधर करोना तुम जाने का नाम नहीं ले रहे हो! उधर आजकल पांडे जी भी टेंशन में रहते हैं।

काम पहले से बढ़ गया है..कभी ये प्रोजेक्ट तो कभी वह प्रोजेक्ट!

सुना है उनके ऑफिस में नया कैंटीन वाला भी आ गया है।

रामप्यारी सब जानती है।

आजकल रामप्यारी घर से चाय बना कर देती है। चाय सुबह 11:00 बजे तक चलती है दोपहर बाद फिर पांडे जी चाय की तलब लग जाती है। उसके बाद कैंटीन का लड़का पांडेय जी का थर्मस लेकर ऐसे उड़ता है जैसे कहीं अज्ञात दिशा में उसकी खोई हुई प्रेमिका उसे पुकार रही हो!

जबकि ऐसा कुछ भी नहीं। पर कहानी का प्लाट काटने में देर कहाँ लगती है!

पांडेय जी भी न! अब क्या बताएँ!

इधर काम इतना ज्यादा है कि किससे बात करें किससे ना करें!

अब तो यह लगने लगा है काम ही पूजा है काम ही अर्चना है काम ही आराधना है काम ही वंदना है। अब जिस किसी भी सुकन्या का नाम इन में से हो, वह प्लीज बुरा न मानें। अगर मान भी लेगी तो कोई क्या करेगा!

आप अपनी सोचें।

इधर पांडेय जी ने दिमाग लगाया उससे पहले ही अन्तर्मन कुमार ने सोचना शुरू कर दिया।

अब आप हैरान ना हो जाएंगा, जिन–जिन के नाम दिए हैं विलायती राम पांडे जी ने न तो वे पांडेय जी की गर्लफ्रेंड हैं और न हीं वे किसी मल्टीटास्किंग प्रोजेक्ट का कोई हिस्सा है! यह तो आराधना के माध्यम है.आप उतना ही दिमाग लगाएं जितना आवश्यक हो!

अब जब से रामखेलावन को पता चला तो उसको तो एक सूत्र मिल गया था। उसने तत्काल टिप्सी मुटरेजा को फोन कर दिया क्या आजकल पांडे जी मेरा फोन नहीं उठाते। किसी आराधना किसी वंदना किसी पूजा के चक्कर में लगते हैं, यह अलग लोचा है। फोन उठाओ तो अलग मुसीबत। न उठाओ तो ब्रेकिंग् न्यूज। पता नहीं क्या होगा आगे!

राम जाने क्या जमाना आ गया

आइए सब आगे बढ़ते हैं। जरा संभल कर चलिए।

यदि बाजार से गुजर रहे हैं और हलवाई जलेबियां छान रहा हो तो दूरस्थ प्रेमिका है, ऐसा मनन कर आगे बढ़ते रहिये। कहते हैं न कि सावधानी हटी नहीं कि दुर्घटना घटी नहीं।

कहीं समोसे तो कहीं सिंघाना बाबू के गोलगप्पे।

भाई साहब क्या! बनाता है गोलगप्पे!

आटे और सूजीवाले दोनों किस्म के। एक बार खा लो तो माँ कसम महिलाओं का सम्मान करना सीख जाओगे।

वह इसलिए कि आमतौर पर महिलाओं के खाने पीने के स्टाल पर पुरुष कहाँ जुटते हैं!

उन्हें प्रतीक्षा करनी पड़ती है। पर अपने पांडेय जी को इंतजार करने में बड़ा सुख मिलता है।

आइए आप कल्पना करें और आगे बढ़िए नए किस्से के साथ।

जब से सर्दी का मामला आया है और करोना बढ़ा है तब से पांडे जी सोचने लगे हैं कि क्या होगा। क्या कोरोना जाएगा!

क्या नहीं जाएगा। ऐसे कुछ विचार कभी कभी निराशा को जहां जन्म देते हैं वहीं हताशा को भी ऐसे नजदीक ले आते हैं कि फिर अच्छे भले बहके व्यक्ति का जोरदार तरीके से ऐसा आलिंगन होता है कि उसका तो ब्लडप्रेशर ही बढ़ जाता है।

जैसे ही आज पांडेय जी को छींक आई कि बगल के कमरों के लोग भी अपनी फाइल छोड़ इधर से उधर मुंह मारना शुरू कर देते हैं। छींक की अवधि लगभग 25 सेकंड तक रहती है। ऐसी चीज से पांडे जी के रूम पार्टनर दयाल बाबू घबरा जाते हैं। वह तुरंत खड़े होते हैं और दोनों तरफ के दरवाजे खोल देते हैं और जोर से कहते हैं शिव बाबा भाग जा ठीक बाबा भाग जा। अब अगर आसानी से कीटाणु भागने लगे तो महाराज फिर तो सब कुछ एक ही झटके से ठीक हो जाएगा।

अब छींक का क्या करें, खांसी का क्या करें, आती है, तो आती है और नहीं आती तो कई-कई महीने बिल्कुल नहीं आती।

सर्दी है बाबा। पांडे जी ने भी सोच लिया है अदरक वाली चाय के अलावा सर्दी के मौसम में काढ़ा भी बहुत जरूरी है। उसके बिना मामला ठीक होने वाला नहीं।

पांडेय जी ने घर पर वाट्सप किया तो बेटा

चीकू बोला पापा जी यदि तबीयत ठीक नहीं है तो घर आ जाओ। पांडे जी ने कहा बेटा काम जरूरी है घर नहीं आ सकता।

यह बात भी सही है जब पांडे जी ठान लेते हैं तो उन्हें काम ही काम दिखाई देता है काम जरूरी है काम के बिना आराम जरूरी नहीं। अब थोड़ी देर बाद अगले किस्से में। तब तक बने रहें हमारे साथ

पांडेय जी छींकते-छींकते क्रियेटिव मूड में आ गए। वे लिखना किसी भी हाल में नहीं छोड़ते। आइए एक अगली रचना में उनके मिजाज को जान लेते हैं।

निवेश/

जीवन में

संबंधों का ही निवेश नहीं करना होता।

आपातकाल के लिए धन का भी संचयन करना होता है।

जैसे एक घर की मालकिन सर्दियों में मटर छील लेती है उसका भंडारण बेमौसम में भी जायका बनाए रखता है इसलिए जीवन में जो भी बातें आपके कल्याणकारी हित की हों उसे स्वीकार कर लेना चाहिए। जैसे सुबह की ठंड में आप और आपका बरामदा हो आपके हाथ में अदरक, तुलसी और लौंग युक्त गर्मागर्म चाय हो और किसी अति प्रिय का स्मरण जिंदगी में देखियेगा यह एहसास किसी अनुपम सुख से कम नहीं।

टेलीपैथी के माध्यम से यह सुख आजकल हस्तांतरित भी हो जाता है करके देखिए।

किसी को स्मरण कर प्रेम कीजिए। यह तो वैसा ही सुख है जो बांटने से बढ़ता ही है कभी घटता नहीं।

शुभकामनाएं।

चाय भी पीते रहें।

मेरी तरह

एक-एक सिप लेकर।

समझ रहे हों न।

लव यू हमेशा।

शाम को।

पांडे जी अपने बरामदे में बैठे हैं। बरामदे में बैठकर सोच रहे हैं आखिर सर्दियों में इतना लोचा क्यों है। एक तरफ कोहरा है दूसरी तरफ आंदोलन है। दूसरी तरफ से यह सोच रहे हैं कि कोहरे में गाड़ी चलाना कितना खतरनाक है। खतरनाक स्थितियां होती हैं जिनसे लड़ना और आगे बढ़ना बड़ा कठिन है। लेकिन साहब जो काम करना है तो क्या खुला!

काम तो करना ही है पांडे जी भी एक जगह बैठकर नहीं रह सकते। उन्होंने रामखेलावन से बात की और यह कहा कि पिछले दिनों औरंगाबाद गए थे। इस यात्रा में आधा दर्जन शादियां निबटा दी थीं। शादी के लड्डू तो ऐसे गजब होते हैं कि वैसे बाजार में भी नहीं मिलते। उन्होंने कहा कि कहीं ऐसा तो नहीं है कि सारे लड्डू खा लिए हो !

पांडे जी ने तिलकुट भी मंगवाया था। दिल्ली में कहाँ मिलता है! महानगर में ग्रामीण संवेदना है ही नहीं।

जो तिलकुट गांव में होता है तहसील में होता है ग्रामीण अंचल में होता है वह बनाने का गुण महानगर के लोग कहां समझते हैं भाई साहब...

रामखेलावन ने कहा कि जल्दी कुछ प्लान करते हैं लेकिन पांडे जी ने भी कह दिया था कहीं इस प्लान के चक्कर में आप हमारा तिलकुट और लड्डू हजम ना कर देना। रामखेलावन ने कहा ऐसा नहीं होगा भाई साहब आपके लिए अलग से ले आए हैं चिंता ना करें?।

संडे को प्रेस क्लब बंद होता है पहले नहीं होता था कोरोना के चलते संडे को साफ सफाई होती है। पांडे जी ठहरे बेचारे बाबू आदमी। कहने लगे कि रुको दो ही दिन छुट्टी मिलती है शनिवार और इतवार की, लेकिन पांडे

जी सोच रहे हैं किसी वर्किंग दिन वाले रोज यह कार्यक्रम बना लिया जाए ताकि लड्डू की पुकार उनके अंतर्मन से बार-बार स्पंदित होती है, टकराती है और यह कहती है कि भाई साहब ज्यादा देर उचित नहीं।

कल पांडे जी बैठे हुए हैं फेसबुक पर टटोल रहे थे कि देश और दुनिया में क्या हो गया है कि टिकरी बॉर्डर से टिप्सी मुटरेजा भारी ठंड में बॉर्डर पर जा पहुंची हुई दिखाई दी। किसान आंदोलन के बीच किसानों के साथ फोटो खिंचवाते हुए उनकी समस्या से दो-चार होते हुए तो पांडे जी ने कहा: शाबाश हमें गर्व है ऐसे पत्रकारों पर जो सीधे मौके पर पहुंचकर हकीकत से पाठकों को, श्रोताओं को, दर्शकों को रिपोर्टिंग से रूबरू करवाते हैं।

नहीं तो भाई साहब कुछ तो पत्रकार ऐसे इतने प्यारे हैं कि वे डेस्क पर बैठे-बैठे रिपोर्ट बनाते है।

इधर बड़े दिन से चिलमन गांव गया हुआ लौटा आई नहीं ही उसकी भैंस को कुछ तकलीफ थी तो जब तक भैंस ठीक नहीं होगी तो चिलमन कहाँ आएगा! लगता है भैंस का मामला बिगड़ गया होगा। चलो ठीक होगा तो मैसेज भी कर देगा।

इधर रामप्यारी ने पांडेय जी के आगे पांच किलो गाजर रख दी और कहा कि सुनिये पति देव जी। छुट्टी ली है तो घर में कुछ काम भी करो, जब देखो आर्डर ही करते रहते हो। कभी ये बना लो और कभी ये बनाओ।

वैसे आज बड़े प्यार से रामप्यारी ने चीकू से कहा कि तुम बड़े वाले शनिचर हो और पापा छोटे वाले।

सोते-सोते कम्बल में यह आवाज पहुंच गई।

पांडेय जी सोचने लगे कि देविका गजोधर से मिले बिना एक जमाना हो गया। उन्होंने देविका को कहा भी। कहती है पांडेय जी इधर भी आग लगी है।

अब पांडेय जी ने बस इतना ही कहा कि सेम फीलिंग यहाँ भी।

उधर कल्लू सायकिल वाला पंचर लगा रहा है। आजकल जब से स्थानीय महिलाओं ने पीटा है उसके बाद उसकी नजर नीचे ही रहती है।

पांडेय जी सोचने लगे कि ये सर्दी तो इतना शानदार मौसम है कि जो खाओ वह डायजेस्ट हो जाता है, खाने का और पीने का सुख!

आखिर इस मौसम में लोग पहाड़ों पर जाते ही क्यों हैं!

अजी महाराज!

घर पर बैठो और लवली-लवली करो, उससे माहौल बनता है और हर मौसम से लड़ने की आपकी प्रतिरोधक क्षमता का पता भी लगता है।

किसी अतीत के रोमांटिक लम्हे में पांडेय जी फिर से ध्वस्त कर गए।

ये आदमी भी न!

कभी गाजर छील देता है, बिल जमा करा देता है। है बड़ा स्वीट। मेरा गोलू मौलू।

कहते हुए रामप्यारी फ्लाइंग किस्स देती हुई निकल गई।

उधर पांडेय जी देविका गजोधर के सपनों में लॉहौल स्पीति जा पहुंचे थे तभी रामप्यारी ने कहा कि सुनिये चाय बना दी है, उठ जाइये। जब देखो पता नहीं किस लैला के सपने लेते रहते हो!

कभी हमारे भी सपने ले लिया करो। काम तो मैं ही आऊंगी।

ये भी बात सही है। लेकिन साहब ये बात हमारे भारतीय पतियों को कहां आती है!

सोचने और समझने के साथ महत्त्वपूर्ण बात को रेखांकित कर दिया था हमारे पांडेय जी ने।

37.
पांडे जी के अंतहीन किस्से

आज बैठे हुए सोच रहे हैं कि मनुष्य प्रगतिशील हुआ है या उसकी सोच का विस्तार हुआ है अबे कुछ भी कह पाना संभव नहीं उधर अंतर्मन कुमार का यह कहना है पांडे जी जब सोचते हैं स्थितियां संभल जाती हैं यह जीवन के लिए भी बड़ी जरूरी है और जीवन तो आगे बढ़ना ही चाहिए, लेकिन एक बात समझ में नहीं आती मौसम कितना ही खराब क्यों ना हो रेलगाड़ी को चलना है, जहाज को आसमान पर जाना है, हर व्यक्ति को वह सब काम करने हैं जो निहायत जरूरी हैं बिना काम किए आपको वेतन नहीं मिलेगा। वेतन नहीं मिलेगा तो चूल्हा नहीं जलेगा चूल्हा नहीं जलेगा तो बिरयानी नहीं बनेगी। अब बिरयानी नहीं बनेगी तो आपकी जुबान चटोरी कैसे होगी

यही सोचते-सोचते पांडे जी ने सोचा दिसंबर का महीना है, छुट्टियां रहती हैं क्यों ना छुट्टियां ले ली जाएं।

छुट्टियों के बाद जब पांडे जी ऑफिस पहुंचे हैं तो देखते हैं कि असंतुष्ट कुमार विभागीय कार्य प्रणाली से संतुष्ट नहीं, कभी भी नहीं। नाक पर गुस्सा बिठाए रखना उनका ही पुराना किस्सा है। उनकी प्रमोशन नहीं हो रही। उनकी तरक्की नहीं हो रही है। जब उनसे पूछा गया तो यह कहते हैं मेरे साथ अन्याय हो रहा है। मैं किसान का बेटा हूं। इधर आप सोचने लगे कि आप के साथ अन्याय कब हुआ किसान आंदोलन अभी हुआ और आप क्या है कि मैं किसान का बेटा हूं। हम चुप बैठने वाले नहीं, उधर दयाल बाबू भी मुंडी हिलाते रहे और पूछते रहे कुमार साहब चाय पिएंगे क्या!

असंतुष्ट कुमार वह व्यक्ति है जो कभी संतुष्ट नहीं होते। उन्होंने कहा कि चाय तो हम पी लेंगे। अपने स्टाइल की ही पिएंगे। दयाल बाबू ने बोला कि हमारे स्टाइल की मतलब, बोले आप चाय में उबाल कम लगवाते हैं। आप ठहरे सीधे-साधे लोग। हम स्पेशल चाय पीते हैं अरे यार यह भी क्या बात हुई फोन असंतुष्ट कुमार को पकड़ा दिया। अब असंतुष्ट कुमार कैंटीन

वाले को डिक्टेट कर रहे हैं हम असंतुष्ट कुमार बोल रहे हैं। पांडेय जी ने कहा कि संतुष्ट हो कर भी इस नगरी में ही एकमात्र असंतुष्ट कुमार हैं।

केंटीन वाले ने कहा: बताइए साहब क्या सेवा है क्या हुकुम बजाएं :तो असंतुष्ट कुमार जी ने कहा कि हम विलायती राम पांडे जी के कक्ष में बैठे हैं स्पेशल चाय जल्द भिजवा दें पांडे जी के सामने कभी यह कहते कि मलाई मार के चाय भिजवा दें तो तुरंत कहते हैं कि 3 समोसा भी भिजवा दें। बिना समोसा के चाय तो ऐसी होती है कि जैसे पार्टी की राजनीतिक दल ने बिना घोषणा पत्र के मुनादी पीट दी हो!

दयाल बाबू ने कहा कि किसने बना लिया और उनके पास बिना समोसा के चाय तो ऐसी होती है कि जैसे पार्टी राजनीतिक दल बिना घोषणा पत्र की हों!

किसने बना लिया और उनके पास घोषणा पत्र ना घोषणापत्र का होना तो अनिवार्य है उस राजनीतिक दल के लिए। ऐसा पांडे जी का मानना है। पांडेय जी के अन्तर्मन कुमार ने हामी भरी, जिसे चिलमन की भी मौखिक स्वीकृति मिल चुकी है।

रामप्यारी जी ने सुबह-सुबह अल्टीमेटम दे दिया पांडे जी नाश्ता पानी जब मिलेगा, सुबह-सुबह पार्क के दो चक्कर लगाओगे। पांडे जी ने भी सोच लिया था। कि अच्छा है सैर भी कर आऊंगा और टहल भी आऊँगा। अच्छी बात है चलो इसी बहाने घुमाई भी कराएंगे और कुछ ग्राम तो वजन कम होगा ही। पानी पी कर निकल लिए। पार्क में सैर के लिए। देखते हैं वहां अधेड़ भी है, जिन्हें चक्कर लगाना है कुछ महिलाएं योगाभ्यास में तल्लीन है उनको भी लगता होगा बच्चों की चिक-चिक से तो आराम मिलेगा।

साहब पार्क में जगह है, जन्नत है। कोलस्ट्रो भी कंट्रोल में होता है। बीपी बॉस यदि दुनिया के सभी लोग यह फार्मूला अपना लें तो कमाल न हो जाएगा। इसलिए सुबह की सैर जरूरी है। शाम की सैर भी जरूरी है। क्या मजाल है कि उनको डॉक्टर के पास जाना पड़ेगा। तो पांडे जी ने भी इसके साथ दो चक्कर लगा लिये। तीसरे चक्कर लगाने की ना तो उनकी हिम्मत थी ना उनकी आदत।

क्योंकि उनके रास्ते में दो-तीन कुत्ते ऐसे खड़े थे जैसे भी अपना परिचय कराना चाहते हो। कि पांडे जी हमसे मिला करो। मिलना अच्छा रहता है स्वास्थ्य के लिए भी विगत संबंधों के लिए भी संबंधी चलते हैं। पांडेय जी कुत्तों के मन के पारखी थे, इसलिए दूर से ही कन्नी काट लेते। एक

बार राधेश्याम गुप्ता को भी कुत्तों ने अयाचित भाव से अपना परिचय दिया जिसका एहसास इन सर्दियों में भी महसूस करते हैं।

पांडे जी ने देखा पार्क एक ऐसी जगह है जहां शांति है, विघटनकारी शक्ति आपको पार्क की संवेदना से दूर रहती है।

अब से पार्क में पांडे जी सैर करने आए हैं, कहाँ दिमाग चल निकला कि कल्लू की याद आ गई। अरे! वही कल्लू जिसको देविका गजोधर ने खूब मारा था, पिछले दिनों। जब से उसका हाल बेहाल है। जब तक वह किसी कमसिन युवती से पिट नहीं लेता उसका खून परिष्कृत नहीं होता। मन में भी रोमांटिक विचार नहीं आते। जैसे उसके पास मोबाइल तो है लेकिन वह किसी भी सर्विस प्रोवाइडर पर चलने को तैयार नहीं।

लेकिन पांडे जी को यह देखकर भी आश्चर्य हुआ उनके किसी चेले ने जब पार्टी में उनके फोटो ऐसे लगा रखी थी जैसे उसे बहुत बड़ा पुरस्कार मिल गया हो।

प्रेमभूषण था या कोई और चितचोर!

अरे भैया वैसे भी बुजुर्गों ने कहा है कि काम अच्छे करो तो दुनिया याद करती है कुछ ना करो तो भी दुनिया याद करती है, पता नहीं कल्लु कालिया कौन सी कैटेगरी में आते हैं।

लेकिन पांडे जी ने एक बार फोन लगाया था, कल्लू कालिया जी नमस्ते! हम मिलना चाहते हैं, अब कल्लू कालिया यह सोचने लगे यह पांडे जी हमसे क्यों मिलना चाहते हैं। अरे भाई साहब नमस्ते! नमस्ते पांडेय जी। आपका स्वागत है, लेकिन मैं अभी एक बैठक के लिए निकल रहा हूं पांडे जी भी जानते हैं कि चाय पॉलिटिक्स की हो या पॉलिटिक्स और बेशक साहित्य सामाजिक हो लेकिन साहब राजनीति भी कुछ मैटर करती है न!

पांडे जी ने आज सुबह-सुबह पार्क में दुनिया की बेहतरीन सैर कर ली। उनके मन में विचार आता है कि दुनिया को जो पसन्द है, उनको करने दे। पांडे जी ने आंखें बंद की। आंखें बंद कर लेते हैं तो दुनिया और समाज से कट जाते हैं इसको एक किस्म का मेडिटेशन कहा जाता है पंडित जी अचानक से क्रियेटिव मूड में आ गए और उनको किसी रचना की याद आने लगी। रचना यहां किसी लड़की का नाम नहीं है यह एक अभिव्यक्ति है। जैसे चोर को चोरी करना पसंद है वैसे श्री विलायती राम पांडे जी को लिखना पसंद है। आपको पांडे जी की रचना से रूबरू कराते हैं, हम लेते हैं एक आंशिक ब्रेक:

यही जिंदगी है/
उसने लड़की से कहा
सिगरेट एक
जिंदगी की माफिक है
जिसे पीकर खत्म कर दूंगा
जिंदगी है ही क्या चीज
जो लोग
अक्सर जिंदगी को
इस तरह समझ लेते हैं
जिंदगी भी
समझ लेती है यह जिंदगी के लायक नहीं
वास्तव में
कुछ लोग जिंदगी से बेखबर होते हैं
जो भी खबरदार होते हैं
जिंदगी उसी तरह स्वीकार करती है
कुछ लोग
जिंदगी के उस पहलू को समझना नहीं चाहते
आखिर सुनहरे शब्द उनके साथ
सहयात्रा भी क्यों करें
आखिर यात्रा
उसी के साथ करने में आनंद आता है
जिसके साथ विचार मिलते हैं मन मिलता है
किसी ने कहा कि उसकी आंखें बोलती है
कल देखा भी
सुना भी
उसकी आंखें नहीं शब्द भी बोलते हैं
अच्छा लगता है जिंदगी में कुछ तो चल रहा है
कुछ अच्छा कुछ बुरा ना
इसी को जिंदगी कहते हैं
आजकल मैंने जिंदगी से दोस्ती की है
उसने भी कहा कि
मुझे आपकी दोस्ती पसंद है

जिंदगी जो कहती है

उसको मान लेना चाहिए, उसको स्वीकार कर लेना चाहिए, आखिर जिंदगी है कितने पलों की

वो कहते हैं ना जो कट जाए वह अच्छा है।

अब मुझे भी यह वाक्य अच्छा लगने लगा है, कि जो कट जाए वो अच्छा

वैसे साहब रास्ते में कितने पड़ाव आने बाकी है जो भी आएंगे उन से होकर गुजर जाएंगे।

आखिर जिंदगी का पक्ष है जो एक के बाद आता है

वैसे मनुष्य के जीवन में चार पड़ाव आते हैं बालपन, युवा, प्रौढ़ और बुजुर्ग

सबका अपना महत्त्व है

हर चीज को समझते चलो।

और समझते हुए दुनिया को विदा कर दो

गुड बाय।

कविता से जब तन्द्रा टूटी पांडे जी की तो वे सोचने लगे कि मनुष्य कितने चक्कर लगाता है और इन क्षेत्रों में क्या पता है छुटपन में मां बापू के डांट खाता है, बड़े होकर स्कूल जाता है, टीचर से भरता है। अपने साथ के स्टूडेंट से पंगा लेता है। कॉलेज जाता है प्रेम में पड़ता है। यह भी जरूरी अध्याय है

कोई बता सकता है कि ऐसे कितने लोग हैं जिन्होंने इस अध्याय का पालन ना किया।

खुद पांडे जी को अपना बचपन याद आता है।

वे भी क्या दिन थे

जी साहब सीढ़ियों के दिन थे बाबू के दिन थे

किताबों के दिन थे। ब्रेड पकोड़ा के दिन थे

यूं कहें कि आशिकी के दिन थे

सच में पांडे जी आज भी वह दिन बड़े मिस करते हैं जाहिर है। सभी करते हैं। स्त्री-पुरुष को अपना पहला प्रेमावर याद आता है।

सर यह आया दाने की चीज है

पांडे जी ने पूछ लिया था संतोष कुमार से आपने कभी किसी से प्रेम किया।

पांडे जी का पूछना उनको ऐसे लगा जैसे उनको ततैया ने काट खाया हो

अपनी अपनी जिंदगी का अपना-अपना व्यवहारिक पक्ष।

किसी के पास सुखद स्मृतियां होती हैं।

किसी के पास होता दुःखों का पहाड़। बैरन आज का घर समय आप किसी से ना तो उससे सुख दुःख की बात कर सकते हो। उसका हाल-चाल पूछ सकते हैं जमाना खराब है।

अगर आप फलाना टीवी देखोगे यह टीवी का मतलब चैनल दूसरा बोलेगा तो आप तो उस पार्टी के प्रवक्ता लगते हैं

इसलिए सुखी आदमी वही है न्यूट्रल रहता है।

या न्यूट्रल का मतलब न्यूट्रेला नहीं है।

एयरटेल का मतलब है, संतुलित आचार व्यवहार करना। आई बात समझ में।

अभी आप दिमाग लगाइए हम लेते हैं एक कमर्शियल ब्रेक ब्रेक के बाद फिर मिलते हैं

क्योंकि कहा गया है शास्त्रों में रुक रुक के मिलना अच्छा है

आजकल दौड़ना भी नहीं चाहिए उतना

उतना ही दौड़ो जितनी जरूरत हो

बेकार में ब्लड प्रेशर बढ़ जाएगा।

और सुनने में आया है दवाइयां भी असली नहीं मिलती। च्यवनप्राश नकली, नकली मिठाई, नकली आदमी, नकली रिश्ते नकली

अब कहां जाए, किस प्रदेश जाएं किस देश जाएं जहां सब असली असली मिले। सब कहने की बात है भाई साहब।

आजकल का जमाना ही नहीं रहा।

पहले हुआ करती थी सोनपापड़ी अब तो सोनपापड़ी को भी वैसे ही देखते हैं दिवाली के समय इसको आगे किसका हो

समझे भाई साहब

तो सोनपापड़ी ना बनो गोंद के लड्डू बनो।

जिसमें ताकत रहती है स्वाद रहता है समझ रहे हो ना भाई साहब!

अगले दिन पांडेय जी के दफ्तर में बगल में किसी का बैंड बज रहा था, मसलन शादी का। पांडेय जी सोचने लगे कि देखो अभी कित्ता खुश हो रहा है!

बेटे। अभी थोड़े दिनों में असली वाला बैंड बजेगा तो पता चलेगा कि शादी नाम का वह लड्डू है जिसने खाया वह पछताया और जिसने नहीं खाया वह बोराया!

तभी चपरासी आया और कह गया कि साहब राउंड पर हैं।

कमरे के सभी विभागीय कर्मी ऐसे सध गए मानो उनकी कमर में रीढ़ की हड्डी है ही नहीं।

वाह रे! मेरे चाटुकारों हद्द होती है भाई।

इतना भी न डरो कि कुर्सी पर बैठे बैठे ही निकल लो!

तभी घण्टी बजी और दयाल बाबू ने कहा कि आज पेट खराब है। पांडेय जी ने कहा कि आजकल बासी खाना मत स्वीकार किया करो। कोरोन काल में यह सब मनाही है।

दयाल बाबू ने कहा कि मिसेज कहने लगीं कि खा लीजिये, फ्रीज साफ करना है क्या सब भोजन को फैकेंगे!

आप भी न समझा कीजिये।

अब दयाल बाबू क्या कहते!

चुप हो गए जैसे किसी सड़क पर सांड आ गया हो और उन्होंने उस सड़क से निकलना है। कमीज भी लाल रंग की है। दयाल बाबू अब क्या करेंगे!

सांड सोचने लगा कि चलो आज बड़े दिनों बाद कुछ स्वादिस्ट व्यंजन हाथ लगा है। यह तो भला हुआ कि रामखेलावन अपना टेम्पू लेकर निकल आए और मामला समझ कर दयाल बाबू को उड़ा ले गए, वरना आज बड़ी घटना घट गई होती जिसका समाचार पांडेय जी कल के अखबार में पढ़ रहे होते, चटखारा लेकर।

38.
पांडे जी के अद्भुत किस्से

पांडे जी कभी-कभी महसूस करते हैं जमाना बड़ी तेजी से जा रहा है। वह कहां जा रहा है उसको भी नहीं पता। वह क्यों जा रहा है इसकी कोई जानकारी नहीं।

पांडे जी ने सोचा इस बार इस सर्दी में कुछ ना कुछ नया करेंगे। अब नया क्या करेंगे! उनको भी नहीं पता ना रामप्यारी को पता। ना चीकू को पता। लेकिन भैया कुछ ना कुछ तो नया होना चाहिए।

अगर नया नहीं होगा ना तो सर्दी कैसी! वैसे भाई साहब सर्दी का तो अपना मजा है। अगर आधी रात को भी पांडेय जी को जगा के कोई ये कह दें कि खाओगे गूंद के लड्डू। मजाल क्या कि अपने विलायती राम पांडेय जी कभी मना कर दें। खुश हो कर कहते हैं कि जी अपने शब्दकोश में न शब्द है ही नहीं।

अब जब से रामखेलावन अपने गांव औरंगाबाद गए हैं। वहां से बैठे-बैठे सोशल मीडिया पर फोटो चिपका रहे हैं। कभी तुरई, घीया के साथ कभी गोभी के साथ पांडे जी ने कह दिया ज्यादा तोरई और गोभी मत खाइयो। भैया और आते वक्त तेरे तिलकुट जरूर ले आइयो। नहीं तो दिल्ली में प्रवेश नहीं मिलेगा। रामखेलावन ये बात जानते हैं कि बिना तिलकुट लाए पांडेय जी की नाराजगी झेलनी पड़ सकती है, जो उनको भी पसन्द नहीं।

अच्छा बात भी सही है एक तरफ तो दिल्ली में बॉर्डर अटे पड़े हैं किसान आंदोलन के साथ किसान नेता जी गजब कहते हैं, सरकार की तो ना तो चाय पिएंगे ना रोटी खाएंगे। अब उनके साथ जो टीम है न! गुरुद्वारे वाली हैना भैया! अब लंगर है भैया! रोटी मिलती है, दाल मिलती है। चावल कढ़ी सब मिल रहा है।

पांडे जी भी सोच रहे हैं कि एक बार तो वह भी सिंधु बॉर्डर में घूम आए। किसान भी कमाल के हैं यह है कि अगर ठंडे पानी की बौछार उनके दिल पर पड़ गए तो क्या होगा लेकिन साहब किसान तो अन्नदाता है अगर मोबाइल वाले थपेड़े पलट खाएगा तो क्या होगा! अब समस्या का निदान कब होगा! कुछ लोगों को पता है।

टिप्सी मुटरेजा के मन में भी है कुछ बॉर्डर पर मदद कर आऊं। लेकिन सूरज मुटरेजा ने मना कर दिया तभी से टिप्सी मुंह फुलाए बैठी है इसी बात पर देविका गजोधर से भी अनबन हो गई। सुना है देविका गजोधर ने तो ब्रेड पकोड़े बना लिए। अब साहब ब्रेड पकोड़ा बनते भी जल्दी है। रात ही दुआ की दुकान पर बोल दिया था सुबह 5 ब्रेड बड़ी वाली भेज देना। अब पांच फुल ब्रेड-ब्रेड पकोड़ा बना दिए। छोटे-छोटे बन गए हैं हिंदुस्तान जो अपना है वह परोपकारी लोगों से भरा था जिसे देखो मदद के लिए आता दिख रहा है।

उधर टीवी पर पांडे जी देख रहे हैं कि एक पढ़े-लिखे किसान परिवार के सिविल इंजीनियर की शादी हुई। सोनीपत से पानीपत जाना है। दूल्हा मर्सीडीज में जाने की बजाय कहता है किबड़ा जानी थी कि भैया ट्रैक्टर पर जाऊंगा। न्यूज में आऊंगा। ये भी कहानी है और नए किस्सों से भरी हुई है।

छुट्टी का दिन रामप्यारी ने पूछ लिया पांडे जी से बड़े प्यार से सुनो जी! क्या खाओगे आज!

पांडे जी ने कह दिया क्यों आज बड़ा प्यार आ रहा!

पांडे जी ने भी लगे हाथ कह दिया कि मन तो मेरा हो रहा ब्रेड पकौड़ा खाने का।

रामप्यारे ने बोला पहले बताना था आलू को उबालना पड़ता है। आई बात समझ में। आपकी तो जबान हिल जाती है, काम तो मुझे करना पड़ता है।

चुपचाप सुन लिया था, पांडे जी ने।

पर उनका मुंह बन गया। रामप्यारी ने सुबह-सुबह ही डांट दिया। इधर चीकू को पता चला तो वह हंसने लगा। लेकिन साहब रामप्यारी तो रामप्यारी है ब्रेड पकोड़े बन गए। पांडे जी ने कहा कि 2 से हमारा कुछ ना होगा हम तो 3 लेंगे।

रामप्यारी को पता है कि इनका दो से काम नहीं चलेगा तो उसने तीन दे दिए। साथ में चाय भी दे दीं।

अब पांडे जी लगे हैं बतियाने अपने पिताजी से कि देश में ये हो गया। और वे हो गया। उधर पिताजी भी हां हूं, हां हूं करते रहे। बुजुर्ग आदमी और क्या करेंगे।

इधर कोरोनावायरस एक्टिव मॉड पर है। उनकी गली के तीन टपक गए। हालत खराब है।

क्या होगा क्या नहीं। रामप्यारी ने कहा आज तो मौसम भी अच्छा है सोच रही हूँ कि चांदनी चौक घूम आऊं। पांडे जी ने कहा मैं भी चलूं!

रामप्यारी ने कहा कि आपके चलने का मतलब है कि अनावश्यक ना खर्चा।

मैं तो अपनी बहन के साथ ही जाऊंगी और उसी के साथ ही आऊंगी। बड़े दिन से नॉवल्टी के भल्ले नहीं खाएं न! खरीदारी की खरीदारी हो जाएगी और स्ट्रीट के स्वाद का चटखारे भी ले लेंगे।

पांडेय जी ने जोर से कहा: जय माता की। जैसे देवी के विचार।

चीकू के साथ मिलकर रामप्यारी को मेट्रो पर छोड़ दिया। और चीकू के साथ घर को लौट आया।

लेकिन रास्ते भर चीकू यही कहता रहा कि यह दिलवा दो। मोमोज दिलवा दो। टिक्की खिला दो।

पांडे जी ने बोला तू है क्या चीज। जब देखो खाने की बात करता है। अबे कभी पढ़ भी लिया कर। पढ़ाई ही काम आएगी, समझा!

चीकू पढ़ कर पक गया। कहने लगा।

पढ़ कर क्या करूं?

क्या आज ही कलेक्टर बन जाऊंगा!

आप भी न! बात करते हो।

पांडेय जी ने कहा कि बेटा। बात तो सही है पढ़ेगा- लिखेगा तो कुछ ना कुछ तो बन जाएगा।

वरना तो साहब नौकरी तो आजकल है ही नहीं।

पांडे जी ने कहा : बेटा काम तो करना ही पड़ेगा।

अचानक से घंटी बजी। पांडे जी चिल्लाए। चीकू देख तो सही कौन आया।

बिना देखे दरवाजा मत खोलो। जमाना खराब है। चोर-उचक्के घूम रहे हैं आजकल।

कोई बोरी में बंद करके ले जाएगा

चीकू ने कहा: ऐसा कोई करके तो दिखाए। पापा पीठ पर दो घूसें मारूंगा और उसका काम तमाम।

रामप्यारी के जाते ही पांडेय जी को फुरसत मिल गई। कुछ सोचने लगे।

चीकू समझ गया कि पापा जी अब कुछ लिखेंगे।

वह मोबाइल लेकर छज्जे पर चला गया।

तुम मुझ में रचती हा

तुम मुझ में
रचती हो
एक नया वितान

एक आसमान
एक विहंगम दृष्टि डालती हो
तो
लगने लगता है कि
मेरी शाम भी तुम
और
पहली भोर भी
मुझ में रचती हो
नया रचनात्मक शिल्प और सौंदर्य की
अनुपम कृति
जिसके हर अक्स में
केवल और केवल तुम्हारी सुरमई छवि के अलावा
कुछ भी नहीं
मैं भी देख लेता हूँ
तुम्हें
तुम्हारी आँखों को
लगता है
कि
यहां ठहराव है
एक उम्मीद भर का एहसास
कलोल करता है
मुझ में
पूरी वेग के साथ
तुम्हारे शब्द मुझ से सम्वाद ही नहीं करते
बल्कि
एक एहसास भरते हैं
हमारी उम्मीदों में
और प्राकृतिक माहौल में सुगंध का झरना झरने लगता है
महसूस करना
ये अनुभूतियों का शहर है
जिसमें एक साथ कई एहसास अपनी यात्रा करते हैं
सहयात्री बनना चाहोगी।

वैसे यह कहावत तो नहीं। पर घर की मालकिन के जाते ही हर किसी के चेहरे पर रौनक आ जाती है।

चीकू ने फ्रिज से संतरे लिए और पांडेय जी के पास प्लेट लेकर आ गया।

पांडेय जी कभी चीकू को और कभी उसके लाए संतरे को देखते रहें।

शाम को चीकू और दीदी पार्क से सैर को आए और समझिए घर में तूफान ले आए।

पांडेय जी अपने कमरे में तालियां पीटते रहें, हुआ क्या जैसे सर्दी अपने यौवन पर चढ़ती है साहब, वैसे ही भिनभिनाते मच्छरों की आमद बढ़ जाती है।

इत्ती देर में पांडेय जी ने सोचा कि नए जमाने में युवा लोगों ने अपने जीवन का एक अंग बना लिया है फेसबुक।

अभी खोला ही था कि नए जमाने की पॉपुलर बुलबुल चौधरी ने एक पोस्ट लगाई जिसपर पांडेय जी का ध्यान गया।

वह पोस्ट क्या कई सारे स्क्रीन शॉट थे।

कई युवा लोग बुलबुल चौधरी के फैन टाइप के दुमछल्ले थे।

जो उनसे दोस्ती के मूड में थे।

उनके डायलॉग भी ऐसे होते हैं

हाय मेम

कैसी हो!

आप इतनी स्वीट हो कि क्या बताऊँ!

जब से आपको देखा है कि किसी दूसरी अप्सरा को देखने का मन भी नहीं करता।

आई कांट बिलीव कि कोई इतना सुंदर भी हो सकता है!

एक नए उम्र के दिलफेंक आशिक ने लिखा कि

क्या मुझ से दोस्ती करेंगी!

मैं आपको इतना प्यार करूंगा कि आप सब भूल जाएगी।

बुलबुला चौधरी ने सोचा आखिर दुनिया में क्या एकमात्र अपूर्व सुंदरी वही है!

आखिर सुंदरता का पैमाना क्या है!

आज तक उसके पति ने कभी यह नहीं कहा!

तुम सा कोई नहीं, जानू!

ये फुकरे किस्म के आशिक काहे सर्द मौसम में ठंडी आहें भरते हैं!

अबे सालों, निकम्मो रख लो, बुढ़ापे में खुद को तपाने में काम आएगी इस तरह की एनर्जी।

पांडेय जी पढ़ते हुए हँसने लगे कि देश के युवाओं को ये क्या हो रहा है!

अरे! बेटे पढ़ाई-लिखाई कर लो, काम तो नौकरी आएगी, फिर शादी भी हो जाएगी। कहां निशाना साधे बैठे हो, अभागे बेरोजगारों!...

तभी चीकू ने कहा कि पापा हमारा केबल नहीं आ रहा। कल केबल वाले अंकल को फोन करना। अब तो शाम हो गई।

ठीक है बेटे। कल करते हैं।

तभी देविका गजोधर ने फोन किया कि कैसे हो बोस!

आप तो याद ही नहीं करते!

पांडेय जी ने कहा कि जो दिल में रहते है, उन्हें याद नहीं किया जाता।

देविका गजोधर ने वीडियो कॉल कर फ्लाइंग किस्स दे डाला जिसे लपकने के लिए पांडेय जी फिसल गए। कुहनी छिली सो अलग।

पर मजाल क्या कि फ्लाइंग किस्स छोड़ दें। पक्के वाले प्रेमी है लल्लन टॉप की कसम।

रामखेलावन ने औरंगाबाद से वाट्सप कर डाला कि क्या हुआ पांडेय जी!

ये क्या उम्र है फिसलने की!

आप सुनते नहीं हैं न!

अगली बार आपको अपने गांव के चलेंगे। वहां झुमकी का डांस दिखाएंगे कि झंडु बाबा की जय बोलूं तो सबको भूल जाओगे। कहे देते है।

हम औरंगाबाद वाले हैं मधुबाला के प्रेम की कसम। चलोगे तो देविका को भी भूल जाएंगे।

टिप्सी ने भी सुना तो जोर से मुस्करा दी और कहने लगी कि गुरु चेले की जय हो।

मधुबाला आजकल रामखेलावन को बड़े मिस कर रही है, एक यही तो मौसम है जिसमें स्कूटी पर बैठने का मौसम था और ये महाराज कहाँ औरंगाबाद जा बैठे।

ये इश्क की बातें हैं साहब। कभी भी किसी भी उम्र में हो सकता है।

ये बात तो सही है। पांडेय जी आहें भरते हुए कहने लगे। कि देख लेंगे भैया तेरे गांव भी चल कर।

उधर टिप्सी से देविका ने भी कह दिया कि लिसन जान मुझे भी ले चलना। मेरा मन भी है गांव को इन खूबसूरत आंखों से देखने का।

ओके ओके।

ले चलेंगे तुझे भी जान रामखेलावन के गांव में।

३९.
पांडेय जी के नए लोचे

पांडे जी बैठे हैं घर में और सोच रहे हैं कि कोरोना अपने घर कब जाएगा ! बड़ा परेशान कर रखा है ना लोगों को खाने देता है ना कहीं जाने देता है। और तो और मझोले दुकानदारों की तो कमर ही तोड़ दी। काम तो करना चाहते हैं, करें क्या ना करें। इसी जद्दोजहद में आम आदमी परेशान है।

इस बार रामप्यारी जी ने भी प्लान कर लिया कि इस बार चाहे ठंड हो बर्फ गिरे या आसमान फटे!

अब अगर जाना है तो जाना ही है रामप्यारी ने प्लान कर लिया।

पांडे जी ने कहा: सुनो तो बात को समझा करो।

अब देखो ना कितनी ठंड पड़नी शुरू हो गई है, समझा करो, अगर तबीयत खराब हो गई तो क्या होगा!

रामप्यारी बोल पड़ी देखो जी मेरी तो चिंता करो मत

एक तो कोरोना ने बाजा बजा रखा है और दूसरा तुम तंग कर रहे हो मैं तो घर गृहस्थी से तंग आ गई। शनिवार के साथ इतवार और इतवार के साथ सरकारी छुट्टी और

हम महिलाओं की तो कोई छुट्टी नहीं। हमारी तो कोई सुनता नहीं। रामप्यारी ने इस बार मन बना लिया। मुझे तो जाना ही है। शताब्दी की टिकट बुक हो गई। राम भला करें किसान इस बार बाजी ले गए। सड़के बंद , रेल की पटरी पर जा बैठे। पांडे जी को लगने लगा भैया रेल अगर नहीं चली तो क्या होगा! वही हुआ। पांडे जी को सुबह उठने की बीमारी है चाहे छुट्टी हो या ना हो। सुबह आंख खुल गई तो पांडे जी को रामप्यारी का व्हाट्सएप आया।

सुनो जी! जरा पता तो करो क्या गाड़ी टाइम पर है पांडे जी ने रेलवे इन्क्वायरी का नंबर लगाया। अम्मा! नंबर भी सरकारी है इतनी जल्दी मिलता कहां है। पहले यह दबाओ और फिर वह दबाओ, के बाद जानकारी मिली पांडे जी ने कहा गाड़ी नम्बर है: जीरो 20 29 20 29। क्या यह गाड़ी दिल्ली से अमृतसर जंक्शन जाएगी!

उधर से आवाज आई जी आपकी गाड़ी जम्मू तवी जाएगी पांडे जी ने कहा कि सुनो मैंने यह कहा कि क्या गाड़ी अमृतसर जंक्शन जाएगी। पांडे जी को सुनने को मिला लाइन पर बने रहिए। आपकी जानकारी उपलब्ध कराई जा रही है लो भैया लाइन पर बने रहे। मौसम भी ठंडा सुबह-सुबह। जबकि यह पता है गाड़ी सुबह इससे पहले दिल्ली छोड़ देती है खबर मिली अमृतसर जाने वाली रद्द कर दी गई है पांडे जी की खुशी बदल गई उन्होंने रामप्यारी को कहा कि भाग्यवान गाड़ी कैंसिल हो गई है अब रामप्यारी तो रामप्यारी है।

उसने भी प्लान कर लिया था कि घर वापस नहीं आना अमृतसर जाना था। वृंदावन और आगरा जाएंगे। उन्होंने ओला वाले से पूछा तो पता चला कि ओला वाले ने कहा रुपए 10000 लगेंगे 2 दिन में घुमा के ले आऊंगा सबको। पांडे जी को पता चला तो पांडे जी ने कहा 8000 यदि लेता हो तो बात पक्की करो नहीं तो घर आ जाओ।

तभी पांडे जी को महसूस हुआ यूपी के किसान भी दिल्ली पहुंचने वाले है, यदि रास्ता जाम से भरा मिला तो कहीं ना कहीं रामप्यारी की टीम जाम में फंस जाएगी।

पांडे जी ने रामप्यारी को समझाया कि भाग्यवान अभी मौसम बिगड़ा हुआ है ऊपर से राजनीति, समझा करो ना! न वृंदावन कहीं जा रहा ना तो मथुरा कहीं भाग रहा। न आगरा को कोई ले जा रहा। आप तो ऐसा करो भगवान का नाम लेकर घर आ जाओ। वही हुआ लौट के बुद्धू घर को आए तो आना ही था।

पांडे जी ने टेलीविजन खोला तो सोनीपत से लेकर कुरुक्षेत्र, कुरुक्षेत्र से लेकर अंबाला, अंबाला से लेकर पंजाब हरियाणा उत्तर प्रदेश हर तरफ जाम। किसान समझना नहीं चाहते। सरकार अपने तरीके से समझाना चाहती है।

यह तो यही बात हुई पांडे जी समझना चाहते हैं देविका गजोधर नहीं समझती। वैसे भी एक बात आई गई है शास्त्रों में कि महिलाओं की बुद्धि और अकल आदमियों से जरा कम होती है

जब यह बात टिप्सी मुटरेजा को पता चली तो उसने शालिनी माथुर को कहा कि यह बात ठीक नहीं है कल हमारी बुद्धि पुरुषों से हमेशा 10 गुना ज्यादा है यह बात समझनी चाहिए

आदमी तो निकम्मे ही समझो।

सड़ा गला बासी कुछ भी खिला दो, बेचारे गऊ की तरह खा लेते हैं बात भी सही है।

उधर रामखेलावन नई दिल्ली छोड़ कर बिहार चले गए। पांडे जी ने भी कह दिया 10 दिन के लिए जा रहे हो तीन शादी अटेंड करोगे, लड्डू जरूर ले आना। शादी के लड्डू और बाजार के लड्डू में फर्क होता है। नहीं तो दिल्ली में घुसने नहीं देंगे। आई बात समझ में।

उधर धूप सेंकती हुई सोचती है देविका गजोधर कि पांडे जी यदि मेरी जिंदगी में नहीं आए होते तो क्या होता हैं!

तो क्या होता है, विलायती राम पांडे की जगह सरजू सिंह चौटाला होता, पिंडी राम गोला होता। कुछ ना कुछ तो होता।

क्योंकि साहब न तो देविका अनमैरिड रहती और ना कोई लड़का अनमैरिड रहता। सबकी शादी हो जाती है। जो भी आता है अकेला कहाँ रहता है! अकेला होने में देर ना लगती। यह तो संसार का नियम है। पांडे जी कई बार सोचते हैं कि संसार का नियम है शादी तो वह लड्डू है जो न खाए वह पछताए और जो खा चुका होता है वह भी पछताता भी है, लेकिन कहता किसी से नहीं। व्यक्तिगत दुःख को सुख में तब्दील करता है। आत्म विश्वासी यूं कहिए कि वह दिव्य संतोषी होता है। किसी दिव्य संतोषी से कम नहीं। पांडेय जी भी भरे रहते हैं लेकिन कुछ कहते नहीं।

आज पांडेय जी कुछ अलग मूड में थे। मौसम ठंडा और दिल रोमांटिक। ऐसा मौसम होता है तो वे कुछ क्रिएटिव हो जाते हैं।

आइए आपको भी कुछ रूबरू करवाया जाए।

इश्क के मायने

1/

तुम
केवल
तुम

2/

कहानी तुम
से
शुरू
तुम पे
खत्म।

3/

तुम्हारी

आहट भर
से
जान जाता हूँ
तुम हो
आदत रवायत सी हो चली
अब।
4/
तुम्हारे जिस्म पर
लिखना चाहता हूँ
एक इबादत
जिसपर केवल प्रेम के
सिवाय कुछ न हो
कुछ और नहीं
कभी भी।
5/
मुझे पता है
तुम कहने में वक्त लगाती हो
कि
तुम्हें मुझसे प्रेम है
टेक योर टाइम
अपन को
प्रतीक्षा शब्द से बड़ा प्यार है
या
यू कहें
उस शब्द से
अपना याराना जरा पुराना किस्म का है।
6/
बारिश में
केवल देह नहीं भीगती
भीगते मन भी
जिन्हें तसल्ली से
सुखाने में मजा आता है

मजा लेना तुम जानती हो
मैं भी कहाँ पीछे रहता हूँ।
7/
तुम्हारे नाखून बहुत तेज है
पैने भी
देखो न
पीठ में गाड़ दिए
उनके अक्स का दर्द
भीतर तक की
कंदराओं में जा पहुंचा है।
8/
यकीन करना
तुम पर
अपने से कहीं ज्यादा
शक करना नहीं जानता
किस्मत में हुआ
तो
अगले जन्म में
मिलने की गारंटी दे सकता हूँ।
यदि
ईश्वर को मंजूर हो तो।
9/
तुम्हारा एक चुम्बन
एक हफ्ते के लिए पर्याप्त है
तीन महीने के लिए जा रहा हूँ।
गिन कर दे दो
मुझे गणित कम आता है।
10/
सरसराती हवा
बतला देती है तुम्हारे
आने की आहट
इस आहट की तो

अब आदत हो गई है।

11/

तुम्हारा इश्क
किसी बटर स्कॉच की तरह है
कभी मोहितो समझ कर टेस्ट करता हूँ
तो
कभी नींबू लेमन समझ
मजा और आनंद दोनों में आता है।

12/

तुम्हारा स्वाद
कड़ी चावल सा भाता है
कभी राजमा छोले भी खा कर देखो
इश्क में
सब्जियां भी फलक्च्यूएट करती है।
यह भी इश्क करना सीख गई है।

13/

तुम्हारी हँसी
घोल देती है
जीवन में रस
इसलिए गन्ने का जूस भी फीका लगता है।
कसम से, जान।

14/

तुम्हारी ना को
हाँ समझ लिया
और
हॉं को न
चलो एक बार हनीमून पर हो आएं
तलाश ले
फिर से
अपने आपको
कि
इन वर्षों में क्या खोया

और
क्या पाया।
15/
तुम हमेशा से
फेवरिट रही हो
चाकलेट की तरह
इसलिए
कम लेता हूँ टेस्ट
ताकि
जीवन में मिठास बनी रहे
और
तुम भी।
16/
गर न होती तुम
जीवन
बेस्वाद लगता
ऐसे जैसे कड़ाही में
बेसन तो है
लेकिन कड़ी का कोई मतलब नहीं।
समझ रही हो न!
17/
बिना काम के भी
मिलने का मजा है
आओ
कुछ देर बैठते हैं
देखो
सोचो
कि
कहाँ से चले थे और
कहाँ पहुंच गए
आज।

18/
उसने बिना कहे
उसे विदा किया
उसका प्रेम जो ठहरा
अक्सर
प्रेमियों को भुगतना पड़ता है
प्रेमिकाएं नहीं जानतीं
कितना कुछ झेलते हैं
पगले प्रेमी।
काश!
प्रेमिकाएं समझ पातीं।
19/
साल दर साल
निकलते रहे
जवानी कितनी मैच्योर हो गई
जब किसी जवान सरीखे व्यक्ति ने
अंकल कह कर
संबोधित किया।
20/
तुम्हारी नटखट आंखों में
मस्ती है
उमंग है
और खुशियां भी
लो
तुम्हारे लिए तितलियां ले आया हूँ
इनसे बतियाना सीख लो
कुछ कहना चाहती हैं
वे भी
घड़ी दो घड़ी रहना चाहती हैं।
मेरी तरह।
21/
बहुत कुछ खोता है

आदमी
जिंदगी के उतार-चढ़ाव में
क्या खोया
क्या पाया
हिसाब लगाने में
बड़ा भुल्लकड़ है
यह भी नहीं जानता वह।
क्या जानती हो तुम भी।

मौसम धीर-धीरे परवान चढ़ रहा है जैसे किसी प्रेमी का मन हो कि आज उसकी प्रेमिका साथ होती तो संग मूंगफली खाने का स्वाद बढ़ जाता।

अब उससे पूछिये कि दगडू के लौंडे पहले यह बता कि प्रेमिका का होना जरूरी है क्या!

क्या अकेले मूँगफली नहीं खाई जा सकती!

ये क्या बात हुई बे!

पांडेय जी के कमरे में दयाल बाबू बैठते हैं। दरअसल उनको कभी-कभार सर दर्द की शिकायत हो जाती है। पांडेय जी ने तो उन्हें कई बार बतलाया भी है कि भइया आजकल आउट सोर्सिंग भी जरूर किया करो। पत्नी के साथ प्रेमिका का भी चलन है। बात को समझा करो।

उधर पांडेय जी को दयाल बाबू ने कहा कि पांडेय जी हम बेहद शर्मीले इंसान हैं, हम पत्नी से भी डरते-डरते बात करते हैं, प्रेमिका से कैसे कर पाएंगे!

पांडेय जी ने कहा कि ओह तेरी!

दुनिया कहाँ से कहाँ पहुंच गई! क्या होगा इसका!

तभी टिप्सी का वाट्सप आया कि कहीं मिलें क्या!

पांडेय जी ने कहा कि मिलने में कोई हर्ज नहीं है। प्लान करो और मिल लेते हैं, इसमें क्या है!

उधर चिलमन ने कहा कि उस्ताद जी रामखेलावन कहीं बाहर गांव गए हैं। बिहार में कहीं।

पांडेय जी ने कहा कि उनको बता दें कि दिल्ली जब आएं तो वे लड्डू लेते आएंगे।

बात तो सही है।

तभी किसी ने बताया कि दफ्तर की अंग्रेजी स्टेनो ज्योत्स्ना मखीजा को कोरोना हो गया।

बात आग की तरह दफ्तर में फैल गई।

पांडेय जी को खबर लगीं। उन्होंने तत्काल पता लगाया कि उनकी कितनी छुट्टी बकाया है!

पता चला कि अभी अर्जित अवकाश 5 है जिसको लिया जा सकता है।

पांडेय जी ने मन बना लिया कि एक साथ छुट्टी ले ली जाए। रामप्यारी को बताया तो जवाब आया।

क्या कहना चाहते हो!

पहले ही दिमाग खराब रहता है चीकू से और ऊपर से तुम घर पर रहोगे तो मैं तो पागल हो जाऊंगी।

उधर दयाल बाबू सर दर्द का बहाना कर के निकल लिए। पांडेय जी ने सोचा कि कोरोना ने वाकई कितनों की जान के ली!

हद कर दी, निकम्मे ने, कितना जलील कर दिया, उसके बाद भी जाने को तैयार नहीं।

तभी असंतुष्ट कुमार ने कहा कि रामकिशन पुनिया ने अपनी सोसायटी में ऊपर वाला घर ले लिया।

पूछने पर पता चला कि वहां धूप सही आती है।

वैसे भी किसी से पता चला कि धूप का सेवन लेने से कोरोना के कीटाणु मरते हैं।

अन्तर्मन कुमार ने कहा कि कुछ भी कर लो, बेशक कितना ही बचाव। जिसने जाना है वह जाएगा ही, और जिसने नहीं जाना वह कइयों को लेकर जाएगा।

हरि तत्सत।

40.
पांडेय जी उसकी रबचिक दुनिया

पांडे जी अपनी तरह के इकलौते आदमी हैं जो मन में ठान लेते हैं रब चिक कर डालते हैं। दुनिया उनकी अलग है यूं कहिए कि वह दुनिया से अलग हैं। जो मन में आता है वह करते हैं, जो नहीं आता वह नहीं करते। उनका काम वह जाने। अपन को क्या

बाबू जी। जब चाय पीने का मन हो तो चाय पी लो

खासो मति। आई बात समझ में, बाबू जी।

जब से देविका गजोधर सर्दियों में अपने गांव गई है, मां कसम अपने पांडेय जी ठिठुरा गए हैं। सर्दी किसे नहीं लगती।

इनर पहनो, स्वेटर पहनो।

कल रामखेलावन बता रहा था कि भाई साहब सर्दी आते ही वाइन शाप पर ऐसे भीड़ लग जाती है जैसे कंट्रोल रेट पर लोग किरोसीन का तेल लेने खड़े हों। जबकि यहां स्यापा कुछ अलग तरह का है।

मन में कुछ सवाल आते हैं।

क्या पीने से सर्दी नहीं लगती!

आइए मोहल्ले के पत्रकार जिनका साप्ताहिक अखबार मोहल्ले के चंदे से चलता है।

हाँ तो राधेलाल जी ये बताइए कि आपको पीना क्यों पसन्द है!

राधेश्याम में कन्वर्ट हुए राधेलाल बोले: पहली बात तो यह है कि पीना कोई बुराई नहीं। डॉक्टर भी कहते हैं कि किसी किस्म की अति न हों। उनके मार्गदर्शन पर चलना मुझे पसन्द है।

पत्रकार: हम्म, बात में आपकी वजन है पर अपने वजन का भी ख्याल रखो और सैर पर भी जाया करो।

राधेश्याम सोचने लगे कि ये सड़कछाप पत्रकार है या किसी योग गुरु के यहां से निष्कासित चेला जो मुझे सबक देने की फिराक में है।

बात करता है।

पत्रकार ने अब मोहल्ले के समाजसेवी विलायती राम पांडेय से पूछ लिया कि पांडेय जी आप बताइए आपका इस विषय पर क्या कहना है!

पांडेय जी ने कहा कि विषय आपका समीचीन है पर आपने गलत व्यक्ति का चयन किया है। भइया मैं तो इस तरल पदार्थ से कौसों दूर रहता हूँ, मैं तो अदरक की चाय पीने वाला व्यक्ति हूँ।

पत्रकार ने कहा कि माफी चाहता हूँ कि झंडु सिंह गुलियाँ ने मुझे गलत जानकारी दे दी, आज उसका बेंड बजाता हूँ और धुआं निकालता हूँ।

पांडेय जी ने कहा कि शाबास! धुआं अच्छे से निकालना। शर्म नहीं आती कि कितनी गलत जानकारी प्रसारित करता है। बेवकूफ आदमी।

आइए मित्रों आपको गली के नुक्कड़ पर खड़े असंतुष्ट कुमार के पास लिए चलता हूँ जिनका संतुलन हमेशा की तरह बिगड़ा रहता है।

उनसे पूछ लिया कि भैया अब तो सर्दी भी आ गई पर तुम्हारी प्रमोशन की फाइल खिसक नहीं रही!

हुआ क्या!

कहने लगे कि क्या हुआ होगा!

ये तो नहीं मालूम, पर ऐसा भी हो सकता है कि कोई षड्यंत्रकारी लोग भांजी मारने में लगे हो!

अगर मेरे साथ बुरा हुआ तो सबका बुरा होगा। एक को भी नहीं छोड़ूंगा। मिरर की कसम। कहते हुए असंतुष्ट कुमार पांडेय जी के कमरे में लगे आदमकद मिरर में निडर हो कर बाल संवारने लगे जैसे एक जमाने में भारत कुमार आई मीन टू सेय अपने मनोज कुमार।

असंतुष्ट कुमार ने कहा कि मेरे नाम से पता नहीं ऊपर वालों को खुजली क्यों है!

पांडेय जी ने कहा कि कोई बता रहा था कि पिछले पांच वर्षों से आपने अपने कार्य का लेखा-जोखा ही भर कर नहीं दिया!

कौन कहता है!

ये सब बेकार की बातें हैं। जब है उनके पास। अगर नहीं करनी तो न करें। एक दिन सब नरक में जाएंगे।

पांडेय जी चुप हो गए। कहा कि ज्यादा ब्लडप्रेशर न बढ़ाओ।

चाय पीयोगे!

असंतुष्ट कुमार ने कहा कि अब हमारी चाय पीने की उम्र निकल गई।

अब तो खून पीना है। बहुत हुआ। अन्याय नहीं सहन होता।

दयाल बाबू ने इशारा किया कि पांडेय जी अब और नहीं। पांडेय जी ने चुप्पी साध ली।

दयाल बाबू ने कहा कि सर्दी आते ही पेशाब ज्यादा आता है। तिलगोजे राम जो बगल से निकल रहे थे, सुन कर बोले। कहीं शुगर तो नहीं।

पानी तो नहीं पीते ज्यादा!

पानी तो पीते हैं!

कहीं पढ़ा था कि दिन में तीन लीटर पानी पीने से किडनी ठीक से काम करती है।

वोह तो है...

टॉपिक बदला जा चुका था। असंतुष्ट कुमार निकल लिए। शुगर उनकी पसन्द का टॉपिक नहीं रहा कभी भी।

आइए आगे बढ़ते है।

पांडेय जी कुछ विचार में डूब गए। जब वे गहन चिन्तन में होते हैं तो चिलमन भी कुछ नहीं कहता।

अरे वही चिलमन जिसके चलते रामखेलावन और मधुबाला के प्रेरक नहीं प्रेम प्रसंग में अवरोध उपस्थित हो गया था। ये चिलमन तभी से मधुबाला की आंख में किरकिरी बना हुआ है। चिलमन यह बात जानता है।

फिलहाल पांडेय जी के चिंतन कक्ष में लिए चलते हैं-

रिश्तों की नदी

1

उसने कहा क्या बात कर सकती हूँ
मैंने कहा
नहीं
पूछा क्यों
मैंने कहा-अपना भी कहती हो
और
परमिशन भी माँगती हो
आगे से ऐसा करना कोताही होगा
और
प्रेम के विरुद्ध भी

2
उसको गुड़ मॉर्निंग कहा
उसने भी वही कहा
कहते हैं
इंसान को ढलने में वक्त लगता है
मैं कहता हूँ
थोड़ी नजाकत और थोड़ी एहमियत
हम किसी को दे गर
उबड़-खाबड़ सड़क पर भी चलना कितना सरल हो जाता है।
3
एक बात तुम्हारे मेरे बीच की
जो तुम सोचती हो
वह मैं
बीच की बात कहाँ रह गई
वह तो हमारी हुई।
4
तुम बेशक न कहो
कि तुम्हें प्यार नहीं
तुम्हारी आंखें बोलती हैं
मन दुहराता है
उंगलियां उसे चित्रित करती हैं
पता है मैं झूठ पकड़ लेता हूँ
मुझ से कुछ भी नहीं छिपा।
5
उसने कहा आपको खाने का शौक है
मुझे लड्डू बनाना आता है
मैंने कहा
बिना बनाए ही स्वाद पहुंच गया
मुंह से लेकर मन तक मिठास गहरा गई।
6
तन का प्रेम में क्या योगदान
प्रगतिशील लम्बरदार सुनकर

स्तब्ध
सभागार खाली हो गया
बची कुर्सियां
वक्ता, मैं और मन की सुंदरता।
7
असल में शरीर का जो काम है
सब जानते हैं
एक उम्र तक उसकी चाहत हो सकती है
कभी किसी वृद्धजन से
दो बोल बोले हैं
महोब्बत के!
8
मैंने घर बनाया
तुमने मकान
इतना फर्क है मैंने महोब्बत की
तुमने समझौता किया।
9
वह भागती रही
उसने शादी नहीं की
कहती है एन्जॉय मेन
आजकल एड्स से पीड़ित
अंतिम समय में आई सी यू में एडमिट
शरीर के शौकीन लोग
उससे कतराने लगे।
10
कभी सोचा है कुछ
कि क्या पाया
क्या खोया
क्यों खोया
क्यों पाया
सोचते नहीं हो न
तुम्हारी मुसीबत यही है।

11

वह दौड़ता रहा
बड़े पद पर है
लेखक होने का बिल्ला टांगे
मर गया
बिल्ला किसी और ने टांग लिया
वह गया रद्दी में
एक दिन यह भी जाएगा
कैसे दौड़ रहा है।

12

कुछ लोग लेखन की चोरी करते हैं
कुछ कहो तो गुर्राते हैं
चोरी और सीना जोरी
हद्द है
शायद उन्हें यह सब पसन्द है
चोरी, चोरी और चोरी।

13

प्रेम में
देह बोलती है
कुछ बुलवा लेते हैं
अपना अपना एक्सपीरियंस है बाबा।

14

वे बड़े लेखक हैं
बड़े लेखक के दामाद
अच्छा लिखते हो
गारंटी नहीं
आजकल गारंटी की कौन चिंता करता है। जब वारंटी की भी मियाद नहीं
समझने के लिए इशारा काफी है।

15

वे व्यापारी हैं
हिंदी के सेवक हैं
कोई काम तो ढंग से कर लो

न यह सही और न वह।
16
चुगली एक रोग है
मैं ऐसे रोगियों को जानता हूँ
सोचता हूँ
कर लेने दो।
कहते हैं आखिरी इच्छा को मारते नहीं
गो हेड विद् योर चुगली शास्त्र।
17
जरूरी नहीं
कि मिलने से प्यार होता हो
आजकल डिस्टेंस एजुकेशन भी है
मानो तो मानो
नहीं मानो तो नहीं मानो।
18
बारिश में भीगते हम दोनों
कविताएं बहने लगीं
हम में
कितने घण्टे सुबकते रहे थे
सुड-सुड से हम
ऐसे ही सुख गए
भीगे थे भी कभी
बारिश में भीगना
मन से भीगना
प्यार से भीगना और महोब्बत से भीगना
अपने आप में रोमांच शास्त्र का अनुपम अध्याय है
जिसे पढ़ना हम दोनों ने शुरू कर दिया है
जिसे आप आजकल की भाषा में
रिफ्रेशर कोर्स कहते हो।
19
वह बदलती रही
अपने को

बार-बार
पर मुकद्दर न बदल पाई।
20
इश्क हो
जरूरी नहीं
हमने इश्क को दिलो में बसाया है
महोब्बत का दीप बसाया है
देखो अपनी बस्ती में बिना मौसम के पुष्प सुगन्ध दे कर
आमंत्रित कर रहे हैं।
21
महक रही हो मुझ में
चंदन की तरह
मैं दहक रहा पलाश की तरह
तुममें
बरसों से
सदियों से
अनुसंधान के सत्र जारी है
अनवरत।

तभी चिलमन ने आते ही कहा कि पांडेय जी छज्जे सी फीलिंग दफ्तर में ही महसूस कर रहे थे। आते ही कहा कि उस्ताद जी आपके लिए चाय ले आया हूँ।

पांडेय जी ने कहा कि तुम और तुम्हारी चाय अक्सर ये बातें करते हैं कि तभी असंतुष्ट कुमार ने कहा कि ये गलत बात है कि अकेले-अकेले चाय पी रहे हो!

पांडेय जी ने कहा कि ये क्या बात हुई!

अभी मंगवाए देते हैं, इसमें कौन से हीरे-मोती जड़े हैं! प्यारे कुमार साहब।

पांडेय जी सोचने लगे कि दुनियादारी का तो पता नहीं पर देखने में यह आया है कि हर आदमी दुनिया में अपने को समझदार व दूसरे को अव्वल नम्बर का बेवकूफ समझता है।

तभी तो देविका गजोधर कहती है कि मेरे पांडेय जी जैसे इमोशनल व्यक्ति न कोई हुए हैं और न ही होंगे।

पता नहीं पांडेय जी में उसने क्या खूबी देखी!

इसका पता न रामखेलावन लगा पाए है और न उनकी वियोगी प्रेमिका मधुबाला।

टिप्सी मुटरेजा ने भी सारी ताकत झोंक दी है कि कुछ भी हो जाए, देविका गजोधर किस कंदरा में रहती है उसका पता लगा कर ही बैठूँगी। इस मामले में वह भौलूराम है।

सुनिए जी, ये चीकू नहा नहीं रहा।

रामप्यारी की आवाज।

पांडेय जी ने कहा कि इसको दोपहर में पुलाव नहीं देना।

ठीक है।

उधर से चीकू बोला अंदर से।

पापा आपका भी लंच मेरे साथ ही बन्द।

कमाल की दयनीय दुनिया है पांडेय जी की कि वाकई ये दुनिया बड़ी रबचिक है।

41.
पांडेय जी और रूटीन लाइफ की पेचीदगियां

पांडेय जी ने समझ लिया था। एक जमाने में कई-कई जमानों का द्वंद होता है भाई साहब। एक काम में मन लगता है और दूसरा काम सर पर आ जाता है।

यानी गधे की तरह ढेंचू-ढेंचू करते रहो। बेचारा कामगार इंसान।

पांडेय जी आजकल बिजली विभाग में हैं। गलती से लेखक भी। उनका मानना है कि लेखक उस पंसारी की तरह होता है जिसकी दुकान में सब सौदा सुलभ रहता है।

किसी को आटा लेना है, किसी को गुड़ या देशी घी। सब मिलेगा। ऐसे ही यदि कोई पांडेय जी से कह देता कि नमस्कार जी, हमारी पत्रिका के लिए आशीर्वाद दे दें या कुछ शब्द लिख दें। तो भी पांडेय जी मना नहीं करते थे। बड़े उदारमना हैं। न कहना उनके खून में नहीं था। इसलिए जो आता उनके द्वार, खाली हाथ नहीं लौटता था।

नए लेखक नजदीक आते और पुराने बाज न आते। पांडेय जी भी धुन के पक्के ठहरे। उन्होंने सोच लिया था कि जो बकवास करेगा उसे छोड़ेंगे नहीं। यह उनकी दृढ़ प्रतिज्ञा है। जिसका पालन करने में वे पीछे नहीं।

आजकल अनेक लेखकों की उन्होंने बत्ती गुल कर रखी है।

आइये एक दिलचस्प किस्सा सुनाया जाए।

हुआ क्या एक अधेड़ उम्र के पत्रकार ठहरे। उनके जीवन में ठहराव ऐसे ही लीजिये जैसे सर्दियों के मौसम में स्टबेरी होती है और वह ये सोचे कि मैं हर मौसम में उपलब्धि पा जाऊं!

क्या ऐसे होगा!

नहीं न!

तो आइये उस किस्से को आगे पहुंचाते हैं।

मामला दिल्ली का और वे ठहरे हरियाणा के एक शहर के।

उन जनाब ने यह लिखा कि दिल्ली के एक बड़े लेखक कोरोना संक्रमित हो गए। सरकार चुप है। इलाज समुचित हो, इत्यादि और उत्यादि।

अब जब उनको पांडेय जी ने समझाया कि भइया क्या आपने देश की राजधानी का ठेका लिया है!

आप अपना प्रदेश सम्भालिए, इसे हम पर छोड़ दें।

आप एक के नाम की दुहाई दे रहे हो, दिल्ली में दर्जन भर लेखक बीमार हुए, महाराज तब कहाँ थे!

इस मुद्दे पर चुप्पी साध ली और कट लिए।

फिर शाम को किसी व्हाट्सएप्प ग्रुप पर भी उनका राग अलाप सुनाई दिया, मतलब दिखाई। पांडेय जी ने वहां भी टोक दिया तो भइया ने कन्नी काट ली और लेफ्ट हो लिए।

अब पांडेय जी को समझ में आ गया कि ये जितने भी उम्रदराज लेखक और पत्रकार हैं ये चाहते हैं कि इनके वयोवृद्ध बेंड को शुरू से आखिर तक एक सांस में सुना जाए। पांडेय जी ने कहा भी कि आदरणीय टिंकू तलसानिया जी, आप घर पर हनुमान चालीसा का पाठ किया करें। सुंदर कांड का वाचन करें। पुस्तकें पढ़ें और नई पीढ़ी को पढ़ने के लिए प्रेरित भी करें, ये नहीं कि जबरन ज्ञान का ठीकरा उसके सर पर फोड़ दें।

भाई साहब इस तरह के किस्से सन्सार में भरे पड़े हैं। किसकी कहे और किसकी न कहें। बहरहाल पड़ोस में किसी का बेंड बज रहा है यानी यह मान लेना चाहिए कि कोरोनाकाल में भी शादियां हो रही हैं। लड़कियां विदा भी हो रही हैं और नए घर में आ भी रही हैं।

वैसे साहब वे भी क्या दिन थे! जब पांडेय जी की शादी हुई थी, अल्ला कसम वे दिन भुलाए नहीं भूलते। पांडेय जी क्या चौबे जी भी को।

किसी ने कहा भी है कि शादी वह लड्डू है जो न खाए पछताए और जिसने खा लिया उसकी ढिबरी हुई टाइट। बेचारा बोल ही नहीं पाता। बोलेगा तो पत्नी लंका लगा देगी। इसलिए सावधानी हटी नहीं कि दुर्घटना घटी नहीं।

इस तथ्यात्मक जानकारी का पालन हर शादी शुदा ऐसे करता है जैसे यही लाइफ टाइम सर्टिफिकेट है, इसका पालन नहीं किया तो बेटे हर तरह की चाबियां तत्काल प्रभाव से निष्क्रिय हो जाएंगी।

एक बार हुआ क्या रामखेलावन को किसी ने उनकी कोई प्रेम कविता के चलते पसन्द करना शुरू कर दिया। फिर क्या हुआ मक्खन के आगे देशी घी बेकार लगता है, लेकिन जैसे ही फुलमतिया को इस खबर का अंदेशा

हुआ तो भाई साहब रामखेलावन के जो मोमोस और दाल बाटी चूरमा बनाये गए, उसका दर्द आज भी उनकी पीठ से बोलता हुआ दिखता है। उसी दिन से वे सांसारिक बंधनों के रचनाकार में शुमार हो गए।

एक बार आगरा के किसी कार्यक्रम में राधेलाल जी भी राधेश्याम बनते दिखाई दिए, पर मिसेज राधेलाल को देखते ही राधेलाल तुरन्त अपनी जगह पहुंच गए। क्योंकि महिलाएं सब जानती हैं कि कब उन्हें बात का बतंगड़ बनाना है और कब सीधी उंगली करते हुए टेढ़ी से पासा फेंकना है।

है राम!

ये मर्द सब ऐसे ही होते हैं क्या!

देविका गजोधर टिप्सी मुटरेजा से बातचीत कर रही थी कि एक लाइव प्रोग्राम में आपकी सहमति चाहिए। देविका ने एक फोन लगाया और दूसरी तरफ से सहमति मांगी। दूसरी तरफ विलायती राम पांडेय थे, उन्होंने कहा कि गो हेड।

तीन दिन बाद वह कार्यक्रम फेसबुक और यू ट्यूब पर एक साथ प्रचारित।

विषय था शादीशुदा मर्दों के जीवन में अलहदा प्रसङ्ग

कितने जायज और कितने नाजायज!

वक्ता: देविका गजोधर

सवालकर्ता: टिप्सी मुटरेजा

देविका जी ये बताइए कि क्या आप मानती हैं!

कि आज का विषय कितना सटीक है!

देविका: देखिये, किसी की पसन्द या नापसंद का फैसला सभी का व्यक्तिगक्त होता है। मैं मैरिड नहीं पर मैं आज भी अपने कई मित्रों के मन में हूँ, उनकी दोस्त हूँ, वे अपनी सब बातें मुझसे शेयर करते हैं। मैं एक एफएम में एंकर हूँ और मेरे प्रोग्राम को पाँच लाख से ज्यादा लोग फॉलो करते हैं।

टिप्सी: डेट्स ग्रेट। इसलिए तो आपको आमन्त्रित किया है।

टिप्सी ये भी देख रही है कि स्क्रीन पर कि देश भर के लेखक, बुद्धिमान बुद्धिजीवी, पत्रकार भी उस समय ये प्रोग्राम लाइव देख रहे हैं। पांडेय जी भी बने हुए हैं और अपनी शुभकामनाएं देते हुए खुश हो रहे हैं कि देविका अब पहले से मेच्योर और समझदार वक्ता हो गई है।

टिप्सी का यह कार्यक्रम दस हजार से भी ज्यादा लोगों ने देखा। कई तो इस लिए देख रहे थे कि विषय उनकी पसन्द का है और कई इसलिए कि कहीं हमारा नाम तो नहीं ले देगी!

जबकि एक रिपोर्ट यह बतलाती है कि गूगल या यूं ट्यूब पर बालिग किस्म की फिल्में और इस तरह की सामग्री एक अधेड़ उम्र का तबका जरूरत से ज्यादा समय देता हुआ नजर आता है।

तभी छज्जे पर बैठा देख सामने वाले पड़ोसी ने पांडेय जी को नमस्कार किया। पांडेय जी ने चश्मा उठाया और देखते हुए इस कदर देखा कि प्यारे अमेरिका की सत्ता अब नए हाथों में गई।

सामने वाले ने कहा कि क्या कर रहे हो!

पांडेय जी ने कहा कि सोच रहा हूँ कि यदि भारत विश्व बैंक से लोन लेता है तो चुकाएगा कैसे!

सामने वाला: आप भी न!

स्थानीय मुद्दों पर चर्चा किया करें!

पासपोर्ट आपका नहीं और वैश्विक चिंतन पर सरखपाई करते हैं। बाई दवे हैव ए नाइस डे।

पांडेय जी ने सोचा कि हिंदुस्तान में ऐसे वायुवार्ता प्रसारित करते हुए कार्बन डाइऑक्साइड कई मिल जाएंगे, जिन्हें न लिखने का ककहरा पता है!

पर वे जानते हैं कि दूसरे की तन्द्रा में सेंध किस तरह लगाई जाए!

बहरहाल आइए आगे चलते हैं।

सन्डे का दिन। दूध वाले ने आना नहीं। गाड़ी वाला साफ करने आएगा नहीं।

चैन का दिन। नाश्ते में मूली के परांठे। दिन भर पांडेय जी के पास कोई नहीं फटकेगा। जिस दिन मूली भीतर गई नहीं, साहब तरह-तरह के पटाखे से दिन भर दिमाग भ्रमित कर देते हैं।

फिलहाल पांडेय जी नितान्त सुखी व्यक्ति हैं। अपनी धुन में रहते है। किसी को कुछ कहते नहीं।

ऐसे लोग दिव्य पुरुष की संज्ञा में गिने जा सकते हैं।

आइए थोड़ा सा आगे चलें।

बड़े दिनों बाद अपने विलायती राम जी रचनात्मक हुए। देखते हैं क्या लिख दिया-

कहते हैं साहब /
दुनिया उसी को सलाम बजाती है
जो या तो पैसे वाला है या
जिसकी आवाज सुनते हैं लोग
समझ में नहीं आता

क्या वे
भगवान से भी बड़े हैं
क्या भगवान आदमी से छोटा है
कहना मुश्किल है
गरीब आदमी कहां
जाएगा
क्या खाएगा!
क्या बच्चों को पढ़ा पाएगा
उसको पता नहीं
कब उसकी छत उसके ऊपर से
चली जाए
अजब हाल है
अजब तमाशा है
अजब खेल है
यह दुनिया बड़ी विचित्र है
कहते हैं भगवान सबकी सुनता है
पर मुझे तो लगता है
भगवान उसकी सुनता है
जो भगवान जी को चढ़ावा ज्यादा देता है
यानी उधर भी मक्खन
इधर भी मक्खन
गजब है साहब
दुनिया में जिएगा तो पैसे वाला ही
मरेगा तो गरीब आदमी
धरने में
जुलूस में
प्रदर्शन में
दिखता कौन है
गरीब आदमी

अमीर आदमी तो साहब अपने टीवी के सामने व्हिस्की के पैग पीता हुआ तंदूरी मुर्गा खाता है

यह प्रजातंत्र है भाई साहब

यहां ना आपकी सुनी जाएगी और
न हमारी सुनी जाएगी
सुनी
जाएगी तो पैसे वाले की
मैं भी सोचने लगा हूं
कि प्रभु जी
मुझे भी पैसे वाला बना दे
मैं भी देख लूं
कि आखिर पैसे वाले व्यक्ति के पास खुशी है
अगर खुशी है
तो कितने परसेंट है
क्या अमीर आदमी रोटी खाता है
या दो काजू सुबह
तीन बदाम दोपहर
रात को अनार का जूस
गरीब आदमी बड़ा बेचारा है साहब
उसको फिक्र है
क्या कल उसका चूल्हा जलेगा कि नहीं
बड़ी विचित्र दुनिया है साहब
सूचना आ रही है
गरीब आदमी जहां है वहां रहेगा
आप तो पढ़े-लिखे लग रहे हो बाबू जी
आप कहाँ पड़ते हैं इस कीचड़ में
जाइए-जाइए काम कीजिये
उजले कपड़ों पर दाग अच्छे नहीं लगते
एक मुच्छड़ ने कहा जिसके साथ चार-पाँच पहलवान सरीखे देशभक्त थे
पढ़ा-लिखा व्यक्ति वर्ड फाइल से पीडीएफ में कन्वर्ट होता हुआ घर लौट आया
क्या पता उसका ही गेम बज जाता
दीवाली से पहले!

तभी रामप्यारी की आवाज आई। देखो जी, नाश्ता आपको करवा दिया। अब आदमी बन जाओ, जब देखो कुर्ता पहन बैठ जाते हो, आज मेरा लाइव

है, मुझे दुनिया सुनती है और एक तुम हो, हमेशा डांटे रहने का मन बनाये रखती हो।

रामप्यारी ने कहा कि पंखा साल में एक बार साफ होता है। स्टूल पर चढ़ जाओगे तो क्या होगा!

पांडेय जी के ऑफिस में दयाल बाबू के भाई ने पिछले साल दीवाली पर पंखा साफ किया तो पलस्तर का असर अगली दीवाली तक महसूस किया। इस आंशिक सफाई अभियान से पांडेय जी हमेशा बचते थे। उनका कहना है कि बेशक सौ-पचास लग जायें। ये काम किसी लेबर से करा लो, मैं किसी भी हाल में स्टूल को हाथ नहीं लगाऊंगा।

पांडेय जी ने मन की बात कही। इस मामले में वे राधे-राधे को याद कर लिया करते।

उनका कहना है कि त्योंहार से पहले और बाद के दस दिन तो न घर से किसी धार्मिक यात्रा को निकलना चाहिए और न ही बाहर आना चाहिए।

भला हो उनके पढ़े लिखे मित्रों का जिन्होंने मशहूर हलवाई की मिठाई भी ऑनलाइन भेजना शुरू कर दी।

ये तरीका बढ़िया भी है और उत्तम भी। वैसे भी जिसका जो काम है उसको साजे।

कही तो मनकी बाकी, जो राम जी को अच्छी लग जाए।

42.
पांडेय जी और उनका छज्जा

पांडे जी छत पर बैठे हैं उनका छज्जा भी किसी छत से कम नहीं है उन्होंने यह महसूस किया है आगे बढ़ने के लिए कभी भी किसी को भी पुल बना सकते हैं वैसे साहब कहा भी गया है कि पुल तो उस पार जाने के लिए ही होते हैं। देखने में यह भी आया है के पार्क के गेट पर जंजीर बंधी हो तो गाय कैसे भी करके अंदर चली जाती है, पानी रास्ता बना ही लेता है चोर-चोरी करने से बाज नहीं आता। चाहे कोरोना आए कोरोना का चाचा, उसका फूफा आए, उसका दादा आए है लेखक ने तो काम करना है, माली ने पानी देना है, हिंदुस्तान इतना अच्छा है, कहीं जाने का मन ही नहीं होता। मैं पर्यटन की बात कर रहा हूँ। ऐसे भी कई देश होते हैं साहब जहां जाने का मन न करता है!

देखिए ना कुछ लोगों को सड़क पर चलने की आदत होती है। सड़क पर कोई ट्रैफिक ना हो, सामने कोई तांगा हो ना तो भी यह जनाब हॉर्न बजाने से बाज नहीं आते। पांडे जी के अंतर्मन कुमार ने कहा, साहब यह मन की बात है किसी के समझ में आती है, किसी की समझ में नहीं आती और वैसे भी अपना संसार भी बहुत बड़ा है। हिंदुस्तान इतना अच्छा है कि कहीं दूसरे देश को देखने का मन न होता। हम वह भारतीय हैं बेशक हमारा पासपोर्ट दराज में पड़ा-पड़ा अपने प्रमाणिकता खो दे। एक बात पांडे जी को समझ में नहीं आती वह अक्सर सोचते एक बात पांडे जी को समझ में क्यों नहीं आती। वो अक्सर सोचते भी हैं एक बात बताओ भैया विदेश में जाते हैं वो क्या खोजते हैं? क्या अपने देश में ऐसी कोई जगह नहीं, अपना देश तो सात समंदर से भी अच्छा है। एक समोसा 5 का 10 का मिल जाता है, हमें कम से कम 205 का मिलता है। हिंदुस्तान में तो आप कहीं भी हल्के हो लेते है महाराज बाहर देश में कर के कर देखो ऐसे भारी हो जाओगे। राम जी करेंगे बेड़ा पार।

इसलिए कहा गया है शास्त्रों में अपने देश से बड़ा कोई देश नहीं है।

पांडे जी सोच रहे हैं कि बड़े दिन से रामकिशन पुनिया से बात नहीं हुई। अरे साहब कोरोना है अब पुनिया जी बैठे होंगे कहीं दरबार में चुपके से उनसे बात हुई थी सपने में। हकीकत में हुई थी अब राम जाने, आप सोचना

जो कह रहे थे कि कोरोना वायरस नहीं है अखबार में खबर आई है

जितनी ठंड पड़ेगी इतना कोरोना फैलेगा उतना।

भैया कोरोना तुम यह बताओ हम हमने तुम्हारा क्या बिगाड़ा जो तुम हमारे देश के पीछे पड़ गए राशन पानी लेकर! कोरोना, दूसरी तरफ डेंगू, तीसरी तरफ चाइना अब अपनी इन बीमारियों से लड़ने यह सीमा पार के युद्ध से! राम जाने क्या होगा!

वैसे जो भी होगा, जो सब ठीक होगा। पांडे जी कहते हैं जो भी होता है सबके विकास के लिए होता है, और होगा भी।

बटेश्वर नाथ पांडे जी के अच्छे दोस्त हैं। बटेश्वर नाथ कहते हैं भैया मैंने जो कमाया वह मेरे बच्चों का। लेकिन पांडे जी कहते हैं यदि आपने अपना पैसा अपने पर खर्च नहीं किया उस कमाने का क्या फायदा!

बात तो सही है। पांडे जी ज्ञानी बहुत हैं। ज्यादा पढ़े-लिखे नहीं हैं लेकिन दुनिया को चलाते हैं। उनका कहना है भारतीय संसद में जितने एमपी हैं क्या वे सारे पढ़े-लिखे हैं! सारे विद्वान हैं नहीं ना। इसलिए अपना रोजगार करना चाहिए। चाहे वे पकौड़ा बनाएं। वैसे तो सर्दियों में पकोड़े का काम खूब चलता है। पकोड़े के साथ हलवा भी बना ले सूजी का बेसन का तो कहना ही क्या!

क्योंकि कल पांडे जी फेसबुक पर देख रहे थे कि गोलगप्पे 25 तरह के होते हैं अब आप बताओ आपकी जानकारी बढ़ी ना।

मनुष्य को सजग रहना चाहिए। एक्टिव रहना चाहिए। और अगर आप एक्टिव नहीं रहे। तो दूसरा आपको निष्क्रिय मानता हुआ पुल बनाता हुआ आगे बढ़ जाएगा। आप पीछे रह जाओगे।

अब यह बताओ क्या आप पीछे रहना पसंद करोगे। नहीं ना।

तो आगे बढ़ो। बढ़िया सोचो। कुछ काम करोगे तो कुछ नाम भी होगा और यदि काम नहीं किया तो साहब छज्जे पर बैठकर हल्की-हल्की धूप में मूंगफली छीलकर खाने का जो स्वाद है वह दुनिया के किसी भी कोने में नहीं है। अभी कोई बता रहा था बड़े वाले लेखक थे। अब क्या लिखते हैं

क्या नहीं लिखते यह किसी को भी मालूम नहीं, लेकिन एक जासूस ने पता लगाया कि भाई ने लिखने के लिए 5 लोगों को किराए पर रखा। हद हो गई साहब किराए पर तो घर दिए जाते हैं। यहां तो लोगों ने अपने दिमाग ही किराए पर रख दिए। क्या होगा क्या नहीं होगा! सोचने की बात है... देखते हैं आगे-आगे क्या होगा! ठंड ने जो करना है

जो करना है वह करेगी। हर मनुष्य को एक्टिव मोड पर रहना चाहिए।

चिलमन ने कहा साहब जी आज दफ्तर नहीं जाओगे।

पांडे जी ने कहा सरकारी नौकर हूं भैया। कुछ छुट्टियां रहती हैं उसका आनंद ले रहा हूँ।

तभी रामप्यारी ने कहा कि सुनिए नाश्ते में क्या बनाऊं!

पांडेय जी ने कहा कि जो मैं कहूंगा, वह आपने बनाना नहीं, ऐसा करो कि ऑमलेट बना लो। तभी हुकुम हुआ कि ब्रेड तो नहीं है, मिर्ची भी खत्म है।

पांडेय जी ने कहा कि लो कर लो बात!

ले आते हैं, इसमें कौन-सी बड़ी बात है!

पांडेय जी ने नाश्ता किया और तभी रामप्यारी ने कहा कि धनिया और पिसी हुई हल्दी का पैकेट भी ले आओ। खत्म होने को आया।

पांडेय जी नाश्ता कर चुके थे। दौड़ गए, ओपी की दुकान पर। सौदा लिया कि सामने नरेश पहलवान दिख गए।

पहलवानी रही नहीं। काम धंधे सब कोरोना की भेंट चढ़ गए। पहलवान आलू के परांठे बनाने लग गए। परिवार है, आखिर काम तो करना ही पड़ेगा।

पांडेय जी उसके अड्डे पर गए और कहा कि क्या हाल-चाल!

सब बढ़िया है, पांडेय जी।

आज गए नहीं, ऑफिस।

पांडेय जी ने कहा कि भइये हम ठहरे, सरकारी आदमी। आज गजटेड हॉलिडे है।

हम्म, पहलवान ने परांठे सेकते हुए कहा।

अच्छा ऐसा करो कि एक प्लेट लगा ही दो, देखी जायेगी। जबकि पांडेय जी नाश्ता कर चुके थे।

रामप्यारी ने उनके हाथ में धनिया और हल्दी के पैकेट के अलावा एक और पैकेट देखा तो मुँह सूज गया।

पांडेय जी चुप हो गए।

जिंदगी में कितने ही रंग हैं उन सभी रंगों को करीने से देखने का अभ्यास हो गया है पांडेय जी को।

पांडेय जी घर पर हैं। कभी जमादार आता है तो कभी कुरियर वाला। कभी सब्जी और फलवाला। पांडेय जी सोचने लगे कि घर पर रहना मजा तो है ही पर किसी सजा से कम भी नहीं। जिसका मन जब चाहे वह घण्टी दबा देता है।

पांडेय जी की बेटी के नाम एक कुरियर आया था।

पूछने वाला क्या नाम है!

मोबाइल नम्बर बताइये।

पांडेय जी ने कहा कि भैया क्या प्रोपर्टी नाम करनी है!

नाम पूछ लिया, नम्बर पूछ लिया, अब कुतुबमीनार नाम कर दूं क्या!

कहो तो ताजमहल भी कर दूंगा, कुरियर बॉय मुस्कराता हुआ नमस्ते कर चला गया।

पांडेय जी सोचने लगे जब तक जीवन है, तब तक आदमी उसके झमेले में पड़ा रहता है।

मरने के बाद बंदे को तो मुक्ति मिल जाती है पर जी मुक्ति उसके परिजन को तब जाकर मिलती है, जब उसकी पॉलिसी का धन स्वीकृत हो कर परिजन जोकि ऑथोराइज्ड है, उसके खाते में ट्रांसफर हो जाता है।

सारा खेल पैसे का है और माया जिसके पास रहती है वह व्यक्ति उछलता रहता है, आखिर पैसा बोलता है।

लेकिन पांडेय जी ने यह भी महसूस किया है कि बिलो पॉवर्टी वाले अमीरों से ज्यादा सुखी और खुश रहते हैं, बेचारे अमीर लोग यही सोचते रहते हैं कि कहां गाड़ी खड़ी होंगी!

कहाँ नहीं खड़ी होगी!

इसी चक्कर में आदमी दुनिया से प्रस्थान कर जाता है।

पांडेय जी कुछ सोच ही रहे थे कि अचानक से क्रिएटिव मॉड में कन्वर्ट हो गए:

सबसे बेखबर/
हमें सीखने की और समझने की आवश्यकता है
पक्षियों से
उनकी दिनचर्या से
कैसे वे चुपचाप बातें और

विमर्श किया करते हैं
आज उनको बतियाते और विमर्श करते भी सुना
अच्छा लगा
कि मनुष्य भी काश!
ऐसे होते
पर साहब
ये कलयुग है
ऐसा बताते हैं लोग
महामारी से लेकर बाहुबलियों तक के मकड़जाल में
सब साधक मौन बैठे हैं
पता नहीं
ईश्वर का डंडा कब अवतरित होगा
कहा जाता है कि ऑपरेशन थियेटर में जब फिल्म चलती है तो सब पैसा
सब ठाठ धरा का धरा रह जाता है
कुछ भी नहीं बचता
आपके कर्म हैं साहब
जो बचाते हैं आपको
वक्त से डरो
डरना भी चाहिए
चंदू चाय वाले ने चाय उबालते हुए रौनक सिंह से कहा।
रौनक ने सहमति में सर हिलाया और कहा
चंदू तेरे हाथ की चाय पीने का जो लुत्फ है
वह बरसों पुराना है
चंदू ने कहा
वीरजी मैं प्यार बांटता हूँ
चाय अपने आप ही टेस्टी बन जाती है
वो कहते हैं न
कि ईश्वर का हाथ बना रहे तो चाय क्या काढ़ा भी स्वादिस्ट लगता है।
चिड़िया सामने तार पर विमर्श करते उतना ही आनंद ले रही है
जितना आनंद चाय के खोखे पर बात करते हुए लोग ले रहे हैं
यही कहानी है
यही जिंदगानी है मोहब्बत की भाई साहब

किसी से मोहब्बत करके देखो
जमाना आपका न हो जाए तो कहना।

जिंदगी की रेलगाड़ी ऐसे ही चला करती है साहब। कभी कोई स्टेशन आता है तो कभी कोई पैसेंजर चने खाता हुआ चेन ऐसे खींचता है जैसे वह दुनिया का वन मैन शौ करने आया हो।

इसी उहापौह में आदमी पोहा खाते हुए रुखसत पा जाता है।

जाना तो है ही, हर किसी का समय फिक्स है, भाई साहब।

यह मान कर चलिए कि जीवन में जाना तो एक दिन सभी ने है, कोई देर से जाएगा, कोई जल्दी जाएगा, पर साहब रुकने वाला कोई भी नहीं।

कुछ बातें कोई जल्दी समझ लेता है तो कोई देर से। कोई ट्यूबवेल होता है तो कोई ट्यूबलाइट।

राधेलाल शर्मा राधेश्याम बने बैठे हैं, अन्तर्मन कुमार ने कहा कि साहब वक्त बदलते देर नहीं लगती है!

जमाना न तो कभी राजेश खन्ना का रहा और न सलमान का ही रहेगा!

इस बात को गांठ में बांध लेना चाहिए।

पांडेय जी ने चिलमन से कहा और चिलमन ने फेसबुक पर पोस्ट चिपका दी, जिसे देविका गजोधर ने दिल के स्माइली से चिन्हित कर दिया।

राधेलाल शर्मा ने भी कमेंट कर दिया और सोचा होगा कि नई पीढ़ी का कुछ पता नहीं कि कब सिलेबस से डिलीट कर दें, वक्त-वक्त की बात है, भाई साहब!

43.

पांडेय जी और महाकाल की यात्रा

यात्रा करने में पांडेय जी का मन लगता है और यात्राओं का भी। जब तक अलमारियां अति न कर दें कि मुझे खोलो, बाहर निकालो और कपड़ों को अटैची में रखो।

कोरोनाकाल ने लोगों की मानसिक शांति में बड़े टॉइप की डकैती की तो भाई साहब एक बार तो लगने लगा कि जीवन में सभी तरह के रोगों का और रोगियों का भी उतना ही योगदान है।

वैसे हमारे संसार में भांति-भांति के जीव हैं, एक तलाशों तो अनेक मिलेंगे।

पांडेय जी की नेचर जरा अलग टाइप की है जो वैश्विक फील देती है। एक बार जो बुरा लग गया तो उस गली नहीं जायेंगे। ये उनकी टॉप प्रियोरटी में शामिल हो गया।

अभी पिछले दिनों पांडेय जी के कोई आत्मीय व्यक्ति उनके लिए कोई उपहार ले आए और लाने वाले अत्यंत विन्रम। वे दो पैकेट लाए। एक पांडेय जी के लिए और एक उस व्यक्ति के लिए जिन्होंने पांडेय जी को बिना बताए सन्देश छोड़ दिया कि हैं हैं हैं ही ही हैं आप ले आएंगे तो पांडेय जी अपने साथ ले आयेंगे।

जबकि उन जनाब ने पांडेय जी को बिना सूचित किए यह निवेदन आगे प्रस्तुत कर दिया।

धन्य हैं ऐसे लोग जो किसी भी स्तर तक जा सकते हैं।

इसलिए भाई साहब मैं बढ़िया वाला फिनायल इस्तेमाल करता हूँ ताकि छोटे से छोटे हानिकारक कीट पतंगे भी आपको नुकसान न पहुँचा सकें।

वैसे भी सारी बातें अंतर्मन कुमार के मध्य चल रही हैं।

पांडेय जी ने सोचा कि ये कुछ प्रजातियां होती हैं जो किसी भी स्तर तक जा सकती है। जाती भी है, महज अपने स्वार्थ के लिए। स्वार्थ की उम्र ज्यादा नहीं होती। ये बात तय है।

बहरहाल जीवन में और भी रंग हैं जिन्हें देखने का अपना नजरिया है। वैसे भी दिव्य ज्ञान और दूरदृष्टि का होना बेहद जरूरी है। इसलिए समय-समय पर आंखों को साफ करते रहना चाहिए ताकि विजन क्लियर रहे और आत्मसंतोष भी बना रहे, वरना साहब यहां इस टॉइप के भी लोग हैं कि सोते हुए बेचारों की किडनी कब निकल जाए, पता भी नहीं चलेगा।

जब पांडेय जी शिवपुरी से आगे बढ़े तो दस किलोमीटर की सड़क कायदे से नदारद थीं। पशुओं का ये हाल कि सड़क पर गाड़ी चलाना ऐसे लग रहा था जैसे आप लूडो खेल रहे हों!

वैसे भी कहा गया है कि सावधानी हटी नहीं कि दुर्घटना घटी नहीं।

हमारे यहां वैविध्य जितना भाषाओं का है उतना ही लोगों की ईमानदारी का भी।

किसी से पूछ लें कि उन्होंने अपने जीवन में कभी भी झूठ न बोला हो!

पिताजी की जेब से पैसे न चुराए हों, तो देख लीजियेगा ऐसा कोई भी नहीं कहेगा कि हम हैं असली वाले भारतीय।

ये सब कहने की और किताबों की बातें हुईं।

जिस देश में पूंजीपति ऐसे हों जो सब्जियों में इंजेक्शन देने को उत्सुक हो कि मुनाफा ज्यादा मिल जाएगा, उन्हें कोई परवाह नहीं कि आपकी सेहत का बेंड बजे या बजे बाजा!

खोया-पनीर नकली। यहां तो साहब लोगों की विचारधारा भी थोथी है, जिसे देखो वह अपने फायदे के लिए आपके जूते तक चाटने को तैयार मिलेगा कि साहब के जूतों में बढ़िया क्वालिटी का बटर लगा हो, जबकि साहब भैंसों के तबेले से निकल कर आये हों। हद है साहब।

यात्राओं में लोग ऐसे मिलते हैं जैसे ये जिंदगी मिलेगी न दुबारा।

आइये आगे बढ़ते हैं पांडेय जी बढ़ रहे हैं उनके साथ पूरा अमला है। बिना साजो-सामान के निकलने का आनंद भी कहाँ आता है!

जहां से निकले तो वहां लेखकों की टोलियां उत्सुक ही नहीं लालायित भी दिखीं। पनीर पकौड़ों से लेकर नींबू पानी भी इतराने लगा कि ये कौन साहब है जिनके चरण इस धरती पर पड़ने से ही गिलासों में कंपन प्रक्रिया में उछाल सा आ गया जैसे मृत प्रायः इंडस्ट्रीज को किसी अडानी या अम्बानी का सहारा मिल गया हो।

बहरहाल जीने का मजा वही है जहां से निकलो अगले दिन वहां के अखबारों में हल्ला बना रहे कि कौन आया था कि अमुक शहर या अमुक मोहल्ले का लेखक अचानक से राष्ट्रीय सुर्खी बन बैठा।

आभासित दुनिया का बड़ा फायदा है कि एक बड़े वाले लेखक का फोन आया कि पांडेय जी नमस्कार कैसे हो!

पांडेय जी ने कहा कि सब ठीक है। आजकल दिमागी रेस्ट पर हूँ। सुनकर वे हंसे जैसे उनका बिलौटा बगल वाली बिल्ली को फ्लाइंग किस्स दे कर भाग आया हो।

एक अलग तरह के सुख से पांडेय सी लबरेज रहते हैं उन्होंने एक ऐसे सक्रिय लेखक को फिन लगाया कि उनके इलाके से निकल रहे हैं तो हाल -चाल पूछ लेना चाहिए।

नम्बर लगा कि पता चला कि सामने वाले की आवाज स्लो है, कोरोना ने उनको चपेट में ले लिया था। उपचार चल रहा है, जल्द स्वस्थ हो जाए, इसकी कामना पांडेय जी ने कर दी।

पांडेय जी के अमले में लोग खासे उत्साहित थे कि सबकी खबर रखते है कि कौन बीमार है, कौन सही!

किसकी सालगिरह कब! और किसकी पुण्यतिथि कब है!

खुद पांडेय जी का कहना है कि मनुष्य को अपडेट रहना चाहिए नहीं तो साहब राधेलाल शर्मा कब राधेश्याम बन जाएंगे!

ये कहा जायेगा और माना भी जाएगा।

आभासित दुनिया में खुश मिजाज लोग कम हैं, लेकिन ईर्ष्यालु, जलनखोर लोगों की संख्या इत्ती है कि अब क्या बताएं!

पांडेय जी की गाड़ी तेजी से रास्ते के स्वाद लेती बढ़ रही है और उसकी वीडियो क्लिप भी फेसबुक पर डाल रही है। कुछ लोगों का मानना है कि हम तो साहब लाइक करने या कमेंट करने के लिए ही बने हैं।

इसमें पांडेय जी कर भी क्या सकते हैं!

जीवन जिन्दादिली का नाम है, हर आदमी विलायती राम पांडेय नहीं हो सकता और हर छरहरी देविका गजोधर!

बड़े दिनों से देविका का जिक्र नहीं आया!

इसका मतलब ये नहीं कि बाजार में प्याज महंगे हो गए, बिकाज देविका के पिता सब्जीमंडी में ऊंचे टॉइप के आढ़ती हैं, वैसे देविका पांडेय जी का पहला क्रश है, ये आजकल की शब्दावली है। और साहब आजकल तो किसी भी उम्र में मनुष्य कीर्तन करने को उत्साहित रहता हैं, भले ही ढोलक सही से न बजा पाता हो। पर एक उमंग ही है जो आदमी को उसके व्यवहार को जोड़े रखती है।

समय भी यही कहता है। एक जमाने में संजय अपना काम करता था, अब वही जगह गूगल महाराज ने ले ली है और जीपीएस देवी बताती रहती है कि जिस मुकाम पर आपके पहुंचने का मन है, वहां तक पहुंचने में निर्धारित गति से बढ़ेंगे तो उतना समय का लगना लाजिमी है।

जीवन है तो सँघर्ष है, घर पर पत्नी से, दफ्तर या बगीचे में प्रेमिका से और गलती से लेखक है तो अपने महल्ले के पौधों से। समझ रहे हो न भइया!

ओ भैया मास्क पहन लो, चालान कट जाएगा। क्या बीमारी है साहब, न तो कोई बचेगा न ही बचाने का मन रखता है।

लेखक, अभिनेता और राजनेता सभी शिकार हुए हैं। क्या और देखना बचा है, कहा नहीं जा सकता।

बहरहाल जो करते हैं वह ऊपर वाले करते हैं। ऐसा कहा जाता है जबकि ऊपर वाले का कोई रोल नहीं होता। रोल मॉडल का भी असर होता है।

पहली और आखिरी बात आपके कर्म ही आपको श्रेष्ठ बनाते हैं या अंतिम पायदान पर ले आते हैं इसलिए सतर्कता बेहद जरूरी है। कहा गया है न कि सावधानी हटी नहीं कि दुर्घटना घटी नहीं।

इतना कुछ सोच रहे थे कि रामप्यारी ने कहा कि क्या बना दूं!

पांडेय जी ने कहा आज बैंगन का रायता बना दो और भिंडी का शोरबा!

आप भी न कैसी पागलों वाली बातें किया करते हो!

पांडेय जी ने कहा कि देवी अन्नपूर्णा की जय हो, आखिर पागल तो माना ही।

अजी हम तो आपके प्रेम में पागल हैं।

इधर से रामप्यारी गई कि पांडेय जी सपने में खो गए।

आइये उनके सपने से रूबरू होते हैं-

टोल नाके सी तुम/
प्रेमिकाएं
प्रेमियों की जिंदगी में
किसी टोल नाके सी होती है
जो आती है तो प्रेमी अलर्ट मॉड पर रहते है
बेचारे शादी शुदा लोग
किसी फास्ट ट्रेक से होते है जो
निर्धारित समय पर घर पहुंच जाते है

टोल नाके चले आ रहे है
लगातार जिंदगी में जीवंतता बनी रहती है
प्रेमियों के साथ
वे प्रेमिकाएं भी खुश है
जो याद करती है वे अपने लम्हे
इसी लिए कभी-कभी
हर किसी को टोल नाके से गुजर लेना चाहिए
ताकि जीवन में रोमांस बना रहेगा
मेरे जीवन में तुम टोल नाके सी बनी रहना
प्रियतमा
आज पहली बार इस शब्द का प्रयोग किया
इसका सम्मान करना
प्रेम बचा रहेगा
यदि उसमें ईमानदारी होगी
मैंने ईमानदारी से तुम्हें अपने सारे टोल नाके न्योछावर किए
मैंने अपना फास्ट ट्रेक भी दिया
ओ रियली!
यस!
आई लव यू।

आई लव यू कहते कहते पांडेय जी गहरी नींद में सो गए। रामप्यारी ने देखा कि सो रहे है, सोचा सोने देती हूँ नहीं तो कहेंगे कि आज आलू के परांठे ही बना दो, क्या खूब बनाती हो!

रामप्यारी ने मन में सोचा कि ये जित्ते भी आदमी होते है सब लोमड़ी का दिमॉग रखते हैं, पत्नियों को रिझाते हैं और वे बेचारी किचन में लगी रहती हैं कभी ये बनाओ और कभी वो!

लॉकडाउन ने एक कबाड़ा ये कर दिया कि सबके कपड़ें छोटे हो गए। वे भी क्या करें। आखिर जुबान चटोरी हो तो साहब कपड़े तो छोटे हो कर ही रहेंगे, बेशक मक्खन वड़ा खाओ या न खाओ।

उधर पांडेय जी का यह सोचना है कि जीवन में मिठास तब तक रहेगी जब तक सारे जमाने में शुगर रहित लोगों का साम्राज्य न फैल जाए। वह होगा नहीं। जिसने जाना है वह समय पूर्व जाएगा, जाएगा। यह बात पांडेय जी ने मन में साध लिया कि ये अपुन का देश ऐसा है जहां सामने वाला

भी बगल वाले से खुश नहीं। पता नहीं इतने टाईप का ईर्ष्यालु भाव कहाँ लॉगिन करके रखते हैं!

तभी किसी ने कहा कि हर-हर महादेव। सबका कल्याण हो।

उधर चीकू भिड़ गया कि मेरे लिए क्या लाए हो!

इस यात्रा से तो पांडेय जी ने कहा अनुभव और ढेर सारी थकान।

उधर पांडेय जी सोचने लगने कि ये यात्रा तो हुई अब इसके आगे कोई और टूर पर निकलेंगे। यात्रा होगी तो कोरोना भी डरेगा और अपने गांव चला जाएगा।

तभी देविका गजोधर का नाम स्क्रीन पर दिखने लगा।

एक्सक्यूज मी।

मैं देविका से बात करके आता हूँ, कहते हैं सर्दियों में आइसक्रीम का सेवन करने से मन में विचार सक्रिय रहते हैं और मन आनंदित भी।

पांडेय जी और उनका छज्जा अक्सर ये बात करते हैं कि तुम होती तो ऐसा होता, ऐसा होता तो तुम वैसी हो जाती।

44.
पांडेय जी और दीवाली के पटाखे

दीवाली त्यौहार ही ऐसा है। किसी को मजा आता है। किसी के लिए सजा बनता है। पांडेय जी बचपन में ये सब हरकतें कर चुके हैं।

हाथ से रॉकेट छोड़ देना उनके बाएं हाथ का खेल था। अनार जलाना या फुलझड़ियों से बातें करना उन्हें कतई पसन्द न था। अपने-अपने वक्त की बात है साहब।

चीकू ने प्लान कर रखा था कि पापा इस बार तो ये करेंगे और वे करेंगे।

भला हुआ अखबार का। जिसमें दिल्ली के मुख्यमंत्री की ओर से बयान आया था कि प्रदूषण की समस्या को देखते हुए सरकार ने यह निर्णय लिया है कि इस बार पटाखों पर पूरी तरह से प्रतिबंध लगाया जा रहा है। जो कानून की अवहेलना करेगा, उस पर एक लाख रुपये का जुर्माना लगाया जाएगा।

पांडेय जी ने राहत की सांस ली और सोचा यह सुबह-सुबह समाचार चीकू भइया को सुनाया जाएगा।

उठते ही पांडेय जी ने कहा कि ये हो गया तो चीकू कहने लगा कि मुख्यमंत्री के कहने से क्या होता है!

अपन ले आएंगे, किसी को कह देंगे, जुगाड़ हो जाएगा।

पांडेय जी सोचने लगे कि छोटी कक्षा का विद्यार्थी जुगाड़ जैसे शब्दों का प्रचलन करने लगा है यानी मेरा देश आत्मनिर्भर बन रहा है।

ओ म्हरा रामजी!

पता नहीं ये वाक्य क्यों पांडेय जी को याद आया। कल टिप्सी मुटरेजा ने पूछ लिया था कि पांडेय जी आजकल आंखों में दर्द रहता है!

पांडेय जी ने कहा कि दिखवा लो। कहीं ऐसा न हों कि इसमें भी पड़ोसी देश का हाथ न हो!

क्या पांडेय जी!

आप भी न सच्ची, कैसी बातें करते हों!

एक बात बताओ। आँखें मेरी। दर्द इसमें हुआ तो इन आँखों मे पड़ोसी देश की शक्तियां कहाँ से प्रकट हो गईं!

सोचने की बात है।

बात तो सही है।

इधर एक समाचार जो और हैरान करने वाला था कि अमेरिका में ट्रम्प भारी मतों से पराजित होंगे। अन्तर्मन कुमार ने कहा कि ये हमारे बृजभूषण भाई साहब का लौंडा है क्या!

जिसकी खबरें हम चटखारे ले कर पढ़ें!

बहरहाल दीवाली का मुद्दा भी कोई नया नहीं है।

कहाँ से धुआं दिल्ली में प्रवेश करेगा और कहां-कहां कितना नुकसान करेगा!

कोई नहीं जानता!

तभी पांडेय जी को लगा कि यार उन्होंने आज एक नई भूमिका अदा की। वह क्या थी!

दिमाग ने काम किया और परिणाम निकला कि आज उन्होंने पेस्ट नहीं किया! तभी तो चाय पहले की तुलना में जायकेदार लग रही थी!

बहरहाल वे यही सोच कर विराम लेने प्रस्थान हुए कि अंतरराष्ट्रीय किस्म के वैश्विक अन्तर्मन कुमार ने पांडेय जी की एक कविता सुना दी।

आइए तब तक आप भी सुन लें, जब तक पांडेय जी अल्पविराम से प्रकट नहीं होते!

त्यौहार के बहाने/
बाजार में
रामलड्डू कड़ाही में छनने लगा है
वही चटखारा
वही स्वाद के लालायित लोग
चटोरा कहें तो ज्यादा उपयुक्त होगा
हलवाई की जलेबियाँ
समोसे पैक कराते लोग
मोमोज पर उत्साहित भीड़
अच्छा लगता है उत्साह और उत्साहित लोगों से भरे बाजार
रौनक देख लगता है
क्या कोरोना चला गया!
टेलीविजन देखता हूँ तो लगता है
लापरवाही ठीक नहीं
कब कोरोना धर दबोचे!

अलग तरह के आतंकित माहौल में घिरे हम लोग
इससे पहले न कभी डरे थे
कितने मौत के मुँह में चले गए
वैश्विक स्तर पर एक बड़ा आंकड़ा डराने और भयभीत करने वाला है
त्यौहार भी है
कोरोना भी है
उमस भी है और मुनाफाखोर भी
जो शव के भी पैसे ले रहे
नालायकी के दौर में संवेदनशीलता दांव पर लगी है भाई साहब!
कब कोई अपना आपको बेच खाएं
जरा सम्भल कर रहियेगा
पता चलेगा कि आप तो बिक गए जनाब।
कविता तो शानदार है। क्यों भैया!

एक छोटे भइया ने दूसरे मोटे भाई से कहा। मोटे भैया ने कहा कि बहुत पहले अपने प्राचीन काल में लिखा करते थे। न अब वह जमाना है और न समय।

तभी पांडेय जी प्रकट हुए और आंखों के जैन स्थानक का पता मांगा। पांडेय जी ने पता देते हुए कहा कि डॉक्टर से अँखियाँ न लड़ा लेना कहीं सूरज मुटरेजा को नाराज कर बैठो।

टिप्सी ने कहा कि क्या पांडेय जी!

अब हमारी उम्र हुई। अब न कोई नाराज होता है और न ही उदास। खुद को समझाना पड़ता है कि बेटे ऑल इज वेल। समझे न!

पांडेय जी ने सहमति का ठीकरा फोड़ते हुए कहा कि जो न सुनो, वह घर नया लगता है।

टिप्सी ने कहा कि यह क्या!

पांडेय जी ने कहा कि यह तुम्हारी समझ से परे हैं। इसमें वैज्ञानिक दृष्टिकोण है और इसे समझने में समय लगता है और मोटे ग्रंथों का अवलोकन करना पड़ता है। अभी यह समय आँखें दिखाने के लिए रखो। इसकी चिंता के लिए हम हैं न!

पांडेय जी सोचने लगे कि उम्र के साथ-साथ वस्तु विशेष से भी ध्यान पलटने लगता है जब कॉलेज में थे वहां पटाखे का अलग सन्दर्भ होता था और अब तो बिल्कुल ही अलग हो गया।

अन्तर्मन कुमार ने समझाया कि पांडेय जी ज्यादा चंचल होने का समय नहीं है। अब देखिये आपको। समय के साथ बेर बिखरने का समय है।

रामकिशन पुनिया को ही ले लो। कल कल्लू के गांववाला था न!

क्या नाम था उसका!

अरे याद आया, भीखू भंडारी। अरे उसने कोई लेख कहीं जमा कराना था। दो हजार रुपए माँग लिए!

पांडेय जी ने सोचा कि यह लॉकडाउन के बाद का समय दरिद्र समय है। जहां अच्छे भले पटरी से उतर गए और कइयों को पटरी पर चलने का परमिट मिल गया।

भीखू ने यह बात पांडेय जी को बताई तो उन्होंने भी वैश्विक समस्या के चलते कुछ भी सहयोग न करने का मामला बताया। पर स्थिति को समझते हुए भीखू की मदद भी कर दी।

अपने पांडेय जी वैसे दिल के नेक और सज्जन पुरुष हैं। उनके मन में रहता है कि किसी का भी नुकसान न हो, काम हो जाये।

पांडेय जी अपने इलाके के दबंग लेखक ठहरे। कहीं पढ़ा था कि यदि समाज में आपकी कोई आलोचना करना शुरू कर दें तो समझ लीजिए कि आप का समय आरम्भ हो गया।

पांडेय जी बहुत वर्षों से ये मन बनाए हुए थे कि आलोचना का अर्थ और ऐंठन होती क्या है!

जब समझ आया तो जानकर अच्छा लगा कि विरोधी कहीं बाहर से नहीं आते। उनको आलोचना करने के लिए किसी वीजा की भी आवश्यकता नहीं होती।

आलोचक का अर्थ यह है जो पांडेय जी की समझ में आया।

वह व्यक्ति जो समाज के व्यवहार और उसकी गतिविधियों से प्राय: असंतुष्ट रहता है और उसमें हमेशा कमियां ढूढ़ने की कोशिश करता है, उसे किसी भी हालात में सन्तुष्ट नहीं किया जा सकता। दरअसल वह मानसिक कब्जियत का शिकार रहता है और भी कई प्रकार से असाध्य रोग उसे घेरे रहते हैं, जैसे बवासीर, भगन्दर और कब्ज भी जरा गहरे टाईप की। कोई भी स्वास्थ्य गुरु या योगा उसे निदान तक ले जाने में असफल ही हुए, उन्हें किंचित मात्र भी सफलता नहीं मिली, इस बात का उन्हें मलाल हैं।

कहीं किसी ने पांडेय जी के वक्तव्य को कोट कर दिया तो लगा है साहब एक तबका। उस पर क्रिया और प्रतिक्रिया देने। देते रहें।

पांडेय जी का यह मानना है कि संसार में जो भी आया है, उसका जाना तय है। कोई पहले जाएगा, कोई देर में जायेगा। संतुष्ट और असन्तुष्ट भी जाएगा।

आजकल पांडेय जी जरा रोजमर्रा के जीवन से इतने आजिज आ चुके हैं कि कोई क्या बताएं!

कोरोना के चलते उनकी यात्राएं स्थगित हैं, पर इसका अर्थ यह नहीं कि विचारों की यात्रा स्थगित हो। भाई साहब दिमाग तो हमेशा चलायमान रहता है।

अब सोचिये उन लोगों को जो यदि लॉकडाउन के पीरियड में बचे है तो केवल इस कारण कि उन्होंने जम कर अपने परिचितों को व्हाट्सएप्प ज्ञान दबा कर प्रसारित किया। वे ज्ञान बांटने में लगे रहे और पांडेय जी नाम देख उनके कूड़े को बुहारते रहें। आखिर साहब हर मोबाइल आई फोन तो नहीं होता।

बहरहाल आजकल जिसे देखो वह प्रगतिशील देश में आलस के पायदान पर है। किसी से पूछ बैठो। क्या साहब!

आजकल नहाने की इच्छा नहीं होती। कहने लगा चक्रधर फुन्सी। कि भैया मैं तो जल की बचत कर रहा हूँ। अब ये बताइये जो नहा लिए क्या वे मंत्री बन गए!

क्या वे कहीं के कमिश्नर बन गए!

नहीं न! तो आप अपना काम कीजिये। मस्त रहिए। समझे न!

पांडेय जी ने सोचा। भइया आजकल का समय किसी को समझाने का नहीं है, बल्कि खुद को समझने का है। इसलिए व्यक्तिगक्त कोशिश कर राष्ट्रहित में यदि कुछ कर सकते हो तो करो, अन्यथा जल की सेविंग करो। बाल्टियां भर कर रख लो, क्यारियों में पानी दे दिया करो।

अन्तर्मन ने कहा कि दे दो, भैया पानी। अन्यथा भाभी जी आई मीन रामप्यारी जी उठ गई तो लेने के देने पड़ जाएंगे। वैसे भी पांडेय जी ने करवाचौथ पर जो लिफाफा दिया उसमें एक कागजी संदेश था-महंगाई के चलते इस बार आर्थिक मदद का भरोसा न करें, सुहाग की चिंता करें, जल्द रसद आपूर्ति की जाएगी, ऐसी अटकल बनाये रखिये।

रामप्यारी सोचने लगी कि पति है या फटीचर!

घर में भी भाषा ऐसी बोलेंगे कि मानो दफ्तरी निविदा खोल रहे हैं। अजब हाल है। इससे तो बनिया दगडू भल्ला का लड़का सुरेश भल्ला ही सही था, कितना चाहता था, एक बार तो हाथ भी पकड़ा था।

काश! सपना हकीकत बनता!

तभी पांडेय जी कह उठे कि क्या बनाया आज नाश्ते में!

रामप्यारी ने कहा कि मेरा सर!

बोला धीरे से था, पांडेय जी के कान तेज ठहरे, सुन लिया। कहने लगे कि मसाला जरा अनुपात में डालना। अपन को तीखा जमता है।

रामप्यारी ने कहा कि अच्छा जी और सुबह भीतर से कर्णप्रिय आवाज में भजन का सस्वर पाठ कौन उच्चरित करेगा भोर वेला में!

ज्यादा तीखा खाओगे तो ब्लडप्रेशर बढ़ जाएगा। जरा दीवाली निपट जाए तो यूरिक एसिड भी चेक कराना। समझे!

पांडेय जी जमीन पर लौट आए। वे नहीं चाहते थे कि घर में कोई शांति नियम में किसी भी तरह का उल्लंघन हो।

तभी चीकू आ गया।

चलिए पापा जी, पराली का धुआं टेबल पर लग गया। आई मीन ब्रेक फास्ट।

पांडेय जी सोचने लगे कि चीकू तो मेरे से भी बड़े टॉइप का फेंकू है भैया।

पता नहीं ईश्वर और कौन से रंग दिखाने वाला है!

इस बार रामप्यारी ने मन बनाया था कि बाहर की मिठाई नहीं लाएंगे। केवल घर में बनाएंगे।

पांडेय जी ने दीवाली और करवा चौथ के नाम के नगद ग्यारह हजार रुपए दिए। ये कहा कि थोड़े को बहुत समझना। इत्ते ही दे रहा हूँ, इसको उत्ते समझना।

सारे घर के लोग खुश थे और खुश थे अपने विलायती राम पांडेय।

आखिर जीवन चौरासी योनियों के बाद मनुष्य रुप में आता है। आज है कल न हो।

तभी अंतर्मन कुमार ने कहा कि थिंक पॉजिटिव, पांडेय जी।

पापा जी आपका फोन बज रहा है कोई गजोधर है।

पांडेय जी ऐसे लोकेशन को ऐसे लपके जैसे रॉकेट उनके ड्राइंग रूम में आ गिरा हो।

हां, देविका कहाँ हो आजकल!

तुम्हें भी मुबारक दीवाली।

अच्छा! अफ्रीका में!

हम्म!

अच्छी जगह है। ओके, ओके। होटल परचेज कर लिया। डेट्स ग्रेट। डीटेल्स सेंड करना। नेक्स मन्थ बनाता हूँ प्रोग्राम। बाय।

अन्तर्मन सोचने लगा कि देविका सेटल हो गई। ये अच्छी बात है। आखिर लड़कियों को समय रहते मैरिज कर लेनी चाहिए। ये पांडेय जी भी न!

अब देखो अफ्रीका जाएंगे। ये भी न। बहाने खोजते रहते हैं, जाने के।

अब तो अंतरराष्ट्रीय फ्लाइट भी शुरू हो गई।

45.
पांडेय जी और ग्वालियर का दौरा

पांडेय जी घूमने के शौकीन हैं। उनके जीवन का मूल मंत्र है, खाओ-पियो और खुश रहो। सुबह सैर करते हैं, उन लोगों से दूर रहते है जो कुत्तों को पालते है और सुबह सैर के बहाने पार्क में अपने डॉगी को सैर के बहाने साथ ले आते है। उनका तो शगल रहता है, पर दूसरों की सैर डर के साथ सम्पन्न होती है। कुत्ता तो कुत्ता है क्या पता कब काट लें, पालतू हो भी तो क्या फर्क पड़ता है। काट जाए तो जीना बदहाल हो जाये। अगला पार्क में लेकर घूम रहा, बेशक रौब मारने के लिए, पर अपनी तो जान पर बन आती है।

इस चक्र में जब आदमी के पांवों में राहु का चक्कर लगा हो तो वह घुमाता बहुत है। इसी चक्कर में पांडेय जी को क्या सूझी। रात ही टेलीविजन पर समाचार आ रहे थे कि ग्वालियर में कर्फ्यू लगा। आरक्षण को लेकर दो गुटों में ठनी। चुनांचे पांडेय जी दूर कहाँ रहते, सोचा लगे हाथ अपन भी चले ग्वालियर। एक पोस्ट भी दे डाली फेस बुक पर। भाई लोगों सलाह दें, ग्वालियर के खाने पीने के ठिकाने बताओ ठीक ठाक से। लोगों का क्या है!

उनको तो लगता है कि पांडेय जी पूछ रहे हैं तो बताना तो पड़ेगा ही। एक ने कहा कि वहां की कचौड़ी बहुत स्वादिस्ट है, दूसरे ने कहा-बूंदी के लड्डू बड़ा बाजार के खा कर आना, मुंह में रखते ही घुल जाएंगे।

खाना पीना किसे अच्छा नहीं लगता। नेट बाबा की तकनीक से टिकट बुक करवाई और गतिमान से ग्वालियर जा पहुंचे।

पांडेय जी को सिल्क की कमीज पहनना पसंद था। उन्हें यह कमीज पहन किसी राजनीतिज्ञ की फीलिंग आती थीं। वैसे यह कमीज पांच साल पुरानी है। पर चमक अभी भी नई की नई है। आखिर यह कमीज उनकी कम उनकी पत्नी मिसेज रामप्यारी पांडेय की ज्यादा है। कहते है कि पति नालायक हो तो जाहिर है कि पत्नियां सुघड़ मिलेगी। यहां भी ऐसा ही है।

पांडेय जी अपने को सुखी और अपने पड़ोसियों को ज्यादा दुःखी मानते हैं। अरे वही अपना लपकुराम जो मौके की तलाश में रहता है। उसकी पत्नी

को हमेशा अपना पति शक्की दायरे में रहता है। ऐसी फीलिंग उनको सठिया चुके लपकुराम पर बनी रहती है।

लपकुराम की पत्नी जब कभी लपकुराम किसी से मन से मिलने कुछ देर को एकांतवास में जाते भी हैं तो झट उनकी पत्नी फोन कर सामने वाले से हां या न में जवाब देती है और सन्देशा रिसीव करती हैं। बहरहाल पत्नियां तो पत्नियां हैं, उनसे कौन जीत सका है, न ही जीतेगा।

स्टेशन आए उतरे ही थे कि सब ऑटो और टैक्सी वालों ने उन्हें घेर लिया- आइये सर, गाड़ी तैयार है। कहाँ चलेंगे होटल सर, आइये न सर, गाड़ी नम्बर वन है। एसी है सर। बिल्कुल नई है, चलिए सर। ऑटो वाले लपक रहे है, चलिए न सर, जब उनकी दाल नहीं गली तो रिक्शा वाले उतर आए, आइये बाबूजी, धर्मशाला चलेंगे, यहीं पास में ही है। पाण्डेय जी को लगने लगा, ये नहीं मानेंगे तो दिल्ली लौटना पड़ेगा। हार कर एक ऑटो लपक लिया, नेट यहाँ दुरुस्त नहीं था, किसी ने बताया-साब, अभी सुबह 8 बजे से शाम 6 बजे तक कर्फ्यू में राहत है। होटल पहुंच कर पांडेय जी ने अपने मित्र को फोन लगाया तो वह भी आ पहुंचा।

उनका दोस्त एक अखबार में पत्रकार था। कहने लगा क्या भाई साहब, आप भी हद्द करते हैं। कर्फ्यू में कोई घूमने आता है। अभी दस केजवल्टी हुई है। निरपराध मारे गए हैं। हालात ऐसे हैं कि गोली कहाँ देखती है कि कौन दिल्ली से आया या बिहार से।

भाई साहब मोबाइल के नेटवर्क बन्द हैं, वाट्सप नहीं चल रहे। एस एम एस नहीं जा रहे और आ रहे। बाजार बंद है। व्यापारी दुःखी है। काम-धंधे चौपट। सरकार का नियंत्रण नहीं।

पांडेय जी सुनकर सोचने लगे कि यहां आकर कहीं गलती तो नहीं की। उधर पत्नी का सुबह का मैसेज अब जा कर मिला कि क्या ठीक से पहुंच गए। रामप्यारी का हसबेंड है तो पागल किस्म का। कभी भी अपनी जान जोखिम में डाल लेता है। पांडेय ने हिम्मत कर तो ली थी। पर होटल से बाहर न जा सके। जाते भी तो कहाँ। पत्रकार मित्र भी चाय पकौड़े खा कर निकल लिया। अच्छे-अच्छे निकल जाते हैं। जब कर्फ्यू का समय पैंतरा बदल रहा था। पांडेय जी ने चिकन सूप का आर्डर दिया और चिलमन से फोन पर बात की। नेट की कृपा बरस रही थी काहे गुरुजी, भाभी परेशान है, और आप!

अरे! उससे तो बच कर यहां आया हूं, आते ही फंस गया। कर्फ्यू लगा हुआ है। बाजार बंद है। अजीब हालात है। वैसे लग रहा है कि कई बार

अपने दिल की सुन लेनी चाहिए, अपन ने दिल की नहीं सुनी और पहुंच गए ग्वालियर। क्या उस्ताद जी!

क्या ग्वालियर शिमला है या मनाली। जो यहां पहुंच गए। आप तो ऐसा करो कि भगवान का नाम लो और चुपचाप पहली गाड़ी से लौट आओ, भाभी जी दुःखी है। समझे क्या!

पांडेय जी सोच रहे थे कि बड़ा बाजार के लड्डू और कचौड़ी रह जायेगी। अंदर से मन कह रहा था कि रह गई तो रह गई, जान से बढ़ कर तो नहीं जिंदगी।

आल इज वेल, आल इज वेल। अपने को समझा रहे हैं पांडेय जी।

उनके पत्रकार मित्र ने ट्रेन में बिठा दिया। रास्ते के जलपान की व्यवस्था भी कर दी थी। क्या पता खाने को कुछ मिले या न मिले। आखिर पांडेय जी लौट आये। पत्नी ने ऐसी आरती उतारी, कसम खा ली आगे से कही नहीं जाएंगे किसी भी स्टेशन, वहां तो बिल्कुल नहीं जहां कर्फ्यू हो और हिल स्टेशन बिल्कुल ही नहीं हो।

भाभी लौट आये क्या भाई साहब। हां, चिलमन। अंदर के कमरे में सो रहे हैं। चाय पी कर जाना। जागेंगे तो ठीक से खबर लूंगी। बड़े सुरमा बनते हैं, चिलमन अगर कर्फ्यू में फंस गए होते, राम जाने कोई गोली लग जाती तब। इसी आशंका में बीता सम्वाद। चाय पी कर चिलमन चला गया। उधर रामप्यारी ने जम कर पाण्डेय जी की क्लास ली। जिसको दूसरे मोहल्ले तक प्रलाप सुना जा सकता था। हाय, मार डाला, हाय मार डाला। बेचारा विलायती राम पाण्डेय। आखिर बड़ी मुश्किल से रामप्यारी जी के हाथ आये थे।

46.

पांडे जी और पुरस्कार की माया

पांडे जी अपने दफ्तर में बैठे थे। गर्मी का आलम है तो चुनांचे किसी की बत्ती जाती है किसी की नहीं जाती जिसकी चली जाती है वह पसीने से तरबतर है और जिसकी नहीं जाती वह बाबूमोशाय की तरह गद्दी पर बैठे हुए नोट गिन रहे हैं। बहरहाल पांडे जी फुर्सत में थे तो उन्होंने सोचा कि जरा फेसबुक देख लिया जाए। फेसबुक पर किसी मित्र की एक पोस्ट नजर आई उसमें लिखा था कि फलाने लेखक की किताब को एक लाख से ऊपर का पुरस्कार मिलने की घोषणा। पांडे जी का तो माथा चकरा गया। ऊपर से गर्मी।

पांडे जी ने सोचा कैसे ये पुरस्कार लोगों को मिलते क्यों है, क्या लोगों ने वाकई में कुछ काम किया है या कोई ऐसा महत्त्वपूर्ण कार्य. किया है जिसके लिए पुरस्कार मिलना वाकई में जरूरी था। अब जब मिल गया तो जिसको मिला वह बड़ा खुश है जिसको पुरस्कार मिलते-मिलते रह गया वह दु:खी है। आखिर मनुष्य के पास जो गुण है उसके बाद उसको दु:ख बाद में मिलते हैं। कुछ लोग ऐसे हैं वे कहते हैं कि मेरी प्रमोशन नहीं हुई अब नहीं हुई तो उसमें हमारा क्या कसूर है हम क्या कर सकते हैं। आप चाय पिलाते हो, कॉफी पिलाते तो इसका मतलब यह थोड़ी है कि आपकी प्रमोशन हो जाएगी अब जिसकी प्रमोशन नहीं हुई है वह जरूरत से ज्यादा सुखी है और सुखी है या दु:खीया, मालूम नहीं ऐसे ही लगता है कई बार भाई साहब को किसी इलाके की विधानसभा की कुर्सी मिलते मिलते रह गई। सारा खेल कुर्सी का है। पांडे जी के दोस्त हैं असंतुष्ट कुमार। पूरे जमाने की असंतुष्टि उनके चेहरे पर मंडराती है। अब क्या करें अब चेहरा ऐसा होगा तो कौन क्या कहेगा!

अब कुछ नहीं बोला पांडे जी ने।

अपनी कुर्सी पर बैठे। कुर्सी पर बैठना उनका जन्मसिद्ध अधिकार है। वैसे भी कानून में कहा गया है, कुर्सी पर बैठना चाहिए यह हमारा

लोकतांत्रिक अधिकार भी है बेशक उस फलाने लेखक को 100000 के पुरस्कार की घोषणा और घोषणा की सूचना राजस्थान से आई। दिल्ली वाले सारे रचनाकारों का उच्च रक्तचाप शेयर मार्केट की तरह उछाल मारने लगा कि आखिर इसको पुरस्कार क्यों मिला। पहली बात और दूसरी बात यह है कि जिस कृति पर पुरस्कार मिला उसकी कहीं कोई चर्चा नहीं। ना किसी लेखक समुदाय में नाम लिया न पड़ोस में। एक फोटो जरूर किसी समय एक कैटेगिरी के लेखक के हाथ में दिखाई दी थी। बहरहाल साहब जी लेखक तो कई तरह के होते हैं कुछ फेसबुकिए होते हैं। कुछ उसके साथ पूंजीपति होते हैं कुछ फाइव स्टार कल्चर के होते हैं तो कुछ जुगाड़ी संस्कृति के इर्द-गिर्द होते है, जिस कारण उन्हें पुरस्कार मिल गया तो मिल गया। अब क्या करें! लेकिन यह बड़ा अजीब लगता है कि पुरस्कार जो है हैरानी की बात यह है कि आपको अपने मोहल्ले का आदमी नहीं जानता और पुरस्कार की घोषणा हो गई। पता नहीं किसका भला होगा समाज का भला होगा उस लेखक का तो भला जरूर होगा जिसके खाते में टन से पुरस्कार की राशि जमा हो जाएगी वैसे भी प्रेस विज्ञप्ति में कहा गया है कोरोना कॉल का संक्रमण बढ़ गया है। हम इस अवसर पर कोई कार्यक्रम का आयोजन नहीं कर पाएंगे। अतः सभी सम्मानित रचनाकारों को शॉल प्रतीक चिन्ह पुरस्कार की राशि उनके घर भिजवा देंगे। कमाल का जमाना है। पुरस्कार भी देखो न रसगुल्ला हो गया। यह कैसी विडंबना है, कैसे-कैसे लोगों को पुरस्कार दिए जा रहे हैं। पांडे जी के दोस्त ने बोला, देखिए पांडे जी ऐसा है ज्यादा सोचना नहीं चाहिए। ज्यादा सोचना माथे को गर्म करता है और वैसे भी आजकल तापमान का मौसम है आपको पता है कल रामकिशन पुलिया को दस्त लग गए। अरे पांडे जी ने बोला तो लग गए गर्मी की वजह से उनको एक हफ्ता पहले ही सूचना मिल मिल गई थी। आटे की चक्की तो उन्होंने टाइम पास को खोल रखी है, वैसे बुढ़ापे में इश्क करने का अड्डा भी तो चाहिए साहब।

आजकल तो हाथी के दांत खाने के और दिखाने के और रहते हैं। समझ रहे हैं न!

तभी पांडे जी अचानक से क्रिएटिव मोड़ पर आ गए। उन्होंने सोचा कि कुछ कविता जैसा मामला उनके दिमाग में कुल-बुला रहा है उसको ही उतार देते हैं। कागज पर तब तक आप लोग पांडे जी की कविता का आनंद लो और उसके बाद उसी मोहल्ले में मिलते हैं। नुक्कड़ पर आटे की चक्की पर, क्या समझे!

धूप को आने दो/
उसका रास्ता मत रोको
उसे छन कर आने दो
खिड़की-किवाड़ों को खोल दो
उसे आने दो
मन भी स्वच्छ होगा और तन भी
एक बार मुस्कराने दो
भैया जी
धूप को आने दो
एक बार देखो
दुबारा देखो और तिबारा
अब उससे इश्क कर लो
वह आपकी हो जाएगी और आप उसके
एक बार हो जाने दें
इश्क की वर्षा
मोहब्बत की वर्षा
ये खुशबू है प्यार की
दुलार की
एक बार जो होना है हो जाने दो
भैया जी
धूप को आने दो
आपका विकास होगा और छू मंतर से भीतर से
सर्दी नामक शब्द का निकास होगा
भैया जी
धूप को आने दो
इश्क हो जाने दो
प्यार हो जाने दो
हो जाने दो
इश्क
प्यार
मोहब्ब्त और सोहबत
हो जाने दो

भैया जी धूप को आने दो।

मन से

तन से और भीतर से उसका स्वागत करें।

पांडेय जी को आज देविका गजोधर पता नहीं क्यों याद आ रही है!

क्या होली नजदीक है, इसलिए।

पता नहीं क्यों!

वैसे देविका गजोधर सामने होती तो भी क्या फर्क पड़ता है लेकिन देविका गजोधर पांडे जी के लिए कुछ सॉफ्ट कॉर्नर रखती है। ऐसा कुछ आभास हुआ। पिछले दिनों रामखेलावन ने तो मन की बात के तहत राधे लाल शर्मा से फुसफुसाई नहीं कि राधे लाल शर्मा ने रामकिशन पुनिया से कहा। रामकिशन पुनिया ने झंडू सिंह गुलिया से कहीं और गुलिया ने यह बात पांडे जी के दरबार में गुस्ताखी करते हुए चाय पीते हुए बतलाई तो पांडे जी ने कहा, कौन व्यक्ति कब कब पसंद आ जाए यह कहा नहीं जा सकता। यह तो मनुष्य की व्यक्तिगत इच्छा पर निर्भर करता है। पांडे जी ने विषय प्रवर्तन करते हुए यह कहा कि गुलिया जी यह बताओ आपका स्वास्थ्य कैसा है। आजकल बाहर की चीजें कम खाया करो तो कोई झंडू सिंह गुलिया का पेट पेंट से बाहर आ रहा था और आजकल सिलाई वैसे महंगी हो गई ऊपर से करोना का आतंक! इतनी प्रचुर मात्रा में बढ़ रहा है कि जैसे ही टेलीविजन देखते हैं पांडे जी वैसे ही 75000 कोरोना के केस बढ़ जाते हैं और यह भी पता चलता है कि महाराष्ट्र में आंकड़े बढ़ गए हैं कि रेल में आंकड़े बढ़ गए हैं। पांडे जी के सहयोगी दयाल बाबू ने यह बतलाया। यह समझ में नहीं आता कि जब चुनाव का माहौल होता है तो करोना कहा जाता है तब कुंभ का मेला होता है तब कोरोनावायरस है इसमें कहीं राजनीति तो नहीं उधर रामखेलावन ने कहा कि हमारे औरंगाबाद में तो कोई आदमी मास्क नहीं लगाता। बड़ी हैरानी की बात है, लल्लू भैया ने कहा कि भैया मुझे तो कुछ नहीं कहना है मैं तो सरकार के साथ हूं जब मौका लगेगा तो पहली फुर्सत में वैक्सीन लगवा लूंगा। लेकिन पांडे जी ने कहा कि मैं अच्छी जगह से लगवाना कि आए दिन अखबार की खबरें यह चिंता बढ़ा दी है कि इंजेक्शन सही जगह से लगवानी चाहिए डॉक्टर सही हो।

अस्पताल सही हो। नहीं तो, पता नहीं भैया नीम हकीम खतरे जान तोबा तोबा लल्लू भैया ने कहा कि काहे मेरा बीपी बढ़ाते हो भैया पांडे जी आप मन की बात किया करो। पांडे जी ने बोला आज तक हम जो बोले मन की

बात तो बोले हैं और हम क्या बोले उधर लल्लू भैया से बात करते-करते दयाल बाबू बोले हमको घर जाना है हमारी पत्नी गिर गई है सीढ़ियों से पांडे जी ने कहा कि चिंता ना करो तुरंत घर की ओर प्रस्थान करो। घर वाली रहेगी तो तुम बचोगे। समझ रहे हो ना यह बातें बिजली विभाग में हम लोग हैं, काम होता ही रहता है किसी का मीटर 2 दिन बाद लग जाएगा क्या फर्क पड़ता है। ना तो तुम भैया घर निकलो। दयाल बाबू घर निकल गए। पांडे जी ने उनके जाने के बाद यह कहा, आजकल चला चली का मेला है कौन आदमी कब निकल जाए। कुछ कह नहीं सकते। लल्लू भैया मुस्कराते रहे गए। आप भी न हद करते हो। तो ऐसा लगता है कि अभी-अभी दही का सेवन किया है पांडे जी ने कहा कि जिस हिसाब से मौसम करवट ले रहा है उस हिसाब से तो यह कहा जा सकता है इस मौसम को देखते के बाद दही का सेवन अति आवश्यक है। इतनी देर में असंतुष्ट कुमार आते दिखे। बड़े दिन से गायब थे। पांडे जी ने कहा कि असंतुष्ट कुमार जी यदि आप की प्रमोशन हो जाएगी तो क्या करोगे तो असंतुष्ट कुमार ने संतुष्टि का भाव लाते हुए कहा यदि हमारी इस समय से प्रमोशन हो जाएगी तो पांडे जी हम आपको बढ़िया से होटल में पार्टी देंगे। अब पांडे जी इसी जुगाड़ में है, कब उनकी प्रमोशन होगी। कब वह पार्टी देंगे। यह तो वही बात हुई जैसे चुनाव के दौरान एक प्रत्याशी ने यह कहा कि हम आपकी सभी मांग पूरी करेंगे, हम आपके लिए ये करेंगे, हम आपके लिए वह करेंगे, जबकि आजकल मतदाता इतने सचेत हो चुके हैं उनको भी पता है कि सामने वाला क्या कह रहा है और हम कितनी लपेटे। समझ लो ना आप भाई साहब! हां आप ही से कह रहा हूं जो आप पढ़ रहे हो आई बात समझ में थोड़ा-सा आगे बढ़े। आगे बढ़ने से पहले थोड़ा विश्राम ले गर्मी ज्यादा हैं पसीना पूछ लो।

और पांडे जी ने महसूस किया आजकल टिप्सी मुटरेजा भी कहीं व्यस्त हो गई है, जीवन है भागदौड़ रहती है काम-धंधे भी तो करने हैं। कब तक कोई और कौन आदमी व्हाट्सएप्प करें टेलीफोन पर बताया है आजकल तो आपको पता ही है सर्विस प्रोवाइडर का कुछ कह नहीं सकते, कुछ कर नहीं सकते हैं समझ लो पांडे जी ने एक बार फोन लगा लिया। आप फोन लगा पांडे जी नमस्ते जल्दी जल्दी बताओ मैं बहुत व्यस्त हूं कि आपको फोन करने कर जय राम जी की बोलनी थी। बोल दी और पांडेय जी शांत।

पांडे जी ने भी अपना बही खाता खोल लिया। उनको भी देख चिलमन ने कहा, उस्ताद जी चले हम। क्या पांडे ने के बोला तेरे को पता होना चाहिए

3:00 बजे से पहले कैंटीन वाला अपनी गैस नहीं जलाता। आई बात समझ में। जो हमसे बार-बार पूछ रहे हो।

वैसे राम तिवारी जी ने कहा है ज्यादा चाय नहीं पीना चाहिए। चाय नुकसान करती है। चाहे जो भी थोड़ा बहुत बचा है वह भी हो जाएगा समझ लो ना चिलमन बाबू ज्यादा चाय को मत पूछा करो गर्मी में चाय पीना स्वास्थ्य के लिए हानिकारक हैं इसलिए हमने आज से प्रण कर लिया है कि हम चाय नहीं पिएंगे अगर पीनी में भी 2 दिन में एक बार पिएंगे। जाना नहीं पिएंगे। मैंने सोचा पता नहीं उस्ताद जी को क्या हो गया, आज ही बहकी बहकी बातें कर रहे हैं। अभी तो भूल ही गई है क्या पता कुछ ऊपरी हवा का असर तो नहीं होगा। यही बात करो नहीं तो हम कैसे चलेगी।

अब कल की बात ले लो रामप्यारी ने कहा था कि जरा एसी चेक करवा लो। मिस्त्री को बुलवा लो। थोड़े दिन बाद मौसम बिगड़ने वाला है कल गलती से टेलीविजन देख लिया था टेलीविजन पर समाचार वाचक कह रहा था कि वेस्टर्न डिस्टरबेंस की वजह से मैदानी इलाकों में भयंकर गर्मी पड़ने वाली है। अभी लू चलने का नाम ले देगी तो फॉर मौसम और मौसम का मिजाज देखिएगा। रामप्यारी ने कहा पता नहीं कौन-सा स्विच रिमोट का मुझ से गलत दब गया है। पांडे जी ने कहा जो देवी आपकी इच्छा है। वही होगा दरअसल गर्मी तो पांडे जी को भी लगती है। यदि गर्मी का मौसम में एसी काम ना करें और पसीने से तरबतर बॉडी हो तो क्या कीजिएगा। ना तो विचार आएंगे, ना खाने में मन लगेगा। ना नींद आएगी तो पांडेय ने सोचा भैया जो भी हो आशिम को बुलवाकर एसी का काम तो पहले ही करवाना पड़ेगा।

आइए आगे बढ़ते हैं उससे पहले आप पानी वाले पिया हो जाए। ज्यादा देर एक जगह पर बैठे रहना अच्छी बात नहीं है। समझ में आई फिलॉस्फी!

अभी मिलते हैं थोड़ा ब्रेक ले लो।

यार कहीं नहीं जा रहे हैं हम। कितने स्टॉक से चिपकते हो माय गॉड।

पांडेय जी को किसी ने व्हाट्सएप्प किया तो क्या था, बिंदास टॉइप का। आओ।

आप भी आनंद ले लो, फिर न कहिएगा कि बताया नहीं।

एक गृहिणी के साथ 10 मिनट बैठें - आप महसूस करेंगे कि जीवन बहुत कठिन है।

एक शराबी के साथ 10 मिनट के लिए बैठें - आप महसूस करेंगे कि जीवन बहुत आसान है।

साधु-संन्यासियों के साथ 10 मिनट बैठें - आप ऐसा महसूस करेंगे कि दान में सब कुछ मिल जाएगा।

एक नेता के सामने 10 मिनट बैठें - आपको लगेगा कि आपकी सारी पढ़ाई बेकार है।

जीवन बीमा एजेंट के साथ 10 मिनट बैठें - आप महसूस करेंगे कि मर जाना बेहतर है।

व्यापारियों के साथ 10 मिनट बैठें - आपको लगेगा कि आपकी कमाई बहुत कम है।

वैज्ञानिकों के साथ 10 मिनट के लिए बैठें - आप अपने अज्ञान को महसूस करेंगे।

अच्छे शिक्षकों के साथ 10 मिनट बैठें - आप फिर से एक छात्र बनने की इच्छा करेंगे।

एक किसान या कार्यकर्ता के सामने 10 मिनट बैठें - आपको लगेगा कि आप बहुत मेहनत नहीं कर रहे हैं।

एक सैनिक के साथ 10 मिनट के लिए बैठें - आप महसूस करेंगे कि आपकी अपनी सेवाएं और बलिदान महत्वहीन हैं।

एक अच्छे दोस्त के साथ 10 मिनट बैठें - आपको लगेगा कि आपका जीवन स्वर्ग है!

कंपनी मायने रखती है!!

तभी देविका गजोधर ने वाइस कॉल किया, पांडेय जी ने देखा कि घड़ी रात के दस बजा रही थी कि इत्ते बजे क्या हुआ कि फुनवा किया!

तभी फेसबुक पर फोटो चमक गई कि कोरोना की वैक्सीन लगा ली है।

यह क्या बात हुई। यह क्या बात पांडे जी भी सोच रहे हैं कि मौका लगते ही वैक्सीन लगवा ली जाए और नहीं तो जिस हिसाब से आंकड़े बढ़ रहे हैं डराने के, उससे अच्छे वाले का दिल तो बैठ ही जाएगा। जो पहले से बैठे हुए हैं उनका क्या होगा। उन्होंने चिलमन से कहा, चिलमन देख यार चाय तो पिला दे, फिर तो वैक्सीन लगानी है क्या पता चाय पीता ही प्रस्थान कर जाए, तभी टिप्सी ने कहा पांडे जी ऐसी बातें मत किया करो हमें अच्छा नहीं लगता आप तो सबसे न्यारे हो तभी तो हम सबको प्यारे हो। बात तो पांडे जी ने सही कही। कि सामने से आती हुई देविका गजोधर मुस्कराते हुए कैटवॉक करती हुई पांडे जी की तरफ लपक रही थी। ऐसे जैसे विराट

कोहली ने छक्का मारा और मैदान में हर्षोल्लास छा गया। ऐसा ही होता है साहब प्यार में और बड़ी उम्र के प्यार में!

समझ लेना भाई साहब समझा करो इसलिए अड़ोस-पड़ोस में प्यार करो तनाव को दूर करो। जय राम जी की। प्यार का नाम आते ही बड़ी उम्र के लोगों में यह भाव आता है कि बेशक वैक्सीन लगे या नहीं, पर आस-पास का माहौल रोमांटिक होना चाहिए।

पिछले कई दिनों से असंतुष्ट कुमार नजर नहीं आए। ऐसा तो नहीं उनमें से वे भाव बदल कर बन्दा संतुष्ट हो गया हो। क्योंकि जब आदमी को कुछ मिलता रहता है तो वह संतुष्ट रहता है। जब नहीं मिलता है तो वह अससंतुष्ट हो जाता है। पता नहीं दुनिया में भांति-भांति के प्राणी है। वह क्यों असंतुष्ट होते हैं। कब संतुष्ट होते हैं। पड़ोस में भी पता नहीं चलता। उनकी बला वही समझे वही जाने। अपन को क्या!

है जी...

पांडेय जी ने जम्हाई ली और मुंह फेर कर सो गए। जैसे वे सत्तापक्ष के प्रमुख हों। यहाँ सत्तापक्ष का नाम उनका अपना बिस्तरा है जिसके वे महाराज हैं।

आप लोग न ज्यादा जोर न दिया करो, दिमाग में, वह वैसे ही लोडेड रहता है, फालतू फंड के कामों से।

खुश रहिये, आस-पड़ोस में प्रेम का प्रसार करते रहें, इससे तनाव दूर होता है, नमस्कार।

47.
लपकुराम और हिंदी सम्मेलन

सुना है जब से हिंदी सम्मेलन अनाउंस हुआ तब से लपकुराम जी एक्टिव मॉड पर आ गए। वे भी खुश और उनके चेले भी कि चलो, इसी बहाने कुछ खाने-कमाने को मिलेगा।

उनकी सक्रियता देख कई गुटों के प्रभारियों में मौसमी खुजली मिचलाने लगी है। हे राम!

जे गया तो के होगा और जे जाएगा तो के हो जाएगा!

अभी तो सम्मेलन में समय है। पर लपकुराम जी कहते हैं कि किसने समय देखा!

चला-चली का मेला है, जो जायेगा वह हिंदी सेवक कहलाएगा, जो नहीं जा पायेगा वह हिंदी के प्रति समर्पित यात्रा का आह्वान करेगा।

राजधानी दिल्ली से लेकर मंत्रालय तक हिंदी साहित्यकार एक्टिव मॉड पर है। मानो उन्हीं के जाने से हिंदी का कल्याण होगा, अन्यथा नहीं।

कुछ लेखकों के मन में अभी से महात्मा गांधी संस्थान के सपने मंडराने लगे थे, ऐसे में कल्लू से लेकर राम लुभाया, राधेलाल, विलायती राम पांडेय भी पीछे कहाँ रहते!

पर कहा गया है कि जो आपके हाथ में है, लिखा है, वह तो आपको मिलकर रहेगा। पांडेय जी सोचने लगे कि अभी तक जितने हिंदी सम्मेलन हुए हैं, आखिर उन सब से हासिल क्या हुआ?

चिलमन ने बात स्पष्ट कर दीं। कहने लगा कि उस्ताद जी, काहे, पंगा ले रहे हो!

हिंदी हमारी मातृ भाषा है, जग-जग की भाषा है। खुद बिग बी भी हिंदी का समर्थन करते है, इडियट बक्से पर, बेशक अपना इंटर

इंटरव्यू अंग्रेजी में देना उनका पेशन हो। हालात इतने विकट हैं कि फिल्मों में अभिनेत्रियां बेशक हिंदी में अपना अभिनय करें, लेकिन पत्रकारों से गिटपिट अंग्रेजी में करती दिखेंगी।

पांडेय जो हिंदी के हिमायती थे, बोले अपने देश में ही बाबू फाइल पर अंग्रेजी लिखते है। वही घिसे-पीटे अंदाज में। तो कोई क्या कर लेगा। उधर लपकुराम अपनी फाइल लेकर यहां से वहां दौड़ रहा है कि जब से हिंदी सम्मेलन होने शुरू हुए हैं, तब से हम हिंदी को हिंदी का अधिकार दिलाने के लिए कृत संकल्प हैं। उनके बारे में तो यह भी सुना गया है कि लपकुराम जिस देश के ऊपर से गुजर जाए तो कुछ दिनों में उनके बायो डेटा में उस देश का जिक्र आ जाता है कि लपकुराम ने इस देश में भी हिंदी सेवा के प्रति अपना समर्पण व्यक्त किया।

हिंदी के प्रति महारथियों की सेवा और लगन देख स्वयं पांडेय जी हैरान थे कि इन लोगों को हिंदी का क्या जबरदस्त दस्त लगा है कि यहां से वहां दौड़ाए जा रहा है।

किसी ने भीतर की खबर भी दी है कि खुद मंत्रालय के अधिकारी भी प्रसन्न नहीं। आखिर खबर तो ऊपर तक भी जाती है। बिल्कुल जाती है।

इधर पांडेय जी ने कल्लू से भी कह दिया था कि पासपोर्ट बनवा कर रखो, पता नहीं हिंदी के हिमायती बनने का मौका मिल जाए। कल्लू ने भी बात मान ली। वह पासपोर्ट बनाने के एक्टिव मॉड पर आ गया था।

चिलमन ने कहा-सर जी!

एक बात समझ नहीं आ रही, मुझे कि हिंदी क्या इतनी पिछड़ी और थकी हुई है कि जिसे उठाने के लिए अपने लोग विदेश जाने के लिए मैराथन किये हुए हैं। जिससे पूछो तो वह यही राग अलाप रहा है कि हाय मॉरीशस, हाय मॉरीशस। हद्द है, यार। पगलाए है सब। पगलेट कहीं के।

अच्छा!, उस्ताद मान लो, यदि आपको जाने का मौका मिल जाये तो आपकी प्रतिक्रिया इसे होंगी- सुनकर पांडेय बड़े खुश हुए, तुरंत गर्मी से पिघल रही चॉकलेट की टॉफी झट चिलमन के मुंह मे ठूंस दीं, कहने लगे- बिटवा मुंह मीठा कर, कितनी खुशी की खबर सुनाई है। ऐसा है हम कहेंगे, मीडिया से-हमारी भाषा ने ग्लोवल विलेज की धारणा को फौरन ही बदल दिया है, तकनीक जितना उन्नत हुई है उससे कहीं अधिक हमारी भाषा का साहित्य। अब देखिए यदि साहित्य न हुआ होता, तो इतने गीतकार होते, इतनी फिल्में होती। नहीं न!

गूगल कहाँ के होते। कहीं के नहीं न। तो भाषा ने जोड़ने का सार्थक काम किया है, समझे नहीं न। हिंदी जोड़ती है, चिलमन ने इंट्रेप्ट किया- काहे तो दूसरी भाषाएं तोड़ती हैं। हमने ऐसा कब कहा-आप मीडिया वाले क्या जोड़ते हैं और क्या तोड़ते हैं, आगे कहिए अगला सवाल।

पांडेय जी किसी सधे हुए भाषाविद की तरह बोलने लगे थे। जैसे टी वी चैनल्स में आजकल लोग चिल्लाते हैं, लगता है घर से कसम खा कर आये हैं कि मैं दूसरे से ज्यादा चिल्लाऊंगा, तभी न ज्ञानी कहलाऊंगा। अक्सर ऐसा लोग मान लेते हैं, लेकिन वे यह नहीं समझने को तैयार होते कि ज्यादा बोलने से गले की नस दब जाती है और आप हमेशा के लिए बोल नहीं पाते। पर इस सब साधक टाइप लोगों को कैसे समझाएं। सब पगलाए घूम रहे हैं। जैसे एक जमाने में घूमते थे, बर्तन भांडे कलई करवा लो, अब घूमते दिख रहे हैं- हिंदी सेवा करवा लो, हम हिंदी साधक हैं, कई विषयों पर बोल लेते हैं, कुछ भी बुलवा लो, प्रस्तावना लिखवा लो, समीक्षा लिखवा लो, पर भेज दो मॉरीशस। हए मॉरीशस।

हद तो तब है, इन साधकों में से अधिकांश पहले भी दूसरे के कंधे पर चढ़ कर जा चुके हैं। पर हर बार तैयार रहते हैं मारने को चौका। पर मौका मिल जाये, इसी अंदाज में लगे रहना उनका जन्मसिद्ध अधिकार है।

लपकुराम के मंतव्य की पोल लगभग खुल चुकी है। उसको लग रहा है कि इस बार हिंदी सेवा शायद नहीं हो पाएगी।

उधर दूसरे दल के लोग इस मॉड पर एक्टीव हैं कि चाहे कुछ भी हो जाये, इस बार लपकुराम को नहीं भेजें। तब बात है।

पर बेचारी हिंदी का भला कभी हो पायेगा। नहीं, होगा।

हिंदी साधक इतने समर्पित हैं वे प्लेन से सीधे उतरते ही ड्यूटी फ्री शॉप में जाते हैं और शाम के पेय को ग्रहण करते हैं। तब उनके चेहरे पर भाव आता है कि निश्चित ही हिंदी को उसका हक मिलेगा। कैसे नहीं मिलेगा, बिल्कुल दिलवा कर जाएंगे।

हिच-हिच

हिंदी रोने को व्याकुल है। उसकी इज्जत खतरे में। उसको कोई नहीं समझ पा रहा।

सरकारी लिस्ट के अनुसार जिसने हिंदी की, हिंदी के लिए लंबरदारों की सेवा की, वे प्लेन में बैठ चुके हैं। विमान चलने वाला है।

एयर होस्टेस को देखते ही कल्लू चिल्लाया, राधेलाल जी, यहाँ तो मिलेगी न!

क्या मिलेगी, बालक शिरोमणि!

कैसी बातें कर रहे हैं, भाई साहब। व्हिस्की!

अरे! पर विलायती तो बतला रहा था कि स्वास्थ्य के चलते आपने छोड़ दी है, यह खबर आपने किसी अपनी पोस्ट पर भी लगाई है, फेसबुक पर। मैंने भी पढ़ा था। कैसी बातें कर रहे हैं, भाई साहब।

वहां कोई सच लिखता है!

48.
पांडेय जी और गनपत का किस्सा

गर्मी आते ही मनुष्य जितना बैचेन होता है उतना कोई सांसारिक प्राणी नहीं। आज देखने में यह आया है कि जो बैचेन हुआ वह अपने विचारों से उतना ही लापरवाह हुआ। वैसे भी कहावत है कि सावधानी हटी नहीं कि दुर्घटना घटी नहीं।

इस बात को अधिकांशतः लोगों ने मान लिया है। यह बात भी सही है, अगर नहीं मानेंगे तो नुकसान अपना ही होना है।

गर्मी आई तो पानी की किल्लत में इजाफा होने लगा। जल बोर्ड पर धरना प्रदर्शन। पानी के लिए सड़कों पर जुलूस। हाथों में तख्ती लिए स्लोगन के साथ आम जनता नजर आने लगीं। पानी नहीं तो वोट नहीं। हमारी मांगे पूरी करो। पानी को प्राप्त करना हर शहरी का जन्मसिद्ध अधिकार है।

जुलूस चल रहा है। भयंकर गर्मी है। चालीस डिग्री पार कर चुका है।

कई जगह इसी मुद्दे को लेकर पत्रकार भिड़े हुए हैं।

आइये आपको लाइव लिए चलते हैं...

पांडेय जी एसी स्टूडियो में बैठे हैं। उनकी बगल में देविका गजोधर है राइट साइड में। टेबल ओर लेपटॉप है। काफी के मग हैं।

गनपत प्रशिक्षु मीडिया जनर्लिस्ट है। रामखेलावन उनका बॉस है। मधुबाला संग है।

तभी ग्रीन सिग्नल मिलने के बाद माइक पर गनपत को बोलने का इशारा हुआ।

गनपत ने कहा कि मैं गनपत तेलपानी इस समय सुल्तान पूरी में जल बोर्ड के बाहर खड़ा हूँ, आप देख सकते हैं। कि चिलचिलाती गर्मी में जब तापमान चालीस डिग्री पार कर चुका है, ऐसे में यदि आम व्यवहार में घरों को पानी नहीं मिले तो कितनी दिक्कतों का सामना करना पड़ सकता है। हमारी सहयोगी वरिष्ठ पत्रकार मधुबाला प्रदर्शन कर रही कुछ महिलाओं से बात कर रही हैं।

आइये सीधे लिए चलते हैं मधुबाला जी के पास।

मधुबाला-आपको यह तकलीफ कब से हुई!

पानी को लेकर क्या कहती है!

आम महिला- देखिए मेमसाब। पानी तो घर की हर जरूरत का हिस्सा है। यदि पानी नहीं होगा, तो बच्चे सुबह फ्रेश कैसे होंगे, नहाएंगे कैसे! कपड़ें कैसे धुलेंगे!

आदमी सुबह चाय मांगता न, मैडम। आप ही बताएं कि हम गरीब लोग है, हम पानी का जार कैसे मंजवाएंगे!

ये निगम की बदमाशी है। जहाँ टैंकर शादी व्याह में लगते हैं नेताओं की बागवानी को हर भरा करने में जो पानी लगता है, वह हम लोगों का पानी काट कर वहां दे दिया जाता है। ये बड़ा संकट है।

मधुबाला, एक बात बताओ कि पानी को लेकर जलबोर्ड के प्रवक्ता का क्या कहना है!

जल बोर्ड प्रवक्ता-जी, मैं राधेलाल बोल रहा हूँ, पीतमपुरा में सफाई चल रही है टैंक में, साफ होते ही पानी सुल्तान पुरी छोड़ दिया जाएगा। दो घण्टे की बात है।

पांडेय जी ने कहा कि मधुबाला आप बनी रहिएगा, हमारे साथ।

हम लेते हैं एक कमर्शल ब्रेक।

पांडेय जी एसी स्टूडियो में कॉफी का लुत्फ ले रहे हैं।

उधर मधुबाला परेशान है कि क्या आज ड्यूटी कैसी अजब लग गई!

फील्ड का तमाशा हमेशा बेकार ही होता है। न ठीक से काम कर पाते हैं और न आराम। खास कर वाश रूम की हमेशा प्रॉब्लम रहती है।

बाई दवे!

उधर गनपत का जन्मदिन था। शूट कर मधुबाला और रामखेलावन के साथ गनपत प्रेम क्लब आ गया था। चिकन मोमोज यहाँ के बेस्ट हैं। उसका आर्डर करने के साथ तीन चिल्ड बीयर भी मंगवा ली। रामखेलावन ने कहा कि गणपत अब देखना कि इस पेय के आचमन से कैसी शांत लहरें मनुष्य को आराम पहुंचाती हैं।

मधुबाला ने कहा कि चीयर्स!

कैसे दो घण्टे बीत गए। मधुबाला सोचने लगी कि फील्ड और डेस्क दोनों का मजा है। पांडेय जी भी कभी-कभार फील्ड पर निकलते हैं जब मामला कोई खास किस्म का हो।

तभी शाम को खबर आई कि नेत्रहीन विद्यालय में गड़बड़ खाना खाने से पंद्रह नेत्रहीन अस्पताल में भरती कराए गए।

सबसे पहले खबर विलायती राम पांडेय को मिली। तत्काल उन्होंने रामखेलावन को अलर्ट किया। इस बार तेज तर्रार पत्रकार देविका गजोधर को पांडेय जी ने डेप्यूट किया।

देविका गजोधर ने कहा कि आइये मैं दिखाती हूँ कि ये वह अस्पताल है जिसके सीएमओ साहब यहाँ से नदारद हैं। उनकी जगह कोई काबिल या सूटेबल अधिकृत प्रवक्ता बताने को नहीं है कि क्या मामला है!

लेकिन यहाँ के वार्ड बॉय कल्लू उर्फ कबूतर का कहना है कि खराब खाने से अधिकांश नेत्रहीन बीमार हुए हैं। फूड पायजनिंग का मामला है। इलाज करने के लिए डॉक्टर्स की टीम जुट गई है।

देविका ने कहा कि कितनी शर्म की बात है!

ये अस्पताल है जहाँ कोई भी सही तरीके से बताने में असमर्थ है। लेकिन हम दुआ करते हैं कि सभी पेशेंट्स ठीक हो जाये।

ये आप देख रहे हैं कि स्थानीय पार्टी के नेता मामले को रँग देने के लिए अस्पताल पहुंच गए।

देविका इनसे भी पूछो कि ये इस मामले में क्या कहते हैं!

जी, सतबीर जी आप इलाके के विधायक है, आपके एरिया में ये हुआ है। क्या कहते हैं!

देखिए मैंने सम्बन्धित विभाग के आला अधिकारियों से कहा है कि जो भी दोषी हो, उसे कड़ी से कड़ी सजा देने का प्रावधान किया जाए। खाने में मिलावट हुई है, मैं विभाग से यह भी आपके माध्यम से कहूंगा कि रसोई में बन रहे समान की शुद्ध जांच हो और केयरटेकर खुद ये भोजन टेस्ट करेंगे ताकि कोई समस्या पैदा ही न हों। शुक्रिया।

धन्यवाद। देविका कोई और अपडेट हो तो बताना।

ये थीं हमारी डिप्टी एडिटर देविका गजोधर। आइये स्टूडियो में बैठे पैनलिस्ट से बात करते हैं।

जी, दिनेश जुगाड़ी जी, आप तो सरकार में बड़े अधिकारी रहे हैं। तीन साल पहले सेवामुक्त हुए। क्या आप मानते हैं कि भारी कोताही हुई है जिसकी वजह से बड़ी संख्या में नेत्रहीन अपच के शिकार हुए।

जुगाड़ी ने कहना शुरू किया कि आमतौर पर इस तरह की शिकायत वहाँ पाई जाती है जहाँ वेयर हाउस होते हैं। सामान का रख रखाव होता है।

सीलन होती है जिससे नमी के चलते खाने-पीने की चीजों दुष्प्रभाव पड़ता है। अगर निगरानी ठीक से रखी जाए तो इस चूक से बचा जा सकता है।

बहुत-बहुत शुक्रिया। ये थे हमारे साथ दिनेश जुगाड़ी जी। जो बतला रहे थे कि खाने-पीने की चीजों को संभाल कर रखने की आज बेहद सख्त जरूरत है। ये बात वेयरहाउस के साथ आम शहरी भी अपने घरों में भी यह आदत अपना सकता है जिससे वह परेशानी या आम पचड़े का शिकार न बन सके।

उधर गनपत प्रेस क्लब में मिनिल चड्ढा के साथ बैठा था।

मीनल तीन साल से उसके लिवइन में है। मीनल मध्यप्रदेश के भोपाल शहर हैं दिल्ली में कैरियर बनाने आई है। सुन्दर है और तेज तर्रार है। वह देविका गजोधर को अपना आदर्श मानती हैं। उधर गणपत अपना आदर्श विलायती राम पांडेय को मानता है।

बहरहाल किस्सों के आगे भी किस्से हैं।

आइए उनसे मुखातिब होते हैं-

आपका नाम क्या है!

जी, मैं एक स्थानीय लेखिका हूँ। कुछ लोग मुझे जानते हैं, कुछ पहचानते है, मेरा ये मानना है कि मुझे वैश्विक धरातल पर लोग जान लें।

पत्रकार गुड्डू भंडारी- तो मोहतरमा, पहले तो ये बताइये कि आपका नाम क्या है!

आप क्या लिखती हैं!

मुंशी प्रेमचंद को पढ़ा है!

स्थानीय लेखिका: जी, मेरा नाम द्रोपदी डुगडुगी है। मैं कविताएं लिखती हूँ। बहुत समय से लिख रही हूँ। मेरे मोहल्ले में जो भी कार्यक्रम होता है, मुझे बुलाया जाता है। इस नाते मैं कह सकती हूँ कि मेरा सम्मान होना चाहिए। मुझे भी मोमेंटो मिलने चाहिए। मेरा भी नागरिक अभिनंदन होना चाहिए।

वैसे एक बात बता दूं। भाई साहब, आपको जो भी नाम हो, मुंशी प्रेम चंद आउट डेडित लेखक हैं।

पत्रकार गुड्डू भंडारी ने कहा कि आपको अभी समझना होगा कि लेखन की बारीकियां क्या हैं!

अभी पत्रकार बात ही कर रहा था कि अचानक से द्रोपदी डुगडुगी ने पत्रकार गुड्डू भण्डारी को चांटा जड़ दिया। स्टूडियो में हल्ला मच गया।

जब चुनाव की सरगर्मियां चढ़त पर हों और ऊपर से सक्रिय पत्रकार गुड्डू भंडारी को चांटा मिल जाये तो कैमरे के पीछे के लोग कहने लगे कि देखना एक दिन गुड्डू भंडारी भी राजनीति में जायेगा।

वही चैनल के लोगों ने समझा-बुझा कर द्रोपदी डुगडुगी को रवाना किया और सिक्योरिटी को कह दिया कि दुबारा अगर ये भीतर आने की कोशिश करें तो घुसने मत देना।

चैनल प्रमुख विलायती राम पांडेय ने कहा कि देखिए आज हमारे स्टूडियो में जो हुआ है। वह घोर निंदनीय है, यह होना नहीं चाहिए। कैसे-कैसे लोग अब साहित्य में अनाधिकार प्रवेश के लिए लालायित हैं कि जिन्होंने कोई सार्थक काम नहीं किया, एक शब्द नहीं लिखा। किसी लेखक की कृति को नहीं पढ़ा जो ये नहीं जानती कि मुंशी प्रेमचंद का साहित्य में क्या योगदान है!

लानत है और बेहद शर्म की बात है जो मोमेंटो की चाहत में वैश्विक पटल पर सम्मानित होना चाहती है। ये घोर कलयुग की बात है कि कहाँ जा रही है आज की सोच!

जरा सोचिए।

उसके बाद पांडेय जी की टीम ने द्रौपदी डुगडुगी के चांटे वाली न्यूज दिन भर चलाते रहने का निर्देश दे दिया।

बेचारे गुड्डू भंडारी द्रोपदी डुगडुगी को पानी पी-पी कर कोसते रहे।

लंच टाइम में देविका गजोधर को पांडेय जी की और से सन्देशा मिला कि रामखेलावन को और मधुबाला को अमेरिका में चुनावों के माहौल को कवर करने के लिए भेजे और निर्देश व अन्य औपचारिकताएँ जारी करें।

रामखेलावन व मधुबाला के लिए गुड़ न्यूज थीं।

दोनों ने देविका गजोधर और चैनल हेड विलायती राम पांडेय का आभार व्यक्त किया और जाने से दो दिन पहले चैनल की और से एक ग्रेंड पार्टी का आयोजन भी किया गया।

जहाज उड़ गया मधुबाला और रामखेलावन को लेकर मंतव्य की ओर।

मधुबाला ने रामखेलावन से कहा कि सरजी एक बात कहूँ!

रामखेलावन ने बीयर का केन खोलते हुए कहा कि कहिए!

सरजी। जो भी हो अपने विलायती राम पांडेय जी आदमी बहुत मास्टरपीस हैं, देखिए न वे हमारी भावनाओं का कितना ख्याल करते है।

रामखेलावन ने सुरूर में आते ही कहा -वोह तो है ही।

तभी उद्घोषणा हुई कि बाहर का मौसम अचानक से गड़बड़ा गया हैं।

सभी यात्रियों से अनुरोध है कि वे घबराएं नहीं। अपनी कुर्सियों की पेटियाँ बांध लीजिये। टॉयलेट्स का प्रयोग मत कीजिये। अपनी सीट की तरफ लौट जाइए।

रामखेलावन ने मधुबाला का हाथ अपने हाथ में लेते हुए कहा कि डोंट वरी मधु, आई एम हीयर।

यस सर। मधु ने रामखेलावन को मुस्कराते हुए देखा। सोचने लगीं कि दोनों में कितना अंतर है!

ये ड्रिंक्स भी न!

आदमी को भावनात्मक झट से बना देते है!

अंगूर की बेटी गई नहीं और मन रोमांटिक हुआ नहीं।

मधुबाला ने मन ही मन कहा कि वी मिस यू सर रिस्पेक्टेड अवर विलायती राम पांडेय जी। वी लव यू सर। उधर रामखेलावन जी तीन बीयर के बाद मधुबाला के कन्धे पर झूल गए।

49.
पांडेय और बूडऊँ की शादी

चिलमन ने सुबह आते ही पाय लागू कही। फौरन विलायती राम पांडेय ने मिसेज को इशारा कर दिया। यहां इशारा का मीनिंग होता है कि शनिचर आ गयो, अब तुम चाय बना कर इसे पूजो। कुछ खबर लाया है। यूं तो चिलमन विलायती का जासूस है, वो क्या कहे है कि स्पाई। ई अंग्रेजी में कहता है, आप समझो तो। समझना ही नहीं चाहते।

चिलमन ने चाय के कप को खाली देख मुंह बनाया, पर भाभी जी ने प्लेट में ला कर मट्ठी रख दी तो वाकी जुबान से लगा ताला भी स्टाक से खुल गया।

कहते भी हैं न!

यदि जब तक भीतर का कह न दें तो कब्ज की शिकायत बहुत गंभीर वाली हो जाती है। इस कब्जियत का रामबाण इलाज है, कि वाकी सुनो और जा पे निकाल दे, या उंडेल दियो। चिलमन अपनी कब्जियत को मिटाने आया था।

चाय मट्ठी अपना काम कर चुकी तो बकने के लिए चिलमन तैयार। जैसा प्लेनवा में साड़ी या स्कर्ट वाली खूबसूरत मेम बताती है कि अब तुम अपना टिकट सम्भाल लियो, अब हमारा पायलट जहाज की उड़ान भरने को तैयार। कुछ देर में स्वप्न सुंदरी नाश्ता परोसेगी, वाको पिसा देने की जरूरत नहीं, उ का बिल टिकट में जुड़ा रहता है।

जरा नजदीक में कान लाओ, क्यों बे क्या हुआ, इतना कॉन्फिडेंशल है क्या!

उस्ताद जी!

वोह अपने मोहल्ले का वकील है न, अरे वही दुआ जी का बेटा!

उसकी शादी पक्की हो गई!

अगले शनिवार को है। लड़की का तो पता नहीं, पर खबर पक्की है।

सुना है मोहल्ले में मिठाई के डब्बे बंट रहे हैं, अभी पिछली गली का नम्बर है। आपका नम्बर आते-आते टेम लगेगा।

आखिर चिलमन अपना काम कर गया, सुबह की चाय पी गया।

शाम तक होते-होते डिब्बा आ ही गया। एक किलो का डिब्बा। उसमें मट्ठी, लड्डू, शक्कर-पारे और भी खाने का झकास आइटम। मन प्रसन्न हो गया। पांडेय जी को मिठाई पसन्द है। आखिर उनकी फेवरिट। हां, उसमें बेसन का लड्डू भी था। बेसन का लड्डू जैसे करोलबाग के रेगरपुरा में शिवचरण हलवाई बनाता है, वैसे ही टेस्ट आ रहा है।

रामप्यारी ने वकील बाबू को शादी की शुभकामनाएं दीं। कार्ड दे कर वकील बाबू निकल गए।

पांडेय सोचने लगा। यार!, इसकी उम्र 46 की होंगी, आखिर मुझसे एक साल छोटा है। इस उम्र में लड़की ने हां कैसे कर दीं। अब रामप्यारी के बोलने की बारी थीं- कहने लगीं- आप करवाने को यदि तैयार हों तो आपकी भी करवा देती हूँ, बहुत बैठी हैं। आज की लड़कियां न शक्ल देखती हैं, न सीरत। वे देखती है कि कमाऊ पूत हो, घर-बार हो और जीवन में क्या चाहिए!

बात तो झकास कही थीं। पांडेय ने कहा -भाग्यवान!

तुम्हीं काफी हो, दस के बराबर। बात आई गई हो गई। कार्ड महंगा था। सौ रुपये का होगा। मोहल्ले में दो दिन यही चर्चा रही। कार्ड ते बड़ा महंगा छापा है। इस उम्र में किसने अपनी कुड़ी दे दित्ती!

खबर का बाजार गर्म है। लोगों को चाहिए भी क्या!

एक तरफ नोटबन्दी की खबरें आ रही हैं, तो दूसरी तरफ बलात्कार की न्यूज ने मन खराब कर रखा है। ऐसे में खाने का न्योता कोई दे जाए तो लगता है कि आपका लॉटरी में फ्लैट निकल आया हों।

बहरहाल कार्ड में एक चिट चस्पा थी कि बारात का असेम्बलिंग टाइम शाम को 8 बजे है बैंकेट हाल के नजदीक पांडेय जी अपने परिवार के साथ 10 बजे जा धमके। उनका मानना है कि ये समय ठीक रहता है। भूख भी जोरों की लगी होती है और ये समय सूट भी करता है। बैंकेट हाल में मोहल्ले के सभी लोग थे, उनका मानना था कि देखें एक मेच्युर आदमी की शादी कैसे होती है, दूल्हे के वेश में वकील बाबू कैसे दिखते हैं। इत्यादि उत्यादि।

बैंकेंट हाल का नजारा-

सुंदर स्त्रियाँ बैकलेस नाच रही हैं। भयंकर गर्मी के बावजूद लंबे और गजरे के साथ उनके पाकिस्तानी स्टाइल के सूट बड़े फब रहे हैं। स्नेक्स पर सभी का जोर है। पनीर टिक्के से लेकर मंचूरियन। कोई मोहितो पी रहा है तो कोई कोल्ड ड्रिंक। चोपड़ा जी कुछ दुःखी लग रहे हैं, उनकी मनुसियत का राज समझ आया कि वहां हार्ड ड्रिंक्स का कोई स्टॉल नहीं था। हद्द है यार एक तो भरी जवानी के बाद शादी हो रही है, क्या यह काफी नहीं हैं।

एक सज्जन पांडेय जी से टकरा गए। कहने लगे आप विलायती राम है न!

पांडेय जी ने कहा- पूरा नाम लीजिए, विलायती राम पांडेय। जी, आप ने पहचाना नहीं, मैं आपके साथ स्कूल में पढ़ता था। इनसे मिलिए, ये मेरी वाइफ हैं। कॉलेज में पढ़ाती हैं। अच्छा-अच्छा। पांडेय जी जरा मजाकिया किस्म के हैं, जब किसी की बजाने पर आए तो उन्हें बड़ा सुख मिलता है। कहने लगे आपको कोई कैसे भूल सकता है, याद है सब जब मास्टर जी ने आपको स्कूल की प्रेयर में सबके सामने मुर्गा बनाया था। और जब आप किसी लड़की का खाना भी खा गए थे, अरे! पांडेय जी, बस भी करो। काहे मेरी मिट्टी प्लीट कर रहे हों। और सुनिए भाभी जी, स्कूल में जरा रंगीन तबियत के रहे हैं। एक बार एक लड़की की शिकायत पर जम कर पिटे भी थे। अब तो बचपन के दोस्त ने फोन का बहाना कर निकलना मुनासिब समझा। दोनों पति-पत्नी निकल लिए। पत्नी ने जाते समय जरूर कहा- भाई साहब, आपसे मिलकर खुशी हुई, कभी आप आइये न, हमारे घर। इनके बारे में आपसे बहुत कुछ पूछना है। जी, भाभी जी।

बहरहाल शादी के नजरिए काफी नजारे देखने को मिल जाते हैं। लगता है लेडीज को कि वे किसी रेम्प पर उतर आई हों। ऐसे मौकों पर पांडेय जी की आँखें तेज हो जाती हैं।

खेर बारात मध्य रात्रि के वक्त पहुंची। सभी मोहल्ले के लोग खा-पी कर निबट चुके थे। अधिकांश ने शगुन के लिफाफे एक दूसरे को डिलीवर्ड कर दिए, कि भाई, आप दे देना। टीटू ने सुबह स्कूल जाना है। समझो, यार और कितना वेट करेंगे। बात भी सही थीं।

बहरहाल अपना शगुन का लिफाफा भी पांडेय जी ने दिया। दूल्हे के साथ फोटो भी खिंचवाया और निकल आए।

रास्ते भर सोचते रहे। शादी बढ़िया हो गई। खाना मस्त था। मूंग दाल का हलवा टेस्टी था। सुनती हो भाग्यवान!

तुम ने तिल्ले वाली कुल्फी खाई कि नहीं खाई, गजब स्वाद था। मजा आ गया। पांडेय जी स्नेक्स तक के नाम लेते रहे। लाल बत्ती पर जब मुड़ कर देखा तो सब गहरी नींद में सो गए थे। अंदर का तापमान मन माफिक जो था, अभी घर का एसी नहीं चलाया था। गाड़ी में चले तो हल्के गानों के साथ नींद आ ही जाती है।

वाह रे!

पांडेय जी। मुस्कराते हुए घर लौट आये। आखिर कहीं चले जाओ अपने दड़बे में लौटने का जो सुख है वह अल्ला कसम कहीं नहीं।

पांडेय जी सोते-सोते भी बड़बड़ाने लगे थे। इसलिए मिसेज रामप्यारी और बच्चों ने दूसरे कमरे में सोना शुरू कर दिया था।

पांडेय को सोते-सोते चोपड़ा की बात याद आ रही है कि इस उम्र में शादी हुई तो बच्चे कब होंगे!

कब बड़े होंगे, कब स्कूल जाएंगे, कब उनकी शादी होंगी। ये तमाम सवाल थे, जिन्हें सोचते-सोचते कब नींद आ गई और कब मच्छरों ने काट-काट कर सूजा दिया, पता ही नहीं चला। बिकॉज शादी में खाया मूंग की दाल का हलवा किसी नशे से कम नहीं था।

www.ingramcontent.com/pod-product-compliance
Lightning Source LLC
LaVergne TN
LVHW100639051026
849519LV00001B/273
* 9 7 8 9 3 5 6 8 4 1 8 4 0 *